新 月 旧 影

刘晓林／著

北方联合出版传媒（集团）股份有限公司

万卷出版有限责任公司

© 刘晓林　2022

图书在版编目（ＣＩＰ）数据

新月旧影 / 刘晓林著. -- 沈阳：万卷出版有限责任公司，2023.1
　ISBN 978-7-5470-5989-0

　Ⅰ. ①新… Ⅱ. ①刘… Ⅲ. ①散文集－中国－当代
Ⅳ. ①I267

中国版本图书馆 CIP 数据核字 (2022) 第 165242 号

出版发行：北方联合出版传媒（集团）股份有限公司
　　　　　万卷出版有限责任公司
　　　　　（地址：沈阳市和平区十一纬路 29 号　邮编：110003）
印 刷 者：廊坊市印艺阁数字科技有限公司
经 销 者：全国新华书店
字　　数：288 千字
印　　张：20
开　　本：787 毫米×1092 毫米　1/16
出版时间：2023 年 1 月第 1 版
印刷时间：2023 年 1 月第 1 次印刷
责任编辑：胡　利
责任校对：张　莹
封面设计：陈铜强
ISBN 978-7-5470-5989-0
定　　价：78.00 元
联系电话：024-23284090
传　　真：024-23284448

序一

回到故乡身旁

李晓君

　　某种程度上来说，每个写作者都有一个他的根据地。譬如：伊斯坦布尔之于帕慕克、布宜诺斯艾利斯之于博尔赫斯、约克纳帕塔法之于福克纳、商州之于贾平凹、南京之于苏童、高密之于莫言。有根据地的写作，即熟悉的地域的风土人情、人文传统、自然面貌、民众性格，可以在情感、语言和内容上直接影响着作者的写作欲望和文本风貌。地理上的根据地，往往在作家那里，还会呈现出别样的精神意义。一个写作者扎根在一处进行言说，其目的在于不断地去抵达他心目中的那份"真实"。"真实"是文学叙事的最高级形态。海明威就曾说过："我不允许任何不真实进入我的小说。"作为非虚构的文学作品，真实更是写作者秉承的重要原则。

　　刘晓林与我拥有同一个故乡：莲花。翻阅手中这本《新月旧影》，我震惊于他回忆中的往事与我记忆中的部分有相当多的重合。这首先基于我们年龄相仿、读师范、当老师、转行在机关的共同经历——他笔下师范生的青春往事、对知识的渴求、对异性朦胧的好感，讲述的仿佛也是我的故事。更巧合的是，他师范毕业后来到的南岭，也是我踏出校门的第一个工作地。我们都是在那儿当老师。那个被他描述的生活空间：村落、学校、煤矿、电厂等，我都非常熟悉；他共事过的一些老师，我也曾经交往。在南岭教书开启了我对生活的思考，我从这里起步进入文坛。多年以后，我的长篇散文《江南未雪——1990 年代一个南方乡镇的日常生活》（人民文学出版社 2015 年 1 月出版），就是以南岭为对象，对转型期乡土社会进行状写，期望从一个特殊的视角，对中国这个变化着的、充满活力而又复杂难言的巨大身影做出自己的思考和书写，内容关乎乡村人物、经济活动、民间信仰、传统习俗、基层治理及新生事物等诸多方面。

中山大学历史学者陈春生在《历史·田野丛书》序言中说："在现阶段，各种试图从新的角度解释中国传统社会历史的努力，都不应该过分追求具有宏大叙事风格的表面上的系统化，而是要尽量通过区域的、个案的、具体事件的研究表达出对历史整体的理解。"这样一种写作方法，无疑要使研究者"在情感、心智和理性上尽量回到历史现场去"。在散文集《新月旧影》中，刘晓林仿佛正是不自觉地运用了文化人类学、历史学的手法，他的笔坚实而有力地插入"莲花"那一方水土的现实与历史的土壤，以个人记忆和私人史的形式，说出对莲花——这个千年古邑的理解。其文字鲜活生动，引人入胜，为读者提供了理解一个区域历史文化和生活面貌的极佳文本。

布罗茨基曾在一次演讲中说："伟大的巴拉亭斯基谈到他的缪斯，将她的特征归结为拥有一张'超凡脱俗的面孔'。"他认为很多事物可以共享，但文学无法共享。文学的独特性乃至私人性的品格，使得缪斯在授意作者写下一篇文章时，保留着对书写者努力绘下她"超凡脱俗的面孔"的期待。文学的难度和意义正在于此。一个写作者终其一生的写作，无非是使头脑中那张理想的"超凡脱俗的面孔"渐渐清晰，并呈现出来。其超凡脱俗的构思、文字、气息、行文……就像我们在游历村庄时，在一堵沉闷而齐整的砖墙之外，突然瞥见一棵摇曳多姿的树一样。在我们的视觉形象里，已经包含了其生命的全部内容和自由、婀娜、妩媚、清新、愉悦等诸多艺术感受。

自然，那一个独特的嗓音、那一张独特的面孔、那一脉独特的气息，并非生来就有的。天赋和努力（必须以正确的方法为前提），是提供这一保证必不可少的源泉。我从来不怀疑人群中隐匿着不少有天赋的书写者。刘晓林正是这样一位深藏在人群中执着而有特质的书写者。

在这本散文集《新月旧影》里，他有着对个人、家族坦率而真实的记录，并总是将其放置在时代与区域的背景中，落实在具体而微的细节上。如写童年，一笔交代曾共同居住在三房祠堂里的叫祖国、纪律、志向的族人，时代感扑面而来；写东华岭上青春期男孩女孩纯真而慌乱的情愫，读来颇为缱绻，令人感叹；写爱生如子、严肃但不刻板的"长子"老师，每天坚持给学生原文朗诵李存葆《高山下的花环》，其形象如在目前；还有在集子中随处可见的严厉敬业、忙于公务的父亲，聪慧、质朴、原则性强的妻子，与病魔做斗争的母亲，都显露出作者深挚的赤子之心。

文化是一个地方的软实力，是经由先民创造、沉淀下来，并能影响今人的最大的竞争力。文化巨塔的光环如果没有新的创造力的因子加入，势必只会被它炫目的光芒所笼罩，并被它同样巨大的阴影所遮蔽。对地域文化的审视和发现，便构成作者的一种自觉和最便捷的途径。在《新月旧影》中，有相当的篇幅写到莲花的历史文化：泸潇理学、天如禅学、湖塘遗踪、宁氏家庙、路溪刘氏、复礼书院、仰山文塔等，一些篇章还写到民俗文化和奇人逸事，如节日习俗、路口锡雕、莲花白鹅、武秀才长指甲、民间博物馆等，读来都让人颇感兴味，一种指向往昔岁月的记忆链接，让我们看到生活本身。借用帕慕克的话，刘晓林仿佛在说："我来过，我也看过，我在那里。是的，它就是我看到的那样。"

刘晓林在他的书中，正渐渐呈现出那种"超凡脱俗"的面貌，在激活文化资源的同时，没有陷入史料的泥潭，而是用轻逸和灵动的文字，完成了对历史的凝视和现实的反顾。在这里，历史通过形象、声音、文字、故事，成为一种重新思考和发现的"他者"，那些形象、声音、文字和故事，也有了现代意义上的激活与呈现。

在《新月旧影》里，还有部分篇章记载了作者出游及在外地工作的感受——它们，像是作者跳荡出来对故乡回望。还有一些触摸日常生活的"小忧伤""小欢喜""小确幸"，是碎片化生活的日常面目，因而对其注视，便多了几分敏感和微观，被涤荡和过滤后的平静与思索，也是抵达生命深处的一条小巷。

莲花是个崇文重教的古县。其特有的历史总为人们津津乐道，人们愿意相信并去"创造"一个个动人的故事来让自己满意；同时，那质朴、勤勉的人们，在田间、集市、车间、街上，投来古老而清新的目光，像午后的风，席卷在这多山、丘陵纵横的土地上。这片被吴风楚雨浸润、交织着诗书礼乐与巫蛊觋术之风的边地，喜辣喜血食的远在东周时期就有文明迹象存在的古老大地——如同刘晓林一样，我也自小生活其间，熟悉它的气息和人们脸上的表情，熟悉街头巷尾那小贩走过大街的叫卖声、街头青年血气方刚的样子（肩膀脊背刺青、头发染成黄色）、鞭打黄牛踩在水田青筋暴露的农人黝黑的腿、纺织女工温实然而空洞的眼睛、一个行将退休的干部松软的脖颈和灰白发鬓、一个卖菜老妪风湿的肩膀和膝盖……我仿佛全都洞悉和知晓。当我曾以一位乡村教师的眼睛去看待这一切的时候，总有一种想默默地走到桌前书写的冲动。

阅读刘晓林的散文唤起了我对故乡莲花的记忆。仿佛借助他的眼，我看到一个不一样的故乡，阅读的乐趣又激发起我对故乡的另一种想象。没有足够的深情，刘晓林无法为莲花写下这么多的文字。他的文字让我重新体验了故乡的气息、肌理，她的博大与狭小，柔弱与坚韧，抵抗遗忘的野性与呼喊。仿佛通过刘晓林的文字，我们这些已经远离故乡的人，可以重新去看透她的本质。这些融合了故乡面影与记忆的文字，为我们保存了故乡诗意的视觉形象，同时，也为每个读者回到故乡提供了一条别样的路径，让人感受到故乡灵魂的热度与能量。

李晓君，本名李小军，1972年6月生，江西莲花人。2003年加入中国作家协会。现为江西省文联副主席、江西省作家协会主席。1992年在《星星诗刊》发表处女作《读古典名著》。迄今，在《人民文学》《十月》《钟山》《天涯》《山花》《散文》《诗刊》《芙蓉》《大家》《青年文学》等文学期刊发表作品 200 多万字。入选各权威文学选本百余种。当代知名散文作家。在人民文学出版社等出版散文集《昼与夜的边缘》《时光镜像》《寻梦婺源》《江南未雪——1990 年代一个南方乡镇的日常生活》《梅花南北路》《后革命年代的童年》《暮色春秋》《暂居漫记》等八部。出席中国作家协会第七、八次全国代表大会和中国文联第十次全国代表大会。作品曾获第五届谷雨文学奖、第三届丰子恺散文奖等奖项。江西省首批宣传文化思想系统"四个一批"人才。

序二

《新月旧影》创作论

李水兰

《新月旧影》是刘晓林利用工作之余写出来的散文集。作者以现在为立足点，视野定格在或身边或最近或遥远或久远的人和事。身边和最近发生的人和事好写，因为记忆犹新。遥远和久远的人和事难写，需要借助阅读、记日记和采访，甚至需要重构记忆。可事实是："全世界真正优秀的读者，其实都懂得向往遥远与久远的东西。"言外之意是：真正优秀的作家、优秀的创作都应该不回避"遥远与久远的东西"。所以，刘晓林对现在和过去，尤其是自己家乡的"遥远与久远的东西"进行了"酣畅淋漓""拥抱"式的书写。

过去是庞杂的、琐碎的、庸常的，稍不留神就会滑入"庸常的回忆"，写成当下泛滥的"口水式散文"。现在是稍纵即逝的，捕捉不当极易停留在表象，把握不准本质。写什么？王芸写《此生》，她说："在相似的开始与相似的结束之间，在开始与结束重叠之外的路段，不过是万千变幻的我们的此生。"刘晓林应该还没来得及阅读《此生》，但他以畅谈自己"此生"的个性和共性来致敬过去和现在。如何写？为什么写？陈蔚文在《若有光》中说："写，也是寻找'恒定因而被永远忽略的东西'的一个过程。它囊括世间的蝇营狗苟、生老病死，囊括了探索自我以及外部的历程……你为自己，为需要你的人而活。

写下亦然。我，可以是我们。我们，不一定是我。文学将一粒米从米仓中辨认出。写，使你一次次地高过自我，翻过此前以为不能的山头。"于是，刘晓林坚持写自己亲身经历的劳动美、学习美、生活美、工作美、家庭美，亲自见证或考证家乡的山水美、人物美、事件美。

一

莫言有一句话很流行："把好人当坏人写，把坏人当好人写，把自己当罪人写。"莫言的话表达的是人物创作的技巧："人应该当作人来写。"人物不能写成平面化、脸谱化，人应该是复杂的、丰富的、真实的。刘晓林在回忆自己的童年往事和青少年经历时，尽管有重构记忆的痕迹，但他没有回避自己的"调皮"和"错误"，尤其将自己的"偏脾气""一根筋""不近人情"展露无遗。这样写，他的回忆、他的故事、他笔下的"我"和"我们"就显得格外真实可信，给读者的启迪和震撼就更深刻。

劳动造就了刘晓林健康的体魄、勤奋的学习习惯和实干的工作作风。

在刘晓林笔下，劳动是美的，虽苦却美。从小受母亲的劳动感染，看见劳动就如见到母亲："傍晚时分，看见母亲从山里背树回来，高兴得两只小手总拍打着摇篮木椅，脸上总是'嘿嘿'傻笑。"（《童年往事》）稍稍长大些，体会了劳动的艰辛。他写道："我家四个兄弟全是男孩，打猪草也成了孩童时的一项重要家务。"（《童年往事》）"为了多挣点工分，娘让我和哥一起参加生产队的农活，尤其是'双抢'季节，从一开始到结束，整整暑假两个月，差不多每天都要去，下雨天也不例外，直到手指头、脚指头都溃烂了才算结束。"（《祠堂、礼堂，我的学堂》）但劳动是他的快乐源泉：儿时玩伴晓壮和"七子""因我不想去而推迟了上学。每天跟着我去掩山冲里、龙源口、毛子山、团子里等几个有草、有毛叶、有竹子的地方放牛，我们也称这几个地方为'根据地'。我把哥哥的红领巾作为我们的营旗，有放哨、宿营的场所，在家后面薯窖坳上黄泥坡上滑壁，在新江里洗澡，在小水圳里搬泥鳅……夏天上山放牛基本是打赤脚，摘地角梅吃，摘猎猎芯吃，摘杜鹃花吃，冬天大多穿布鞋或解放鞋，在山上摘茶耳吃、野枣子吃，用毛管吸茶花糖吃；那时，村里哪个大队放电影，我们都会跟着大人去，哪怕是下雨，当时，村里都是石子路，村与村之间都是石板路，碰到雨天，我们总是踩光亮的地方，大部分是石板，也有不少石板没了，堵了一堂水，踩得整个鞋子、裤子全是水，但回想电影里精彩动人的英雄人物，什么苦都不觉得"（《童年往事》）。

从小，刘晓林就懂得珍惜劳动果实，甚至达到"蛮狠"的地步。当得知自己每天早晚辛辛苦苦放养的牛被民兵连长刘甫生用枪打死了，他才不管牛疯没疯。他说："那时，我小不懂事，拿着扁担就往刘甫生连长打过去，哭着闹着叫他赔我家的黄牛！直至叔叔抱住不能动弹才放手。"（《童年往事》）劳动在刘晓林的童年世界也有不同的色彩。上世纪 70 年代，物质极其匮乏，挨饿是常有的事。"有时饿了，也会做些'偷鸡摸狗'不光彩的事，如到方清家果园里偷柑橘，到七队里偷番薯吃等。"（《童年往事》）由于作者没有为自己的过去翻案，相反，就从肤浅、平庸的忆旧和矫情的感怀中跳脱出来。回过头去看，读者似乎都会原谅这样的"倔强"和"错误"，反而觉得这个小孩真实、调皮、可爱。

劳动可以致富。同样写劳动，路遥写《人生》中的高加林和《平凡的世界》中的孙少平的劳动，是沉重的乡村体力劳动，突出的是磨砺意志和验证自我的无法回避的过程。莫言描写乡村的苦难虽然惨烈血腥，但他描写劳动技能的娴熟高超，体现了苏州大学的学者王尧所说的"劳动美学"。刘晓林描写劳动没有停留在自我的层面上，他着重刻画了家乡的"群体"劳动和先进个人劳动，比如路口锡雕和锡匠，刘为吉、刘彬彬创办的庙背"路溪"博物馆，"女汉子"致富，"秋仔"养牛，"菜书记"抗疫等。他借鉴了莫言的方法，十分专注地歌颂劳动和劳动成果，刻画劳动的过程和精湛的劳动细节，表现劳动的高超技能和娴熟技法，家乡的自豪感溢满字里行间，对先进个人的推崇不言而喻。

劳动在他笔下不仅仅是一种记忆，也不仅仅关乎一个男孩的成长和生命感悟。劳动还关联着家乡与全国、传统与现代、历史与现实。在他笔下，劳动是快乐的，是智慧与美的结晶。

二

在《新月旧影》中，学习是劳动的孪生弟弟，篇幅也不少。

在 20 世纪 60—80 年代，读书在乡村是一件艰难的事，我们都听过类似的"笑话"："一大家人吃饭，就晓得喊我一个人读书！我也不读！(《祠堂，礼堂，我的学堂》)

在刘晓林眼里，读书虽然条件艰苦，但苦少乐多：尽管"从小学三年级开始，学校每年都要组织学生勤工俭学，农忙收割时一般要放 7 天假期帮助家收割'捡禾盏'，每人要交 3—5 斤稻谷；冬天木梓熟了，学校也放假 3 天帮家摘木梓，每人要交 10 斤木梓，自己调皮完不成任务的，大多从家里的粮仓里再拖点，从家里的木梓堆偷点；到了冬天，寒冷季节，高年级的学生由班主任老师带队自带点心挑着担篓去石门山、上墩、山里冲等山里挑木炭。那时，学校没电，冬天烤火，全靠烧炭盆，大多数学生衣服穿得比较单薄，有的学生只穿一条裤子过冬，有的学生甚至连袜子都没有，走起路来双手插进裤兜，弯着个腰直打哆嗦，两条鼻涕像'牛车路'流个不停，有条件的学生会带'蜂笼'(火笼)取暖，火快熄了，就用手用力摇，摆成一个圆形，火亮了，犹如一个小火球打着圈；没有火笼的学生，下了课后，大家就在一起背靠墙壁挤壁(实际上大家用力用手腕挤，相互取暖)，或相互追赶，玩'猫捉老鼠'和'老鹰抓小鸡'的游戏，或'踢房子''斗鸡''打黄牛'。顽皮捣蛋的男孩子爱'打弹弓''滚铁环'或'玩羊角'；女孩子玩'踢毽子''丢手绢''跳皮筋'等游戏"（《祠堂，礼堂，我的学堂》）。而且"教室挂在山腰，是一层平房砖木田泥烧的土砖房，教室左右两边的六个大木窗，没有玻璃，冬天冷时用白纸糊上，到了春天又把纸撕下来，黑板是水泥油漆做的，老师写粉笔字时不时掉下白灰。写满讲完，老师用刷子来回几下才可擦干净，一节课下来，有的老师的衣袖上沾满了白灰，坐在前排的同学也会经常捂着鼻子，不然就要'恰（吃）粉笔灰'"（《永远的小碧岭》）。即使"在东华岭读书的那三年，最难熬的还是冬天。东华岭的冬天比山下冷些，又在禾水河边上，寒风刺骨。尤其是到了晚上，禾水河的寒风呼呼响，吹打着用白纸糊着的窗户，我只有蜷缩着身子，把头躲在被子里。宿舍的走廊虽有一排的水龙头，但都是冷水。如果想用热水，需提着热水瓶到食堂排队，一般都要等上 10 分钟以上，如果遇到周末，要洗澡，热水就更紧张，往往要排队半小时以上。我懒得与女同学排队，邀上陈柏安、欧阳建生、彭建希等几个要好的兄弟直接到禾水河洗冷水澡算了。说是容易，但在禾水河里洗澡，那是需要勇气和魄力的"（《东华岭，那段珍贵的青春岁月》）。但他认为小时候"在路口庙背祠堂，礼堂里读书"是年少烂漫时光。在那里，教过他的每一位老师的长相、教学特点、给过的帮助都铭记于心："教过我的文春娇、'铁苟子'刘铁青、刘湖清，还有'岸子'刘清泉、'干干'刘龙生老师都非常喜欢我，尤其民办教师'铁苟子'刘铁青，他调到观文书院下垅小学教书，为了能看上《少年文艺》《故事会》等新书籍，我利用晚上休息的时间拿着手电，借着微弱的电光在田埂路上深一脚浅一脚地跑到观文书院向'铁苟子'老师借书看，也是《少年文艺》让我爱上读书，语文成绩一直优秀。"（《祠堂，礼堂，我的学堂》）在那里，他当班长，每次考第一，还当过"小老师"："班主任和语文老师不在的时候，一般都由我管理着班里的大小事务，我也像个小先生一样，拿着老师的教鞭带头朗读课文，安排打扫卫生，参加体操，布置课外文体活动等，班上'牛高马大'的，最调皮捣蛋的刘桂香、刘艳秋也被我治得服服帖帖。"（《祠堂，礼堂，我的学堂》）等考上永新师范，跳出农门后，他觉得"东华岭之美，美得令人如痴如醉"（《东华岭，那段珍贵的青春岁月》）。在东华岭上，他学会了吹拉弹唱，阅读了大量书籍，练就了扎实的教学基本功，成为篮球队的头号队员，参加了各种春游、郊游、野炊等课外活动，结交了一群好朋友，邂逅了人生中的初恋……

学习不是一帆风顺，也经历了"挫折"："那时的我虽然自己在路口中学学习成绩是第一，但在尖子班的第一次考试中，我的各科成绩加起来在全班 65 个学生中总分排第十九名，在班会发言的时候，我第一次因为学习成绩落后而哭了，而且哭得那么伤心！"（《永远的小碧岭》）"记得在师一下学期的一次与（5）班的比赛中，我做中锋，全场来回跑，又是投'三分球'的高手，投球命中率很高，对方总是拴着我不放，派了比我高的中锋专门对付我，弄得我筋疲力尽，一不小心，重重地摔了一跤，我的左手和左肩膀不幸负伤，擦掉了一层皮，痛得直掉眼泪，半个月连穿衣服都很困难，生活极为不便。"（《东华岭，那段珍贵的青春岁月》）但总体上，学习的心情是无比喜悦的。即使现在看来微不足道的事，在当时却欣喜不已，比如上化学、物理课，"有同学就问：'在实验室上吗？'如果有，立马就拍着小手说：'又上实验课喽！'那种高兴劲甭提有多幸福！"（《永远的小碧岭》）

但是乡村好学生不是城市"三好学生"，也不是传统书本上写的"文质彬彬"，是真实灵动，多面复杂，偶尔还有些"调皮捣蛋"。比如，刘晓林回忆："小水湾其实是一口水井，能容纳十几个娃洗澡，水很清澈、清凉，那时，我们一下课就一个劲头跑过去，剥了衣服像小猴子一样一个个往下跳，爬上来穿起衣服又急匆匆往回赶，跑得慢的又被老师罚站，说出是谁带头，我自然脱不了干系，然后对'叛徒'进行惩罚；放了学，路过方清家，看到围墙外高高的柑橘树上挂满了红通通的柑橘直流口水，便不由自主在地上捡起石头瞄准柑橘往树上打，柑橘便唰唰地掉满一地，我们就一个劲儿在地下捡，还没等方清出来骂，我们就跑光了；在红花田里和刘桂香、刘艳秋他们打群架，肉搏战，有时会打得青一块紫一块地回家。"（《祠堂，礼堂，我的学堂》）读到此，读者没记住小学生们的"坏"，却被物质匮乏年代的童真童趣所感染。即使到了 80 年代读师范时，"有一回跟着彭建希故意去食堂里面打饭，路过厨房看见一大盆煮熟的肥肉直流口水，趁机也偷过一回肉吃"（《东华岭，那段珍贵的青春岁月》）。读师范时，曾和同学陈柏安扒煤车回莲花，变成"非洲黑人"，弄得大家哭笑不得。我相信，这样的学习经历丰满了"我"这个人物形象，不必深究表面的错，应该深省其中的原因，深刻反思发展的问题。

所以，到了改革开放之后的学习，基本上都是收获，直接反哺当前对应的工作。"上海挂职的经历虽然只有短暂的三个月，却在我的人生履历中留下了一道深深的印迹。""我珍惜这次难得的学习机会，将上海经营城市、管理城市、服务市民的理念，上海人的精神及优秀品质带回去好好领会，慢慢消化，踏实工作。上海大宁街道的挂职经历，对我影响是深远的，觉得一个人的知识不只是读万卷书，还得行万里路，才能视野开阔，高瞻远瞩。这段挂职经历甚至还影响着我，在乡镇和部门主持工作时，也十分重视干部的学习培训。尤其是在卫健委工作期间，与深圳宝安卫健委结成友好协作单位。"（《那一年，我在上海挂职》）

三

20 世纪七八十年代以来，乡镇基层公务员在老百姓的眼里有时名声不太好。就以计划生育工作为例，很多名作家的作品对"人性"作了深刻反思，如莫言在《蛙》里刻画的姑姑，计划生育实施后，她由之前的"活菩萨""送子娘娘"变成扼杀婴儿甚至夺走产妇性命的"恶魔"。

然而，一个硬币总有两面性。任何事情也不是单一、绝对的。当政策与人性同时摆在乡镇干部面前时，作为执行国家政策、维持社会公共秩序稳定并增加财政收入的最底层公务员，他们的处境和办事方式面临进退两难的困境，他们的心里面对着伦理悖论。乡镇公务员在压力和动力、生存与创收、生活与工作之间经受的苦难和人性考验不容忽视。

1998年12月，刘晓林的乡镇工作起点从荷塘乡政府开始，当时荷塘乡是全县著名的"烂摊子"。为此。县委、县政府派往荷塘乡的班子成员都是正规院校毕业生，有知识有文化有素质。下乡催粮、创办乡镇企业、实施计划生育、解决公共交通等公共设施时，都是先派干部摸清实际民情民怨，然后和老百姓摆清事实、讲明道理，最后为百姓做成实事。有时树典型标榜样，有时和带头闹事的人作斗争……"白加黑""5+2"的工作时间，"两条腿走路"的下乡方式，收入低、纠纷多的工作环境给家庭和个人带来了极大的苦恼和考验。

他认为自己的人生转折点是从当好一名乡政府公务员开始的，《荷塘旧事》在他心中占有很重的分量。因为极其困难、备受误解，而他久经考验，磨刀出鞘，终于学会了如何和老百姓，尤其是"钉子户""捣蛋鬼"打交道。他认为和李南开、李水清、谭忠平、甘海、尹旦升、毛卫东、谢松林、朱迎春、刘德强等组成的班子成员的团结合作、群策群力、迎难而上、开拓创新、担当实干的工作作风是他成长的土壤；不怕苦不怕累的苦干精神是基层工作的基本功；熟悉民情，真心真意地对待每一个老百姓，一心一意为国为民，哪怕他是"黑恶势力""捣蛋头子"，也可化敌对为朋友，化干戈为力量。

正因为有荷塘乡化后进为先进的经验，在闪石乡当乡长时，他成为处理民事纠纷的能手。同时，扎扎实实为农民解决了移民搬迁、水电事宜。在保护耕地、提升农贸市场土地价格、当地文化建设等方面做出了积极探索。虽然在闪石乡只待了一年，但和乡党委书记汤杰同志建立起了深厚的工作感情,也为闪石乡人民储备了一百多万元资金。在离开闪石乡调任神泉乡党委书记时,闪石乡政府支援的五万元资金成为刘晓林生命中"娘家人般"的深情,也成为铭刻于心的《闪石记忆》。为此,他颇有心得:"在乡镇工作这么多年,我觉得乡镇是干部成长的摇篮,是一所最好的培养、历练干部的学校。它直接面对百姓,直接面对突发事件,直接面对矛盾纠纷,直接面对生与死、是与非、对与错的考验,考验的是你的意志,你的能力与水平,没有现成的答案,没有固定的模式。靠的是你平时学习与实践的累积;靠的是你丰富的阅历、经历,沉着冷静的判断能力;靠的是你的依法行政的综合分析处置应对能力;靠的是你果断决策的能力。"(《神泉往事》)

《神泉往事》向读者翻开了一个成长起来了的乡党委书记的辛苦与快乐、收获与遗憾。由于平时的踏实学习,他的"神泉"故事迎来了时任省水利厅厅长孙晓山"神泉湖"美称的命名。他为传承红色文化和地域文化"垄上改编""界化陇边陲小镇"奔走呐喊。在神泉乡,他从一穷二白的财政底子到创造"神泉速度""果业神泉"……

刘晓林对乡镇工作的深度叙事,为乡镇公务员正了名。通过阅读他的散文,了解到基层公务员的艰辛:"在神泉工作的那段时间里,虽然离县城仅有 10 公里的车程,住夜值班是常态,不住时也是每天早出晚归的。在乡镇工作的家属跟军属没啥两样,要比正常的人付出得更多,奉献得更多。那时,我的老婆在家独自一人承担着家里所有的家务。女儿读初中、高中,每天都要等到女儿晚自习回家才肯休息。老婆看见我没日没夜地操劳,从未休过一天假待在家,两鬓的头发慢慢地变白了,而且因劳累过度,每天洗头时总是一把把头发往下掉,头发稀疏多了,体检时发现空腹血糖明显偏高,血红糖化蛋白也接近危险值,肠胃也不太好。""闽发钢铁经营不善,亏损倒闭,××× 老板喝了酒有时也串门来我家诉苦……"(《神泉往事》)基层公务员也常被人误解:"2010 年 3 月,县商品大世界拆迁,任务特别繁重,县委要求各乡镇负责辖区内在大商汇做生意的搬迁拆迁任务……由于琴亭镇未及时补偿到位，周四仔妹妹极力反对搬迁，但也无法阻挡拆迁的大势，搬迁完后的一段时间里，她几乎天天到乡政府或在我家门口等我，闹得邻居以为我在外面'偷了人'。"（《神泉往事》）

散文属于文学作品，源于现实却高于现实。散文体裁本身特有的真实品质，尽管是一种主观真实，但它赋予《新月旧影》一种地地道道的乡镇基层工作的真实美。

四

除了劳动美、学习美和工作美，《新月旧影》还描写了生活美和家庭美。

一个家庭要有主心骨。通过追叙"遥远与久远"的故事，作者讲述了"我的祖母"是家庭的主心骨。（参见《我的祖母》）一位了不起的贫困乡村妇女，在丈夫双目失明的情况下，靠养牛支撑起一个家。丈夫58岁去世后，她硬是一个人培养三个儿子读书，用牛换娶两个童养媳增加家庭劳动力。她用勤劳和善良赢得家乡人民的尊敬，用家传秘方救治过很多黄疸型肝炎，人们都叫她"思厚奶"。她的三个儿子都有出息，两个乡党委书记，一个村支书。她是文盲，但博学多识，是孙子们小时候的故事库，靠口耳相传，在贫瘠的农田里，从小就在孙儿们的心里种下了"诗和远方"。（参见《莲花第一高峰：石门山》《永远的乡愁》）父亲常年在各个乡镇工作，很少回家，母亲成为家庭的主心骨。（参见《童年往事》《母亲节，我为母亲做了一顿饭》《我们陪着娘一起斗病魔》）忠厚传家，勤劳持家，四个儿子纷纷走出农门，学成之后都娶得贤妻。现在，妻子是小家庭的主心骨。她一生不贪财，贫穷时对金钱淡然；条件好点时，对金钱漠然。（参见《神泉往事》）她美丽、勤劳、尊老爱幼，是一个一辈子相夫教子的传统知识女性。（参见《长埠小学，致那远去的青涩年华》《我的第一次年薪假》《年味》）

难能可贵的是,《新月旧影》中的"遥远与久远的东西"没有只停留在"空间的遥远"和"时间的久远"的个人化的叙事上,它有将近一半的篇幅从个人化中升华出来,空间上由个体到群体,由小家到大家,时间上由过去到现在。正是在成长记忆中有效眷顾了时代、历史、社会、传统、地域、自然、文化、命运等,《新月旧影》显得厚重、丰富和蕴藉。

当调离繁杂的乡镇工作岗位,在县城有了安身立命之所时,刘晓林有机会远距离审视因某种机缘与自己成长密切相关,并与自己发生着深刻精神联系的故土、山水和人物。《古村湖塘散记》《莲花第一高峰:石门山》《路口锡雕焕光彩》《永远的乡愁》《话说庙背》《庙背"路溪"博物馆》《世界上最长的指甲——武林高手刘清扬的传奇人生》是他离开故乡很多年后,对这一方水土表达出的浓浓的眷恋之情。像石门山和仰山文塔,他是采用"行万里路"的方式去考察、见证和传承,留给读者"下笔如有神"式的描绘就如神话般绚丽多彩,在文化的厚度上镀上一层大自然的巧夺天工。而对古村湖塘、庙背,他是亲身见证,加上从小口耳相传的红色故事,结合现存的资料,经过文学加工后的故乡已是无上荣光,那种敬仰、陶醉、自豪的感情跃然纸上。而对萍乡市唯一一家村级博物馆——"路溪"博物馆、路口锡雕和世界上最长的指甲——武林高手刘清扬的传奇人生,他是从实证出发,除了借助博物馆的资料、史书记载之外,还亲自去采访,多方考证,当信息越证越实,不仅震撼了读者的感官和心灵,也宣传了一位乡贤。伴随着诺言,读者理解了一个人成长背后的家风优良和家风传承。

刘晓林的记忆可能是一种禀赋和才能,也可能是后天养成记日记的习惯所致,如《我的"长子"老师》中所写。无论他是复原记忆还是重构记忆,他呈现给读者的故乡,同时还关联着时代与世界,如《"女汉子"致富记》《探寻"莲花白鹅"的逸闻趣事》《"菜"书记的抗疫小故事——良坊镇新田村驻村第一书记陆建林》《"秋仔"养牛脱贫记》。从而，他写出并写活了具有本土审美风格和本人气质的故乡和故乡人群。

五

需要指出的是，刘晓林的作品很常见的特色是"互文"。如前不久出版的《林下晓拾》与《新月旧影》中的上海学习经历、荷塘乡政府和神泉乡政府的部分工作经历等。又如《新月旧影》中《不能忘却的东方红小学》《那一年，我在上海挂职》的上海学习经历，《永远的乡愁》《我的祖母》《莲花第一高峰：石门山》中的祖母形象……这有意味的"相遇"和"互见"，都强化了他往日记忆中的刻骨铭心和一以贯之。

第二个特色是他的散文包含着两个"我"的对话：小时候，一个"我"是学霸级，老师的好帮手，回到家是做家务的能手，母亲的好助手，带两个弟弟，扯猪草、放牛、干农活；另一个"我"，刚开始是"调皮捣蛋鬼""好吃鬼"，各种游戏、活动的组织者、领导者，后来胆小、腼腆、怕生人；长大了，一个"我"是学识渊博、心智成熟的国家干部；另一个"我"是敢作敢为、勇于为民请愿的人性关爱者。因此，《新月旧影》中形成一种人性和伦理的叙述张力，拓展了人们对基层公务员工作的了解和理解，丰满了人物形象，使得一个有血有肉、执行有力、关爱有加的"我"立起来了。

内容上，所有的劳动美、学习美、生活美、工作美、家庭美、山水美等，汇聚成一股合力——人性美。书写真实、复杂、丰富的人性美构成了《新月旧影》的创作本身。

李水兰，江西莲花人，文艺学研究生，文学硕士，江西省文艺评论家协会会员，江西省作家协会会员。著有《审美现代性视野中的杜维明新儒学思想研究》《柔兰评论》。在《名作欣赏》《海燕》《人民政协报》《创作评谭》《安徽文学》《电影评介》《作家新视野》《文学讲堂》等发表评论文章 30 多篇。在省市级报刊和网络平台发表 60 多篇各种类型的文章。1994 年开始在省级以上报刊发表散文若干篇。

序三

唯愿新月年年照旧影

—— 为了记住乡愁的《新月旧影》

陈维东

提笔之时，恰有明月东升。月亮，对于我们这个民族而言，并不只是月亮了，她还承载着我们这个民族古往今来的情怀。她就像，一个"收发器"，收集着我们古往今来的情感，也发送出我们古往今来的情感。她，就这样宁静地挂在天上，看着人间的变迁；她，就这样浪漫地挂在天上，轮回着阴晴圆缺；她，就这样淡然地挂在天上，拨动着我们柔软的心弦。李白说："今人不见古时月，今月曾经照古人。"（唐·李白《把酒问月》）我们谁都见不到过去的月亮，可今天的月亮却曾经照耀过我们的过往。那些我们曾经走过的路、跨过的桥、渡过的船、涉过的水、看过的山、爬过的树，那些我们记忆里的小巷、矮墙、土屋、篱笆、田埂，乃至我们儿时的梦，仿佛就藏在那一缕缕温柔的月光里。夜月日日新，往事渐渐旧。在高速发展的今天，中华之城乡面貌都在翻天覆地变化着，我们的往事早已成为记忆，心头的旧影何处寻觅？"万影皆因月"（唐·刘方平《秋夜泛舟》），唯愿新月年年照旧影。

和所有土生土长的莲花人一样，我儿时和最青春的记忆都在莲花这片土地上。无论是外出求学，还是成为一名北漂，心心念念的地方唯有这"村居原自爽"（清·李其昌《莲花村》）的莲花。那青山那秀水，那田亩那稻花，那黄泥那山梅，那炊烟那云霞……还有那透着柴火烟熏的香味的腊肉，以及那光着屁股跳进河里的无忧无虑的年华。

自北漂以来，除了清明和春节我都要回到家乡莲花外，几乎每年的霜降我也要回来。既为了帮着年迈的父母采摘油茶梓，更多的还是为了回味年少时山野村居的"翻山越岭"地去爬树、摘野果的乐趣。遗憾的是，去年的春节和这两年霜降，我都错过了。因为疫情，我们回家之路变得更加身不由己。

疫情，改变了世界，也改变了我们。疫情，让我的霜降变得只是节气的霜降，疫情也让刘晓林先生写成了这本《新月旧影》。而我只想说，这本集子里收录的是刘晓林先生的往事、印迹和心路历程，亦是我们每一名莲花人的思念和挂牵，其实也是我们中华民族几千年的悠悠乡愁。

什么是乡愁？李白说："举头望明月，低头思故乡。"余光中说："乡愁是一湾浅浅的海峡。"我想，乡愁是彼此惦念的那个地方，是永远都在等待游子归来的地方。待游子归来，山还是这山、水还是这水、人还是这人……哪怕归来，再也找不见儿时走过的那条小巷、爬过的那棵树、翻过的那堵墙，但还能在清明日和除夕日到先祖的坟前祭拜，还能听到亲切而熟悉的乡音，还能跳进河里掀起欢乐的浪花，还有尝进嘴里不曾改变的味道……我想，这就是我们生命里每一次归程最大的满足。

翻开这本《新月旧影》，字里行间穿越了过往，牵动着记忆透过光阴的界限，将梦萦魂牵的乡愁捎来。新月是否依然照旧影？沉重的问题，轻轻地回答，恰在心灵最深处！

蓦然抬头，明月照窗台。虽然窗外无江，却思念起了那条蜿蜒而生生不息的莲江。在这样的月明之夜，莲江之畔该是怎样的风光呢？也许没人在这初冬的寒月下荡起一叶扁舟，却也是别有一番风吹影动、波起月摇的诗情画意吧……一念既起万念则生，虽不是春天，我依然想起了那首"孤篇压倒全唐"的诗，兀自念着"江畔何人初见月？江月何年初照人？人生代代无穷已，江月年年望相似"（唐·张若虚《春江花月夜》），不由得泪流两行……时代在向前、社会在进步、家乡在发展，故去的事、故去的人以及故去的印痕和青春，也许都了无踪迹，任谁都追不回了。月日日新，事渐渐远，人年年老，虽然"人生代代无穷已，江月年年望相似"，可毕竟换了新颜，旧影何处觅？好在记忆还在我们心中，思念还在我们心中，牵挂还在我们心中，直到我们永远地停止呼吸……

新月照旧影，人心各有情。搁笔之时，写下一首小词。不为世事变迁的感伤，只为在这初冬季节铭刻一段乡愁的记忆。红尘一梦，虽然只不过是路过人间，却也清晰地知道你我都曾来过，也曾有过或者留下或多或少的故事，早已看惯了日升日落、花谢花开，唯愿新月年年照旧影！

新月照旧影

月是故乡明，
皆因一片情。
天涯远 乡梦长，
年年新月照旧影。

月在他乡明，
捎来一片情。
借清辉 传乡思，
岁岁新月照旧影。

新月照旧影，

人心各有情。

情深藏冰心，

心上月长明。

是为序！

陈维东

辛丑上冬月十五日晚于燕郊寓所

陈维东，青年词人、编剧，中国音协会员，中共江西省委宣传部"四个一批"人才，《词刊》特约编辑，国务院参事室主办的国家音乐文化工程"百年乐府"编辑。先后受邀为央视"艺术人生""文化视点""音乐公开课"节目嘉宾。近年来连续受邀为重大文艺活动创作作品，多首作品曾登上"央视春晚""百花迎春"等重大晚会。近二十个项目和作品入选国家艺术基金、中国文联文艺创作扶持项目。主要作品有：歌剧《扶贫路上》，音乐纪实剧《家园》以及歌曲《美丽中国走起来》《追着未来出发》《最美中国人》《把福带回家》《最美的约定》等。

序四

年年有新月，处处有旧影

——读晓林君之文集《新月旧影》

陈柳香

有知名评论家说过：文章里有真，总是格外能吸引人！

法国18世纪启蒙思想家卢梭也说过：天然的东西样样都好！

我想把这两句话作为老同学刘晓林的文集《新月旧影》带给我的阅读体验！确实，在作者的大多数篇章中，给人的感觉有时就像是作者拿着的不是一支笔，而是扛着一架摄像机，随时随地把生活拍摄下来，他的文字就是鲜活的生活的复制！其内核就是真实，再次就是鲜活，阅读这些文字，你可以清晰地看到人物的一颦一笑，举手投足间皆有质感。阅读这些文字，就像是捧着一个刚烤好的番薯，有热度，有浓浓的烟火气息！而真实则具备了打动人心的力量！在其文字中，有真实的地名、人名，真实的时间，真实的事件！有文友曾带点夸张说：晓林君的文章真实得"肆无忌惮"。书中的许多人物也许就住在你的左邻右舍，敲敲门，就可闲聊半天。其次，语言上他恰到好处的方言土语，更是令人拍案叫绝，忍俊不禁！他的写实散文是用"真"和"鲜"两种元素在繁杂的生活琐屑中萃取而成！

清朝人赵翼在《瓯北诗话》中曾有一段文字评价李白的诗，其中一句，我想断章取义拿来形容晓林君的文字：不屑于雕章琢句，亦不劳劳于镂心刻骨。当然所指有相差，但也不乏相似之处！刘晓林的文字朴实平易，不事雕琢，单看一篇，真是再普通不过，而贵在他的文字都是从心底真诚的倾泻，立足本土，立足当下，关注身边，接地气，有尘埃！不好高骛远，不眼高手低！不盛气凌人，更不作心灵鸡汤、灵魂教父！更贵在他聚沙成塔，集腋成裘，假以时日，应该有不俗的成绩！

初始，以为他只是偶尔兴起，捉刀弄笔，玩玩文字游戏，孰不知，他"蓄谋已久"，当他以快速高效的姿态，以迅雷不及掩耳之势发表了众多作品之后，我的嘴形变成了"○"形。但当跟他有更多的交流之后，当他把多年写的一柜子等身的日记展示给我看时，一切的好奇和疑惑迎刃而解，我懂了，他对写作的兴趣绝非一时兴起，而是早已"韬光养晦"甚至有些"老谋深算"，乃至今日，得以厚积薄发！待到"对"的时间，一切水到渠成！闪亮登场！他的创作激情如旭日东升，喷薄而出，又如大江奔涌，浩浩荡荡，一泻千里，不可遏制！短短两三年时间，他便凭他的累累硕果跻身于江西省作协，成为了青年作家网的签约作家！短短两三年时间，他以他的勤奋和才情，写就了两本文集《林下晓拾》（已出版）和《新月旧影》（将出版），《林下晓拾》是全国为数不多的由乡党委书记执笔写下的文集之一，非常具有地方史料价值和借鉴意义！且与多位省委书记、县委书记所著的主政谋略以及陈行甲人生笔记合在一起，共计四册，现正在京东平台热卖中！

《新月旧影》所写涉及的范围更广，大到家国大事，小到琐屑家事，但无一不倾注了作者的全部热情！习近平总书记提出：好家风应世代相传！其中最打动我的是他亲情故事的叙述部分，在这些文字中，有不识字却有高明医术且怀有医者仁心的祖母，有勤劳好强的母亲，有令人敬仰的父亲，有夫妻情、兄弟情、父女情、爷孙情等！有老屋，有故居，有历史！有故事！一个家庭的繁衍生息、成长的历程在文字中如画卷般多角度、全方位一一展开。其家风家教的某些方面都可做村人学习的教科书！这是个团结友爱的家庭，是一个积极奋进的家庭！

正如作者所说：写作不带功利，借此至少可以让后人知晓他们的前辈的生活经历，仅此足矣！

近读张岱的《陶庵梦忆》，文章内容丰富，作者才情纵横，作注者纯生氏的点评更是精妙无比，惜字如金却字字珠玑，其博文多识更令人高山仰止，他曾化用北魏文学家祖莹的话来点评张岱的《梅花书屋》一文，祖莹的这句话是：文章须自出机杼，成一家风骨！借用它送给我的老同学刘晓林，期待他有更多的佳作面世！领风骚于这个美好的时代！

新月常新，旧影常在！

完稿于 2022 年 2 月 21 日

陈柳香，笔名红紫，现任职于江西安福城关中学，高级语文教师。蹉跎了几十年，2019 年起，利用闲暇时光，开始提笔创作，现有原创文章三十余篇，散文、诗歌、评论、教学笔记总计十万余字。

目录

第
一
辑

童年往事

　　每个人都有自己的童年，对童年的感觉也不尽相同，有幸福的、美好的、快乐的，也有辛酸的、痛苦的、悲伤的，更有难忘的，甚至是刻骨铭心的。

　　我的童年，还是比较幸福的。年少经历的许多事，就像存放在储物室的物件，如果不去整理，它们便静静安放在不起眼的角落里。随着时间的流逝，大多都已逐渐淡忘，然而有些事、有些人却永远无法忘怀。

　　每当回到庙背老家，路过祠堂，新江里时，童年的往事就像电影一样，就会一幕幕浮现在眼前，可谓是"余忆童稚时，能张目对日，明察秋毫，见藐小之物必细察其纹理，故时有物外之趣"。

　　我出生在庙背堂址三房祠堂里，三房祠是我们三房刘姓的公祠。那时候，祠堂里共住了祖国、纪律、志向（那时候取名字都喜欢带着浓厚的政治色彩）和我们家共四户，祠堂已重修二次，仍保持着旧时徽派建筑风格，青砖黑瓦，马头墙，祠堂内正中有天井，后有厅堂，两边是厢房。听母亲说，那时家里很贫困，爷爷带领大家用田泥做砖，历经三年，亲手建造的土砖房。在1958年时，又被生产队无偿征用，奶奶领着全家又在田南择地筑地基。在过渡期里，全家只好暂寄住堂址。为了建房，全家都得齐心协力，那时母亲和叔叔、姐姐们经常要去三里冲背树。在田南修建房子那时，我还很小，经常饱一顿，饿一顿，上顿不接下顿，因为骨瘦如柴，家里人就俗称我为"柴猪"。后来，听母亲说，那时没人带，大部分时间我是在摇篮里或坐在木椅子上度过的，有时一放就是半天，尿湿了，拉屎了也来不及换，中午靠奶奶喂薯汤吃，傍晚时分，看见母亲从山里背树回来，高兴得两只小手总拍打着摇篮木椅，脸上总是"嘿嘿"傻笑。

1970年正月，奶奶带着父亲那三兄弟共十二口人搬往古门山脚下的田南，大家庭终于有了自己的新房，田南的房子建得比较大气。当时，伯父刘念怀在吉安良种场工作，父亲刘恩怀在南岭公社当书记，信怀叔叔也在庙背村里当大队支部书记，也算是清一色的革命干部。田南新屋建筑样式也跟人民公社的办公用房一样，房子正中间一个大厅，可以摆8个方桌，两旁中间差不多有2米过道，一边4间20平方米的房子，楼上楼下共有16间住房，二楼的顶层未铺楼板，睡在床上可以透过瓦片看见屋外的光线，我自小就住在楼上读书写字。正屋边上是排厨房，前后院各有近420平方米菜地、果园，前院栽的是麦梨树、梨树、柑橘树，后院栽的是桃树。每到春天，园子里梨花满树，蜜蜂成群。最开心莫过于盛夏瓜果飘香的时节，园子成了我们兄弟几个吃喝玩乐的乐园。

田南的房子，当时在庙背大队来说也是一栋标志性建筑。后来村里人建房，好多人也选择荒山荒坡仿照我家的样式建。2012年，房子重建，我父亲三兄弟依然在地基上照原样按徽派建筑建回原来的模样，在后院再兴建了一排五间平房，前后栋中间建了80平方米回廊，左右建了围墙和圆拱门，俨如北方的四合院。

在老屋的后山，一大片是叔叔亲手栽下的竹子，每年的竹笋是挖不完的。母亲开荒的菜地也有二三亩。1977年年初，伯父伯母从吉安调回莲花工作，初步设想在老屋后立基角建房，前生和后生两位哥哥请人开挖界址。叔叔种植的竹林，每年都会有新芽出土，没过几年，就蔓延约莫有二十几亩了。

我就是在这个舒适宽敞的农家小院慢慢地快乐地长大的。这个农家小院在我的人生中留下了深深的烙印。后来，我在闪石、神泉当乡长、书记时，也是极力倡导百姓利用荒山荒坡建房，严禁占用基本农田，我觉得农田是祖祖辈辈先人留给后人赖以生存的基石。而今，一些地方无休止地占用农田建房，或许是"断子绝孙"的孽债。

小时候，伯父伯母在吉安地区粮种场工作，姐姐金莲和前生、后生也随父母到吉安。伯母是高洲人，60年代就在莲花的几个公社担任妇女主任，1966年也随伯父调往吉安，伯母嫁给伯父后一直没生小孩。对我又特别疼爱，平时喜欢带我去吉安玩，而且一去就是差不多半年以上。有时就叫后生哥哥回来把我带到吉安。记得有一回，小毛哥哥也想去，后生就买了很多图书和油条给小毛哥哥，小毛哥哥也挺知足，有了图书和吃的也就不跟了，自个儿回家。

在吉安地区粮种场，我喜欢到汽车修配厂去玩，喜欢闻汽油的味道，哥哥有时带我去兴桥中学玩。每天下午五六点钟，在粮种场池塘里游泳，那时也不管干净不干净，依稀记得水面上漂浮着许多的水浮莲，反正场里孩子放了学都像水鸭子一样在那嬉闹，我就是在那学会了游泳，从此也爱上了游泳。

有几件事在头脑里记忆犹新。一次是后生哥哥带我在新桥饭店吃葱花包子的事，那是我平生第一次吃葱花肉包，那雪白的、蓬松的、热气腾腾的肉包在竹制蒸笼里出来，香喷喷的，看见就流口水。用嘴一咬，露出那葱花，那肉卷，那肉油的甜味夹着那么点的咸味，美滋滋的、甜滋滋的……我一连吃了五六个，吃得肚子直胀气，那味道至今让我留恋；还有一次是一个周末晚上，从兴桥乘坐拖拉机去地区工人俱乐部看电影，至今还记得电影名字《万紫千红》，结果在回来的路上，大家都疲倦了，不知什么时候把我的毛线衣掉在路上，因为是农场耕地的拖拉机不密封，坐在车座位可以看见马路上的沙子。为了不受凉，我穿着后生哥哥的毛衣，差不多有一个多月，伯母才请裁缝师傅帮我做了一件（那时商店没衣服卖，一般都是叫师傅量身定做）。在吉安待了半年多，回到田南，自己满口的吉安话，妈妈抱着我打屁股，并打趣:"真是吃了奶就忘记了娘,你这个没良心的。"后来,娘再也舍不得让我离开。

我小时生性胆小,腼腆,大家都说像个小姑娘似的。有一回,爸爸、奶奶带着我到县城玩,到人民理发店旁琴亭桥头红卫照相馆照相,因为是第一次照相,看到照相的师傅架起的相机像个大炮,用块大红布遮着,让我站在凳子上,照相时把红布掀开,用手使唤着,嘴里不停地唠叨:"头靠右点,靠左点,抬头,微笑……"奶奶和爸爸叫 "抬头,抬头",他们越叫,我就越害怕,越把头往下看!爸爸气得要死,后来干脆用手甩了我两耳光,说:"真是个没出息的家伙!不照了。"

晓壮,我们两家相距不到百米,而且还是同宗同祖的辈分关系,快到该上学的年龄,他和"七子"因我不想去而推迟了上学。每天跟着我去掩山冲里、龙源口、毛子山、团子里等几个有草、有毛叶、有竹子的地方放牛,我们也称这几个地方为"根据地"。我把哥哥的红领巾作为我们的营旗,有放哨、宿营的场所,在家后面薯窖坳上黄泥坡上滑壁,在新江里洗澡,在小水圳里搬泥鳅……那时,家家户户是烧柴煮饭炒菜,冬天也是柴火取暖,山上光秃秃的,夏天上山放牛基本是打赤脚,摘地角梅吃,摘猎猎芯吃,摘杜鹃花吃,冬天大多穿布鞋或解放鞋,在山上摘茶耳吃、野枣子吃,用毛管吸茶花糖吃;那时,村里哪个大队放电影,我们都会跟着大人去,哪怕是下雨,当时,村里都是石子路,村与村之间都是石板路,碰到雨天,我们总是踩光亮的地方,大部分是石板,也有不少石板没了,堵了一堂水,踩得整个鞋子、裤子全是水,但回想电影里精彩动人的英雄人物,什么苦都不觉得,可以说,我们这一代人是看红色电影长大的,什么《地道战》《地雷战》《小兵张嘎》《洪湖赤卫队》《智取华山》《上甘岭》《英雄儿女》《闪闪的红星》《董存瑞》《永不消逝的电波》《铁道游击队》等影片不知看了多少遍。

我家四个兄弟全是男孩，打猪草也成了孩童时的一项重要家务。那时候，踢房子，打纸板，推铁环，躲迷藏起来找人等游戏是闲暇时常玩的游戏，有时饿了，也会做些"偷鸡摸狗"不光彩的事，如到方清家果园里偷柑橘，到七队里偷番薯吃等，有时被告状到家里，奶奶和娘对我的那顿毒打是少不了的，边打边哭边发誓再不做坏事啦。

小时候，疫苗只有结核卡介苗，在左手画个"十字"，狂犬疫苗还未研制出来，农村养狗、养牛较多，差不多是户均一条狗、一头牛。"疯狗""疯牛"的事情时有发生。记得有一年，村里的疯狗特别多，我也不小心被疯狗咬了，母亲就带我到南岸排队吃草药。不过咬我的狗没有疯，真被疯狗咬了那时一般很危险，听说某某地方某人被真的疯狗咬了后发作，家里人把他关起来，眼睁睁看着他四处抓墙撞墙，头破血流，直至死亡为止。有一年，我家养的黄牛也疯了，关在牛栏不敢放出来，后来十二队长请来大队的民兵连长刘甫生躲在牛栏的窗户边用枪瞄准连打了三枪才把它打死。那时，我小不懂事，拿着扁担就往刘甫生连长打过去，哭着闹着叫他赔我家的黄牛！直至叔叔抱住不能动弹才放手。

在那个物质匮乏年代，小孩子就盼望着家里来客人，其次就是盼望过年。家有来客，母亲会切腊肉清蒸，我可以用腊肉汁拌饭吃，那味道至今记忆犹新；过年，在我们家特别隆重，大年三十的年夜饭，爸妈把家里有的鸡鸭、腊肉、蹄花、鱼等各种菜都配齐，堆台满桌，平常不让我们喝酒，大年三十也开戒，吃完饭后，妈妈给我们每个人一碗生姜萝卜菜，用盘子端过来，像招待客人一样那么热情——我们一年到头从未享受过这样的待遇——并端上各种花样"碗杂"供大家品赏，而后叫我们依次洗澡换上新衣服，妈妈做的新布鞋。爸爸拿一大把2角的新人民币，每人10张作为压岁钱。伯父伯母从吉安回来过年，也会给我们发红包。大年三十晚上要守岁，父亲喜欢把我们兄弟四人叫在一起，围在火坑边烤火，听他讲《南征北战》《孙悟空三打白骨精》《四渡赤水》等故事，爸爸讲起来栩栩如生，手舞足蹈，活灵活现的，听得我们津津有味。小旭、小亮还很小，他们听着听着，不到十点就在我们的怀抱里睡着了，我和大哥一直陪着守到半夜，直到开"财门"为止。

俗话说得好，"大人盼莳田，小孩盼过年"。记得有一年刚到夏天"吃新"季节，奶奶坐在大门前石板凳上折豆角准备午餐，我站在奶奶旁总是双手推着奶奶问："奶奶，奶奶，什么时候过年？"奶奶拿起豆角往我头上打，骂着我："你这个要吃鬼，刚刚过完年就又想过年！"

家里的亲戚，除了安福县洋溪姑姑家外，我最喜欢去的亲戚家就是安福横江姨妈家，姨妈家住在一个山冲里面，方圆七八公里仅两户人家，与姨妈家隔山相望，但吆喝一声，对方便听得一清二楚。姨妈其实不是母亲的亲姐姐，只因为她们都是上栗长平乡人，由于离萍乡远，两人结为姊妹，但她俩的感情胜过亲姊妹。姨妈生了四个孩子，老一、老二是女孩，已早早嫁了，老一是嫁在横江老屋里，老二是嫁在南岸。老三是男孩，叫玉金，和我一样大，玉金那有一箱一箱连环画图书，都是在安福严田新华书店买的，我是在他那恋上了图书。老四又是女孩，叫漫妹，和小旭弟弟一样大，姨妈曾提出把小旭和漫妹换，我母亲没同意。姨夫靠打猎为生，生活比我们家要富裕得多，经常有野猪肉、野兔肉、野牛肉等野味吃，还打死过老虎。听母亲说，我父亲的风湿病就是吃了姨夫的老虎骨熬汤治好的。那时，我母亲把姨妈家当成娘家，只要和外祖母闹别扭，母亲就带着我往姨妈家跑，而且一住就是十天半个月。

有一年春节下着雪，大姨妈带着小毛哥哥、漫妹、玉金去萍乡拜年，那时是走路去走路回，中途还要在南坑借宿一晚，漫妹年龄小，走累了，走不动了撒娇，叫小毛哥哥背着，累得哥哥上气不接下气，把过年母亲做的新衣服弄得到处是泥巴，为这事，哥跟大姨妈闹僵了，后来哥哥连年也不去拜了，但姨妈对我母亲及我们的关心、关爱、帮助，我们一辈子都不会忘记。

　　童年的一些琐碎记忆，虽零零碎碎，现在回忆起来，仿佛就在昨天，童年是美好的、幸福的、甜蜜的……为好朋友"七子"中年离世而惋惜，多想再一次去横江的姨妈家那山冲里去住一段时间，感受野猪腊肉的香脆味道；多想再去吉安良种场看看修配厂的师傅，闻一闻那汽油的味道；多想再看看龙源口、掩山冲放牛时的"哨所和营地"，看一看当年鲜艳的红领巾是否依然迎风飘扬……

　　　　　　　　　2020.8.23《赣西都市报》金鳌洲栏目
　　　　　　　　　2020.8.24 江西散文网

祠堂、礼堂，我的学堂

　　祠堂、礼堂，怎么变成了我的学堂？也许，在年轻一代看来，没有经历过认为是不可思议的事，但在我们那个年代，却是极为普遍的。每每步入充满现代气息的校园，不由就会想起在路口庙背祠堂、礼堂里读书的年少烂漫时光。

　　地处赣西边陲的山城莲花素有"泸潇理学，碧云文章"美称，其中"泸潇"是指明朝理学大师刘元卿，"碧云"是指清朝书法家、末代帝师、北大第六任校长朱益藩。莲花自唐代以来就有修建祠堂的传统，尤其明隆庆六年（1572）刘元卿（号泸潇，是明代著名理学家、文学家、教育家，江右"四君子"之一）创办复礼书院以来，祠堂书院盛行。在莲花县境内，竟有公祠、宗祠700余栋，

成了赣西边陲山城的一大特色，大都是一祠一姓，有的村落一姓也有几个公祠，若干个小祠。路口镇庙背村刘氏在此开基伊始，就有四个儿子，繁衍生息，开枝散叶，人丁兴旺。有了一定经济实力后，四个儿子先后聘请风水先生择地，各自分建一个公祠，称"长房祠，二房祠，三房祠，四房祠"。四房公家最发达，其公门下又建了花萼祠、后

胡祠、臻公祠、金阁祠、亶忍祠、诚公祠、诹公祠、见公祠等。

祠堂是祭祀祖先、贤哲或神灵的场所，在我们上西农村，祠堂一般有三大作用：一是家族小孩升学，在祠堂里办庆典，出发；还有每逢女儿出阁，在祠堂拜完宗祠祖先后出轿。二是家族里死了人，有点地位身份的人或为族人有突出贡献的才在祠堂里安放，出殡，之后立牌位在祠堂神前供奉。三是家族重大事项议事，制定和落实乡约民规的场所。另外，祠堂还有一个重要的功能就是办书院、做学堂。我的小学生活也有部分是在祠堂里度过的。

礼堂是中华人民共和国成立后的产物，由大队统一建设，各家各户出工出力出钱集资兴建。庙背大队的礼堂建筑面积比较大，气势磅礴。前面建了三层，砖木结构，每层两旁是近 50 平方米的大教室。回廊有 12 米宽，进深 4 米，两根水泥钢筋柱有 4.5 米高，双人环抱着都显得吃力。礼堂中间是大会堂，可容纳 500 多人，后面二层，大小同前面一样。

那些年，大队召开社员大会，看电影或演戏，还有当兵入伍都在礼堂里举行。我在礼堂读书的时候，每年都要举行几次大型社员大会，全村老小自带凳子，整个礼堂坐满了，而且一开就是半天。如今，庙背礼堂已改造为庙背文体中心，当年的红砖黑瓦也被漆成蓝色的墙面，屋面也被琉璃瓦所替代。

那时，为消灭文盲，基本上每个大队都有完小，一至五年级比较齐全，但学校没有固定的场所，一般选择一些建筑宏伟的旧祠堂或大队礼堂作为学校办学校址。庙背大队的礼堂建在四房公门下的花萼祠旁边，我是在花萼祠读的一、二年级，在大队礼堂里读三至五年级，那时办公条件极其简陋、艰苦。平时，由值日老师负责看时间上下课打铃，铃是没用的旧铁锅的盖子，用根绳子穿起来挂在二楼的横梁上，敲起来发出"铛铛铛"的声音。课间操没有广播，全靠高年级的体育课代表或值日老师在礼堂的舞台上负责一边做一边叫，累了就吹哨子带。教室地面用石灰和沙土搅拌填平的，扫把经常扫，扫出不少坑，想要把课桌放平也很困难，课桌怎么摆都难以整齐，如果两个人不同时写字，课桌的另一头难免会翘起来。

学校老师都挤在礼堂二楼的一间大教室里办公，外地的老师大部分住在祠堂的二间厢房，几个人挤在一起，实在住不下的一般由大队书记安排在礼堂附近农户家居住。没有固定的运动场所，除了语文、数学外，其他课均为"杂科"，没有专门的老师，大多是教书挣工分的民办老师。

那年代，没有幼儿园和学前班，到了七岁或八岁就直接进校门，当然也有很多十一二岁的小孩也刚"开蒙"，读一年级。那时主要是学语文和数学两门主科，只要一门不及格就补考，补考未过关的就留级再读。村里"赤脚医生"刘国强的儿子小名叫"苟苟"，不愿读书，留了很多级才勉强把小学读完，他挂在嘴上的一句话："一大家人吃饭，就晓得喊我一个人读书！我也不读！"

1976年9月，我和晓壮、"七子"三个儿时的好朋友，还有建生、刘铁一起去读小学一年级。当时，语文老师是从县城来的文春娇老师，留着一个上海头，个子比较矮，眉毛清晰，两只眼睛炯炯有神，说话、

走路、教书带读特别有精神，对学生管理也特别严。

在小学的五年里，我一直担任班长，学习成绩特别优秀，教过我的文春娇、"铁苟子"刘铁青、刘湖清，还有"岸子"刘清泉、"干干"刘龙生老师都非常喜欢我，尤其民办教师"铁苟子"刘铁青，他调到观文书院下垅小学教书，为了能看上《少年文艺》《故事会》等新书籍，我利用晚上休息的时间拿着手电，借着微弱的电光在田埂路上深一脚浅一脚地跑到观文书院向"铁苟子"老师借书看，也是《少年文艺》让我爱上读书，语文成绩一直优秀。班主任和语文老师不在的时候，一般都由我管理着班里的大小事务，我也像个小先生一样，拿着老师的教鞭带读朗诵课文，安排打扫卫生，参加体操，布置课外文体活动等，班上"牛高马大"的，最调皮捣蛋的刘桂香、刘艳秋也被我治理得服服帖帖。

虽说自己是班干部，但贪玩好动的性格也是改不了。在夏天，就是课间十分钟，也经常组织同伴去小水湾（而今的山湾园）游泳，小水湾其实是一口水井，能容纳十几个娃洗澡，水很清澈、清凉，那时，我们一下课就一个劲头跑过去，剥了衣服像小猴子一样一个个往下跳，爬上来穿起衣服又急匆匆往回赶，跑得慢的又被老师罚站，说出是谁带头的，我自然脱不了干系，然后对"叛徒"进行惩罚；放了学，路过方清家，看到围墙外高高的柑橘树上挂满了红通通的柑橘直流口水，便不由自主在地上捡起石头瞄准柑橘往树上打，柑橘便唰唰地掉满一地，我们就一个劲儿在地下捡，还没等方清出来骂，我们就跑光了；在红花田里和刘桂香、刘艳秋他们打群架，肉搏战，有时会打得青一块紫一块地回家，让娘好担心，又向文老师、"铁苟子"和"岸子"老师告状。第二天，老师又把我叫到办公室批评教育一顿。

从小学三年级开始，学校每年都要组织学生勤工俭学，农忙收割时一般要放7天假期帮助家收割"捡禾盏"，每人要交3－5斤稻谷；冬天木梓熟了，学校也放假3天帮家摘木梓，每人要交10斤木梓，自己调皮完不成任务的，大多从家里的粮仓里再拖点，从家里的木梓堆偷点；到了冬天，寒冷季节，高年级的学生由班主任老师带队自带点心挑着担篓去石门山、上墩、山里冲等山里挑木炭。那时，学校没电，冬天烤火，全靠烧炭盆，大多数学生衣服穿得比较单薄，有的学生只穿一条裤子过冬，有的学生甚至连袜子都没有，走起路来双手插进裤兜，弯着个腰直打哆嗦，两条鼻涕像"牛车路"流个不停，有条件的学生会带"蜂笼"（火笼）取暖，火快熄了，就用手用力摇，摆成一个圆形，火亮了，犹如一个小火球打着圈；没有火笼的学生，下了课后，大家就在一起背靠墙壁挤壁（实际上大家用力用手腕挤，相互取暖），或相互追赶，玩"猫捉老鼠"和"老鹰抓小鸡"的游戏，或"踢房子""斗鸡""打黄牛"。顽皮捣蛋的男孩子爱"打弹弓""滚铁环"或"玩羊角"；女孩子玩"踢毽子""丢手绢""跳皮筋"等游戏。

从入小学门那天起，娘对我说，你已长大了，你哥去路口中学读书啦，放学后，你要继续扯猪草、看牛，还要承担起挑水，照看小旭、小亮两个弟弟的任务，寒暑假要到生产队莳田，摘木梓挣工分。

那时，父亲在南岭公社当书记，几乎没有休息日，很少回家做农活，家里的大小事情由娘一个人承担，为了多挣点工分，娘让我和哥一起参加生产队的农活，尤其是"双抢"季节，从一开始到结束，整个暑假两个月，差不多每天都要去，下雨天也不例外，直到手指头、脚指头都溃烂了才算结束。记得有一年冬天霜降，生产队摘木梓会餐，吃的黄豆煮猪脚，放了很多辣椒和猪油，因为饿，我吃很多，吃得晕晕乎乎像喝醉了酒一样，肚子胀气，难受死了。

那时，整个村没有一台电视，村上的广播早晚播一会儿就停了，除上课外，接受外面的知识主要靠铁青老师的《少年文艺》《故事会》和串村观看电影，那时信息闭塞。我最主要的信息渠道，还是父亲留在家里的那台旧收音机，每天只要一有空，就会准时打开少年儿童广播频道，坐在收音机旁听《白雪公主和七个小矮人》《卖火柴的小女孩》等故事，听一些儿童歌曲。有时也会跟着广播学唱歌，我"乐天派"一个，每天上下学都会在龙背路上放声把歌唱，在放牛的山上也唱，还真有点像清代诗人袁枚《所见》所描绘的"牧童骑黄牛，歌声振林樾"那样的味道。在水库里洗澡、游泳也唱，在扯猪草时也唱，不但唱老师教的歌，还自编瞎唱一些自己写的歌，以至于牛听见歌声，就会发出"哞哞"的声音，似乎能感觉到我回来了会牵它放养。

就这样在祠堂、礼堂的学堂里，圆满完成了我小学五年的学业。那时候，小学毕业还是一件非常庄重的事情，庙背小学举行隆重的小学毕业仪式，李南新（下坊升塘人）校长讲话，同学们都戴着鲜艳的红领巾照集体照，中午全体同学还吃个毕业告别餐。成绩好的同学，继续读初中；成绩不理想的，家里又交不起五块钱学杂费的，或留级，或报名参军，或走向社会、走向农村，和父辈们一样过着"少无适俗韵，性本爱丘山"般悠闲自在的田园生活。

祠堂、礼堂成为学堂的历史已一去不复返！展现在我们眼前的学校已是宽敞明亮的现代化电子化信息化的课堂，标准的塑胶跑道和运动场地，中午还会提供免费的午餐。"民办教师"一词，早已退出历史的舞台，大学专科、本科学历已是小学教师队伍的主流，甚至有的地方研究生已占有很大比例……

2021.4.11《赣西都市报》金鳌洲栏目
2022.8.27 中国作家网

永远的小碧岭

　　在莲花，只要说起小碧岭，人们都晓得那是莲花中学，那也是我的母校。莲中创办于1941年，那时选址在象鼻岭，民间谐音称"小陂岭"，后改为"小碧岭"。国民党六十三师陈光中部曾驻扎于此，有营房数栋，后据此设立县立初级中学，首任校长由旧县长刘荫寰兼任。学校经过近80年变迁与发展，尤其是20世纪90年代初推行集中办学，把复礼、坊楼、坪里三所县办中学高中班撤并到小碧岭后，优秀教师都选调在莲中，教学软硬件设施得到全面改善与提升，已升格为省级重点中学，荣获"江西省十大满意学校"称号。

　　在莲中，我虽然只读了两年的书，但我始终为自己曾经是一名莲中人而自豪！2011年母校70周年校庆，我也积极响应号召慷慨捐赠1000元以表学子心意。2018年，因学校发展的需要，莲中已整体搬迁到新的占地350亩的教育园，老莲中改为城厢中学，新的莲中，新的校区，采取寄宿制管理，高考成绩捷报频传。然而，对小碧岭老校区的那份情，永远在那儿。小碧岭，我永远的母校！

　　2019年6月，县文明办安排县直单位"一把手"带队上街值勤，卫健委被安排在民政局与城厢中学交叉红绿灯处站岗。我不由自主地到曾经的母校走走，试图找找掩映在板栗树中的初中教室；找找老师挑灯备课的那栋低矮的平房；找找苏式风格的"五五"（因55周年校庆重新装修命名）教学大楼……

　　步入校门，抬头望见的是两排72个台阶的阶梯，像一本本教科书，整齐地折叠在那像"书山"，"七十二道坎"喻似"孔门七十二贤"和"七十二行，行行出状元"之意。一对大理石麒麟巍然矗立在台阶两端，是莲中南京校友会颜天宝、陈祝金、陈红喜等捐赠的，上书"麒麟荟六朝古都之文韵，莲中孕四海名域诸英才，值母校七十华诞，恭赠石兽，一纪孔圣降生，麟吐玉书之逸事，二祈母校人才辈出，再铸辉煌之愿景"。

　　睹物思人，见景生情，37年前的那些人、那些事，仿佛就在眼前……

　　1982年8月，我从路口中学转学到莲中，按成绩排序分在初中部尖子班2班。教室挂在山腰，是一层平房，砖木田泥烧的土砖房，教室左右两边的六个大木窗，没有玻璃，冬天冷时用白纸糊上，到了春天又撕下来，黑板是水泥油漆做的，老师写粉笔字时不时掉下白灰。写满讲完，老师用刷子来回几下才可擦干净，一节课下来，有的老师的衣袖上沾满了白灰，坐在前排的同学也会经常捂着鼻子，不然就要"恰（吃）粉笔灰"。教室前面：学校的田径跑道，一座大鱼塘和学生食堂，后面的山上是初一年级的一排教室。在我读书时，整个校园被板栗树、樟树、桂花树所覆盖，那时最高层就是那栋红砖黑瓦的苏式风格的三层"五五"教学楼和一栋新建的二层实验大楼，大多数是一层平房。在板栗熟透的季节，我们下课跑到树下捡板栗吃，在鱼塘旁炎热天常看见鱼儿在塘中跳来跳去，有小虾，调皮的男生常常下课就跑去鱼塘边捉小虾。二排8栋一层平房教室横卧在山腰，一所能容纳3000多人的大礼堂矗立其中，还有食堂、教学大楼、实验室。

那时候，我们化学、物理涉及实验教学的课程，全都在实验室完成，在实验室上课做实验，让同学们产生了浓厚的学习兴趣，只要是上化学、物理课，有同学就问："在实验室上吗？"如果有，立马就拍着小手说："又上实验课喽！"那种高兴劲就甭提了！这也是我们化学、物理得高分的主要原因，这也是莲中区别农村中学的一大优势。那时，有的乡下中学连实验室都没有，上物理、化学只有老师在讲台上演试，同学们没办法亲手操作。

那年暑假，爸爸特意安排我和哥哥在大乐坪林场金莲姐姐那勤工俭学（那时叫找副业，没有打工的说法）："炼山"即用镰刀砍掉杉树

苗四周的杂草和杂树，价格是清一亩2元。还买了两把刷子给我们，临走交代我们，不要给姐姐带来太大的负担，自己的衣服、鞋子脏了可以用手洗，洗不了就用刷子刷。哥哥很听话，带着我每天起早贪黑，戴着草帽，大热天穿着旧的厚衣服，肩扛着划山刀，手提着点心，前往大乐坪后山的杉树林，烈日炙烤着大地，我俩面对杂草杂树，奋力砍伐，每天累得满头大汗，衣裤全湿了差不多被大汗淹白了，脸晒得脱了皮，像个黑米果一样，一个暑假下来，两人共清山22亩，挣了44元，可以解决我6元、哥9元的学杂费，还略有结余。

当年《少林寺》在全国公开放映，在县人民文化宫连续放了三天

三夜，五毛钱一张票都是一票难求，场场爆满，可谓是人山人海，爸爸为奖励我们，特意请电影公司"姚子"帮忙，买了两张票，让我们也放松一下，并买了青皮苹果给我俩吃，那时吃苹果可谓是奢侈品。《少林寺》这部中国功夫片，虽过去多年，影片中方丈对着背负血海深仇的小和尚觉远说的那句触及灵魂的拷问："尽形寿，不杀生，汝今能持否？"至今记忆犹新。

在莲中，从初一到初三，每个年级有两个尖子班，我被分在初中尖子生2班读书，说句实话，我们这些从乡下转来的学生，城里学生看到我穿得土里土气，脚踏着一双旧拖鞋，穿着父亲穿得起白的短裤，大哥穿不了的旧衣服去上学，很显然是不合身的，但那时一点也不在意，和哥哥一起发誓要努力考出去，为父母争气！那时，我和哥哥一起跟爸爸住在琴水公社，每天五六点钟起床，洗漱完毕后就锻炼身体，坚持跑到琴水六模商店再跑回来，晚上

晚自习到十点钟，而且一日三餐差不多都是自己动手，除了娘隔三岔五送点米和蔬菜来，我和哥哥在院子里种了两块地，蔬菜实现了自给，其他的菜基本是豆子、豆腐，每个学期老爸要从粮食局批发好几十斤豆子给我们吃，老爸虽然是公社书记，也同我们一道同甘共苦，在生活上清苦，我想唯有努力，才能挺得起胸膛。那时的我虽然自己在路口中学学习成绩是第一，但在尖子班的第一次考试中，我的各科成绩加起来在全班65个学生中总分排第十九名，在班会发言的时候，我第一次因为学习成绩落后而哭了，而且哭得那么伤心！那时班主任语文老师郭新民老师、数学老师郭兴民老师，英语老师孙军安慰我，说：

"失败乃成功之母，你在路口和莲中不一样，莲中尖子班，是全县最优秀的集中在一起，考了第十九名，说明你还行！我们一起加油！"功夫不负有心人，1984 年 7 月，我们兄弟俩同年考上上级院校。

在小碧岭，每天陪伴我上下学的是住在物资局家属楼的彭文华和家在梅洲的颜建涛两位好同学。那时早 8 点钟上课，我们上下学靠的是两条腿走路。颜建涛的家离学校最远，每天早晨天刚蒙蒙亮就要起来做饭，吃完就急匆匆拼命往学校赶，赶到琴水公社时一般 7 点左右，建涛走起路很快，头向前倾，两只手前后使劲摆动，书包在他屁股后面一翘一翘的，他说这样就走得快。他读书更卖力，他说如果未考上中专，他父亲早已跟他拜访了做"篾匠"（做竹席、竹篮的）的师傅，就去学"篾匠"。后来，颜建涛考得七门课程 684 分的高分，全国的中专由他挑，因爱电子，最后报了景德镇电子学校，现在昆山一家国企当副总。彭文华是坪里镇界化陇自然村人，我到他家玩，他中考落榜后，学开车，在县国税局开车多年，本来生活安逸得很，但他老婆嫌工资太低，要他去特区闯荡赚钱，后因开车疲劳而车祸身亡，作为朋友我深感悲痛惋惜。

我的班主任、语文老师郭新民戴着一副高度数眼镜，显得很严肃。郭新民老师住在山上靠近打靶场的围墙边，从家里到教室要经过一段荒草地，同学们只要看到郭老师从那边走来，都会不约而同快步跑进教室里，郭老师一米八以上的高个子却爱生如子，除了认真教学外，每天下午的课外活动，一部中篇小说《高山下的花环》，他硬是每天按章节一段一段地坚持亲自原文朗诵给我们听！我们也被连长梁三喜临战写给妻子的"遗书"交代妻子要设法归还欠款；"牢骚大王"副连长靳开来为了全连生死身先士卒"奶奶的，二百斤还换不回一捆甘蔗"，结果在回来时踩雷被炸死的动人的故事情节所感动，流下热泪！同时也被郭老师真心真情的敬业精神所打动，同学们表示一定要"好好学习，勇创第一！"打心底里觉得不努力学习对不住郭老师的辛勤付出！在数学方面，我的成绩一直上不去，郭兴民老师每天帮我开"小灶"（每天根据我的学习情况，额外布置三道题目给我做，而且每天下课后帮我改，讲读，直至弄懂弄通为止）。

在小碧岭读书时，我参加了孙军老师组织的英语兴趣小组，每个礼拜六进行，孙老师纯粹是义务进行英语辅导，不收取一分钱。在孙老师的培训下，我基本上可以用英语写日记、写信，英语考试每次均在 90 分以上。

在小碧岭，我一门心思全放在学习上，班上的漂亮的女生较多，在初中二年时，班主任郭新民老师安排座位时爱男女生同桌，我的几位同桌分别是杨艳红、吴丽华与刘九阳。与刘九阳同桌时间最久，但那时，男女虽是同桌，中间却早早被以前坐的男女生划了一条深深的"鸿沟"作为界线，小学时越界往往

会打手，但到了初中，男女生同桌好像从未发生过"战争"，我和她们三位同桌，除非借橡皮、铅笔什么的，平时不敢过多交往和交谈。

记得有一天早晨，我早早地赶到教室里，把书包往里一塞，不小心从抽屉里掉下一张字条，是一位女生写给我的"情书"，我拆开一看，脸一下子就变红了，不敢多看，也不敢多留，看完明白了信的内容后就把它给撕了！也没跟任何人讲，也没答复她。现在回想起来，我们那年代是多么纯真。那时，班上有几位年龄稍大点的男生为争女朋友在碧岭山上的草地上发生过多次决斗，甚至闹到郭新民老师那儿。

1984年7月，我以优异的成绩考取了江西永新师范，要面试的时候，我的班长李万春、副班长贺清炎始终带领同学们陪伴我，鼓励我！李万春、贺清炎、贺明和刘新平四位同学暑假时还到我的庙背老家玩；在师范读书时，猫猫、老九、胡兰、柯建锋和彭文华等同学还常写信来嘘寒问暖。

2009年正月，李万春做东，在莲花饭店举办莲中84级初中2班25周年纪念。当年教我们的数学老师郭兴民、物理老师刘柏文、化学老师彭升坊、英语老师孙军、生物老师李清华等科任老师，以及同学们从全国各地赶回来了，像当年那样，又在莲中的72个台阶的中央照了张合影，唯独班主任语文老师郭新民未能出席，他家建房时他上楼拿材料不小心踩空了，从楼上掉下来而离开了我们，但他永远活在我们心中。

而今的同学在各自的岗位上已是略有成就：李万春、胡叶梅结为伉俪，已是亿万富翁，颜建涛是昆山一企业的老总，李四树（县就业局局长）和杨艳红结为夫妻，付珺在大庆市公安局任政委，金卓行现为中山大学教授，陈海红是县应急管理局局长，贺灿明是莲花职业中专副校长，胡兰移居新西兰……在莲中，高三的聚会是常有的事，但初三毕业生关系还能维系得这么好、这么久，唯我84级2班。这主要取决于我们的好班主任郭新民老师、孙军老师……取决于李万春、贺清炎两位好班长！

当走完这"七十二"级台阶，"哇！"展现在我面前的是一座"飞向辉煌"巨型雕塑，它屹立于学校人文生态广场正前方，上面刻有"面向现代化，面向世界，面向未来"的祝语，也是教育的方向，是莲中78届30周年同学聚会捐资建成，是感恩母校、激励后人的标志。人文生态广场有"厚德"和"感恩"两块刻石，广场右边是孔子、孟子、蔡伦、祖冲之、鲁迅、陶行知、毛泽东；左边是牛顿、达尔文、马克思、诺贝尔、门捷列夫、爱迪生、爱因斯坦，共14位雕像。原来六排篮球场、操场已栽满了桂花树、广玉兰树，那栋心目中留存的苏式建筑"五五"楼早已变成了五层的"书香楼"，我们的老教室全拆了，全都改建成现代化的宽敞明亮的多媒体教室，称为"书典楼"；原来的鱼塘、食堂改为5500平方米教师办公大楼——"书鼎楼"教学大楼；礼堂改建为4422平方米的"书种楼"和"书策楼"师生食堂，一楼为师生食堂，二楼为学校礼堂；老县委党校的办公大楼全都移交给莲中，也改为7000平方米的"书文楼""书带楼""书林楼""书砚楼"；郭新民老师的职工住宅也拆了，教师公寓改建在校门临街面，

叫"聚雅楼"；板栗林不见了，小碧岭后山坡草地也没了，全都推平修建成了学校的运动场。

在小碧岭到处找，想找回一点属于我们那时的东西，看不到了，找不到了，在我失去信心的时候，老门卫告诉我在"书香楼"后面还保留了三栋老房。我极度兴奋地跑过去，好像哥伦布发现新大陆似的。我按门卫指引的方向从"书香楼"后面绕上去，终于发现了三栋老楼，一栋是1989年美籍华人莲花西门村李球先捐资2.8万美元建的图书馆，听说当时藏书7万册，图书馆淹没在四周的雪松、柏树和樟树之中，这是我离开母校5年后建的，对我来说也是新的。在图书馆的右手边，一栋仅存九间水沙粉刷，盖着黑瓦的教师办公的平房，那是原先数学老师郭兴民居住的地方，依然在用，只是在原红土砖的墙面上增加水沙而已。另一栋是砖混的老的生化实验楼，共八间教室，也掩映在广玉兰和樟树之间，但小红砖依然格外抢眼，似乎要告诉学子们它曾经的贡献。这两栋老楼是真正意义上我读书时用过的、去过的地

方。老生化楼门前的古藤老树依然挺立在那儿，尤其是那棵分叉的老樟树犹如"五指观音"一直静静地守护着那栋"红楼"（实验楼），守护着小碧岭，守护着老莲中那段曾经艰苦的岁月和辉煌，祈福着新城厢中学再创辉煌。让曾经的学子能找回记忆，找回乡愁，重温初心，砥砺前行！

莲中虽然搬迁了，新莲中条件设施比小碧岭更好、更先进了，但小碧岭是我们这些曾经在那儿学习、生活过的学子永远的母校，永远的莲中。

莲中，我心中永远的小碧岭！小碧岭，我心中永远的母校！

（文章图片为本人现场拍摄）

2020.4.19《萍乡日报》金鳌洲栏目

2022.8.30 中国作家网

东华岭，那段珍贵的青春岁月

　　岁月如梭，光阴似箭，转眼间距离永新师范东华岭一别已有35年了。每每打开那本泛黄的相册，每每与校友偶遇或相聚，每每出差路过永新，头脑总是涌现30多年前东华岭那些青春的影子，话题总是离不开当年相识相聚同窗三年的美好记忆，每每那一刻，我和同学似乎忘记了时光的流逝，全然沉浸在神情激昂、歌声嘹亮的东华岭上那段如歌的青春岁月里……

（一）

　　1984年7月，我从莲花中学初中部考入江西永新师范学校，大哥同年也被吉安师专录取。爸妈特别高兴，在庙背田南老家杀猪宰羊摆上几桌，邀请老师、亲戚和邻居们一起庆贺。当时，家里真像过年一样热闹，老爸还亲自想出一副对联，上联是"小毛小林难报师情"，下联是"粗菜淡饭略表寸心"，横批"升学之喜"。在20世纪80年代初期，全国恢复高考不久，每年的中考

与高考牵动千家万户，录取率非常低，真可谓是"千军万马过独木桥，一分之差就在万人之下"。考取院校意味着端上了铁饭碗，还有令人羡慕的国家干部身份。这对于农村家庭来说，就可以离开"脸朝黄土背

朝天"的生活，简直是穿草鞋与皮鞋的差距。当年，初中成绩好的同学都被师范学校、卫生学校或者区外中专录取。

报考师范学校也很不容易，分数线是第一关，超过录取线后还要进行严格面试。另外，还得进行其他测试，如体育考试、体检、口语表达等环节。一些同学分数线达到了，却在面试环节中被淘汰出局。当年，我也是"过五关斩六将"，终被录取。记得班主任郭新民老师还特意征求了我爸的意见，基于我的状况，建议读高中，以后可以考重点大学，或许更有前途。爸不同意，主要考虑到下面还有两个弟弟，能够考上就是解决家庭大问题，执意让我和哥一起去读中师和师专，算是完成他四个儿子一半的大事业。那时，大哥的数学也特别优秀，考试成绩经常是全校第一，曾代表莲中参加过"全国数学奥林匹克大赛"，大哥对上师专还有想法，也想再复读一年考取更好的大学。但老爸也执意不肯，就这样，大哥也只好报了数学系读了吉安师专。那一年，我的同学颜建涛考了 684 分，中考全县第一，全省的中专由他挑，最后他去了景德镇电子学校读书。他也是没办法，要是不去读，他爸就让他去当学徒做"篾匠"。

1984 年 9 月 7 日，我去报到，原本以为爸爸是琴水公社的党委书记，会调用单位的车辆送我到学校报到，但爸爸历来教导我们凡事得自力更生，加上他工作忙，只是在县车站帮我买好了一张去永新的车票，当年一趟单程是 0.65 元。爸爸把我送上开往永新县的客车，我独自背着一个漆了一层黄色的樟木箱，挎着一个黄色书包，挤在客车的人行道上，右手抓住客车

的扶手，一摇一摆，忽前忽后地往前行。客车行走时，车后卷起滚滚的黄色的巨浪式灰尘（那时去永新的公路全是泥沙路），那时客车少，途经每个站点都有旅客上下车，就这样忽停忽上忽下地经过升坊、坪里、界化陇、三板桥、文竹、沙市、浬田，虽只有61公里的车程两个多小时才到。

　　在永新县汽车站一下车，就看见"欢迎新同学！永师欢迎你"的横幅，高年级的师哥师姐们负责接站。我跟着师哥师姐坐上校车，经过南关桥，沿着禾水河的对江小村，车子徐徐爬上东华岭，远远就看见红底金黄色的"永新师范"四个大字，后来听说这是大书法家尹承志题写的。在两位热心师哥师姐的帮助下在图书馆门口的篮球场上报到，免费领到1个月的19元餐券和编了87届6班019号的茶杯、脸盆、铁桶、饭盒等日用品。我被分在87届6班，宿室在

靠校门口右手边一栋破旧的有120多米长的仅有一层的土砖青瓦平房中带走廊的学生宿舍03室上铺，一个寝室里放6张上下铺老旧木床，住了10个学生，一张空床专门放置木箱和洗漱用品，窗户只有竖着的木格子，没有玻璃，冬天得白纸糊上才挡住禾水河的河风，房子挺简陋，但铁桶一排，脸盆一排，饭盒一排，茶杯一排，毛巾

一排，整齐划一，犹如部队实现准军事化管理。在这里，我们开启了永师三年充满青春，充满阳光、充满快乐、充满艰辛、充满梦想，充满幸福的师范校园生活。

永新师范学校创办于1959年，1981—1985年招生规模达到顶峰，共有30个教学班，普师班23个、1564人，民师班7个、550人，入学资格：普师班初招高中毕业生。1983年起全部招初中毕业生；民师班招收教龄长的民办老师。2004年撤并至吉安师范学校，建校共45年，为初等教育培养了数以万计的教师人才，也就退出了历史使命，现改为永新二中。

师范坐落在县城南郊素有"永新小庐山"之称的东华岭上，东华岭海拔178米，俗称"冬瓜岭"，它脚濯禾川，背倚南华，东西走向，怀抱若拱，绵延数里，势如游龙，为永新一大胜境。先人曾在东华岭

筑庙建观，又名东华观，筹办过书院。明代大学士解缙游东华岭后，曾作《东华观》七绝一首："滔滔禾水绿绕城，东华观里晚云腥。休将铁笛吹山月，怕有蛟龙听得惊。"学校为弘扬先人之文风，培养学生对文学写作的兴趣，特将校刊命名为《东华关》，《东华关》文艺校刊培养了很多诗人、词人、小说家。像88级莲花籍词作家黄小名，其创作

的《那一片红》唱响全国；86级谭五昌从一个小学教师成为北大文学博士，著名诗人；94届刘建华从小学教师成为中国新闻出版研究院传媒研究所执行所长、研究员等，我也曾在校刊上发表过诗歌，从此也爱舞文弄墨，也自娱自乐消遣。

传说东华观里"道人结屋栖隐乎其间"，澄潭秋来"赤林粲如绮，一水青揉蓝"。一个叫段所的县内小文人对东华岭美韵的洞察令人称绝。他就住在东华岭一带的农家，与东华岭、澄潭朝夕相对，观雨听风，赏雪踏青，日积月累，心有会焉，在他的眼中，东华岭"流霞夜酿作天酒，白云朝剪成春衫"。有如此美景相伴，他过的日子也是美美的，住处是"一室如船在涧阿，四面轩窗都是水"，吃的是"鲈鱼入馔秋来美"，于是茶余酒后，静听"清致可人明月夜，咿呀声里杂渔歌"。可见东华岭之美，美得令人如痴如醉。森林覆盖率达80%以上，从很远望去，还真不知道树底下竟然还有一座近2500名师生的师范学校。整个学校的建筑设计是因山而建，因山而势，借山成形，错落有致，所有的建筑被参天的大树，茂密的森林所覆盖，学校规模较大，占地面积估计有800亩之多。有300米环形跑道，中间是足球场，4座篮球场，2座学生食堂，一栋能容纳3000人以上的大礼堂。有图书馆、阅览室、医疗室，有琴房，有2幢3层的教学大楼、生化实验室、教师公寓、6幢学生宿舍、8幢一层的教室。有近2000米环山公路。学校最高处是一片松树林，八角读书亭坐落其中，站在读书亭中眺望，整个永新县城一览无余，尽收眼底。

我们这一届是永师第三年从初中招收生源，之前还有从高考中招生的，像严荣华、贺喜灿、陈小平、贺添华、刘君华等都是莲花通过高考进校的。1984年招生人数最多，共有6个班，有270人。还有7个民师班。我们87届6班有48人，来自安福、永新、宁冈、莲花、井冈山等5个县区，班上莲花的有10人：王灵、肖讯、朱春平、李辉平、刘月明、陈柏安、周星海、金爱莲、李梅等，后来李梅不知原因中途退学了。班主任是教政治的黄光太老师，黄老师皮肤微黑，讲话总是那么一本正经，很少看见他笑，时间久了，才知他也是一个非常细心的好老师。30多年过去，黄老师关注我们6班学生成长，还时常问长问短的。班上有什么活动，黄老师亲自参加。教语文的先后是校长石瑞新、党委书记肖灿先，教数学的是刘鹏林老师，教物理的是刘灵岚老师，教化学的是朱龙元老师。班长由永新刘诚担任，副班长为安福欧阳建生，团委书记王灵，我是组织委员。民师班还有井冈山的

学生，民师班有2位师姐是莲花人，待我特别好，如今连她们的名字都记不清了，只约莫记得一个是文教局李副局长的女儿，一个是莲中一位老师的女儿，也不知现在在哪工作。

班上47个同学中，"永新老太"是本地人，讲话最难听，他们的口头禅是"钓野鳖个"，骂人不讲究场合，但他们待人挺热情，挺好客。他们离家较近，颜磊、洪祖毅、李小明等常常回家，回校时带点永新狗肉来吃，那时虽没加热，但一打开菜盒，大家流口水，争先恐后地抢着吃。后来，大家熟了，还请我们到颜磊、洪祖毅的家吃饭；宁冈的同学客家人较多，说话语音语调比较耐听，但他们在一起讲话，我是一点儿听不懂。班长刘诚是永新人，他和欧阳建生、王灵是"黄金搭档"，别看他戴着高度近视眼镜，皮肤天生黑不溜秋的，说起话来还稍有点幽默风趣味道，他爱好摄影。一开学，不知道他从哪里弄来一台"海鸥牌"照相机，常常挂在脖子上，显得格外神气！我的很多珍贵相片都是他"偷"拍留下的，班上的许多活动都被他"嚓嚓"地记录了下来。听说他毕业后在镇上还开了家"便民照相馆"，为当地居民拍身份证、婚纱照之类。王

灵是湖南郴州人，随她教书的姐姐在良坊中学读书考取的，她个子不高，总是留着时尚的"上海头"，说话咬字十分清晰悦耳，性格开朗，落落大方，协调能力挺强，他们三人经常牵头利用周末组织一些有益的课外活动，让同学们度过了三年美好的、难忘的时光。

同桌张波是宁冈人，满口的客家方言。他与宁冈同乡交谈时，我犹如在听天书。我们同桌一坐就是三年，他年龄比我大一两岁，他满头乌黑的自然鬈发，小胡子长得向两边翘，显得格外有那么一股精气神，俨然像个学者。他的兴趣爱好是吹笛子和写毛笔字。那时师范培养的学生是"万金油"（要音体美、数理化样样精通，毕业后什么都能教），那时写毛笔字、钢笔字、粉笔字是每个师范生必备的基本功。教我们的

美术老师吴仙文是个大胖子，爱喝酒，他每个礼拜要从家里带一壶酒来学校，饭前喝上几口，戴着一副近视眼镜或者老花镜，看学生或帮学生改作业时，那个眼镜总在鼻梁下面，眼睛和眼镜同时发力，看人总是斜着头，侧着看，叫人哭笑不得，幽默得很。张波是他的得意弟子，好几次美术课，老师总拿张波的字画做样稿，要求大家像张波那样认真。张波写毛笔字入了迷，除了语文、数学、英语、政治、物理、化学等主科外，其他科包括课外活动，他几乎都在练字。毕业后的张波改行分配到宁冈会师博物馆，闲暇之余不忘老本行，如今的张波在书法界小有名气！我叫他为"大师"或书法家。当年，我的爱好也比较广泛，喜欢吉他、乒乓球、长跑，参加摄影兴趣班，对毛笔字只是每周完成老师布置的任务就鸣金收兵。

师范报到后第三天，也就是9月10日，中国第一个教师节被我

们给赶上了。记得那天晚上，学校为了庆祝第一个教师节，组织全校师生在操场上举办了别开生面的烟火晚会，所有的学生把课桌从教室里搬出来，以班为单位围成一个圈，每个学生只发了一盒冰淇淋，其他什么也没有，就是这样简单的节日气氛中，我感受到从来没有的热烈氛围，大家唱的唱，跳的跳，说的说。整个晚上，在学校高年级组织编排的节目中，在烟火表演中，在自我热情洋溢的介绍中，在慢慢品尝的冰淇淋中，在《让我们荡起双桨》的嘹亮的歌声中度过。也许

是第一次吃冰淇淋，也许是因为自己即将成为老师的缘故，以后每年的教师节，我们都以不同的方式来庆祝，现在回想起来实在太简单了，但大家觉得开心、快乐、幸福……

在东华岭读师范那三年，我仍然像在莲中时读书那样，每天早晨起来坚持晨跑，开始的时候，沿着操场 300 米环形跑道跑 10 圈，后来因为学校每学年都举办一次田径运动会，也吸引了班上许多的同学加入了长跑晨练的队伍，像永新浬田的陈英，安福的彭建希、欧阳建生、刘学平等，开始在学校的操场上跑，慢慢地沿着学校围墙跑，后来围着整个东华岭跑一圈（从校门口—张志清烈士墓—永新气象站—清塘村—对江村—校门口），一圈下来，差不多有 20 公里。每年学校举办田径运动会 5000 米、3000 米、1500 米跑步项目，我每次都不会落下，并也为（6）班争得了荣誉。每次在赛道上跑，听见同学的加油喝彩，我似乎更来劲！在终点线外，同学跑来帮扶，我感受到了集体的温暖。

在师范那三年，课程和高中相似（音、体、美、教育学、心理学等专业课程除外）；每天课外活动要么去琴房练琴，要么在教室里练毛

笔字，要么参加学校组织的摄影兴趣班，要么去球场练篮球，反正所有的课外活动都列入考核内容。如"三笔字"过关考试、"五线谱"过关、篮球的投篮、三步跨栏、长跑、跑步的起步知识等都是必考的科目，那时考试很严，文化课和专业课只要有一科未过关，就得延迟毕业。听黄光太老师说，有一年真有6个同学留级。那时，师范教育倡导的就是素质教育，师范培养出来的老师不论什么年级，什么课程都能教，而且有的地方师范生成了当地的教学骨干力量。如：莲花的朱春平在莲花中学高中部教数学，宁冈的唐昱喜在井冈山中学高中部教数学，安福的王清华在瓜畲中学教英语等，教初中数、理、化、语文、英语就更不用说了。这当然与永师的校训："学为人师，身为世范"和肖灿先书记"育人为本，全

面发展，服务老区"的教学理念密不可分。记得有一回我写的一篇关于进化论的作文，在教室里与肖书记还争论不休，现在回想起来，真的很感激肖书记。

在所有的课外兴趣活动中，我对钢琴和萨克斯产生兴趣。85届的江志明（莲花湖上乡人，我的同事江松的哥哥）天生就一股艺术家气质，高高的鼻梁，乌黑的头发稍微带点卷，他用钢琴弹的《大海啊，故乡》，让我从此喜欢上了钢琴及钢琴曲，他吹的萨克斯把我带入梦幻般的世界。毕业后，我曾打听过他的下落，想专程拜他为师。只可惜2014年夏天的一场雷电大雨中，江老师弯着身子在帮人家新房子钢筋烧电焊时不小心触电身亡。为此，同学们深感惋惜！

（二）

在东华岭读师范时，篮球、乒乓球、羽毛球、体操、武术是体育

必修课。我个子比较高，身体特别棒，自然是班上篮球队队员的最佳人选。

翻开陈柏安当年赠送的相册，看到那时我们6班的球队队员集体合影：刘学平、张波、颜磊、谢庆武、欧阳建生、胡良才、左家盛、李辉平、刘文生、贺标先、彭建希等12名队员，想起当时跳起拦球、扣杀的精彩瞬间；还有场外休息记分，我摔跤时难忘的黑白照，我像对待宝贝一样轻轻吹打着相片上的灰尘，看看左手臂33年前的伤疤，篮球成了我心中永远的"痛"。

当年加入篮球队，穿起那套蓝色运动球衣，一双白球鞋，那精气神，可以说是意气风发。有时甚至边走边拍着球玩，那种新鲜感、兴奋感、幸福感涌上心头。星海说："刘晓林，你这小子！你那个时候真是一个帅小伙，不知迷倒多少女孩！"可我全然未知。但在那时，学校虽有4座标准的篮球场，地面均为水泥地面，队员大都没有护膝、护手的保护措施。记得在师一下学期的一次与5班的比赛中，我做中锋，全场来回跑，又是投"三分球"的高手，投球命中率很高，对方总是拴着我不放，派了比我高的中锋专门对付我，弄得我筋疲力尽，一不小心，重重地摔了一跤，我的左手和左肩膀不幸负伤，擦掉了一层皮，痛得直掉眼泪，半个月连穿衣服都很困难，生活极为不便。打这以后，我便申请退出了球队，我的左手和左肩至今还留着那时落下的伤疤。

在东华岭读书的那三年，最难熬的还是冬天。东华岭的冬天比山下冷些，又在禾水河边上，寒风刺骨。尤其是到了晚上，禾水河的寒风呼呼响，吹打着用白纸糊着的窗户，我只有蜷缩着身子，把头躲在被子里。

宿舍的走廊虽有一排水龙头，但都是冷水。如果想用热水，需提着热水瓶到食堂排队，一般都要等上 10 分钟以上，如果遇到周末，要洗澡，热水就更紧张，往往要排队半小时以上。我懒得与女同学排队，邀上陈柏安、欧阳建生、彭建希等几个要好的兄弟，直接到禾水河洗冷水澡算了。说是容易，但在禾水河里洗澡，那是需要勇气和魄力的，

我们给自己打气，以"中流击水惊飞浪，笑对禾水气自豪"之姿态轻松面对。

我们几个好面子的"死党"，提着铁桶，拿着换洗的衣服来到东华岭脚下的禾水河的沙滩上，禾水河碧波荡漾，清澈见底，远处，一个老渔夫戴着斗笠，披着蓑衣，坐在竹排上，三五只黑色鸬鹚在竹排上跳上跳下地帮渔夫拼命抓鱼，河对岸的城里的不知谁家的厨房烟柱上冒着一缕缕炊烟，飘来一阵阵清香，我们无暇顾及这美景，几个人吆喝着在岸上做充分的准备动作，在禾水边沙滩上跑上几圈，有点微汗后，做上几个俯卧撑，再浇水在身上拍几下，跳下去游上 1—3 分钟后，冰冷的河水像针刺一样迅速钻进我的身体，我们马上又上岸擦擦身子，用上肥皂后，再跳下去在河水里擦洗干净后立即上来，穿起衣服后，感觉身子暖和多了，我们你看看我，我看看你地傻笑着，似乎打了个胜仗那么开心。

然而，东华岭冬天的晚上是漫长和难熬的，晚上 9 点晚自习结束后，半小时的洗漱时间，由于没有热水泡脚，又睡在硬木板床上，一

整晚，双脚都是冰冷的，为了取暖，从师二开始，我叫周星海和我同床一起睡。周星海是莲花路口人，与我同乡，他戴着一副眼镜，有点像蒋大为，爱开玩笑。他身体特别棒，长得胖胖的，一到冬天整个身体像个火球。晚上他用双手搓揉着我的双脚，我用双手搓揉着他的双脚，相互取暖，过完了两年冬天的寒冷。后来，我俩一起回忆东华岭同床的事时，我问星海："那时晚上连脚都不洗，一人睡一头，还相互用手揉着，你不嫌脚臭吗？"他笑了，"那时小不觉得。"

在东华岭读书时，周末一天半的时间大多是逛街，或班上组织春游、郊游、野炊等活动。永新的龙源口大捷纪念地、梅田洞、七溪岭林场、碧波岩寺庙及瀑布、贺子珍故居、三湾改编等景区走了个遍，那时

不管景区有多远，路有多难走，只要班长一声令下，永新的同学就借来自行车，一辆自行车一般要坐3人，一个坐前支架上，另一个待骑车的同学骑上了再跳上来，一路上，欢声笑语，嘻嘻哈哈好不热闹。我参加摄影兴趣班得到了实际运用，用海鸥牌黑白照相机，每次出游，都是我亲自拍照，亲自在暗室里冲洗、晾干、剪接，全流程为同学服务。那些个黑白照发给同学后，大家像宝贝一样用影集收好，而今成了永远的回忆。那时永新浬田陈英、李清文家的豆腐，龙门樊门龙家的狗肉也尝了个够。同学们在游玩中收获了快乐，更收获了友谊，有的甚至真的谈起了恋爱最终成了眷属。

1987年3月1日，那次去七溪岭兵工厂、龙源口大捷纪念碑、阿育塔之行，班主任黄光太老师亲自带队，叫永新的同学借来十几辆自

行车，车况好的自行车坐 3 人，一般的坐 2 人，实在坐不下的跟在后面跑步。全班 47 位同学都去了。

七溪岭兵工厂也是个"三线厂"，听林场的人介绍，七溪岭还是粟裕将军一战成名之地。七溪岭兵工厂于 1964 年建厂，1976 年因山洪暴发被迫搬迁，1979 年搬迁至永新禾川镇窑前岭，以前是造枪支的，有近 3300 人的规模，学校、职工医院、电影院、商店等设施一应俱全，昔日的繁华已一去不复还，而今已是人去楼空，一片静寂，由七溪岭林场接管，整厂搬到了永新县城改厂为"永新第二机械厂"。在龙源口大捷纪念碑，我们用野花、油菜花向烈士献礼，表达了我们的敬意。那时，桃花开得正艳，恰如"桃花嫣然出篱笑，似开未开最有情"，同学们热情很高，女同学舞弄风姿，争着与桃花比美，全班同学在桃花盛开的地方一起合影。我和陈柏安几个私自探访着龙源口一排的陈旧木板老屋，踏着当年红军战士上井冈山走过龙源口石拱古桥的足迹，眺望着被当年红军平整过的千亩良田，感悟着毛泽东领导工农红军、中国共产党夺取天下，获得百姓拥护的制胜法宝。

"书中自有黄金屋，书中自有颜如玉。"那时，师范生最大的爱好就是逛书店，永新新华书店更是周末必备的"打卡地"。东华岭与永新县城虽然只是一箭之遥，但真要去，从校门口出发，路过马路，沿着禾水河，过城东门的"千年浮桥"[东门浮桥，始建于南宋乾道初年（1166），原为石墩木板桥，后圮。明嘉靖二十七年（1548）改为浮桥，是县内最大的浮桥，1989 年因河水冲毁而停渡，同年 12 月东门大桥竣工通行，浮桥被撤。]穿越禾川老街，大概要 1 个小时的时间才能赶到书店，永新新华书店比莲花的要大，书的品种也多，老爸每月的 10 元生活费，差不多一半被我买书用掉了，像《莎士比亚十四行诗》，歌德的《少年维特之烦恼》，雪莱、朱自清、徐志摩、丁玲、茅盾、沈从文、巴金等诗人和作家的书籍，以及一些像《现代汉语词典》《古汉语常用字典》等工具用书，有时不买书，也在书店内翻翻逛逛，打发周末的时光。在书店我们认识了永新华侨商店一位非常热心的小伙子——刘肇龙，他满头乌黑的头发，稍带点卷，不知是理发师烫的还是天生的鬈发，时常穿着白衬衣，系着花条纹的领带，一米七以上的个头，一双炯炯有神的眼睛，戴着一副眼镜，像个教书匠的模样，更像个华侨，这可与他工作在华侨商店的身份十分匹配，比我大五六岁吧，也喜欢看书、买书，并喜欢收藏书。也许是高考落榜、早早参加工作的缘故。他家底也非常殷实，在书店旁有一栋老住宅，三层的木板房，楼上的书架堆满各式各样的书，出于对师范生的喜爱，也许他想从师范女生中找个相爱的人（那是我猜想的），他经常带我们去他家玩，并请我们吃饭，有时周末也参加我们这些学生的游玩活动。

毕业那年，我们在刘肇龙家办了一次别开生面的"读书沙龙"，欧阳建生带着我们十几个人聚在一起，有唱歌的、有跳舞的、有朗诵诗歌的、有弹吉他的……晚会结束后，刘肇龙送我们每人一本诗集或散文集并签上他的名字以作纪念。刘肇龙现在如何？后来，我通过向安福的彭建希、永新的潘定杰打听，才知道刘肇龙娶了一位裁缝师傅做老婆，最初是在永新街上开办一家服装店，现在办起了服装厂，当起了小老板。有时还真有点想回永新探个究竟，但愿好人一生平安。

（三）

在东华岭永师读书时，国家承包学杂费，每月还配发 19 元伙食费。一般早上五分钱三个馒头，二两稀饭；中午和晚上四两饭，菜分二角、三角、五角等几种。菜很多是水煮的，没一点油水，对正在长身体的年轻人显然不够的。爸每月也寄 10 元生活费，可以弥补一些伙食的不足。

对长身体的男生，只能吃饱，但不可能吃好。每天上午第四节课，下午第三节课，大部分男生铃声一响，就冲出教室，也不管是否"斯文"，就一个劲儿拿着饭碗叮叮当当往前冲，脚踏着水泥地发出阵阵"啪啪啪"的响声，各年级的男生争先恐后地往两个食堂跑，说是"抢油水"，犹如"走兵"。虽然学校也"三令五申"不准跑，团委和值日老师在每天课间操集会上点名批评"念叨"，宣布过处罚的纪律，偶尔也起点作用，没多久又恢复原状，仍无法阻止，可见当时的条件尽管改善了，但对那些正在青春期长身体，尤其是运动量较大的男生来说显然是不够的。起初我也耻笑那些"奔跑者"，后来化学老师把这个道理一点破，才恍然大悟。原来，菜打在前面油水多，排在后面打的菜全是水，无味道。有的学生运动量大，肚子

油水少，有时走捷径到食堂偷猪油吃！有的被管理员发现后，被通报批评过几次。有一回跟着彭建希故意去食堂里面打饭，路过厨房看见一大盆煮熟的肥肉直流口水，趁机也偷过一回

肉吃，但偷吃的亏心事始终是个坎，自学校批评被抓的学生后，我强迫自己绕道走，坚持排队打饭。

有时肚子饿得慌，耐不住了，也会跟着同学跑着去排队，想多占点油水。我更多的时候是想排周庭祥主任老婆那个窗口，她是莲花同乡，我们用莲花话叫一声"周师母"，她会心一笑，用铁铲子多铲点饭菜给我们。轮到她当班时，我们好像有"加餐"的味道。那些年，学校加餐就是红烧肉拌油豆腐，一般只有到了教师节等节日时才会有，平时吃得最多的是马铃薯、薯粉、豆芽。听师哥们说，以前的伙食更差，大多时就一个菜。有人甚至开玩笑说："东华岭的

师范生是薯饭生。"自从我们87届开始，学校新建了一个食堂，师生在一起吃，有竞争，菜的样色多了，服务也好了。

在东华岭，为预防感冒和生病，除每天坚持锻炼外，父亲也特别叮嘱，坚持买鱼肝油和麦乳精补充点营养。另外，我在永新县城农贸市场买了大蒜，剥了皮后用白糖放在空的麦乳精玻璃瓶中浸泡，当作零食吃，大蒜有杀菌的作用，可预防肠道感染。

有一次感冒，感觉到浑身无力，走路时两眼都冒着"金花"。但我的饭量不减，肖书记看见了还开玩笑说："晓林，你能吃这么多，怎么说感冒呢？"我说："不吃不就倒下了。"那时，就是靠自己对自己狠一点，自己得坚强起来。其次就是多吃大蒜，这样还可以治疗肠胃。这个方子还真管用，在东华岭的三年，不管吃什么饭菜和零食，包括未加热的永新狗肉，我的肠胃一点儿不受影响。

（四）

在东华岭，同学们大都十七八岁，正值青春年少，感情懵懂的花季。那时，琼瑶的《月朦胧鸟朦胧》《一帘幽梦》《情》《恋》等言情小说是少男少女们的独爱，有人甚至课堂上背着老师偷看，被老师发现后没收也不知悔改，有人一下课或晚自习就捧着不放，有人痴迷到晚上拿着手电筒躲在被子里偷看；金庸武侠小说《射雕英雄传》、曹雪芹的《红楼梦》拍成的电视连续剧常常在学校图书馆门前的篮球场上播放，同学们对剧中的郭靖与黄蓉的爱情故事感触极深，有人也模仿着叫自己的男友为"靖哥哥""宝玉哥哥"，女友为"蓉妹妹""林妹妹"。永新樊门龙老喜欢称我为"靖哥哥"呢，现在回想起来，还有点想笑。

班上谈情说爱的同学还真不少，虽不会像现在这样公开，只是通过简单的书信来往，或相互倾慕暗恋着对方，或一起逛街吃吃饭，逛逛书店而已……要不是毕业多年，同学聚会闲聊，我还真不知道班上竟然有那么多甜蜜的往事。要说"爱情王子"要算我们莲花的肖讯。肖讯是南岭人，他老爸在企业，家底殷实，造就他自信、浪漫而富有诗意的情怀。肖讯长得像张明敏，戴着一副近视眼镜，皮肤白白嫩嫩的，常穿着一身灰白的西装或灰色的夹克。肖讯也是一个文学爱好者，是校刊《东华关》的编辑，写了许多的诗歌。他风流倜傥，成了许多女生追慕的理想对象。听说，第一个追他的女生是坐在他前排的同学，在读师一时就在谈，后来是他哥哥肖华山反对才放弃的；第二个追他的女生是文艺委员，班上组织去龙源口、七溪岭农场游玩，那名女生借来自行车让肖讯带着，共同述说那浪漫的故事，在师三快毕业的实习期间，那女生差不多每周有一两封信寄到琴亭小学（现在的刘仁堪小学）。

后来听说肖讯喜欢的是安福的一名女同学。那个女生算是班里的"班花"。她圆圆的脸蛋，黝黑的皮肤，笑起来总露出一对小酒窝，常常穿着方块格子的夹克。喜欢诗歌散文，落落大方的一个小才女，是很多男生追慕的对象。后来，那名女生提出除非肖讯到安福县去教书之类的苛刻要求，导致最终曲终人散。陈柏安与李××是天生一对，情投意合，但是随着毕业后天各一方未能走在一起；另外一对，在师范读书时就好像订了婚，结果是 1987 年 7 月毕业，12 月份，女生却嫁给了一名老板。还有一名女生由于家里穷，爹娘为了还债，在初中时就把女儿许配给了邻居，后因感情不和，终归离婚。学生时代的那份纯真的男女情感，有时在现实面前就会被击碎得无影无踪。

不过，在我们班上还真成了两对：永新的赵××和何××，他们是邻乡，在班上是前后桌，三年同窗，从师一就恋爱，毕业后，又分配在永新莲洲小学一同教书，有情人终成眷属。朱×平与（1）班的同乡朱×华结为伉俪。

师三快毕业那年，同学们经历了学校半年的实习，一下子似乎成熟了很多。特别是对待情感方面，男女同学之间擦出了爱情的火花。在这方面，我似乎比别人稍慢半拍，好像个白痴。在我印象中，好像也有女孩对我有意思，尤其是×××，她还送了许多好吃的东西给我，买了笔记本给我做纪念，走路时总是黏我紧紧的，可我木讷得很，始终保持同乡之谊和校友的身份，在感情上不敢越雷池一步。当时，在所有女孩中，我还是喜欢来自安福的×××同学，她应该是我的初

恋情人。她个子不高，留着"上海头"，常常穿着花格子的夹克上衣，一口流利的标准的普通话，自然清新，青春亮丽，活泼可爱，没有矫揉造作。但在师范三年，我始终没有向她表白，在快毕业时，她送了一本万绍芬主编的《孩子成才的学问》给我。她说："也许你很喜欢，送给你，留做纪念吧！"我感觉到她对我有点那个意思。于是，我也积极主动邀她出来一起在东华岭的环山公路上，在松树林散步，在操场上一起跑步，在练琴房一起练琴。她把多余的饭菜票给我，每天看着我大口大口吃饭的样子，幸福的样子……

记得师三那年，老爸从井冈山开会路过永新来到师范，我把×××介绍给我老爸"政审"，"爸，这是我认识的那个女孩×××"。老爸私下悄悄对我说："还可以，城里人比较活泼！就是个子矮了一些，希望以后还会长。"

说起和×××的故事，最难忘的还是师三毕业前的一个夏天周末的夜晚。那天晚饭结束后，我俩约好在读书亭见面，然后在校园环山公路散步。那晚也奇怪，好像那晚是属于我们俩，校园里其他情侣似乎都到校外去了，我们在读书亭，在环山路未见一对师哥师姐或师弟师妹。那晚的星星特别多、特别亮，月亮也挂在空中为我俩照明，我却不解风情，总是催着她早点入寝室睡觉。她总是凝神地深情地望着我，我也近距离地看着她，在环山的公路上踩蚂蚁般前行，但最终连牵手也没有，连个亲吻也不敢。

那时，我们也就十七八岁，对待世事也是似懂非懂。就这样，最终随着毕业各奔东西。毕业后，我差不多一个星期会写一封信寄往安福，但均石沉大海杳无音信。也许是她还在生我的气，故意气气我，不回我的信；也许没收到，被邮递员弄丢了？也许我俩根本就没有这个缘？那一段时间，我很痛苦，我很沮丧，我很彷徨，我又很懊悔……一种疯疯癫癫的样子，一种不能自拔的样子。我的弟弟对此很有意见：老是叫他去路口邮局寄信，可未收到一封来信。那时那种状态就是失恋。后来，我也不再写了，忙碌的工作给冲淡了，但不知什么原因没有再发生下去。后来，我在南岭长埠小学教书，认识了我现在的老婆，为了表达我对过去那段感情的决裂，在一个周六，我把以前的书信连同一些照片也给烧了，把那个塑料脸盆都烧穿了，真情犹如《红楼梦》中黛玉葬花那个片段。

三年后，×××从安福来莲花玩，我也邀请她到家里玩，看到我家新房贴了对联和贺喜的礼物挂在墙上，问我这是什么意思。我告诉她实情，我已和青莲结婚了。晚上，我还留她和王灵、夏妹子一起在我家吃饭，当我老婆从下坊乡下班回家，我向她们作了介绍。她有点儿不自在，吃完饭就离开了……我也明白，彼此在师范时那段初恋的旧事只能留在各自的记忆中……

（五）

永新距离莲花仅有 60 公里左右，只需要六角五分钱的车费，但那时要想回家可不是件容易的事，学校也不允许中途请假，从学校到永新车站走路差不多要 1 个小时，去莲花一般 1 天只有一趟班车，而且是上午发车。一般情况下，没特殊情况，从开学到学期末半个学期基本上是不能回家的。

那时想念只有拿起笔写信，表达心中浓烈的思乡之情。书信，成了同学们课余闲暇时的期待，一种精神寄托，写信时想家，想亲人，寄信成了去永新县城的理由（那时寄一封信 8 分钱邮票，去永新县城邮局寄信，信到达家里最快，同学算过，一般要快 2 天）。等候收信变成了期待，总是自觉不自觉往收发室来回跑。有时发出信未回，又继续写。如果有人在学校收发室看到某人来信叫某人去拿，那他会激动地从教室里飞奔出去，那喜悦、激动的心情无以言表，有人拿着信，手舞足蹈地奔跑；有人拿着信，躲进寝室句句品读，慢慢享受；有人拿着信，如获至宝，用嘴亲吻。几年下来，书信差不多占了同学们箱子里大部分空间，大家像宝贝一样珍藏着。

那时，晚饭到晚自习前，我总爱在校门口转悠，只要写着"莲花坊楼公社""南岭公社"字样解放牌或东风牌装煤汽车路过，心里就会产生坐炭车回家的念头。这种想法，我们莲花几个同学也都酝酿了许久。在师二阶段 11 月的一个周六下午，我和陈柏安在校门口拦住了一辆南岭公社装煤汽车。"师傅，师傅，我们是莲花人，麻烦你带我们回家，我是刘恩怀儿子，我爸在你们南岭公社当过 8 年公社书记。"师傅一听"刘恩怀"这个名字，就跟坐在车里的人说："刘书记，我认识，在我们南岭修水库的好书记！我姓杨，是塘边村人，就叫杨师傅吧，上车！"我俩高兴极了，一见车头里已坐了2人，我们像猴子一样爬到车厢里，车厢很高（司机为了装煤多挣钱，把车厢加高了），差不多到了我们肩膀。我们俩抓住扶栏，一松手全黑了，但我俩心情却很兴奋。

"抓稳啦！开车啦！要注意安全！"杨师傅交代我们。车子起动了，开得很快，两边的白杨树从眼前往后"跑"，我们的头发、衣服、裤子被风吹得"啪啪"作响，车厢里的煤灰在车厢里四处飞扬，我们的白球鞋瞬间变成了黑色，车后泥沙子卷起长长的团团的巨龙似的沙尘。马路旁的行人看见车来了，或跑向离马路很远的田埂上去，或停在路边上，用衣袖盖住头和脸，要等灰尘散去才敢继续前行。我们站在车子里，紧紧抓住扶栏，不敢放松一下，车子发疯似的震动得砰砰直响，我们的双脚随着车子的开动，跳舞似的不停摆动……

就这样，不到一个小时就到了莲花，在县城东边琴水公社下车。此时脚都麻了，手被风吹得冻僵了，来不及向杨师傅说声谢谢就走进

了公社大院。只见琴水公社在院子里的干部看着我俩笑得前仰后合，有的笑得用手按着肚子蹲下身子，刘志锋笑着用手指头指着我俩……我俩摸不着头脑，原来我和柏安已经变成了"黑人"，全身只有鼻孔和嘴巴是白色的，从头到脚，全身跟黑米果一样。在楼梯镜子前一站，连自己都不敢相认啦！在洗澡间洗了半小时，也洗不掉渗透到皮肤里的煤炭。老爸看着也是哭笑不得，直接把我臭骂了一顿。老妈在路口知道后，也千叮咛万嘱咐叫我不要再坐煤车回家。

从那以后，我再也不坐装煤的汽车回家了。静下心来，好好在师范读书，坚持等放假才乘客车回家，中途不再溜号。

（六）

在东华岭读书时，要算"划"得来又常在一起"高谈阔论"的除了周星海、左家盛、彭建希、张波、江世明、李辉平等男生外，就是陈柏安和欧阳建生两位"老铁"。

1987年6月，临近毕业，我和陈柏安跑到永新照相馆，坐在一小圆桌旁像《伟大的友谊》一样合影，并刻上了"伟大的友谊"五个大字留作纪念，这张珍贵的照片一直保存着。毕业后回到莲花，我俩曾经利用暑假一起做起了煤炭销售生意，暑假一结束，我便返回学校继续教书，陈柏安干脆请假下海，挣了钱后，买4—5辆大货车组成了运输公司当起了大老板。后来，我在荷塘乡任职期间，陈柏安也到荷塘投资枧下煤矿。2005年，他响应政府号召，率先做了全县煤矿企业家转型先锋。他在坊楼镇投资又办起棉纺厂，当年全县领导干部到他的棉纺厂参观。那时，陈柏安的确很风光，县委主要领导在全县经济工作大会上还表扬过他，县电视台、《萍乡日报》等媒体相继进行了报道。

陈柏安，莲花坊楼枧下村人。他家兄弟3人，大哥江西财校毕业，分配到县火电厂财务科；老二也是师范85级；柏安在家排行老三。陈柏安说起话来，声音响亮得很，右手举起来，食指总是指指点点，只要有柏安的地方一定气氛热烈，谈笑风生。陈柏安天生一副娇生惯养的调皮劲儿，他爱钻研时事政治，爱发表一些与众不同的意见。在师二时，不知闹什么别扭，他突然提出退学的申请，不想在师范读书啦，弄得我在张志清烈士墓地陪了他一整天，费尽了口舌，大道理小道理都讲透了，才让他回心转意，重回校园，终于读完了师范，顺利毕业分配在高洲上塘小学教书。在师三的下半学期，莲中的女同学"毛毛"为我量身定做的夏装从莲花寄过来，我打开一看，颜色有点不对我的胃口，我连试都没有试就直接把它送给陈柏安，他穿着十分得体。我也挺高兴的，要不然还真的不好处理。

欧阳建生，他是副班长，一个乐于助人的好干部，他一米六七的个头，国字脸，满头的乌发带点波浪式卷，一双炯炯有神的眼睛，脸上总是洋溢着笑容，看到他就感觉总是那样亲切，那样温暖。

他是安福县竹江乡人。他说：在家，他姐姐出嫁了，他是排行老大，还有两个弟弟，一个妹妹，家里种了 12 亩耕地，每年的"双抢"，他家要忙 1 个多月，累得他的手和脚被水浸泡溃烂了才算完成 1 年翻耕任务。

他也是一个苦命的农村孩子。当年，他对我是特别关心、呵护。记得在读师一的第一学期，由于我参加了班上的篮球队，每天训练出汗，被子 3 个月都没有换洗，每天上床睡觉总感觉气味难闻，而且黏糊糊的很不舒服。我正琢磨着如何把被子带回莲花叫娘换洗，欧阳建生知道后，利用一个晴天的周末，早早地叫我起来，帮我把被单拆了下来，一起用铁桶提着到禾水河边的水圳边里冲洗，我俩一起拧干，一起把被子晾晒。到了傍晚，被子晒干了，他叫上安福几个要好的女生帮我把被子给缝上。对于欧阳建生这种大哥般的温暖，我心存感激，这份情谊也一直记在心底。

每逢周末，只要学校里没什么安排，欧阳建生组织什么活动，总少不了要带上我：一起去永新县逛书店，买书；一起认识了华侨商店的热心小伙刘肇龙；一起跑步，郊游，畅谈……

毕业不到几年，听说欧阳建生因一场车祸而离开了我们。欧阳建生对我的好，对我的帮助，我只能永远留在心间。

2012 年，由班长刘诚、团支部书记王灵两人倡议，全班 45 位同学在安福武功山举办了一次毕业 25 周年聚会。同学们毕业后经过 25 年的打拼，大部分是中小学校长，中高级职称，宁冈的谢庆武是井冈山红星陶瓷有限公司董事长、江西优秀青年企业家，永新的左家盛是江西财大的党委书记，潘定杰是永新县委组织部副部长，曹彤是

永新政法委副主任，安福的刘文生是安福县人民医院的纪委书记，莲花的肖讯是江西上品金钢有限公司董事长……大家又聚一起"回读昨天"，相互称呼同学的姓名，依然那样亲切，久违的脸庞，依然那样熟悉，追忆中的那流逝的青春岁月的故事，依然那样怦然心动，久久难以忘怀……只可惜欧阳建生因 1995 年那场车祸，李小红因为疾病，离开了人世而缺席，但欧阳对我的好，我永远都无法忘怀，愿欧阳建生在幽都永远快乐！

我期待着有一天在东华岭再次相会，一起回味东华岭那段青春岁月，分享丰收的喜悦，感悟人生的起起落落。

三年的东华岭师范生活是那样短暂，永新师范也已撤并 18 年，通往东华岭的东门"千年浮桥"也荡然无存，"卅五年过去，弹指一挥间"，零零碎碎的记忆拾掇起来品味总是那样甜蜜与温馨；一张张东华岭黑白老照片，看着，抚摸着，总是那样熟悉与亲切；一声声老同学的问

候，"钓野鳖个""是你恰个"总是那样开心与暖心。东华观的传奇故事始终是我心中未解的"谜"。东华岭，那珍贵的青春岁月，已永远地躺在永师人的记忆里……

（2021.9.19 在全国首届中等师范主题征文大赛中获散文类作品二等奖）

长埠小学，致那远去的青涩年华

（一）

1987 年 7 月，我从江西永新师范学校毕业。走入"三尺讲台存日月，一支粉笔写春秋"的老师行列，迈上传道授业解惑之途，做一个快乐的乡村"孩子王"，成了我一生的荣耀。

记得在 1986 年欢送县委农工部×××部长去吉安任职时，我刚从永师回家，被邀请一同作陪吃饭。父亲的一位同事当时就问我："老二呀，毕业是否改行去从政？"我不假思索地回答："改行？学三年师范不就白学了，让我教几年书再说吧。"其实，那时我书生意气、一腔热血就是想要到最偏僻的山区小学去教书，做一名名副其实的乡下老师，做一回真正的"孩子王"。

毕业分配时，一位同村的刘小明老师，我路口庙背同村的大哥，他是永师 85 届的。在师范读书时，在庙背老家我经常会到他家玩。那时他找我商量：他说已经在家里处了对象，想回老家教书，希望与我对调。我家住在县城，对调后双方都很方便，何乐而不为？我同意他的意见。于是，我被调剂分配到南岭乡长埠中心小学。

长埠中心小学又称长埠煤矿子弟学校。长埠煤矿职工子女在校读书的大小年级学生有近百人，每年的教师节，逢年过节，煤矿都会给予物资和资金的支持。在那个物资短缺的年代，进长埠小学教书也就拥有了一份有别于其他学校的特殊待遇。

学校坐落在国营长埠煤矿脚下，距 319 国道不远，离矿区直线距离不到 500 米，长埠商店右拐 60 米就到了。学校很简陋，只有三栋一层的红土砖楼板平房教学楼，中间是一个黄泥巴大操场，碰到雨雪天就没法出操。操场的围墙边有跳高、跳远、单双杆等设施，在后排教室前还有一座大花池，花池中间栽满一年四季交替盛开的花草。每个教室近60平方米，5个大木窗均没有装玻璃，夏天凉风习习，冬天寒风刺骨。天冷时，学生筹钱买几张大白纸把窗户糊上；到了夏天，又撕下来通风。虽说是一层平房，但没有天花板，一刮风灰尘从瓦片缝里下来，学生一般不敢抬头，要不然灰尘飞进眼睛里可不好办；一栋长达30米双层带走廊的砖木结构教工宿舍兼办公楼，一有人上楼可听到脚踏木板发出的"叮咚叮咚"的声音，学生或老师到哪个房间办事都听得一清二楚。校园中间是个黄泥巴大操场，在操场中央前台有一根长木旗杆，每周一课间操时会举行隆重的升旗仪式。单双杠、跳高、跳远的体育设施虽说简陋，但也俱全。就是这样的设施，在那时候南岭乡所有公办学校中算是条件最好的。

学校有刘火郎、王树生、周新才、贺古平、胡玉兰、刘吉瑞、周德怡、贺炳瑞、贺桂年、尹西瑞、周梅花等15名老师，其中一半以上是民办教师，还有1名代课老师，1名正式编制的朱保茂厨师。朱师傅炒菜马虎得很，因为是正式工，脾气不小，一些民办老师也拿他没法。一般的村级完小大多只有五六个老师，教的大都是复式班。永师同一届的（5）班杨金水（小名"乃古"），88届的贺灿明（县职校副校长）、李水清（在长埠教书不到一年，后调县团委，如今是市武功山风景区党委书记）、86届的金冬兰也分在这里，10个教学班近450名学生，学校校长是刘火郎，坊楼人，圆圆的脑袋尽是粗粗的白发，常常穿着灰色的中山装，左胸前的口袋爱插上一支黑钢笔，稍驼着背，笑起来总是"嘿嘿的"和蔼可亲的样子；教导主任是王树生，长埠本村人，修长的身材，常年穿着一身黑色的中山装，走起路来一晃一晃的，风都吹得倒，性格缓缓的，但非常敬业，离家直线距离不到70米，却吃住在学校；副主任周新才（85级的师兄，现在县统战部工作）

是新提拔的教坛新秀，擅长书画，工作劲头十足，在与火郎校长相处的过程中，虽说重用了，但也有许多说不清道不明的烦恼事一直在他心里纠结着……

师范毕业生是"万金油"，学校让我这个新来的师范生担任四年级1班的语文老师兼班主任，连带两年直至小学毕业，还兼了两个班的体育"杂"科，我愉快地接受了任务。

第一次真正走上讲台成为一名山村小学教师，第一次领到64元的月工资，回家第一件事就是把领的第一份工资交给爸妈。爸妈接到我递交的6张10元崭新的人民币笑了。妈妈笑着说："终于熬出头喽，以前的辛苦没有白费！"

（二）

那些年，县教育局对全县中小学教师实行严格的住校制度。基本上星期日晚返校开会，每周星期三小礼拜，每周六下午开始休息一天半叫大礼拜，平时基本不回家。在学校附近的老师也不例外，教导主任王树生家离学校不过70米，同样也吃住在学校。刘吉瑞老师带着他的儿子刘华清长年居住在学校。

学校有那么多老师住，男女教师的房间收拾得井井有条。每当夜晚，校园静悄悄，老师的房里却灯火通明，大家挑灯夜读、认真备课、批改作业。全校仅有的一台电视机到了晚上九点也准时休息。尽管学校设施简单，但洋溢着生机、充满活力。我们刚毕业的年轻老师大多数连小礼拜也不休息，那时就是有那么股劲，恨不得把自己全部的知识教给山里的孩子。不过，晚上饿了，我和贺灿明、新才、乃古也会走到长埠周师傅的小卖部买一块钱一瓶的杨梅，或称"兰花根"等零食充饥。每天清晨，我和"乃古"一起像在师范时一样起来晨练……

那时，我刚踏上讲台，教书特别认真。为上好每一堂课，课前查阅大量资料，认真备课，书写教案，对每篇课文得自己读一两遍，要达到不看教案才放手；课后每一位学生每天的日记，每一篇作文，每一天的作业都是我亲自批改、点评，第二天早读课时还会逐一讲评，注重用身边的榜样和典型去影响和激励学生；放学后对成绩差的学生还经常利用晚上或周末时间上门家访，了解情况，争取和家长一起教育好小孩。但在家访时也碰到过麻烦事。有个学生的姐姐贺××在广东打工，秀长的头发，穿着挺时尚，看到我对她弟弟这么关心竟然喜欢上了我，有一次他们姐弟扯皮打架，她竟跑到学校来，弄得我好尴尬。

圳头的彭小伟是班上出了名的调皮捣蛋鬼。上课时，他两只小手跟患了"多动症"似的，不是抓前面女孩的小辫子，就是摸后面女生的东西，一节课下来总少不了女生告状，气得我用脚踢了他两脚，后来没法子，我干脆把他放在讲台边第一个桌子。在我的眼皮底下，他自然老实多了，真应验了"黄金不打教不成，黄金打了做好人"这句千古俗话。不过，为了提高他的成绩，我还是向他承认了老师的不是，给他"开小灶"补课。从此以后，小伟改过自新，像换了个人。毕业后，小伟买了辆福田汽车跑运输，看见我老远就会停下来向我打招呼。那时补课都是无偿和义务劳动，不像现在补课费按小时计算。

为丰富学生的课外生活，我还经常组织全班学生撑起少先队中队旗，佩戴好红领巾，带上相机到南岭的黄阳山、上品山进行登山郊游活动，到云边火力发电厂参观，到长埠煤矿煤场捡煤勤工俭学，时常带着学生玩老鹰抓小鸡等游戏，时常组织学生进行拔河、跳绳等比赛活动，让学生在实践活动中学习，让孩子们在快乐中读书，我也从中感受到了"孩子王"真正的乐趣。

刚参加工作，我特求上进。私底下为自己加油鼓劲："第一学年语文期末考试，我教的语文必须考全乡第一！"那时教学条件特别苦：在教室里上课，抬头就可透过瓦片看到蓝蓝的天空；下雨时，外面下大雨，里面下小雨，有时为了不淋雨，孩子们不得不挪开课桌；冬天特别冷，窗子没有玻璃，我就到商店里买一角钱一张的白纸，要求年龄大点的男生女生用糨糊一张张、一个个糊好。有时一些调皮捣蛋的男生恶作剧，会用手指头在女生的窗口边戳开一个个小洞洞，寒风会从小洞洞呼啸而进，冻得女生直打哆嗦！虽然光线不好，但就是在这样的环境下，孩子们读书依然是书声琅琅、精神抖擞、刻苦勤奋、天真烂漫。

经过师生的共同努力，功夫不负有心人，我带的四年级1班语文考试平均87分以上，取得全乡同年级语文教学第一名的好成绩。全乡同年级的语文老师对我是肃然起敬，刘火郎校长竖起大拇指笑着说："小伙子，还可以呀！"

（三）

那时，上下班大多数是走路，或坐公交，条件好一点的大都是骑自行车。

我是骑着一辆崭新的永久牌包链的自行车上下班的，那可是我利用假期调运煤炭挣的第一桶金买的，骑着它一进校门，特别那"丁零零"如同泉水般清脆的铃声一响，哇，师生的眼光唰唰地集中在我身上，弄得我不好意思。师生们好羡慕我，要知道那时一辆永久牌包链的自行车的价格是365元，差不多要半年工资才能买得起。一到学校，我就把自行车背起来放在二楼的宿舍里。尤其是到了下雨天，得用好几桶水擦洗干净，上机油保养，再背进寝室，俨然像一个宝贝。遇到周末天气好，我还舍不得骑，反正要锻炼一下自己的身体，一般选择跑步回家，因为县城距学校仅有不到7公里的路程，我坚持长跑已有6年的历史，这点距离对我来说不是困难。

那时，还放农忙假，跟我小时候读书没什么两样，学校仍然会组织学生开展勤工俭学活动。莳田时，放假叫学生回家帮父母插秧；稻子熟了，叫学生们到田地里"捡禾盏"；茶梓熟了，叫学生上山捡茶梓。每年的十一、十二月，是丰收的季节，学校空置教室里堆满了谷子，操场上晒满了茶梓。下课了，一些贪玩男生就爱在茶梓堆上滑玩追打，低年级的跌倒了又爱哭鼻子告状……但只要铃声一响，一切又恢复平静。等茶梓晒干了，剥了皮，再晒干后，学校安排老师们轮班去榨油坊榨油。

榨油的这几天，厨师朱保茂特别高兴，学校的食堂也像过年一样，伙食特别好，菜的品种多，菜里的油比平常要多。榨完油后，兼管后勤的贺元仔老师给每位老师至少分 10 斤以上茶油回家，也算是一年中最好的福利。

（四）

农村的小孩读书普遍较晚，尤其是女生，我与她们年龄上相差不大，下课后贺小莲、贺清凤等几个年龄稍大且懂事的女生争着想帮我做洗衣服、折被子、整理房间等杂事，被我这个来自城里的老师一一谢绝了！

那时，师生恋也是常有的事，有许多老师讨到自己的学生做老婆，像我的师范数学老师×××，还有我的好朋友邓××，我的同事贺××等，比比皆是。我的恋人观有"四不"原则：一不找同行，二不找同姓，三不找学生，四不找本乡。在师范读书时，我就拒绝本乡或邻乡的好几个女生，后来这些女生在背地里说我清高，不好接近，如今看见山里女生自然得把守底线。在那里认识杨金水、贺灿明、李水清、周新才等几个年轻的好同事，好朋友。我的父亲 1970 年至 1978 年曾在南岭公社担任社长、党委书记达 8 年之久，与南岭乡的村民结下很深的情谊，在南岭 20 岁以上的老百姓只知道有个"刘恩怀书记"，那时虽说是书记，但经常和老百姓一起参加观山水库建设，农忙时会下田和老百姓一起莳田，村里召开社员大会，公社书记会常常下去做报告。虽过去多年，但只要说起我爸的名字，那里的老百姓就会滔滔不绝地说起刘书记的好，自然对作为他儿子的我也特别亲切。

南岭人热情、好客，有请春酒、吃年饭的好习惯。过年期间，南岭籍贺克良、贺古平、贺炳瑞、王树生等老师轮流做东，吃年饭，按规矩都得喝上几碗水酒，这叫"无酒不成席"。喝酒时，"庄主"一般劝得勤，我也是从那时起慢慢学会喝酒，而且一喝就脸红，一喝便醉，时常喝得像关公一样，但一觉醒来，感觉还行。

1988年春节过后开学不久，轮到杨金水老师做东，叫上我们几个同事到家里喝春酒。酒足饭饱之后，大家侃大山，我半开玩笑半当真地说："乃古，来你家吃饭，也叫上你们村的好妹娌来歇下。""有哇，我立马叫她们过来，你们只管等着！"一句玩笑，这个乃古居然当真。不一会儿，乃古真的叫了两个在吉安地区卫生学校的女学生来了，一个叫小健，一个叫青莲（我现在的老婆）。大家闲谈着，我说会去吉安找她们玩。两个女孩虽显得有点腼腆，但也非常热情地欢迎我们去吉安找她们。青莲当时给我留下深刻的印象：她高高的个头，圆圆的脸蛋总洋溢着灿烂的笑容，露出洁白整齐的牙齿，身穿黑色的喇叭裤，绿色的毛线衣，穿着一双黑色高跟鞋，长长的黑发扎得高高的，走起路来漂亮的长发一翘一翘的，显得格外青春靓丽，富有朝气！真是"有缘千里来相会，无缘对面手难牵"。

这也许就是缘分吧！假如不和刘小明对调，假如乃古不是我的同事，假如不是我主动拿乃古开玩笑，就不会认识青莲，假如那时我没有参加成人高考并录取在江西广播电视大学（吉安分校）读书，假如没有每月有一个星期去吉安脱产学习的机会。

（五）

在那个重视知识、重视学历、重视文凭的年代，我的中等师范学校的文凭显然是跟不上形势。

没办法，我只好趁年轻时把大专文凭先攻读下来。1987年7月师范一毕业，我和肖祖滨、王勇一起商量，报考了江西广播电视大学汉语言文学专业并成功录取。说起这个半脱产性质的江西广播电视大学，其学习、考试之艰难一点也不亚于全国高考：一要参加全国成人高考；二要脱产学习课时每月一星期；三要实行严格的学分制管理。

1988年9月份开学的第一个月去吉安分校上课，听到学校管理严格，我打起了退堂鼓，是吉安市十一中曾宪推老师开导着我，要我在他家吃住。他家在吉安市二中，他老婆叫刘玉兰，在二中做学校后勤工作，让他的儿子叫我舅舅。曾老师真是一个热心肠的人，他1949年5月28日出生的，比我大二十岁，为了文凭，还在拼搏，真是令人敬佩！在曾老师的帮助下，我坚定了下来，决心把书读完。

然而，在1989年春节过后参加第一场考试，我们三个和供销社的严大为住在庐陵饭店。本想"临阵磨枪，不快也光"好好复习来应对这次考试，因我奶奶正月过世耽误些功课，但阳明路上吉安工人俱乐部的歌厅里不断地重复播放着最流行的一首《爱的奉献》的圆舞曲，KTV传来年轻人"咚咚咚咚"跳迪斯科发出一阵阵的歌声，吵得我一整夜在床上翻来覆去睡不着觉。此情此景与唐代诗人李白的《春夜洛城闻笛》中描写的当年在洛阳城听到缠绵哀怨的《折杨柳》曲子时心情没啥两样："谁家玉笛暗飞声，散入春风满洛城。此夜曲中闻折柳，何人不起故园情。"第二天早晨一起来，"管它三七二十一"，我赌气不考了。心想："城里的年轻人过着莺歌燕舞的生活，我们几个乡下人却还在为文凭而苦读，同样在世上做人，怎有这么大区别？"我气冲冲地直接买票回莲花啦。肖祖滨和王勇拦阻我，拖住我也没让我回头。

俗话说得好："一个篱笆三个桩，一个好汉三人帮。"后来，肖祖滨和王勇替我圆场，跟班主任老师替我请了假，说我家里有急事，到了吉安又回去的，给了我一次补考的机会。现在回想起来，年轻时，我有多冲动，如果没有肖祖滨和王勇两位好兄弟，我可能无缘于大专文凭，永远落后于时代。

1989年夏天，第一学年的第二次考试。那时天气炎热，我们四人从莲花坐车到吉安已是很晚，落实好考场后，在快餐店吃了碗面条，胡乱解决了晚餐。而后，我们几个在吉安市白鹭洲广场散步游荡，王勇提议："今晚干脆不住酒店，在广场草地上，几个围在一起睡，将就着过一夜得了，一来可节省费用，二来也可体验一下生活。"大伙都响应，说句实话，还从未在草地上过夜。我们也来体验一下当年红军睡草地的生活。

在白鹭洲广场走了几圈之后，我们在草地中间席地而坐，四个人的头相互靠在一起，用行李包当垫头，把草地当地毯，八只脚朝外摆成一个圆圈，仰望着天空，还相互讨论着、念叨着、预测着明天考试的题目，感觉到不对时还不时起来翻开书找找答案，说着说着，大家也累了，困了，就渐渐睡了，各自进入梦乡。然而，睡到凌晨二点，大家正沉漫在甜蜜的美梦中时，一阵阵"起来！快起来"的吆喝声和"呼呼"的用脚踢打的声音把我们吵醒过来。我们被吓得要死，以为碰到流氓打劫。原来是公安巡防队查夜的。不管我们怎么祈求，也得不到他们的同情。几个巡防队员的样子"凶神恶煞"般，坚决不让睡在广场，要我们尽快离开。没办法，我们无可奈何，只好又去庐陵饭店登记入住，不过此时的房费可打 5 折，也节省了半天的房费。

在三年的电大学习中还得到了吉安地区农业局的一名干部的帮助，他把房间钥匙给我，每个月的学习，每半年的三天考试差不多都在他那吃住。学汉语言文学专业是特别苦的，比如考古代汉语这一门，有默写一首古诗词这道题，这道题是 60 首古诗词任意挑选，每次考试非得要背下来 60 首诗词才能过关，吉安地区监考又特别严，庐陵文化中没有"窃"的字眼。

在读电大时也认识了不少朋友，如团地委肖红、吉安永阳镇政府肖志明、地委宣传部聂冬娇、地委党史办周瑞兰等。其中肖红是我县组织部长肖林的老婆，但那时整整三年时间只知道读书，只字未提其他相关的事。毕业那年，我们莲花三个人还特意同肖红合影留念。就这样，到 1991 年 11 月终于顺利毕业，获得了江西广播电视大学校长周绍森颁发的专科文凭。

（六）

在长埠，有时放学后，我和乃古、灿明、新才几个"单身鬼"闲着没事爱去火电厂、粮站、卫生院溜达溜达。那时火电厂、粮站的年轻女职工神气得很，尤其是火电厂的，她们穿着灰色夹克工作服，每天上下班班车接送，根本不拿正眼瞧我们；卫生院女护士毕竟都是读书人，还会笑脸相迎，嘘寒问暖的；偶尔也会散步到农业局园艺场找周凌云场长喝酒聊天。

但去得更多的地方还是长埠煤矿，那时的长埠煤矿是县里骨干国有企业、纳税大户。刘天生矿长把煤矿经营得红红火火，煤矿有职工医院、粮管所、职工住房，工资、福利特别好。我和贺灿明最喜欢到煤矿的职工食堂打饭吃，煤矿一般在每月的初一、十五"打牙祭"，要杀几头猪祭祀一下，平时也几乎餐餐有肉吃，比起学校食堂朱保茂师傅每餐炒的仅 5—8 分钱的豆腐、豆芽、豆角、冬笋、萝卜炒肉好多了。矿里还有刘镇、刘淼清、樊林苟、徐忠贤、郭义豪等几个萍乡煤校毕业的年轻小伙子，都是和我同一年分配的，加上煤矿矿长是我们路口人，办公室主任的老婆胡玉兰又是长埠小学的老师。

记得有一次煤矿"打牙祭"，刘镇、刘淼清他们几个请我去煤矿打篮球，晚上在煤矿食堂聚餐，说是聚餐，其实也没什么菜，只有红烧肉、小炒肉、青椒炒豆子、油豆腐炒肉，还有血旺、马铃薯等几个小菜，他们却买了四五瓶一块钱的白兰地酒，那酒可是那时的知名品牌，像过年过节那么隆重地招待我。我如期赴约，因为高兴，大家相互敬了几圈之后，还玩起了"猜拳"的游戏，我说不会，他们说"一二三四五对数为原则"，"一杯一杯再一杯""今朝有酒今朝醉，明日愁来明日愁""对酒当歌，人生几何""何以解忧，唯有杜康"……就这样你敬一杯、我敬一杯，共同喝一杯，喝个没完没了。因为从未喝过那么多白酒，一人差不多喝了一瓶多，把我喝得烂醉如泥。他们扶着我在郭义豪房间睡。我呕吐了，吐得人家房里的木地板一塌糊涂，满屋子的酒味。我醉到第二天才苏醒过来。那时没电话，学校找不到我，急得刘火郎校长团团转。

自那以后，只要听到"白兰地"这个酒名，我就有点害怕，再也不敢喝那种酒了，再也不敢把自己灌醉了，得把握分寸，不失体统。

在长埠教了两年书后，1989 年 8 月，我被调往县城厢小学任教。但长埠小学教高年级数学，教学方法灵活，个子不高却浑身是劲，对学生，尤其是对家庭困难的学生特别关心的贺古平老师；总是哼着小曲上下班，工作上一点儿不含糊，常代表学校出去参加讲课比赛的胡玉兰老师；以校为家，一直教语文，又爱在教研杂志、报纸上发表点小文章，有着"秀才"雅号的刘吉瑞老师；年龄 60 岁有余，穿着黑棉衣，像爷爷般教一年级语文的贺桂年老师（退休时仍未转正）……他们长年在山村学校默默无闻、无私奉献的"春蚕到死丝方尽，蜡炬成灰泪始干"敬业精神一直影响着我，感染着我，激励着我。

这是刚走上"三尺讲台"时的我。在长埠小学，收获了成长，收获了快乐，收获了友谊，也收获了爱情……我很留恋那段"山孩子王"日子，那是我一生的荣耀。而今，长埠小学早已新建搬迁到另一个山头，曾经的校舍早已残垣断壁，成了贫困户的光伏扶贫基地。但每每路过长埠时，我总会不由自主地通过车窗看看曾经工作过的地方，回味起当乡村教师时那远去的青涩年华……

不能忘却的东方红小学

在 20 世纪六七十年代，那一个特殊的时期，全国各地盛行以"东方红"取名，学校也不例外。在莲花，最有名的小学也取名为"东方红小学"——即现在的县城厢小学。学校虽几经易名，但我们这一代人，对她有着无法言喻的情怀。

（一）

东方红小学，当年全县唯一一所县直属小学，位于文峰路。校内绿树成荫，环境优美，素有"花园"学校之美誉。学校创办于 1932 年，原名琴水小学，即由原来的琴水高等小学堂演变而来，校址初设于山碧岭，后几易其址，1958 年迁至现址，1967 年学校易名为"东方红小学"，1985 年才更名为城厢小学，但凡在那里读过书、教过书的人仍习惯称之为"东方红"小学。

我在莲中读书时，随父亲居住在琴水公社，与东方红小学仅一墙之隔。每天上学都要路过东方红小学。那时的东方红小学，三面环绕着稻田地，从大路进入学校有一条不到 3 米宽的水泥路，两边也是一片碧绿的农田。学校的教室全是一层的平房，最高的只有两层带回廊的木板教学办公楼，满校园被高大的梧桐树所覆盖。让我印象最深的还是东方红小学的鼓号队，每天早晚传来训练的声音，整个小县城都能听到，让人倍感振奋，催人奋进！

师范毕业后，1989 年 9 月，我有幸从长埠小学调整到县城东方红小学教书，而且一待就是 6 年。

我在东方红小学教书时，校长是郭四喜（任职期限 1984—1995

年共 11 年），副校长是郭水娥、刘杰（1995—2003 年，接任郭四喜当了 8 年校长）、刘志钦，政工主任颜国元，教导主任王昔华，总务主任贺小兰。全校有近 30 个教学班，近 2000 名学生、85 名教师，除李铁香、肖祖宾、肖讯、李西光、李四树、贺化平、李金明、尹新华、李慧、金老师等 11 个男教师外，其余均为清一色女老师。而且年轻漂亮者居多，尤管萍、王艳玲、王艳兰、谭晶华、李初晴、郭小芬、李娟等十几个美女老师最为突出，一个个打扮得花枝招展，香气怡人，均为窈窕淑女，楚楚动人，常常引来县直机关未婚青年的追求。他们时常在学校转悠。问他们做什么？都说是我校貌美的淑女惹的"祸"。她们大多数是我们上下几届的师妹或师姐，也有吉安体校、文艺学校毕业的特长生，但不知什么原因，那么多郎才女貌老师仅 2 人配对成功，也许是受"臭老九"名号的影响，这些貌美如花的女老师宁愿找个开车的师傅也不愿找同行，对此我也是久思不得其解。当然在乡下教书的朱春平和朱细华成功走进结婚的殿堂，共同享受职业的假期游走四方，也是我们的梦想。

　　杨志娟、焦美珍是上海知青留下教书的，刘杰是天津人，随军来莲花教书的。她们来莲花多年，仍是一口标准的普通话，城里人特有的气质在她们身上表现得淋漓尽致，听她们讲话、交流简直是种享受。

可见当年"知青上山下乡"，让老区贫困县小山城也拥有大城市一样的师资。后因在莲花成家了，回不了大上海。她们把自己的一生都献给莲花的教育事业，直到退休。

东方红小学比起我在乡下的长埠小学，那条件的确好多了，毕竟是城里的县办学校。有二栋三层的教学大楼全是新建的，宽敞明亮，窗户均为钢窗、玻璃窗户；二栋一层四个教室的平房教学楼仅供学前班和乒乓球训练场所使用（1958年建校时兴建的）。其中大操场的那栋"庆同楼"是香港老板沈炳麟先生捐资兴建的，沈先生还在路口湖塘小学捐资兴建了"思美楼"教学大楼。200米环形跑道，学校每学年会举办一次田径运动会；在教学楼右侧还有一座近二亩的鱼塘，鱼塘与外墙之间约莫有一亩多的菜地。在学校后栋教学楼的后面也有一片空闲地，那时我刚刚成家，我和青莲也吃得苦，也开荒了两块菜地，种上了时令蔬菜，尤其是辣椒和西红柿长势十分茂盛，经常是满铁桶的蔬菜提回家，小家庭基本实现了蔬菜自给自足；一栋两层、二栋一层平房十多套教师家属房，主要是解决外来老师的住房问题。像刘杰、杨志娟、焦美珍、史新明等先来的外地老教师都住进了家属楼，像邓金华、彭红梅、刘祖娥、陈芳这些后来的教师就住在单身宿舍。像李铁香、肖祖宾、李西光、肖讯等男老师就安排住在教学楼每一层边上的宿舍里。因为大多数是刚从师范毕业的，大伙儿都在忙自考、函授学习。学校那种积极向上、奋发学习的氛围比较浓，很羡慕那种集体生活的味道。我和青莲刚刚结婚也想住校，只因房子紧张，只能上下班来回跑。

（二）

刚调到东方红小学头两年，和刘生莲老师做搭档，从四年级带班到小学毕业，她教数学，我教语文兼班主任。

城区学校要比乡下小学严多了，城里的老师，女同志较多，教书都挺认真，生怕排名靠后，竞争压力特别大。每次期中、期末（终）

考试，从监考到阅卷和中考、高考没啥区别：单人单桌，前后各一名监考，还有流动监考的，阅卷时，班级、姓名全密封了，一人负责几道题，另有专人负责统分，阅卷根本无法知道考生是谁、最后分数是多少。而且每次考试结束后学校语文和数学都要排名，学校的奖金虽然不多，但每次考试的结果均与考试成绩、排名直接挂钩，郭校长就是凭着严格的教学考核来管理。有时也常有教师为排名、班上差生多，有些老师监考、阅卷不严等一些事打校领导告状，郭校长常用《增广贤文》中那句"来说是非者，便是是非人"来回应，弄得这些人好尴尬。他这种处理是非的做法，一直影响着我。

为了让班上的学生考出好成绩，这些老师总是千方百计把杂科老师的课程也挤占了，早读和课外作业也不放过。经常会看到刘生莲、杨志娟、焦美珍、史新明、朱金玉、王昔华等老师在教室里辅导；下午放学或周末也自行为学习差的学生补课。尤其吃住在学校的杨志娟、焦美珍、史新明、刘杰老师，每天下午放学，或逢周末，都看到她们家门口有五六个学生在补习或辅导，杨志娟老师的丈夫郭佳明是著名书画家，也有学生自小跟他拜师学艺，但均是免费、义务辅导。那时老师真把教书育人当作一份事业在做。待学生胜过于自己的儿女！似乎都有使不完的劲，在她们身上的确感受到了"春蚕到死丝方尽，蜡炬成灰泪始干"的那种境界。我也被她们的精神感染着，但毕竟是男老师，没有她们的韧劲，那时我也正在自学呢。但每天早读课，每一个学生的日记，每一篇作文，我会逐句逐段地批改，并写出评语，常常拿出写得好学生的日记、作文做范文，在早读时交流。

对班上的后进生，我是一个也不放弃！对他们的日记、作文我更是悉心辅导，给予更多的帮助和鼓励，激发他们的学习兴趣！后进生进步了，整个班的学习成绩就自然上去了。每次的考试，我班的成绩总能在中游以上。

课间闲暇之余，我的最爱就是下象棋。说起下象棋，那是争分夺秒。下课铃一响，李金明、贺化平和我就会不约而同跑到教学楼楼梯间小便处改装的办公室里，那是赖志明老师的办公室。不到2平方米，四个大男人挤在一起也其乐融融，把棋盘往桌上一放，便摆开阵势、大开杀戒。因水平不相上下，兴致来了，常常杀得个天昏地暗、难解难分，有时上课铃响了都舍不得抽身离开。我有时也杀得他们几个无回天之力，无招架之功。贺化平对此很不服气，老是喜欢说我只是运气好！当然，我也有大意失荆州之时，输得一败涂地。

（三）

郭四喜是莲花出了名的好校长，他以"治学严谨、特色创新、以校为家"而著称。他在红源小学当校长时，因创办乒乓球特色学校而出名，当时红源小学乒乓球队经常代表莲花参加全省乃至全国的比赛，为省、市体工队、体校、师范输送刘艮莲、刘曼莲、李珍妹、李干梓、周玉蓉、刘青、李建平等一大批体育人才。其中省体工队刘艮莲和省体校刘曼莲是姐妹，这在当时江西体育界成为佳话。

后来，郭的弟子李干梓、周玉蓉作为莲花乒乓球事业的传承者，分别在原文化宫和新的文体中心创办了赣杵乒乓球俱乐部，为莲花培养了不少的乒乓球爱好者。

在东方红小学，乒乓球队建设也是郭校长一块始终坚守特色阵地，始终紧抓不放。县体校李干梓、刘曼才两位体校老教练常年在学校指导，陪练。我自幼喜欢打乒乓球，但球艺一直不怎么好，在缺体育老师的情况下，我便成了学校乒乓球队的教练，为了陪队员练球，我的右手大拇指与食指之间因疲劳过度患上腱鞘炎，连握笔写字都挺困难，后来不得不用左手写字。不过，我带出的乒乓球队在全县乒乓球比赛荣获集体，男女双打、单打冠军！

郭四喜校长是我同学郭小玲的父亲，年纪也不轻了，五十出头，但劲头十足，国字脸，头发虽有点白，常常穿着中山装，左上口袋里插着一支黑色钢笔，常年吃住在学校那栋1958年建校时的木板楼二层，下面是教务处、政工处、财务处三个办公室。郭校长以校为家，平时在会堂吃饭，周末就自己在旧楼下的板梯间做饭吃。为改善办学条件，提高老师福利待遇，他可是想了很多办法：一是创办学前班；二是在校门口增设小卖部；三是在广东佛山办校办工厂。四是开荒种菜，池塘放鱼。

我在东方红小学（1989 年 9 月—1995 年 6 月）这段时间，正是全国改革开放快速推进时期，那个"黑猫白猫"时代，整个"珠三角"像待开发的处女地。全国各省市县在广东均设了办事机构，我县选派了县台办主任杨保保在深圳龙岗设立办事处负责莲花务工人员联络工作。全国各地到处办厂，到处招人，而且都是政府的名义招人去，一批批、一车车人往广东走，全民经商办企业，乡镇、公安、学校、机关单位鼓励经商办企业或投资入股，莲花县兴起了乡办小煤矿、小高炉炼铁、小石灰精粉厂，可以说是村村冒烟，处处办厂，一派热火朝天的全民创业的场景。

我老婆在下坊乡政府工作，那时西谭坳（现在下坊水泥厂这个位置）的荒坡上由副乡长肖祖德负责建起了小高炉，那时鼓励全民创业，干部下海经商，不下海也可投钱入股，据说入了股的人都挣钱分了红。就连我所在学校的莲花县城厢小学也不甘落后，那时是郭四喜任校长，郭校长年纪虽然比较大，是个快退休的老校长，但思想挺前卫，他率先在学校办起了小商店，每年为学校创收近 3 万元。在外面，学校出资 20 万（其中勤工俭学办 10 万，老师集资入股 10 万）与一个叫罗少云的路口老板在广东佛山办起了陶瓷热处理厂，也真佩服郭校长的眼光、胆量和魄力！学校先后派尹新华、刘志钦、李金明等几位有经商经验的老师去协助办厂（尹新华是学校的会计，利用假期运煤到泰和、井冈山等地），凡是投资入股的老师都按 15% 的利润分了红，去佛山校办企业上班都挣了钱。尹新华从此也不想上班了，干脆辞职下海，尹新华常年调运煤炭，现在在一家企业做财务总监；肖讯在南岭办活性炭厂,他老婆在学校开店,后来他和老婆又一起去广东创业。学校多次催他回来,否则予以除名,肖讯还是依然坚守在广东,可见广东挣钱的吸引力有多大!如今在莲花的 10 个永师的同学里,肖讯可是人财两旺,子女双全,开着豪车,在县工业园买了 20 亩土地办起了江西上品金刚钻有限公司,目前正与中南大学冶金学院合作,企业越做越红火,是莲花工业园区重点骨干企业。

记得 1991 年春季开学,学校决定派我去广东佛山管理校办企业。我高兴极了,佛山这个城市早在 80 年代初期看《霍元甲》这部电视连续剧时就知道,对佛山这个城市是仰慕已久,很想去看个究竟,这次难得有机会去,一来可以去看看外面的开放、多彩的世界,二来又可以发挥我的经商的特长,最关键是可以挣钱把房建得更好。一放学,我就急匆匆回家把这喜讯向青莲报告,谁知当即就遭到青莲极力反对,我那高兴劲儿像被泼了一身的凉水,青莲是坚决反对!这事没得商量!好说歹说就是不同意!她说:"我跟你结婚不是为了钱,为了钱我也不会讨一个小学老师做老公。去年你跑客运还不挣钱,就是怕你不安全出事,一个人命都没了,挣钱还有什么意义?你去佛山,你的身体这么瘦弱,叫人怎么能放心得下?"我终熬不过她,只好叫郭校长另请高人吧,我只有安心教书的命!这是青莲第二次让我失去了挣钱发财的好机会。对此,我对青莲很有意见,我说:"以后不准在我面前提钱的事!"这一点,青莲真的做到了。后来我改行从政先后任乡长、党委书记、局长、主任等职务。有些老板送礼物和钱给她,她连看都不看,直接将他们一一拒之门外。2006 年,我在康达东路建房,正是需要钱的时候,一个叫"老五"的老板送一万元现金给青莲,被青莲骂得狗血淋头。我也为她的这种行为点赞!青莲是一个有智慧的好女人,为人十分低调,穿着十分简单、朴素。我在计生委、卫计委、卫健委工作期间和她同事 6 年,作为主任夫人,她没有一点"官太太"的感觉,相反比一般干部干事更卖力,更有责任心。说真的,我打心底里佩服她！敬重她！她也影响着我，鞭策着我，做人、做事、做官要干干净净，清清白白！无私无畏！坦坦荡荡！

(四)

俗话说"男人好色，女人爱财"，可我的老婆一点儿也不爱财。三番五次地反对我出去挣钱。我利用假期去贩煤，她反对；春运期间包车去广东，她反对；这一次，学校安排我去广东佛山的陶瓷热处理厂上班，她又反对。没办法，谁叫我娶了一个不爱财的老婆，当然也是我的福分！那我只有静下心来好好地待在学校教书。

后来，因学校的年轻老师陆陆续续被调走改行从政；没调走的贺华平、肖讯、尹新华也去广东、浙江打工创业。学校只剩下我一个年轻的男老师"光杆司令"。学校里许多女教师不能胜任的工作全由我一个人承包。我还真的充当了"万金油"的角色：有时还充当了电工、广播员；有着教务、政工、教练、大队辅导员不同的身份；有时还充当学校的采购员，和金春树会计一起走南闯北地购买学校的必需用品等。

不会吹小号，却做起了少先队鼓号队的教练；乒乓球打得不咋样的，却做起了学校乒乓球队教练；也常常被县教育局抽调去下乡检查或驻村帮扶，我又和龙天雄主任在坊楼罗市蹲点驻村，一驻就是半年。总之，小学老师等于"万金油"，在我的身上表现得淋漓尽致，得到了充分的体现。不论是在哪个岗位上，我都是兢兢业业，把每一件事都做成、做好，做出特色。

在担任学校少先队大队辅导员时，学校的鼓号队是东方红小学的招牌，县里凡是有重大活动，团县委、教育局均会要求学校的鼓号队参加。学校鼓号队由我和陈芳老师负责训练管理。鼓号队阵势比较大，其中腰鼓队 32 名、小号队 16 名、大鼓 8 名、大镲 4 名、中镲 4 名、小镲 16 名、旗手 3 名、指挥 2 名。所有队员必须佩戴红领巾，统一穿着校服。腰鼓队、小镲全是女生，大鼓、大镲、中镲全是男生训练，只要求统一节奏，统一手势，统一击鼓，在行进过程中注意步伐即可，由陈芳老师负责；我负责小号队员的训练管理，整个鼓号队最难训练的也是小号队。小号队全是男生，吹号肺活量、气息不够，吹气、吸气不当，是吹不出声音来的。虽然我不会吹小号，但对小号的节奏、乐感还是挺强的，能指出队员的毛病。但也有一两个队员经常调皮捣蛋，为培养和训练这支小号手队伍，我只好聘请高手，请计生委办公室主任刘国元作为校外辅导员，利用每天下午课外活动时间来专门对小号队员进行专业训练。不管是否有重大活动，这样的训练作为每天下午的课外活动是雷打不动的。

记得当年良坊的万亩果园开业庆典、升坊昌盛水泥厂奠基仪式以及县里大型活动，我和陈芳老师均带着学校腰鼓队参加，为县里的各项重大活动、庆典、奠基仪式增添了喜庆的氛围。让学生走出校门、服务社会有新的体验。

学校的广播喇叭放在新建的"庆同楼"屋顶，每天课间操、课间休息，红领巾广播都要用上广播，使用频率特别高，由于在屋顶，日晒雨淋，广播线路断了是经常的事。学校的广播一天不叫，那学校瞬间似乎没了生气。所以一旦喇叭不响，郭校长自然又想到了我，又叫我这个业余电工上。可是，庆同楼没有设计楼梯至屋顶，要上屋顶上接线可不是件容易的事。管事务的老金年事已高，体育老师李金明也年龄较大，攀爬上楼成了我的"专利"。为此，我也特别小心，叫上老金扶稳木梯，然后一步一步爬至三楼楼梯间顶棚，顶棚与楼顶有近一米五的空隙，顶棚有 60 度斜坡，稍有不慎有从斜坡上滚下去的可能，说句心里话，每次爬楼，我都胆战心惊的，格外小心，双脚使劲地踩住斜坡上变黑的水泥沙子，一手抓住梯子，一手反手抓住楼顶的墙沿，然后再双手撑上去，左脚跨上去，再整个人上至屋顶，踩着并不结实的防晒板，把线路接好后再下来，有时查不出什么原因，上下来回折腾好几次，直到广播出声为止。一个学期下来，差不多要冒几次险，每每想起这些，至今都心有余悸。

（五）

东方红小学毕竟是县城唯一的一所重点小学，大至学校的教学、少先队活动，小至学校的课间操、升旗仪式、红领巾广播等都是全县的标杆和旗帜，这当然与郭四喜严谨的办学理念分不开的。

郭四喜校长事无巨细，大至学校发展规划，小至学校绿化、课间操队伍的整齐、教室的门窗玻璃、广播电线、菜园的辣椒、鱼塘的水等。如今学校的广玉兰已走过了近25年的春秋，枝繁叶茂，大树参天，想当年，我们可是用桩护，用竹织成围栏，后改成铁丝围住，才足以让树苗茁壮成长；为了做课间操时全校3000名师生能够整齐划一，我

们在操场上画线，打了近3000个小竹桩，那时的操场虽未硬化，踩了几十年的田泥地面也着实坚实，我和李金明、金春树几个打得两手起泡才算完成。做操时，郭校长打起背手在四周看来看去，脸上洋溢着成功的喜悦，常夸我们几个吃了苦。

学校女老师多，调到县城教书的是县局主要领导的亲属，都有多多少少的"后门"。要管理好这么一支教师队伍必须靠"哑巴子"数字

说话，才能治得住那般"七大姨八大姑"。所以学校检查多、评比多、考核多。到了年底教学评比时，有时为了一分、几块钱的事都会争得面红耳赤，有的老师甚至因此还有见面不说话的，心里有疙瘩。

基于这种特殊情况，在每学期的排课时可是伤透了脑筋，在考勤、学习、教案、出操、开会、考试评比等方面得十分细致，出不得任何差错。这些工作分管政工的颜国元副校长和分管教务的刘杰主任都特别交代过我。

有几个不求上进的女老师，在 1989 年下学期那年，由于一下进了六七个年轻男老师（因学校好几个男老师爱打牌赌钱被教育局交流到乡下教书去了），她们可高兴啦！"终于有人垫底啦！"可那些年轻的男老师，个个要求上进，教学方法又灵活，又爱和学生打成一片，激发了学生学习兴趣，年底期终考试时，那些年轻男老师教的科目成绩居然遥遥领先。她们没想到这一批男老师竟然这么优秀。

（六）

在东方红小学教书期间，我和青莲是 1991 年元旦结的婚。青莲在高洲卫生院上了一年班，后来，乡政府成立计生办需要招护士，青莲便改行到下坊乡政府上班，每天骑自行车上下班。

1991 年国庆节，县里组织的文艺汇演，教育局推选东方红小学参赛。那时由文艺学校毕业的管萍、幼师毕业的陈芳两位老师做辅导老师，我们排练的《烛光里的妈妈》《十五的月亮》从内容、服装、音形、节奏、歌舞、动作、表现等综合得分荣获一等奖，尤其是表演《十五的月亮》穿上军装（全是县武装部借的）的我们，以精湛的演艺再现了十五的月亮下军人与军嫂相思的场景，栩栩如生，感动着现场的观众。当时可是轰动了小县城。"东方红小学的老师，真行！"大家无不为我们精彩的表演点赞叫绝！

1992 年"三八"妇女节，全县组织交谊舞比赛。东方红小学也组队报了名。那时我们学的是《把根留住》慢三的交谊舞，管萍、陈芳老师做教练，学校的年轻男女老师都得报名。李铁香跟李娟配对、贺化平跟王艳玲配对、肖祖宾跟陈芳配对、我跟谭晶华配对……要求每天晚上排练，力争获得优秀成绩，不愧对教师这个光荣的职业。

青莲下班回来在家不好玩，每天晚上也挺着个大肚子陪着我练舞到十点。后来在工人俱乐部比赛，她也踊跃参加观看。看到东方红小学代表队荣获一等奖，也特别高兴。

那次县妇联组织全县青年职工交谊舞比赛活动，的确丰富了小山城的职工生活，促成了一对对未婚的青年男女成为眷属。

（七）

在东方红小学期间，我曾被县教育局抽调过两次。

一次是1991年的冬季，被教育局抽调去参加全县的教学督导检查。我和教育局人事股长贺治中一组。贺股长是东方红小学前任校长。他的威望挺高，在教育界是德高望重。跟他下乡督导检查，简直是一种享受，——从来没有过的。

记得那年冬天的周日下午，贺股长和我一起去县短途汽车站等班车去寒山中心小学，本是周一去，因寒山乡两天才一趟班车，所以提前一天前往。

班车经荷塘，绕九曲山钢铁厂，全是泥沙路，下益和九曲山路段可是好险，峰回路转，悬崖峭壁的，危险得很。上了水打鼓那个土坡就到了寒山小学。只见乡教办主任朱庭瑞和一位副校长在门口等候。

一下车已是傍晚时分，他们就笑脸上前迎接，他们说在门口足足等了半天。冬天的寒山特别寒冷，寒风刺骨，水打鼓的瀑布声扑扑作响，但山里人热情好客，一踏进朱主任的房间，顷刻间就暖和起来，学校早早地准备一大盒木炭火，再喝上两口热茶，吃些水果、瓜子什么的……

我也是从那时起认识朱庭瑞主任（其现在县关工委，朱主任自

1989 年至 2000 年，在寒山一干就是 12 年）的。包括他的儿子朱小明（南岭中学校长）。后来我调转多个部门，只要朱老要办的事，我都会尽力做好，不让他老人家跑腿。

第二次是 1992 年下学期，教育局又抽调我和龙天雄校长去坊楼镇罗市村扶贫挂点。

那时扶贫是要吃住在村里的，由于交通不方便，常常一去就十天半个月，吃住罗市墟场陈云开会计家里。村书记是陈新圣（如今已是86 岁高龄），村主任陈彬恩（塘下、湖上卫生院长陈春艳父亲）。龙天雄有 50 多岁，但他身体好，每天坚持早晚用冷水洗澡，真令人佩服。那时，我对农村工作是一片空白，喜欢问。村里的陈新圣书记跟我讲了这样的故事，他说不知道做就说："我是上级派来的，专门做妇女工作的，每人发一支枪，那是不可能的……"故事还未讲完，就让我们笑得前翻后仰的。陈书记还说，从解放到现在，他一直当书记。做农村工作，就是要"脑勤、脚勤、嘴勤"，要吃得苦、耐得烦！对全村的情况要熟，对所有人、山场、林地、河道都要了如指掌，包括婆媳关系、夫妻关系；其次要熟悉了解上级政策，要懂点法律知识；三是办事要公平、公正、合法，不要"两杯酒不吃，喝杯酒，吃力不讨好！当农村干部不要斯文，要了解百家情，吃百家饭！这可是一辈子的农村工作的总结"。

在那驻村半年，感觉还真是这样。罗市村里的老百姓还真知道有我和龙天雄这样的驻队干部，有事没事时爱找上门来，请求我们为他们排忧解难，逢圩买了鸭子也会叫我俩喝上两口。我一个教书匠有时还真有点不好意思。陈新圣老书记便劝导我说："要去！农村干部串百家门，吃百家饭！才能解决百姓事。你不去就是瞧不起人家！"

农村的夜晚，寂静无声，忙累了一天的农民吃完晚饭便上床睡觉。我闷得慌，时时会跑到罗市小学去玩。那里有我的师范校友陈铁新。那时学校的活动很单一，要么围住赣新牌黑白电视机，要么聚在一起打扑克"钻桌子"。更刺激的是"钻凳子"。不论男女，输了就得钻，而且得一本正经，两个老师在两头用双手按住凳子，输了的要么匍匐着在地面爬，要么双手扶着凳子翻身过去，其他人在旁双手鼓掌喊"加油"，尤其是轮到女生钻时，气氛更是热烈……想想当年那场景，真是苦中有乐，十分开心、快乐！

驻村任务完成后，我就在学校一直从事政务、教务、事务等行政工作，兼少先队大队辅导员。

（八）

2004 年，我在上海挂职。我从闸北区政府开会出来，在区政府门口走着，背后有人突然叫了我一声："刘老师！"我不敢相信，在上海，有谁会认识我？再说我也离开教育战线已差不多 10 年，又一句大声："刘老师！我是李龙华！"我猛然回头一望，真的是我的学生李龙华。我又惊又喜地抱着他，握着他的手，"你怎么在这儿？你怎么还记得我？""我毕业后在上海的一家公司上班。刘老师，我永远记得你！你是我永远不会忘记的好老师！"

2016 年，我送院长们赴宝安学习。在宝安又有缘遇见了李龙华。李龙华和他的好兄弟江西波阳朱元芳博士、宝安保健中心主任幸思忠在宝安硬是要热情地接待我们。我盛情难却，师徒几人喝得酩酊大醉。而今，李龙华在南昌做金融工作。

2017 年 5 月，我在南京人口国际学校学习。其间，南京莲花老乡邀请我吃饭。在饭桌上，竟然碰到了相隔 27 年未见的学生刘庆祐。他叫我声："老师！"我一看，竟也能叫出他的名字"刘庆祐"，这让他感到吃惊。他说："27 年，你一直未变，只不过比学校时稍胖了点。"

在我离开南京后不到一个礼拜，竟收到了来自南京的快递。是刘庆祐精心挑选的紫砂壶，我打电话责怪，他说是学生的一片心意敬请老师收下。

陈丹是我在东方红小学教书时调皮的学生，经常被我叫到办公室训导；他的日记、作业，我也花费了不少心思。大学毕业后他分配南昌市公安局工作。

金蓉是我 1990 年带的毕业班的学生,如今是莲花城厢中学的语文老师。每天上下班, 早晚散步会经常碰到, 她总是像学生时代那样亲切地叫声: "老师!"

我从政这么多年, 虽然当过多个乡镇、部门的一把手, 变换不同的称谓, 但只有听到学生叫我一声"老师"时感觉最亲切! 最暖心! 最具有幸福感! 我教过的学生虽不是国家顶尖的人才, 但在社会的不同阶层发挥着不同的作用, 无一人走向犯罪之途, 这也是我教书育人感到欣慰之处。

肖茂林、陈小锋、肖伟梁、陈炜、李华、李薇、张倩、史策、史瑛、李良明、李付民、李小明、胡小明、贺小丽……一个个学生的名字, 相隔这么多年, 我都依然记得, 这些学生每每看到我时, 也远远地叫声"老师"!

这就是当老师的味道。

（九）

后来, 学校许多年轻的老师改行, 或从政, 或弃教从商了: 李四树在关工委(现任就业局长),李铁香在县委办做秘书(现任财政局长),李西光在县团委(现任工业园区副主任),肖祖宾在组织部(现任科协主席),王艳玲在县体委(现任商务局长),管萍(现任吉安市医保局长)、贺化平(现任欧派斯润滑油总经理)、肖讯(现任江西金刚钻科技有限公司董事长)、尹新华(现任华莲欣财务总监)下海创业当了老板, 只剩下我一个年轻的男老师。其实我最喜欢老师这个太阳底下最神圣的职业。1986 年 7 月, 在我上师范二年级时, 老爸的一位同事问我是否有改行做行政工作的想法? 我当时很幼稚地说: "叫我干行政, 那我读师范不就白读了? 让我教几年书再说吧!"

1995 年 7 月, 我也调离了教了 8 年书的课堂, 工作了 6 年的东方红小学。我是我们这一批年轻人中最后一个离开学校的，也改行去了县招商局，开始了我的弃教从政历程。从县委大院到乡镇，再从乡镇到县直机关，现又重回县委大院，绕一圈就是 25 年，人生有时候也真会开玩笑，我从起跑点出发，跑了 25 年又回到原点。虽职务和级别有点变化，但回过头来想想走过的路，还是感觉在东方红小学做老师最有回味感！觉得教师这个塑造灵魂的职业最有价值感、成就感！一个好老师，可以影响一个学生一辈子！假如人生有第二次选择，我将义无反顾地拿起教鞭，重返东方红小学那教书育人的阵地！

　　2020 年 6 月 20 日，我路过东方红小学，刚好校门也开着。我便不由自主地在校园里转了转，如果不是因为在这工作过，还真认不出这是曾经的东方红小学，这里的一切都变了，原来的菜地、鱼塘没了，"展翅楼""向上楼""起航楼""腾飞楼"等四栋新教学大楼已代替昔日的一层或二层红砖瓦房，连仅存的"庆同楼"也改为了"扬帆楼"。我以为应保留"庆同楼"，让爱国华侨沈炳麟先生捐资助学的事迹在校园里传承，可把它作为教育学生立志报国、感恩社会的活生生的教科书，让远在他乡的游子能找到乡愁。后听现任陈华鹏校长介绍，由于庆同楼已历经 30 多年，地质的原因使部分地面塌陷，学校已申报拆除，学校会建校史馆，将建校以来的历史图片资料予以向学子展示；25 年前栽的广玉兰、雪松、桂花、樟树已是参天大树，绿树成荫；坐北朝南的老校门考虑上下学安全也改在文峰路北侧，以前的泥沙子道路变成沥青路面，泥沙跑道全变成了塑胶跑道；学校规模已发展成 104 个班级、6000 余名师生，目前已一分为三：一部在原校址 40 个班、2200 名学生；二部在原城厢中学 40 个班、2000 名学生；三部在新教育园 24 个班、1600 名学生，为甘祖昌将军小学。

东方红小学虽改名多年了，但不管怎样改，她培养社会主义接班人的宗旨以及教书育人的精神传统将永远传承下去。东方红小学——将永远躺在我们那个时代人的心里，也将托起新一代城厢小学新的希望，新的未来！

荷塘旧事

　　基层一线干部，是把党和国家各项政策措施落地落实的"主力军"。"上面千条线，下面一根针"，他们每天都和老百姓直接打交道，处理和群众生产生活息息相关的事情。可以说，他们工作条件艰苦、事情繁重、问题棘手、待遇低下，工作时间经常是"白加黑""5+2""节假日无休"。即便如此，还经常受到群众的误解。基层干部不好当、不好干，群众理应给基层干部多一些关爱，多一些理解，多一些支持，多一些鼓励。

（一）

　　荷塘乡是我从县委机关大院到乡镇基层工作的第一站。

　　1998 年 12 月底，在政府大会议室参加完县委副书记黎洪涛换届集体谈话后，我就背起行囊下到偏僻遥远的荷塘乡。直至 2004 年 12 月离开，我在荷塘一待就是 6 年。

　　我的工作简历很单纯，从学校毕业先是教书 8 年，后在政府大院工作了近 4 年，对荷塘乡了解甚少，但朱自清的《荷塘月色》，让我对荷塘这个富有诗意的地方，还是充满着向往与期待。

　　荷塘乡早先叫南村公社，现在当地老百姓习惯称荷塘南村。1984年改为荷塘乡，2001 年与寒山乡合并。荷塘乡与湖南攸县的漕泊乡接壤，下辖 16 个行政村，人口 16000 余人，面积达 137.4 平方公里，森林覆盖率达 64%。荷塘名称的由来，传说是万里村的几口大池塘和庙下村的大池塘因旧时栽满荷花而命名（荷塘乡有一条纵横全乡的九曲山圳道，是全县唯一无水库的乡镇）。

万里和安泉两座皇帝赐予的贞节牌坊，历经岁月沧桑依旧保存完好而远近闻名，我一到荷塘就探寻着荷塘的来历。走近荷塘边，感受古时赏荷采莲的热闹场景，倾听路边村来山流传的"梁山伯与祝英台"的传奇故事。

白竺是世外桃源之地，几十棵古老的迎客松矗立在村的中央，整个村寨悬挂在半山腰上，散落在山坳间，炊烟如一条条白色的飘带飘浮在崇山峻岭间。白竺古庵还不时传来清脆的撞钟声，悠悠的钟声在山里回荡……每年白竺庙会吸引着各地的信徒，听说白竺古庵的签灵验，每年的"梦回唐朝"节庆活动吸引着周边众多善男信女慕名而来。

长曲湾的登云塔，世外桃源的严塘高山小村，九曲山的九道湾自然景观不亚于九寨沟风光，省级自然风景区白竺瀑布群以及寒山森林公园吸引着四面八方的游客。

（二）

荷塘乡矿产资源十分丰富，煤矿、铁矿均有十几家企业，林业资源极为丰富，境内有国有林场两个，应该是个富裕之地。受地理位置、外部市场及上届党政班子等诸多原因的影响，1998 年的荷塘，算是全县财政最困难、干群关系最紧张的乡镇，也是干部最不愿意去的乡镇。没有经历真不敢想象，乡里穷得叮当响，食堂都揭不开锅了，管理员去菜市场买肉，屠户都不赊账了。甚至来了客人，书记、乡长亲自掏腰包买菜招待，干部下乡回来有时会无饭菜吃。听说有一次，×××副乡长下乡回来，揭开锅一看饭菜没了，他干脆用桶水把炉灶的火给浇灭，还喊爹骂娘的，卷起铺盖回家了；该缴的农业税、教育附加、乡统筹、村提留等拖欠几年未缴的农户超过半数；乡干部的工资已连续三四个月未发，干部出差、工作的发票均得不到报销。到荷塘上班相当于"充军"。没想到，当初向县委黎洪涛副书记申请到最艰苦的地方锻炼，还真的变成了现实，我被任命为县委派驻荷塘乡党委组织员。

那年我收拾行装去荷塘的路途上，一位师范校友对我说："你这个'报银'（傻子），放着机关大院的美差不做，偏偏下到无人愿去的烂乡镇、穷乡镇，人家都是争着进城！你倒好还从机关往乡下钻，你图的什么嘞？"我说："年纪轻轻的就在机关养老，憋得慌！还是到基层去锻炼充实一些。"

荷塘工作条件之艰苦，一踏进乡政府的第一天就感受到了。那时，荷塘乡政府办公和干部的住房还是1958年大炼钢铁时，县里九曲山钢铁厂留下的办公用房。宿舍都是一层或二层土砖的楼板房，在二楼走起来发出"咚咚"的响声，有些木板明显松了，走在上面一晃一晃的，楼下不时会飘下许多灰尘，如果有人在楼上走，底下的年轻小伙子往往会用手遮盖头部，老干部习惯了也就无所谓了。下雨天时，那栋旧木板房是外边下大雨，里面下小雨。唯一一栋新房只有财政所的二层单边预制板房8间。干部吃饭没有凳子坐，大多站在大院里篮球场边上的看台上吃，"真是有吃不瞒天"。吃的菜不是萝卜就是豆子，或是冬瓜南瓜或黄菜，再就是豆腐和豆芽，炒菜的"瞒仔"师傅炒菜先用水煮，等煮熟了才放点油和辣椒，怪不得有些干部常常"闹肚子"。

后来，根据乡政府房子紧张的实际困难，市委驻荷塘扶贫工作组黄星根带领五六个队员在庙下村吴瑞才书记家吃住。吴书记家在离乡政府不远的山坡上。黄星根主任，年纪比较大，个子不高，又戴着一副眼镜，不知是近视镜还是老花镜，反正看文件时，他似乎常常取下眼镜来看。黄组长长得很胖，走路总是上气不接下气，但工作有责任心，工作劲头足，对干部和百姓还是和蔼可亲的，没有一点官架子，大家上下班，尤其晚上下乡政府开会，工作衔接上很不方便，黄组长和队员们整日爬上爬下地来回奔波。

乡里老司机颜球宝说，李书记、谭乡长没来之前，他开的小货车也是经常没钱加油，他的车子也是"饱一顿，饿一顿"，吃了上餐没了下餐，每次也只有加50元或100元，很少把油箱加满，有时一停就是十天、半个月。

颜师傅说他1998年去神泉乡找×××乡长借水泵（该乡长曾在荷塘工作过），半开玩笑半当真地说："×乡长，说不定哪年你又调回荷塘当书记。"×乡长批评球宝说："我又没犯什么错误！调我去荷塘，打死我都不想去！"可想而知，荷塘当时的工作环境、工作难度有多大，在外界的影响有多差。

（三）

为彻底扭转荷塘这个困难乡镇，莲花县委、县政府想办法，下决心，出点子。一是向市委、市政府争取资金项目和人员。市委下派了萍乡市委荷塘乡工作组，抽调市农办主任黄星根为组长，市农水利局杨立洪，市农电局李庆国，市委党校黎乐果、周崇胜，市农业局蔬菜科研所陆建林，市工商银行陈志勇等六人组成市委驻荷塘乡扶贫工作组，投资248万元在九曲山佑坑兴建500千瓦的曙光电站，为荷塘注入新的活力；二是县委对荷塘乡党委、政府的党政班子全部进行了调整，选派以李南开书记、谭忠平乡长、尹旦升党群副书记、毛卫东政法副书记、谢松林常务乡长，刘新根、朱迎春副乡长，我作为县委派驻荷塘乡党委组织员也加入其团队，老班子里只留下了乡纪委书记刘德强。

新班子、新队伍、新动力、新气象，在市、县两级政府的坚强领导下，很快打开了局面。新一届党政班子决定从清欠农业税、教育附加、乡统筹、村提留开始，上一届还结转上百万的收入旧欠，等于也是一批财富。李南开书记、谭忠平乡长自筹资金先从解决干部下乡回来有饭吃，差欠的工资足额补发，几年做事的发票一一兑现报销开始，一下子就调动了全乡干部的积极性，让大家感受到了新书记、新乡长的魄力，然后分成五个组，书记乡长各带一组，尹旦升党群书记，毛卫东政法副书记一组，我和朱迎春跟纪检书记刘德强一组，从佳山、珊溪村开始清理农业税。要求"五带头"（即机关干部、教师。村党员干部、村干部。民政优抚对象。乡直机关、企业职工带头），要求逐户上门宣讲农业税收政策，下发征收旧欠通知书，在规定期限内自觉上缴的减免 15%，干部上门催缴多缴 15% 的滞纳金，年老体弱、家庭困难的农户，帮助装谷按标准适当减免征收。

工作就怕"头三脚"，在珊溪催粮时就遇到阻力，老百姓当天集体拒缴公粮。谭忠平乡长要求村民来刘氏祠堂开会，群众看到乡长亲自来村里，大家像看热闹一样，抱着小孩都过来听。谭乡长先把政策给大家讲，然后叫老百姓一个个发言，是什么原因拒缴农业税？老百姓很高兴，很久未开过这样社员大会。村里干部表示开不起，原因是村的老书记"徐乃里"老婆患病去世欠下一屁股债，从来没有人过问，对乡里有很大意见；村主任"冬瓜"和村小组长未缴税，村干部说乡里几年未发工资就拿公粮抵扣。了解这一情况后，谭乡长向老百姓承诺："老书记、村干部未担公粮，你们不用担！如果老书记和村干部带头担了，大家应积极响应。"大家热烈鼓掌，开会持续到 5 点多钟。当晚，谭乡长要求兑现村干部工资并亲自上门拜访老书记。谭乡长代表党委政府对老书记进行慰问，对老书记的困难关心不够表示歉意。还没等谭乡长说完话，老书记感动得热泪盈眶，说从来没有人过问他的困难，今天乡长亲自上门，知道自己有愧于组织，决定带头完成欠下的公粮。"徐乃里"开始还粮了，整个村庄未用三天时间全部完成还粮。

开展工作碰到老实人真是"作揖拜菩萨，谢天谢地"；碰到"钉子户、歪蛮户"，真是"又费灯芯，又费油"，不知要费多少口舌。我带着陈宗元、邓乐元、宁信仔等几个干部有时"火"了，也是"通不通，三分钟，再不通，龙卷风"。不过，我是教书出身，还比较斯文。可那些年轻小伙子没这份耐心。那时，我一天下来，差不多要挑二三十担谷子，送到粮站后，亲手卸车，亲手过秤，亲手一包包背上粮仓，整天累得汗流浃背、灰头土脸。每当周日回家时，母亲问我在荷塘干些什么工作时，我真的不好开口。碰到"钉子户"，还骂我们乡干部是"吃冤枉个"。我还耐心细致地向他们解释："我们乡干部大部分是农家子弟，是正规院校毕业的，也有退伍军人转业分配的，按组织人事部门的一纸调令分配到乡里，你认为当干部好，你也好好培养自己的子女以后当干部。"就这样一户户来，一组组清，清出了公平，清出了正气。半年时间把荷塘历年的收入旧欠全部完成。

（四）

在乡镇上班，基本上没有过年过节的概念，每个礼拜虽有一天半的假期，但基本上没有安排休息过。进荷塘的垒里冲公路全程修路，要想回家，须绕浏源、罗市转坊楼才能到家，一部130小车在驾驶室挤个十来个干部是常有的事，男男女女说说笑笑也不觉得苦。还好那时交警执法没那么严。

为解决干部出行难的问题，李南开书记和谭忠平乡长两人商量各凑二万元到株洲二手市场买了一辆白色的桑塔纳，算解决了个大问题。

2000年正月，接到乡政府电话说是双岭村发生"五号"病，牛、猪均感染得病，李书记要求全体干部返乡。那年正月从初三开始就忙开了，老百姓听说自己养的猪、牛得了"五号"病也怕了，有的农户不配合干脆把病猪、病牛放了，弄得乡村干部到处找。那时天又不作美，下着毛毛细雨，村里的道路都是泥沙路，书记、乡长亲自坐镇指挥，在县里请来县畜牧兽医局的专家鉴定，请求公安三科的同志帮忙，开枪打死了四五头牛、二十几头猪。瘟猪、瘟牛满田垅跑，打死后，我和宁信仔、李国圣一组用麻绳捆住死猪，用竹竿七八个人前后相互"吆喝"着加油抬，在泥泞田埂上高一脚、低一脚地一步步往山上走。有的干部来不及换鞋，过年只穿了两天的新鞋，立马变成了"草鞋"，心痛死了；有的干脆打起了赤脚，抬到双岭的后山，倒上汽油焚烧，烧完之后，再倒几包石灰，用锄头挖坑深埋……

一个正月下来，干部们累得够呛。不过，那时累啦，困啦，晚上到楼下"那阿子"乡长助理家，或到布田球宝家，或在相互吃年饭的欢乐气氛中喝上几杯小酒，再猜上几圈拳，所有的烦恼和辛苦都飞到九霄云外去了，第二天照样干革命。

（五）

那时乡政府财政收入主要靠农业税、矿产资源税。非税收入靠的是两张皮："地皮和肚皮。""地皮"就是严禁占用耕地违规建房，乡、村两级都会进行处罚，一栋农村 100 平方米的房子一般要处罚 5000—10000 元不等；"肚皮"是指计划生育四项手术未落实罚款和超生罚款。一般人口在一万以上的乡镇，每年这两项收入均在百万元以上。

乡里分三片抓非税收入，由三个乡长助理胡淑明、段国华、刘水源当片长，尹旦升任党群书记、毛卫东任政法书记、刘德强任纪检书记兼副片长，着手清理计划生育"四项手术和社会抚养费征收"。

为完成任务，我们片里几乎是起早贪黑地干，逐村逐户清理，对乱占耕地、违规生育现象进行全面清理整顿，为完成乡非税收入任务，基本上是以罚代管。那时，农村家家户户养了狗，如果不注意，常常有干部被狗咬了，不得已要打狂犬疫苗针，还得戒 2—3 个月口。为稳当起见，我下乡常常会带一根小木棒，一是为走泥路防滑，更主要是防狗咬。下雨天以雨伞作为防护工具。

乡财税收宽裕了，干部工资终于实现了按月发放。过年时，每人还破天荒发 200 元奖金。在年终的总结会上，李南开书记说乡政府结余了 40 万元资金正着手在庙下将荷塘卫生院改建为乡政府。老百姓盼望已久的绵延十几公里的九曲山圳道得以疏通，几年差欠的农业税老百姓都积极补缴了……荷塘的落后的帽子也摘了。2000 年冬天，新乡政府办公大楼建设完成并实现了搬迁，荷塘的对外形象也发生了质的变化。

（六）

在荷塘，作为县委派驻荷塘乡党委的组织员，主抓了全乡党员教育和党员管理工作，狠抓了村级两委班子建设以及村级后备力量的建设。

院背村党组织涣散，由于是合并村，矛盾多、待遇低，无人当书记。为了能让贺进光同志担当院背村党支部书记，我可是费了"九牛二虎"之功夫。那时村干部工资很低，小村35元，大的村也不超过50元，年轻人都到沿海地区打工挣钱，剩下的只有老人、妇女和小孩。村干部只有在老党员、老干部中去挑选，贺进光年轻时当过村干部，为了生计不得不放弃这难以维持的村干部工作，而今老了，回家享清福。实在没人当，我和尹旦升副书记找到他好说歹说，好不容易做通了他的工作。为此还请他在庙下的餐馆吃了一顿，贺书记看到我文质彬彬的样子，知道我不胜酒力便一本正经地跟我说："刘组委，你跟我喝三大碗水酒，多喝一碗，我就多干一月！"我肠胃不行，没办法，为了能让他当书记，我鼓起勇气真的跟他喝了三大碗，喝得脸都红了。就这样他才勉强答应我只能干三个月，待我们物色了新人，他就辞职不干了。

在荷塘任组织员期间，我还兼管企业、项目建设和招商引资工作。乡企办主任朱喻亮带领我走遍企业的山场、佳山烂木桥与县矿山救护车的联营煤矿、水头电站、枧龙煤矿等企业。当时企业除院背水头电站效益好以外，林场靠砍树维持，煤矿靠从农行贷款过日子。我接手后，对煤矿进行改制租赁和拍卖，对林场实行全面封山育林，减轻了企业的负担，负债率下降。

那时省煤炭厅给莲花县80个煤矿办证指标，办证工本费只要600元，莲花的煤矿老板办证意识不强，当时煤炭行业部门也没引起超高度重视，结果作为全国百个煤炭县之一的莲花仅办证24本。而不是煤炭县的上栗由于思想解放却办了40多本。我要求乡办企业煤矿全部交钱办证，个体煤矿也要通知到位，结果只有朱植华办了打鼓岭煤矿这本证，五年之后，政府对未办证煤矿企业全部为非法企业予以打击关闭，这时的个体煤矿才后悔当时未听政府的话。我们乡办企业3个煤矿和朱植华的煤矿因办了证才得以保存下来了。尽管后来改制了，但也为荷塘煤炭产业的发展做出了贡献。朱植华600元办下的这本证，为后来打鼓岭煤矿的改造升级发挥了巨大的作用，他个人也从此走上了小康之路。

其间，在水利员宁信仔的帮助和配合下，我参与了市委扶贫工作组兴建的曙光电站建设。那时，还没有农村工作经验，在佑坑协助工作组负责电站征地、拆迁、建设工作过程中，碰到一些突发事件，还缺乏应对能力。佑坑的队长"烂务"特别难搞，此人在佑坑家族势力较大，爱耍小聪明，说话时两只小眼睛一眨一眨的，鬼主意特别多，总是千方百计给你"穿小鞋"找麻烦。记得有一次工地阻工，几个老表拦住我，是贺街良、宁信仔帮忙解的围。当时，他们两个拦住民工，"三下五除二"，就把老表给说服了。我真的挺佩服他们。事后，他们俩对我说："刘组委，你别怕！工地有我们，你什么事都不用操心。"经过两年的建设，2001年电站顺利竣工并网发电，为荷塘乡经济注入了新的活力。那时还引进湖南攸县的老板，注入千万元资金改造乡办枧龙煤矿；引进攸县萍乡的老板在佑坑办起铁矿精粉厂；引进广东的老板在寒山建了寒山电站。

2001年，李南开因在荷塘工作出色受重用到坊楼镇当党委书记，谭忠平被提拔为荷塘乡党委书记，李水清从高州乡调整到荷塘当乡长。

（七）

2001年元月，我工作调整为荷塘常务副乡长，分管财税工作，负责并完成与寒山乡合并的相关工作，对寒山铁矿以及漕泊铁矿过境收费进行了整治，经过整治后寒山检查站，杜绝税费"跑冒滴漏"，稳定了税费收入，有效缓解了乡财政的困难；整顿清理了乡机关财务票据，对历史旧欠进行全面梳理，对已签报的老发票一律不予认可（我们去荷塘的时候，一场火把财务票据给烧了，没烧着的也被一些本地干部捡起来当作宝贝重新报账）。记得当时乡长谭忠平在一次晨会说："我们有些干部，一百多元工资，居然还为公家垫付一万多元发票未报。"宣布这些票据不再报销。换了几任领导之后，有一个民政所长拿着一叠发票来我这重新签报，我坚决拒绝，甚至为此双方发生了肢体冲突。

在矿产税费征管过程中，那时，我经常带领刘正良（现神泉乡党委书记）、陈宗元（现坊楼镇人大副主席）、刘志安（现南岭乡党委书记）、贺健虎等 4 人，白天几个人买十块钱的肉和蔬菜在花塘胡程家做饭，晚上带着草席和手电在超村路边的一户人家的平顶上值守，负责全乡煤矿、铁矿税收稽查，被拦到的偷漏税司机都被我们这种不分白天黑夜，不分正常上班和周末的行动所感动，都说有刘乡长管财税休想逃一分税收，与其偷逃，不如按规矩缴了。在稽查过程中，还积极探索与坊楼的贺春华副书记、南岭乡刘小旭三乡联合执法打击煤炭税费，并向县政府建议在垒里冲、东湖、闪石、坊楼等主要产煤出乡口设站稽查。时任常务副县长贺忠桂采纳了我们的意见，莲花的煤炭税扩费大幅度提升，像荷塘产煤乡镇年产量过卡数突破了 22 万吨，荷塘一下子变成全县的富裕乡镇之一。那一年县政府为表彰各乡镇煤炭税费的突出贡献，由政府办带队组织荷塘、坊楼、南岭分管财税的领导赴青岛、大连、北京学习考察。

（八）

2003 年元月，李水清当书记，甘海当乡长，我也被调整为乡政法副书记，分管政法综治、信访稳定工作。那时所有涉及山权、林权、土地纠纷问题由我包揽负责，把与攸县交界的插花山几乎踏了个遍。为整顿全乡乱砍滥伐的林业乱象，荷塘乡作为林业乡镇，每年召开林业工作会议，下达分配全乡的林业砍伐指标，每年 11 月 15 日之前全部上交寒山和珊溪林场，在规定时间未上交的一律没收。全面规范了全乡的林业秩序，促进了林农增收。

2003 年 11 月 24 日，万里与井下两村为争烂板桥煤区的煤炭收费权双方各带领 200—300 人拿着镰刀、斧头、锄头，打锣准备打大仗，两个村五六百人像两条长龙在两村之间的矿区公路僵持两个多小时，在驻村干部和分管领导调解无果的情况下，我带上两村书记亲自上山解围："都是乡里乡亲的，你和他有仇吗？你拿着斧头敢劈他吗？"大家都摇头，都说："大伙都认识，无怨无仇的，下不了这个手！""对嘛！既然下不了手，又僵持了差不多 3 个小时，又何必？跟我下山由我来帮你们协调！到乡里双方派代表协商，听我刘晓林劝就下山，不听！我也回去！等你们想通了再来！""凡事得听劝，既然乡里派刘书记来处理，大家都下山吧。"我将计就计，"王皮"书记一开导给了大伙一个台阶，就这样，一场群体性械斗事件化险为夷。在打击非法煤矿、非法铁矿方面，年轻时不知哪来的倔强劲，只要认定是非法的，不管是谁的，不管他的势力和背景有多大，我一律毫不留情地予以打击关闭，处置到位。记得有一次在珊溪打击非法铁矿，也着实吓坏了很多干部！但因我的态度坚决！刘正良、刘志安、刘树文等干部在我的带领下，铲除这个"脑顶骨"（背后的黑帮势力）。在万里打击非法煤矿时，也让当地的煤老板不得不服从乡政府的规范管理，曾说"我一个人可以承包了荷塘乡政府"的煤老板也老实了。

记得 2003 年 12 月，长曲湾和院背的村民乘着两辆大卡车为佑坑铁矿精粉厂的事大闹乡政府，我向李水清书记和甘海乡长请缨，由自己来全权协调处理，最终化险为夷。几年来，乡里所有涉及到的工作几乎全管过、参与过，哪里环境最苦，哪个村催粮工作难度大，哪里的矛盾最不好协调，哪个"钉子户"工作不好做，我都主动包揽，有时书记、乡长也直接点名叫我上！

（九）

荷塘乡的"三下一湾"（庙下、楼下、井下和长曲湾）最难搞，民风最凶悍，每年到了催粮的季节，我到"三下一湾"逐个驻村上户蹲点，逐户上门做工作，化解所有矛盾，超额完成任务（含旧欠）。

在实践工作中，我觉得做"三农"工作，就是要深入基层，深入农户，深入田间地头，深入山场林地，可谓是"走进千家万户，想尽千方百计，讲尽千言万语，吃尽千辛万苦"才能获得百姓的千恩万谢，才能获得老百姓的支持与理解，才能有效地推动各项工作。

在荷塘工作期间，我差不多家家户户都上过1—2次门，有的甚至5—6次，像井下村猪倌朱开恩（野名叫阿里苟），是出了名的钉子户，3年未缴一分农业税，计划生育超生户，别说上门去做工作，只要一提起"阿里苟"这个名字，村两委干部和驻村干部，头都晕了！这个"硬骨头"被我和刘新根降服了！那一次我们以收猪宰税的名义到他家，他家阴暗潮湿，大厅和厨房里踩满了厚厚的田泥，我们的登门拜访出乎他的意料，两位年轻的副乡长登门拜访给了他很大面子，他竟然强留我俩吃饭。他说："看得起我阿里苟就留下来喝杯酒！"为了打开工作局面，我们下决心留了下来，过一会儿，看热闹似的，邻近庙下、路边、万里的四五个屠夫也来了，喝酒时我以为会把酒烧开（上西喝茶、喝酒都是烧开着喝，农西却不会），看见从酒坛里舀出来酒都白了（可能未密封好，走了气）真的不敢喝，但没办法，为了能使他感动，我俩只好闭上眼睛把酒喝完并和他们猜了拳。这一喝就一发不可收，话匣子也打开了，说只要我们俩出面什么屠宰税、农业税、教育附加费等统一上缴，不过只交今年的，以往的一笔勾销。做通"阿里苟"和屠夫们工作，整个井下村的农业税不到半个月就完成了任务。还有像庙下二组组长野名叫"野牛"的，只要驻队干部看得起他，做起工作来也像他的名字一样有那么一股劲头，在他家和生产小组长也不知喝过多少米酒，搞熟了，家里杀只鸭子也会跑到乡里请我吃饭，但后来却引发我的胃病。由此可见农村的工作有多难，农村干部做工作有多辛苦！俗话说得好：乡镇干部必须具备："三从五得"，即"听从、服从、跟从，哇得、喝得、受得、打得、忍得"，才能适应基层环境，否则只有挨骂和完不成任务的份。农民兄弟要的是尊重和理解，要的是党的惠民政策的理解和知晓，不是"通不通，三分钟；再不通，龙卷风"。我们上门讲政策、拉家常，与农民兄弟心连心，最难搞的所谓的"钉子户""阿里苟""野牛"也理解乡干部的不容易，相互理解支持，工作就不难了；在荷塘，差不多有煤矿、铁矿的地方，有山林纠纷的山场，都留下过我奋斗的足迹。

那时乡里工作条件很艰苦，全乡 50 多名干部，只有一辆 130 工作用车，基本上是处理乡里突发应急的专用车。我们下乡到村里开会，催缴农业税，处理各种林权和邻里矛盾纠纷，打击关闭非法小煤窑、小铁矿，基本是走路，本乡条件好的会骑自行车下乡，到白竹步行 150 分钟，到文塘村步行 90 分钟，到佳山村 90 分钟，到万里烂木桥煤矿 70 分钟等，时间都是我用脚步丈量出来的。

（十）

荷塘工作的六年，也是女儿刘熹读小学无人照顾的六年。

女儿从读小学一年级起，就独自背着书包沿着指定线路上下学，没人接送。女儿做作业遇到难题时，总是喜欢打电话问我怎么做？我有时还在村里开会或处理矛盾纠纷，有时也可能与农民兄弟一起座谈，有时可能还在工地上、煤矿上、山上，根本就没办法、没能力帮上女儿的忙。女儿打了几次，找不到爸爸，也懒得打了（当时无手机，虽有 BB 机，但身边无电话，即使知道是女儿的呼叫也只能空等，到了单位上才有机会回），只能求助她妈妈。青莲在女儿最需要上下学接送时，付出了比别人更多的艰辛，又当爹又当妈，在女儿最需要释难解惑时，她谆谆教诲给了女儿答案。青莲在机关上班，但有时难免也有下乡检查的时候，尤其是到了年底的年度计生考评，一出去就是半个月。

女儿出生在基层乡镇干部家庭，也只能靠自己。也就是在这样的环境下，女儿学会了自强、自立、独立地面对她所面临的一切。女儿有时感叹：做乡镇干部的老婆苦，做乡镇干部的女儿更苦！

（十一）

2004 年，我被县委安排到上海闸北大宁路街道挂职锻炼，回来半年后，被调往闪石任党委副书记、乡长。而今离开荷塘已有 16 年之久，但荷塘的山山水水、风土人情，依然在我的思绪中飞扬。荷塘人热情好客，给我留下了深深的记忆，荷塘人做羊肉、做狗肉的厨艺，那可是堪称"莲花一绝"！离开荷塘这么久，荷塘人的确很有人情味，重情重义，一个值得你留恋的地方。而今，井下的"阿里苟"，路边的胡志明、胡剑华，院背的贺进光，万里的贺会友，长曲湾的贺珍寿，庙下的颜球宝，白竹的颜玉林，寒山的朱三明，楼下的刘水源、周忠妹，院背的刘小宜……偶尔遇见，依然是那样热情，每年杀年猪、打了狗之类还不时邀请前去做客。

荷塘是我从机关到农村工作的一段经历。在那里，我对农村、农民、农业工作有了直面相对的接触，我对乡镇干部有了更清晰、更深刻的感悟。"上面千根线，下面一根针"，在乡镇干部身上体现得淋漓尽致。

乡（镇）干部大多是：大中专院校毕业的，也有部队转业安置的，素质全面，忍辱负重，多种身份叠加的人，在汛期是防汛员，在火情发生时是消防员，在森林防火时是护林员，在农忙季节是农技员，在矛盾调处时是司法调解员，在政策宣传时是宣教员，在扫盲时又是教员，在维稳时又是维稳信息员，在打击煤矿非法生产时又是驻矿员、安全员，在换届选举时又是指导员，在乡里召开乡村二级干部大会时又是厨师、炊事员，在文明创建时又成了志愿者，在抗击"疫情"阻击战时又是抗击疫情的战士……

总之，乡（镇）干部在基层因工作需要经常扮演不同的角色，并非某些媒体人说的"没文化，低素质，工作方法简单粗暴"，实际上也是体制机制造成了诸多的无奈！乡(镇)干部是基层一线行政队伍中一支生力军，是基层社会稳定发展的重要力量。他们生活在农村，工作在农村，奋斗在农村，奉献在农村。只有关心关爱基层乡镇干部，理解支持基层乡镇干部，我们的农村基层社会才会更加和谐，更加稳定，更加繁荣，更加文明，更加进步。

在荷塘，像宁信仔、邓乐元、李国圣、刘水源、胡淑明、朱双田、刘冬梅、胡爱仔、颜求保……他们都是农村工作的能手，多面手，可以称得上"师傅"级别。没有什么他们不会的，没有难事、揪心事会难倒他们。只要乡党委一声号令，他们总是会尽心尽力地完成，而且从不言苦，从不言累，而且从未向领导、向组织提任何要求，他们在荷塘一干就是一辈子。他们是真正的老基层，是真正的"孺子牛"，值得我永远学习和尊敬！

那一年，我在上海挂职

　　2004 年，我在上海大宁街道挂职锻炼。虽过去多年，但翻开当年撰写挂职经历的点滴感受，仍有一种怦然心动的感觉，那段经历历久弥新，也在我后来的工作实践中或多或少有着"随风潜入夜，润物细无声"的效应。那一年，根据县委的安排，我被委派到上海市闸北区大宁街道办事处挂职锻炼，为期三个月。一到街道，街道党工委书记金晓敏把我安排在延长中路淮北办事处招待所吃住，并根据挂职实际情况，划分七个阶段，分别和分管党建、民政、劳动、计生、综治、城管、经济的领导跟班学习。每到周末，我便和一起来上海挂职的三位同事一道走进大上海。面对五彩缤纷的大上海，面对日新月异的大都市，面对四通八达的大交通，面对川流不息的人群，我感到这一切都那么神奇和新鲜，什么都想探个明白。如果把上海比作一本书，那本书显然是现代版的，不仅包装精致，而且内容丰富，写书的人来自五湖四海，精英无数，三个月的时间，不可能读完这本书，"什么都想探个究竟"更是异想天开。在挂职实践中，我思考、我体会，我将从上海学些什么？又能带回些什么？深入社区，走访科室，列席会议，积极参与街道工作，学习上海基层运作；查文件、读报刊、看电视，了解上海及"长三角"信息；广交朋友，建立友好关系；听讲座，同教授、专家面对面；看展览，与科技零距离接触。登东方明珠，看浦江巨变；走外滩长廊，观洋场灯火；行南北高架，望摩天"丛林"；游青浦古镇，探水乡文化……我贪婪地呼吸上海的空气，抓住一切机会阅读上海，感受上海。

　　挂职期间，我受到大宁街道各级领导无微不至的关怀，我的生活、学习诸方面得到了妥善的安排。让我深深地感受到上海人"海纳百川，服务全国"的城市精神。5 月 14—28 日，区委组织部安排我们参加区处级干部培训班，当时已经有来自湖南娄底市（25 人）、安徽黄山市（4 人）、四川攀枝花等地区的挂职干部在班学习。听街道金书记介绍，大宁街道差不多每年都要接纳两名以上外地挂职干部。挂职锻炼让我认识了许多上海的朋友，我将把大宁街道的友谊作为一个重要资源带回去，并加强联系，促进发展，但更值得我带回去的是上海人的精神。给我印象最深的是上海人生活中艰苦朴素，工作中追求卓越的精神，上海人敬业、务实、协作、创新的精神以及"服务政府、责任政府、法治政府"的理念。上海是一座财富之城，人均 GDP 为 5000 美元，是全国平均水平的 5 倍。街道一般干部年工资收入人均为 5.2 万元人民币，科级以上为人均 8 万元人民币，按理说上海人有奢侈的本钱，但给我印象最深的恰恰是上海人的艰苦朴素。大宁街道有 11 个处级干部（含调研员）只有 4 辆车，城管科用了 10 年的普桑还在频繁使用。街道各科室都装有电话，但只有一部可打国内长途，大多数干部还在使用传呼机。上海人爱喝茶，但处级干部桌面上都是很普通的不超过 5 元的瓷杯。随手关灯、节约用水已成了习惯，甚至打印材料经常双面使用（打印一般传阅件）。不是亲眼看到还真不敢相信，街道党工委书记金晓敏一份 32 页的《关于社区党建研究》文章，竟是用废旧的表格纸写的。街道内部一般不能聚餐，我参加过好几次区、街道的会议，即使会议开到中午 11:45、下午 17:30 也不会统一安排用餐，而是参会人员各自回家或 AA 制解决。3 月 31 日，金书记带我到郊区党委党校听她给松江区岳阳街道干部讲"凝聚力工程与社区党建"。金书记讲到下午 18:00，也不安排就餐，而是直接回家（郊区与大宁街道有 40 里），即使聚餐，餐中不准喝酒、餐毕打包是不成文的规定。不论领导，还是一般干部均衣着朴素。诸多例子均反映出上海人艰苦朴素、勤俭节约之风。他们不是没有钱，街道人均财力十几万，是内地大多数县区的十几倍。他们不是不会用钱，街道在社区学校建设上 2002 年一次性投入 250 万元；在个人教育学习上，街道副主任陈宏，2003 年被安排到美国学习半年，2004 年她又考入复旦研究生班，学费共 20 万元，凭学历证明街道可负责 3/4 的学费，即 15 万元；街道民政科的高丽丽，她每月用于孩子的辅导费就近 1000 元，她的目标就是让孩子考上大学，而且是重点大学。这是一种价值观和消费观理念的体现。他们身上没有虚荣、少有攀比。上海人在工作上却勤奋务实，追求卓越。上海人把城市建设、市容建设管理得如此好，取得了连续 11 年的经济高增长，社会事业全面进步，靠的是什么？我认为，除了国家政策和地域优势之外，靠的就是上海人敬业、务实、协作和创新的精神，靠的是上海人不断学习、与时俱进的优秀品质。上海人的敬业主要表现在：一是以严谨、认真的态度去对待工作；二是尊重自然形成的分工与合作，不过于注重职业的形式；三是安心本职工作，有良好的职业精神。

街道从上到下，大到书记、主任，小到社区，甚至小区保安，在我看来，他们都是相当敬业的。大宁街道机关没有上下班点名签到的考勤制度，早上 8:30 上班，没有人迟到早退，没有人无所事事。在我所接触的干部当中，他们大部分都提前 30 分钟甚至 1 小时到单位，推迟 10—30 分钟下班，我问纪工委书记如何检查干部到岗情况，他说："靠的是干部自觉，但下面的人员在什么位置、在干什么事，科室领导是十分清楚的。"他们对分管的工作严谨、认真、尽职尽责。在他们心中，没有卑微的工作，党支部书记、党支部委员，居委会主任、委员，业主委员会主任、委员都是兼职的义工、志愿者。在 2003 年抗击非典的战斗中，在街道中小道路整治、拆除违章建筑、促保社区稳定、解决居民纠纷中，党支部、居委会发挥了很大作用。居委会层面的党支部、居委会成员，平均年龄在 55 岁以上，大多是离退休干部，为居民服务成为他们的荣誉。不要小看敬业精神，德国人就是依靠极强的敬业精神生产出宝马、奔驰等世界顶级品牌的工业产品而闻名世界。敬业精神对一个国家、对一个城市是至关重要的，"没有任何借口"是美国西点军校的最重要的行为准则，也是西点军校传授给入学新生的第一个理念。要求每一位学员想尽办法完成受领的每一项任务，而不是为完成任务去寻找借口，其核心是敬业、责任、服从、诚实。这种理念也成为提升城市凝聚力，建设城市文化的重要准则。上海人认为：没有责任感的干部不是合格的干部，没有责任感的员工不是优秀的员工，没有责任感的公民不是好公民，在任何时候，责任感对自己、对国家、对社会都不可欠缺。虽是挂职，但政务活动一场接一场。4月10日，参加处级干部双休日法制讲座；4月12日，参加上海国际文化节；4月13日，参加街道党支部、居委主任、社工站主任会议，参加迎接联合国非政府组织代表；4月16日，参加迎接北京朝阳社区工作代表团；4月24日，参加芷江西路、共和新路、大宁街道联组学习等一系列活动。从这些日常工作感受到上海政务系统工作的高效：上海人办事非常认真，做什么事都是有备而动，素质极高，谈吐文明，专业化水平、理论水平极高。在他们的脑子中只有工作，平时交谈的、议论的也都是工作。上海人中午不回家吃饭，有的干部甚至自备午餐，跟学生时代带饭一样，有的在街上吃快餐，或在单位食堂用膳。下午1:30上班，在饭后的一个半小时，回到单位小歇一会儿，没有人打牌、玩电脑游戏。在大街上、胡同里几乎也看不到打麻将、扑克之类的娱乐项目。上海人务实是出了名的，闸北区加强思想作风建设，要求减少评比，干实事，精简会议讲实话，联系群众谋实利，面向基层求实效。对此我有体会：4月8日，我参加了在北站街道召开的"全区文明创建破解难题研讨会"。区委副书记张丽丽说："文明创建破解难题研讨会，大家发言要有针对性、可操作性，就文明创建难题，做什么？怎么做？要求只讲结果，不讲过程。"3月31日，参加闸北区"让人民高兴，让党放心"动员大会；4月5日，参加区民政系统创建文明行业推进会；4月6日，参加社区管理与居民民主自治建设研讨会；5月26日，参加2004年居住物业管理暨行风建设推进大会；5月14—28日参加区处级干部培训班；6月10日，参加区市容综合整治工作推进会等。一系列的会议和研讨会、培训班也都是相当务实：一是典型发言一般不超过3个（研讨会除外）；二是发言材料不印发，领导讲话也是不印发；三是讲课不发听课资料；四是会议时间很短，一般不准超过两个小时；五是会议不安排用膳。我问他们为什么不发材料，他们说发了材料谁还会认真听、认真记。但每次会议情况都有反馈，谁在看报，谁在说话，谁把鞋子脱了都记得很清楚。在上海，不论是什么会议，还是讲座，大家都争着往前坐，不像我们莲花每次开会讨论，主持人都得讲"请大家往前坐，后三排往前移，后面不准坐人"之类的。闸北区对处级单位的年终考核也相当务实，60多个处级单位，只抽几个单位重点考核，其余定性考核，主要看大事，看中心工作，看关键时刻（如非典时期、市容整治活动、国际性会议）干得如何；不十分注重形式，这样减少了上级考核和下级迎检的大量工作，让大家一心一意谋发展。比如：社会治安综治室，上墙的网络制度、表格都没有，但每个社区、居委会都有人管，整个社区每个家庭的情况在电脑里都有详细记载。分管的黄守仁副书记说："只要把社区的矛盾排查出来，逐一解决，确保社区稳定就行。"他们要求为民服务必须做到三点：凡是老百姓提出的问题，能够解决，马上就办；当老百姓提出有点难度的问题，第一时间解决；当老百姓提出的问题暂时或根本无法解决的，一定要跟老百姓做好解释工作。

街道就更加务实，我所在的大宁街道，每周一上午是街道党工委工作例会（通气会）和干部施政会议（即汇报上周工作完成情况，本周工作打算），实际上也是个工作落实、督促会。要求只讲结果，不找借口。这样长期抓落实也促进了干部务实作风的形成。他们要求每项工作要有一个形象进度，每月报一次，半年一小结，做到有的放矢。

在狠抓落实方面，街道党工委书记施小琳说："一要雷厉风行抓落实，要求工作要有魄力，要有效率意识和成本意识；二要迎难而上抓落实，要求在工作中遇到困难不能退缩，不要有畏难情绪；三要团结协作抓落实；四要具体深入抓落实，要求工作要沉下去，不能浮于表面；五要主动沟通抓落实，要求工作要有人情味，要深入基层，了解群众的真实想法，实际困难。"街道的领导几乎天天深入基层了解情况，解决问题。会议很少，开会精干，解决问题的各种小型协调会、座谈会相对较多。闸北区委强调干部的大局意识，要求各级干部围绕大局、服从大局、服务大局，要求大家心往一处想，劲往一处使，话往一处说，事往一处做，形成工作合力。强调部门间的协作精神，即"团队精神"。在日常工作中，讲得最多的要求是每个干部强化"团队意识"，树立"团队精神"。街道党工委书记经常说："成功的团队，没有失败者；失败的团队，没有成功者。"她强调的就是团队精神。她说："咱们整个闸北就像一台大机器，每个部门、每个干部就是一个零部件。"5月25日，在区处级干部培训班上，上海交大教授胡近在"树立科学人才观，加强人力资源管理"讲座中，讲到在开发人力资源上，必须有一个好的团队。提出"企业的竞争，既是决策者的竞争，更是团队的竞争；团队的价值就是你的价值，团队的成功就是你的成功，团队的失败就是你的失败，团队的成员就是你的财富"。6月5日，街道团支部和大宁派出所团支部去"东方绿洲"搞共建，通过两支部团员在一起举行"烧烤""划龙舟"比赛，街道团支部书记张建宇在整个活动中始终要求每个队员要有团队意识和精神；同时，看到古田中学、和田中学近500名学生在那里进行野外生存训练、军事化训练，带队老师也在教育学生树立"团队意识和团队精神"。整治"居改非"，拆除违章建筑是关系市容环境、文明建设的中心工作，牵涉到区建委、市容局、规划局、房地局、街道、工商局等部门的工作，更牵涉到诸多部门的切身利益。各部门在区大局、上海城市建设大局面前积极配合，主动拆除违章建筑，直接参加工作的部门分工协作，拆违效果显著。4月5日下午，大宁街道在拆除老沪太路20多个门店违章建筑上表现尤为突出。当时派出所负责处理店主的过激行为，市容办、工商所维持秩序，城管大队负责铲除店面，供电局切断电源，环卫所清理现场，妇联负责女店主的工作，信访办负责上访、接待工作，几个部门通力协作，在短短三个小时内将其全部拆除，老百姓拍手称快！街道层面上，民政科和劳动科协作，共同招生，每月互换报表，把社会救助和劳动就业联系起来，共同做好工作。街道城管中队、警署、工商所等部门虽然是区上垂直部门，人事、工资均由上面掌握，但他们自觉接受街道领导，按时参加街道市容整治例会，汇报进展情况，融入街道工作！务实、协作的精神使上海各级政府的效能提高，是建设高效政府的必备条件。只有克服了官僚主义、本位主义、形式主义，在讲政治、讲大局的前提下才谈得上务实、协作的精神。"创新是一个民族的灵魂"，这是在南京路步行街的一幢高层建筑上高高悬挂的广告。上海人创新，上海鼓励人创新。他们的创新理念已贯穿于全部的工作、生活中，不论是专家讲座、专题报告，还是大型会议、一般的会议，甚至在日常的工作中，他们都会讲，都会把创新作为一条重要话题、重要举措，提倡思路创新、方法创新、工作创新、理论创新。从美国留学回来的陈宏副主任在一次科级以上干部会议上说："我们每一项工作人人都在做，按上级要求、布置去完成，固然是好的，但未树品牌，没有自己的特色，你的工作就不会引起领导的重视、社会的关注。"

从1994年4月12日起开办的"上海国际茶文化节"就是闸北人的一大创举。上海的闸北不产茶叶，但它每年举办一次"上海国际茶文化节"，透过宣传的投入，媒体的推介，宣传的广度、深度，开幕式、闭幕式，举办的时间之长，其举办的意义之深远是可想而知的，上海人把上海的茶文化、中国的茶文化推向了世界，上海的"红茶坊"走向了世界。在街道劳动就业中，通过创建"非正规劳动组织"解决了相当一部分下岗、失业人员的就业。这是以自愿组合、自筹资金、自主经营、自负盈亏的形式组织起来，自己寻找服务项目并进入社区自我开展服务的劳动组织。还有一种社区公益性劳动组织（社区志愿者服务队）在社区党建中，提出"把支部建在大楼里"和推出"微型党课"（即学身边的人、身边的事）。在基层民主建设中，提出"党支部、居委会、社工站""三套马车"管理体系，实行"居社"分离。在社区建设中，精心打造"大宁国际社区"的品牌，以提升地区品牌效应。在社区服务中，把许多政府职能市场化、社会化，既解决了政府投入不足，又为居民提供了优质服务，还增加了就业岗位，一举多得。比如在街道卫生工作中，大宁街道聘请 42 名保洁员，进行专门培训，购买专门的工具、药品，对驻区单位、经营实体提供低偿卫生专业服务，包括消毒、除四害、卫生保洁、通下水道等。由于是低偿且专业服务，各单位都愿意与爱卫办签订服务合同，仅此一项，爱卫办除去聘用人员工资，年创收 10 多万元。上海人艰苦朴素、敬业、务实、协作、创新。为什么上海人具有这么多优秀的素质呢？原因是多方面的。有历史的原因：与国际接轨，竞争压力大。我认为，上海长期有效的制度建设和文化建设也是造就上海人高素质的根本原因。古人说："人之初，性本善。"我却认为人之初、性本惰，人都是有惰性的，需要制度来约束；制度约束会带来好的习惯，好的习惯就是优秀素质。上海是一座规范之城，十分注重制度建设，上海的许多制度科学、严细，具有可操作性，也很有效果。一到闸北区政府，大宁街道，还有社会保障中心或其他窗口单位，给你的第一印象就是遵守《机关文明办公行为规范》，从仪表举止、文明服务、依法行政、体察民情、好学创新、团结协作、廉洁自律、美化环境八个方面具体细化。比如：女同志不化浓妆，不穿短裙和无袖上衣，不穿拖鞋式凉鞋；男同志不留长发、长须，不着无领衫。再如：接听电话要先报单位，再说"请讲"，禁讲粗话、忌语等，规定得比较细致，针对性强，操作性强。闸北区的干部考核实行领导考核与群众考核相结合，平时考察与年度考核相结合，定量考核与定性考核相结合的制度。民意测试时，上级的评测占50%，同级占20%，下级和服务对象占30%。上级测评占50%，保证了政令畅通，有利于领导大胆地开展工作，也体现一级对一级负责，一级考核一级的精神；同级占20%，迫使你团结协调协作；下级和服务对象占30%，你就不得不勤政廉政、务实工作。闸北区还聘请退休老同志、社会知名人士组成党风、政风评议团。行业文明监督员，对公务员尤其是权力部门进行考评。还实施下级考核上级的互动机制，所有这些考核都严肃认真，并记录备案，作为拿奖金、晋资、晋职的条件。对那些基本称职和不称职的干部，减发、停发奖金，诚勉谈话、降职、降资、待岗、辞退正等待着他们，所有的干部确有一种"今天不努力工作，明天努力找工作"的紧迫感。4月19日，在处级党政班子会上，对×××的处理意见，使我亲身感受到上海对干部管理的严格。×××，街道经济科一般干部，因该同志不遵守作息制度，有时擅自离岗不请假，汇报工作不是直接与科长汇报，而是越级直接找党工委书记、办事处主任，影响极坏，2003年12月19日，经党政班子会议研究，决定将其调离工作岗位，即由经济科调到信访办，停发年终奖，由×××副书记作为帮教人限期整改。5月10日中午，街道刘志敏主任曾插队的波阳县田放镇朋友方新平来到上海，刘主任叫我作陪。异地见到江西老乡，我自然挺放开喝了几杯，脸通红通红的，为不影响下午1:30和陈主任去区里开会，我提前吃饭，赶到办公室已是中午12:55。陈主任见我来了，就叫我随她去，在车上，她闻到我有一股酒味，看到我脸像关公一样，就对我说："小刘，你就不要去了。"我说："我行，没事的。"她说："不行，喝了酒是不能进会场的，组织部是有规定的，我送你回宿舍，下午就休息吧。"回到住处，我久久不能入眠。我想，从今以后，不论是什么场合，中餐决不喝酒，要注意自己的形象，不能把老区的陋习带到上海来。有关公务员的管理制度还很多。试想，在这样的制度下，你不敬业行吗？闸北区实行街道每月对城管中队、工商、派出所、税务等垂直部门考核的制度，确保了这些部门与街道的密切配合；对居住物业管理倡导"服务无假日"制度；实行创新奖励制度，推动基层创新；实行快速反应、综合协调、考核激励，促进了城市文明建设快速发展；实行首问责任制、电话约谈、季度座谈、联络员等制度服务企业，加快了招商引资的步伐！

上海是一座学习之城，重视学习、处处学习、终身学习已成为上海人生活的有机组成部分。近年来，在上海市委、市政府把上海建成"学习型城市"的目标的推动下，一是近 200 个街道、镇成立了社区学校、市民学校和老年人学校。形成了以社区学院和职业技术学院为龙头，社区学校为骨干，社区学校办学点为基础的三级社区教育和培训网络，初步实现了"学者有其校"。二是信息化知识、英语成为学习重点。上海明确提出到 2007 年初步构筑"数字城市"的基本框架，2004 年 5 月 1 日起，机关推行"无纸化"办公体系和政府公开化。为迎世博，60% 以上市民加入学英语等多语种的行列中，在我所住的小区，一位叫杨洋的 68 岁老人每天早上都在朗读英语。我问她，年纪这么大了，怎么还学英语？她说："2010 年上海世博会如果志愿者少，我可能还用得上。"截止到 2003 年，上海国际出口带宽达到 7695M，互联网用户达 432.6 万，家庭电脑普及率达 60.4%，家庭宽带用户达 92.49 万户。2004 年 3 月，市政府推行的"百万家庭网上行"活动已全面启动，年内将有 10 万社区居民接受信息化培训。三是学习型家庭比重超过 40%。四是种类繁多的成人教育成为市民再学习的选择。目前，上海市民接受继续教育的总人数达到 230 万以上，约占全市市民的 1/6 左右，年教育消费达 10 多亿元人民币，为迎接亚太经济合作组织（APEC）会议在沪召开，数十万市民参加"学百句英语，迎 APEC 会议"活动，其中 6 万人参加了考试，合格率达 95%。五是学习消费明显增长。2003 年，上海市民家庭人均教育文化消费支出 1668 元，占消费总支出的

15.9%；六是闲暇时间用于学习的风气逐步形成。随着知识经济时代的到来，知识范围的重要性越来越被人们所接受，过去不会认字不会写字是文盲，现在的"文盲"则是不会用电脑、不会讲外语。在上海不会讲外语，做生意是无法进行的，上海的城隍庙、南京路做的就是外国人的生意。闸北区自去年首创"学习型城区"论坛研讨会，5月20日上海又举办了首届教育论坛，提出到2007年，本市高等教育毛入学率达到65%，新增劳动力受教育14年的目标。在上海这短短的三个月时间，有三次经历是我感到十分难堪、十分不好意思的，对我触动很大，这是在原工作地所未遇到过的。在上海，我才感到自己与别人的差距，感到自己的紧张和压力。一次是4月13日，联合国非政府组织妇女代表一行6人来上海考察，到我所在的大宁街道新梅共和新村居委会参观，街道副主任陈宏，老年协会会长沈会芳（70多岁）、团支部书记张建宇、妇联主席吕平等都能用熟练的英语和外方交谈，代表团原打算待10分钟，结果待了一个多小时，外宾与我擦肩而过，我只能闭口装哑巴，我的英语水平不敢搭话。第二次是5月11日，我和周晓涛参加共和新路街道组织的"百万家庭网上行"电脑培训班，在和田中学教学大楼五楼的多媒体室，一走进教室，坐满了40多名学员，最小的40多岁，最大的80多岁，看到我们的到来都不约而同地说："老师来了。"我的脸唰的地一下红了，真想溜出去，但为了掌握电脑知识，还是硬着头皮坐了下来。上课的时候，这里的老同志非常认真，虚心好学，没有进进出出的现象，吸收知识的能力也很强。第三次是6月3日，在青松成大酒店（上海老干部培训中心）听美国加利福尼亚大学Virgina、Franke、Kteist和Terry、L.Rose教授讲电子政务在美国、社会保障体系在美国以及发展中的市场风险管理。来听课的都是街道区委机关选拔到美国留学的青年干部。从主持人到讲课的老师，全是讲英语，如果没有同声翻译，我可真是滥竽充数，可他们一会儿笑起来，一会儿用英语向老师提问，这就是上海人的素质！那时在上海每个街道都在学习汪中求的《细节决定成败》、阿尔伯特·哈伯德的《致加西亚的信》以及费拉尔·凯普的《没有任何借口》。他们倡导的是"把每一件简单的做好就是不简单，把每一件平凡的事做好就是不平凡"；他们倡导的是敬业、忠诚、勤奋的思想理念。相比之下，在我们莲花，"拖拉机""麻将"是相当一部分干部的业余爱好，"讲学习"只是形式上应付，这是值得我们深思的一个问题。在上海一年一度的行风评议中，街道和公安排名第一，"有事找社工、找街道"已成老百姓的自觉行为，上海人的社会治安相当好，这与上海在政府功能定位上，精心打造"服务政府，责任政府，法治政府"的理念是分不开的。

上海各级政府的心中始终装着群众，接受群众的监督、建议，把它作为锻炼、提高政府干大事，办实事，做难事的"动力源"。在当好"服务政府"方面，上海以"便民服务"为宗旨，把大到教育、医疗卫生、广播电视、计划生育、司法援助等方面的事项及政策，小到水电煤的相关政策，办理程序全部公之于众，实行透明公开。这既方便了群众的工作生活，也提高了政府的工作效率。率先在全国推行"政务公开"。政府网站、新闻网站以及其他网站全面公开，市民所需的信息都可以在网站中找到；在服务市民方面，上海可以说"不惜血本"，在各社区、各居委会都建立了社区学校，免费为市民培训；建立了娱乐、健身中心，免费提供健身器材；建立了社区保障、社会事务受理中心和法律援助中心，使百姓有困难就有保障，有苦就有地方诉说，就有人可以帮忙，建立社区图书馆，免费提供健康向上的书籍；在各街道的主要地段，建立了政府信息公开栏，免费向百姓提供政策咨询；等等。在做好"责任政府"方面，一是明确各级政府及政府机关第一责任人的责任，实行"人本管理"，推行"金字塔"式目标管理模式，分线量化，分线考核，层层签订目标责任书，一级对一级负责，一级考核一级，责权利配套，考核奖惩过硬，真正体现行政首长负责制，确保行政首长全年集中精力抓大事，抓主要矛盾的解决，从而确保各项工作的落实。二是坚持"民有所呼，我必有应"，换位思考，提高绩效的指导思想，实行市民评议政府工作，把政府办实事的项目和教育经费、物业管理、食品卫生监督等与市民工作生活息息相关的工作公之于众，接受市民考评，把评议中群众反映最突出、意见最大、要求最强烈的问题作为政府工作的重点。对老百姓的事，提出了"马上就办"的理念。比如，在居民物业管理的方面，倡导的是 365 天服务，24 小时服务，只要老百姓有呼声、有要求，必须 30 分钟赶到；窗口行业必须统一着装，规范文明用语。三是为进一步促进为民办实事工作，真正做到实事实办、办出实效。上海公开有奖征集政府办实事的项目，广泛征求市民的意见，使实事真正符合社情民意。比如，在闸北公园建立"地书苑"的事，就应了读书爱好者的心意。在创建"法治政府"方面，上海坚持依法行政，不断强化规则意识，对政府部分的工作职责、办事规程、政策法规、政府公报、统计公报等全部公开，老百姓可以在报刊亭、社区免费索取。政府办事讲究程序和规则，把政府行为严格规范在法律法规许可的范围之内。在涉及计划生育、城建拆违、信访等工作时都是严格依法按程序操作，告知老百姓执法的依据，执法的标准、程序，违法违纪带来的后果，等等。上海市这两年整治"居改非"，拆除违章建筑工作量相当大，力度也相当大，但老百姓都能理解。记得有一回，我和晓涛一起在延长中路吃饭，因结账时无税务发票，老板竟对我俩道歉，让我们白吃了一顿。可见当地的老板纳税意识有多强。

在上海挂职已结束，我珍惜这次难得的学习机会，将上海经营城市、管理城市、服务市民的理念，上海人的精神及优秀品质带回去好好领会，慢慢消化，踏实工作。上海大宁街道的挂职经历，对我的影响是深远的，让我明白一个人的知识不只是读万卷书，还得行万里路，方才视野开阔，高瞻远瞩。这段挂职经历还甚至影响着我，在乡镇和部门主持工作时，也十分重视干部的学习培训。尤其是在卫健委工作期间，与深圳宝安卫健委结成友好协作单位，安排 5 批次共 100 余名中层以上干部到深圳宝安挂职锻炼或跟班学习 3—6 个月，争取国家卫健委家庭发展部门支持，安排 10 批次共 120 余名乡村医护人员和机关干部到南京人口国际培训中心免费轮训；向省卫健委基层处争取刘春院长到新疆援疆半年；等等。有人说，有什么样的工作经历就会产生什么样的人生足迹。上海挂职的经历虽然只有短暂的三个月，却在我的人生历程中留下了一道深深的印迹。

2021.11.30 中国江西网、大江网、搜狐网、网易等

闪石记忆

（一）

在县城厢小学教书时，闲暇之余常和李金明、贺华平等几位老师一起下象棋。常常在谈笑之间，杀得他们无回天之力，无招架之功。贺华平不服气，老是喜欢说我是"猛古仔当乡长"，运气好。谁知玩笑成真，2005年1月，我真的被任命为闪石乡党委副书记、乡长。但绝对不是"猛古仔乡长"，这个乡长是上级组织对我在荷塘六年艰辛努力的认可和信任。

闪石乡，那是我县"黑三角"（路口、湖上、闪石三个乡镇经济不发达的穷乡镇、特困乡镇的简称）之一。这里离路口老家不远，但"石城洞"、复礼书院、"石字刀"闻名遐迩，从小在脑海中就有着深刻的印象。

闪石以"闪板桥"和"石城洞"而得名，明代旅行家徐霞客曾在石城洞内石城庵小住了一晚，写下游记《石城洞记》一文，收录在《徐霞客游记》中。石城洞初名石廊，南陂刘元卿开建精蓝于洞口石窟中，改名书林，今又名石城，以洞外石崖四亘若城垣也。据民间传说，曾有仙人住过，洞内有仙人足迹，又叫"仙人洞"。石城洞不管开发与否，慕名而来的游客络绎不绝，是闪石乡甚至方圆数百里一处不可多得的人文景点。

1982年3月，在路口念初一时，李华俊老师曾带领我们全班40多名学生到石城洞春游，被洞内残存旳古寺庙、"书林"、"兔子望月"、"童子拜观音"、"和尚拜塔"、"千年梯田"等景点所吸引，为大自然的鬼斧神工而感到震撼！李老师倡导大家好好学习，立志回报家乡开发建设好石城洞。

到闪石报到的第二天，在冯圣良（"花猫苟"）师傅的陪同下，我就专程赴复礼中学，一是看看我的老班长贺清炎，二是看看百年名校。校门口矗立开基人刘元卿的塑像，书院早已拆除变成大操场，遗址上古砖还清晰可见，400余年古柏依然尚在，守护着书院曾经的辉煌。只可惜书院原址被拆，如果当年不拆，保留书院的原貌该有多好。

复礼书院是闪石乡又一张文化名片。书院距今有447年的历史，明隆庆六年（1572），南溪刘元卿因中年科举失意，无意功名，遂以正学为己任。为启迪后人，培育士林，广宣教化，他开始在南陂顶泉寺讲学，随着求学人员增加，刘元卿动员安福西乡包括现在安福洋溪、钱山以及萍乡、茶陵一带二十四姓的人家，在二十三都书林（现闪石渭下）兴建复礼书院。《莲花厅志》（李志）载："昔聘君讲学于

此，立有肃规，诵警正俗数条。殷殷以饬躬厉，俗为己任，学者宗之。"从此，"复礼书院"成为享誉四邻他省、学子入仕深造的有名学府。莲花旧时礼俗"忠、孝、礼、廉、节"文化都是复礼书院一代代传承下来的。县高中未集中办学时，莲花四所中学（坊楼、坪里、莲花、复礼）唯复礼中学底蕴深厚，学风纯正，升学率最高。那时县城的学生都争先到复礼中学读书。

闪石"石字刀"是当地路下李树权祖传的打铁技术传承百年的铸造品牌，获得国家专利，产品远销省内外。"石字刀"系列有切菜刀、斩骨刀等多个品种，它采用传统的烧铁制铁技术，通过高温炉烧制，

锤打而成，其具有硬度高、锋利、耐磨、耐用的特点，很受厨师和家庭主妇的喜爱，是我们莲花人的厨房必备。

（二）

闪石乡地处莲花县的西北角落，与安福的钱山乡接壤，也是一个偏僻的山区小乡。

闪石乡政府坐落在江南村的一个小山坡上，有计生办、财政所和三栋综合性的办公大楼，其中一栋是二十世纪五六十年代建造的，是危房。乡机关有40多名干部，大多是"黑三角"一带的。

班子成员包括时任乡党委书记汤杰，党群副书记吴忠良，政法副书记李炎生，常务副乡长彭海平，组织委员朱致远，副乡长贺海元、朱树生，人大副主席刘伙苟等。汤杰书记，吉安师专化学系毕业，与我大哥也是好兄弟。汤书记是出了名的"铁公鸡""铁算盘"，对全乡的财政把控很严。什么事在他脑子里一过，就一目了然，公务开支是能省则省，高效利用现有资源。比如乡里一辆小车，我和他基本上是共用，一起上下班、下乡。

我一般白天下乡串村，倾听企业、村民心声，了解乡情、民情；晚上找干部交流、谈心，了解干部心理状态、工作状态。该乡辖区仅60平方公里，8个村、1.2万人口，财政收入112万元。乡不大，却是"黑三角"中最好的一个乡镇，除了石城洞、复礼书院丰富的旅游文化资源外，煤矿资源丰富，有国有西云山煤矿，现已改制为私企，有乡办闪石煤矿，有粉石英、石灰石资源，还有国有五里山林场。

闪石的干部大部分是农校、卫校或师范、师专毕业的，也有大部分是退伍安置的，学历普遍较低。刘丽冰，毕业于江西财大，在2000年列为省委组织部重点跟踪的干部，2000年5月在市委党校青干班学习一个月后，被任命为乡长助理，从良坊乡政府调闪石工作，调到闪石后一直被安排去守栏杆，而且一守就是4年，我觉得浪费人才。2006年2月，我调神泉任乡长，调整了刘丽冰的工作岗位。后来他被提拔为司法所长，现在又调往路口镇担任常务副镇长。另外，常务副乡长彭海平不分管财税工作，也是不合常理。

乡政府也是比较困难，仅有一辆中华小车和一辆老旧130，家住县城的干部上下班一般要在湖上转车。乡政府大院还有一栋二十世纪六十年代的老木板楼，整个大院敞开办公，计生办女同志住的那栋楼常有小偷光顾，吓得女同志不敢在乡里过夜。

熟悉情况后，在汤杰书记支持下，我俩决定调整班子和干部分工，理顺干部情绪，让常务副乡长彭海平分管财税，把刘丽冰调回乡政府协助常务副乡长抓财税。理顺了职责关系，大家的工作劲头也足了，点子也多了，常常会跟我提些建设性意见。乡班子在完成县委、县政府中心工作的基础上重点抓好这么几件事：一抓学习，解放思想提升干部素质，提升干部精气神；二抓安全，打击非法煤矿，抓好西云山煤矿安全监管，对闪石煤矿进行改制，对外公开拍卖，作为乡长不作为煤矿的法人承担安全责任和风险；三抓财税，积极对外招商引资，保护和开发石城洞，重修复礼书院以及五里山风景区建设；四经营好集镇，抓好五里山深山移民区建设和搬迁；五抓民生，新建便民服务中心等设施。

闪石乡每周星期一晚上组织干部集中学习，干部轮流上讲台交流学习心得和实践体会等。我第一个带头上课，现身说法，分享我在上海的学习情况，讲述荷塘从落后变先进的经验。通过学习交流来解放思想，统一思想，推动全乡工作。

为解决干部"出行难"的问题，我召集煤矿企业主开会筹集资金。购买一辆七座的五菱之光小车，我有时亲自当司机负责接送，那些长期挤班车的干部也不用在湖上再转车，个个都露出幸福的笑容。

对乡政府老办公楼的改造和新建问题，乡党政联席会进行专题讨论，最后决定将两幢建于二十世纪五六十年代的老办公楼全面拆除，在大门左侧投入60万元新建一栋占地300平方米，建筑面积达1000

平方米的服务中心，投入 7.2 万元建挡土墙，投入 6 万元建好车库、围墙，投入 15 万元对大院进行硬化、绿化。

乡里请来建设局的专家，设计论证服务中心的选址、建设等相关工作。第二个月就破土动工，不到 7 个月的时间就竣工搬迁。用了近半世纪的老办公楼也随即拆除了，整个大院宽阔多了。干部告别了过去住老楼板房晴天装灰、雨天装水的困境，搬进了新房，大院的围墙也建好，再也不用担心有小偷溜进大院了。在新楼大厅装饰了全县乡镇第一个汇集民政、残联、计生、财政、林业等综合性窗口的便民服务中心，老百姓来乡政府办事可"一站式"办理，不用再敲干部的房门东找西问地办公事。

（三）

在闪石工作不到一个星期，有一天晨会结束之后，分管集镇建设的副乡长贺海元和他的助手朱金泉向我汇报集镇建设的困难。

他俩问我："刘乡长，集镇上的土地没人要，怎么办？"我问他们："你们的土地价是多少钱一平方米？"他们说 80 元一平方米。看着他们焦虑的样子，我胸有成竹地说："卖不动了就不卖，但价格上在原来的基础上给我翻一倍，卖 160 元一平方米，再卖不动，你们来找我。"他们俩很吃惊，很疑惑地看着我。

为把集镇建设好，在全乡范围内坚决杜绝占田建房，鼓励农民拆旧建新不收费，仅此一项，乡政府一年减收近 10 万元；投入 20 万元从萝卜冲水库接自来水到集镇，解决了集镇用水难的问题；规划新建了农贸市场，兴建加油站、幼儿园，完善集镇配套建设，吸引更多人到集镇购买门店建房。

结果，闲置的土地一下成了抢手货。而且每年价格提升 100 元，如今听说要 1000 多元一平方米。

当乡长要在保护基本农田、保护耕地的基础上学会经营土地，经营集镇，这是基本功。

（四）

石城洞是莲花宝贵的旅游资源，因徐霞客的《石城洞记》而远近闻名。

为开发这难得的胜地，乡里制作了石城洞旅游开发项目外出招商引资，亲自带了一批批的客商实地勘察；为保护好石城洞景区，乡政府出台了保护石城洞的意见，不准破坏景区植被、名贵树种，不准乱挖乱采石灰石。对石城洞这个项目，我和同事们忙活大半年，但因受经济条件和交通区位的限制，终未能开发成功，但对其周边环境的整治，尤其是禁止采石，对开发利用石城洞还是奠定了基础。离开闪石一年，听说洞背村因缺钱，琢磨着把石城洞背上十几棵长了近百年的迎客松砍了卖了，听到这一消息，我是非常痛心。

2017 年 12 月，我参加全县项目观摩时，当看到闪石的陈慧凡书记、刘戈云乡长利用新农村建设资金在太源石城洞出口处建设明代旅行家徐霞客的塑像，用鹅卵石铺了石子路、登山的台阶，绕山建了游步道，石城文化初见雏形，虽未打造成 A 级景区，但千年的文化重新开启，我为当年的想法终于变成现实而感到欣慰。

2020 年 3 月 16 日《莲花发布》发布了《莲花县人民政府与萍乡市辉煌旅游开发有限公司关于石城洞景区开发建设经营项目签约仪式举行》的消息，看后我非常激动，心情久久不能平静。沉睡了近千年的石城洞终于迎来了曙光。当年我们苦苦追求开发的项目终于梦想成真。也期待着石城洞早日开发成功并对外开放，吸引八方游客。

（五）

在闪石，虽为一乡之长，我却觉得只是职责分工不同，与乡里干部们在一起只是带班长而已，一起打击非法生产，一起上门做移民工作，一起参加殡葬改革活动……平时对乡村干部实际问题也比较关注，为他们解决一些现实问题，如让编外临时人员率先参加社保，让年轻人买房率先利用住房公积金，等等。

2005年11月20日中午，我从食堂吃完中午饭准备上楼休息。在机关大院碰到闪石洞背村村长冯太荣，只见他一手按着头部，一手按着胸部，脸色十分难看。我问他吃过饭没有，问他在乡政府干什么事。他说："我在乡财政所办事，吃完饭后想骑车回家，突感不适。稍微休息一下就好啦。"看到冯太荣难受的样子，我觉得他病得肯定不轻，应该要到县人民医院检查一下才好。于是，我叫冯圣良（绰号"花猫苟"）喊谭如生开车送冯太荣去医院。太荣怕麻烦，不想去。我几乎是命令的口气，和"花猫苟"一起扶他上车。

晚上，谭如生从县医院回乡，向我汇报太荣病情。谭师傅说："哎呀！今天送太荣去医院非常及时，医生说他的病是脑溢血，稍微送迟一下，可能有生命危险，或脑瘫，或半边瘫。刘乡长，你今天真是救了一个人。"

半个月过后，冯太荣康复回家，他来到我的办公室向我表示感谢。我说我只是出于本能，发现了你生病及时叫司机送送而已，碰到谁都会这样做！这是我应该的，不用谢！

2020年4月17日，我还打电话问"花猫苟"，冯太荣近况如何。冯圣良说，太荣现在没当村干，身体好得很，碰到一起，还常念叨着你。

（六）

在闪石当乡长那一年，又是第六届村民委员会换届之年，深山移民攻坚之年，殡葬改革全面火化之年，更是林权制度改革关键之年，还不包括打击非法生产、计划生育、新农村建设、森林防火、防汛抗旱、财政收入、信访稳定等这些工作完成下来，乡里这三四十号干部，基本上是无喘气的时间。

就拿林改这项工作来说，按省文件精神，说要用两年的时间完成，而我市则提出要提前一年完成，提出 2005 年 11 月 30 日要全面完成外业勾图任务，12 月 5 日进行二榜公示，12 月 31 日完成矛盾纠纷调解，2006 年 1 月 10 日前完成材料的审批上报，2006 年 1 月 27 日进行三榜公示，2006 年 1 月 30 日完成输机任务。

到乡里实际只有半年时间，从 2005 年 6 月 7 日正式启动林改工作以来，乡政府为林改召开了 15 次大小会议，每天晨会，几乎是逢会必讲，我对他们要求也严，"一要严格政策，坚持原则，二要实事求是，严禁弄虚作假，闭门造车"。乡里连续 3 个月没有周末公休，回家也是"偷娘花"一样，完成任务又匆匆赶回乡里。刘伙苟副主席负责的外业勾图组带领林业工作站刘小炎、谢立新等人半年几乎未休息过一个周末，晴天、阴天戴着草帽上山现场勾图，个个晒得脸脱皮，黑黑的；雨雪天在办公室搞内业，一坐就是一整天。在材料填写输机期间，乡、村两级干部差不多连续两个星期打夜班，搞通宵。

虽然时间短，但闪石的林改工作在全县来说，做得比较扎实。主要归功于刘伙苟、刘小炎、谢立新三位负责同志。

（七）

在闪石一年，正值莲吉线改造，回县城也不方便，要从坊楼绕道，一个月下来难得回家一趟。一般干部除本地干部外，回家的机会更少，一到晚上，干部们一般打扑克、打麻将消磨时光，我的爱好是下象棋，有时也和路口派出所甘云松较量一番。

当了乡长，去县城开会的机会相对要多，但也是来也匆匆，去也匆匆。有时在开完会后就抽空到家吃饭，看看女儿，每次回家像过年过节那样喜庆，老婆炒菜也多了一两份，女儿也一本正经地，摆上碗筷后，非得等三个人坐在一起才开始吃饭。吃完饭又得匆匆赶回乡里及时传达会议精神，安排布置工作。乡镇工作不只是传达一下会议精神而已，更多的要亲自去落实。现在回想起来，当年乡下干部回家吃顿团圆饭竟成了一种奢侈。

在闪石当乡长这一年，也干了几件"大事"：把闪石煤矿成功拍卖改制，把政府旧楼拆除新建了服务大楼，规划建设了井屋新移民安置点，规划新建了闪石变电站，从萝卜冲成功引水到集镇，新建了加油站，修通了闪石至钱山的公路等工作。本想在闪石工作三年把复礼书院、石城洞这两个代表闪石文化的景区开发起来，本想把五里山革命根据地战斗遗址修复。谁知一年还不到，2006年1月，我被调整到神泉乡大乡镇当副书记、乡长。

离开时，乡政府财政账户上还结余几百万元，闪石煤石改制后焕发出勃勃生机，闪石移民新村用上了五里山的自来水，农业部副部长、原江西省副省长危朝安到闪石移民新村视察调研，对闪石的移民工作予以高度肯定！

离开闪石到神泉任职，当时的神泉工作条件并不比闪石好。汤书记为感谢我为闪石所做的工作，支援5万元给神泉乡作为"嫁妆"。我拿着闪石支援的资金改善了神泉乡办公条件。就这件事，我对汤杰这位"班长"好搭档一直心存感激。

神泉往事

人们常说，往事如烟。可现实中往事不可能如烟云，更不会如烟云般飘散。即使物是人非，也不可能有忘记的一天，因为那些记忆早已经深入骨髓，成了生命中的一部分。

流年似水，岁月如歌。我于 2006 年 2 月至 2011 年 4 月在神泉乡工作的 1975 个日日夜夜，往事历历在目。虽已隔 10 年，每次遇到那些在神泉工作时结识的老朋友、老同事或故地重游，便自然地想起在神泉工作的那些日子，就如同昨天发生的事，在头脑里依然那样清晰浮现……

（一）

神泉是一个生态环境优美，春有桃李，夏有杨梅，秋有橘，冬有柚的瓜果之乡；是一个充满着神奇、神秘、神话的地方；是一个千年文化底蕴厚重的地方……宁氏的千年古祠，神泉的由来，界化陇古镇的神奇，原始森林棋盘山以及"铁拐李和吕洞宾等八仙"的棋盘遗址及棋盘山南方新四军三年游击战斗的故事等在这传扬，都会让你想探个究竟。

神泉乡是 2003 年由神泉乡、坪里镇合并而成的大乡镇，面积 122.5 平方公里，辖 15 个行政村、人口 2.1 万，距县城 10 公里，为保留神泉"贫困乡"帽子所以取名神泉乡。原神泉乡得名是因为神泉村有一口古井，当地老百姓敬称为"神泉"，话说神泉宁氏大家族迁移到神泉时遇大旱，到处是天干地裂，唯独村里这口井还会出水，挽救了族人的性命，为感谢苍天，拜称为"神泉"，后来村落的名称也改为神泉村，1950 年设置神泉乡，1958 年改神泉公社，为纪念谭余保、陈毅在棋盘山三年游击战争，1968 年更名为棋盘山公社，1978 年又改称神泉公社，1984 年改为神泉乡。境内有国有界化陇煤矿、闽发钢铁厂、国有棋盘山林场等企业，南与茶陵接壤。界化陇古隘口闻名遐迩，著名作家钱锺书写的《围城》对界化陇古镇作了详细的描述。明朝旅行家徐霞客也曾到此一游。神泉可以说是块风水宝地，曾有谭余保、项英、陈毅在里这坚持三年游击战争保持新四军一支队伍。

陈毅与莲花"陇上改编"的故事广为流传。

1935 年 7 月，谭余保在莲花棋盘山主持召开紧急会议。当时湘赣地区能够联系的三四十名红军代表先后赶到了棋盘山，会上撤销了原湘赣省委，重新成立湘赣临时省委，选举谭余保为书记，常委有曾开福、刘培善、段焕竞、谭汤池，委员有永新的龙珍，莲花的刘燕玉、朱水生、胡清莲，萍乡的向光辉，茶陵的尹德光等人。会议还决定成立军政委员会和游击司令部，曾开福任游击司令，谭余保兼政委。下辖六个大队，并划分各大队的活动区域，每个大队有二三十人以上，多的有四五十人。

1935 年年底，湘赣苏区的形势大有好转，游击战争进入稳定时期。到 1937 年，游击活动地区扩大了，九龙山、宁冈、井冈山、宜春、分宜、吉安等地都是游击队的活动地盘。

1937 年秋，国共合作背景下，陈毅代表中共中央来到湘赣根据地传达上级指示，联系下山抗日事宜。开头谭余保不相信，把陈毅当成叛徒，把他软禁起来，还说要处决他。但陈毅抓紧时机，给谭余保讲抗日统一战线政策，气氛缓和以后，又要他写信派人到吉安、南昌联系，最后才释放陈毅，不久全体下山到陇上改编，并于 1938 年年初开赴抗日前线。

如今陇上改编遗址，陈毅、曾山、项英旧居依旧在。"陇上改编"的故事激励一代又一代莲花人，不忘初心，继续前行！

界化陇这个吴楚咽喉要塞，地势险峻，易守难攻，历来为兵家必争之地。地处湘赣边陲，县境西南井头段家坊村与茶陵高陇镇九渡背屋村交界处，人口不足三百，占地不足 2 平方公里，只有一条街横贯两省，东为赣，西为湘，湘风赣味，各领风骚，在抗战时期有"小南京"之美誉。

著名的旅行家徐霞客曾盘桓于此，《楚游日记》记录了他对当地纯厚质朴的民俗钟爱有加，赞不绝口。

当代著名学者钱锺书先生也游历过界化陇边陲小镇，这里互相尊重、互不相侵的公平意识，陪伴先生的《围城》漂洋过海，名闻天下。

界化陇，这个千年古镇又是春秋时代吴楚两国交接之处，历史悠久，源远流长。有关神话、佳话也很多。距镇不远的界头岭上有一城隍庙，过去庙貌庄严，香客很多。庙门一副对联："立庙崇祀典镇江西镇湖南永镇香火，护驾京师为公主为驸马实为仁宗。"据说北宋仁宗时，驸马是茶陵人，仁宗亲送驸马回乡，一路上侍从队伍的膳食总是多出一人，不知何故。行至吴楚交界，仁宗坐在御辇上打盹，忽见土地神前来请求诰封："臣自京师护驾此地，前方已不是臣管辖之地，望陛下保重！"仁宗一觉醒来，原来是南柯一梦，因此诰封当地神为城隍。如今改革开放多年，城隍庙依然香火旺盛，善男信女来敬香的络绎不绝。据史料记载，此地也曾留下很多名将足迹：宋高宗绍兴二年（1130），岳飞奉旨征剿茶陵曹成，路经此地；宋孝宗淳熙二年（1175），江西提刑辛弃疾征剿茶陵赖文波驻军在此，明末农民起义军张献忠率军十万，抢此关入境；清咸丰五年（1855），太平天国杨秀清部数度争夺此关；咸丰六年（1856），湖南监军赵焕联军驻军此地，挖战壕筑土城于岭上，正式命名为"吴楚雄关"，至今还留下了许多遗址……

2010 年，凭借吉衡铁路新建并在界化陇设站的机遇，神泉乡党委、政府向县委、县政府提出将"神泉与三板桥"合并为"界化陇镇"的请示，让界化陇这个千年古镇焕发青春。县委、县政府很快就同意，并安排城建部门聘请专家投入资金在界化陇作了近半年的规划……

后来，因县乡换届，宏伟的蓝图、美好的愿景终究化为了梦想。

（二）

神泉虽说是合并乡镇，比闪石人口多、地盘大、村组多，但当时经济状况和办公条件比闪石要差一两个档次，乡政府对面的计生服务大楼在前几年也卖了，原县农业银行坪里镇支行的办公楼低价卖给乡政府，乡政府因运转困难最终也卖给了私人开办幼儿园。一个合并乡镇与一户普通农家没啥区别，四五十号人挤在一起办公，显得十分拥挤。老神泉的八个村要到乡政府开会，办事还得绕过升坊再到坪里。

2006 年，我调整到神泉乡工作之前，为人豪爽的闪石乡汤杰书记，特意给我准备了"嫁妆"——5 万元资金，用于购买办公设施（党政办，书记、乡长办公室桌凳等）。与汤杰书记几年的搭档，彼此结下深厚的革命感情，汤书记送我到神泉乡的当晚，我一高兴多喝了几杯酒，甚至感到几分醉意。

后来，市农业局局长刘明初来神泉调研，在我的办公室交流工作时，看见办公室的沙发都是过时的旧木沙发，当场拍板支持 2 万元置换。离开神泉多年后，我去看望曾在荷塘共事同挤一辆摩托的时任神泉乡党委书记刘正良，走进他的办公室看见刘明初老局长送的那对沙发还在发挥着作用。

那一年，与张港继书记搭班子。张港继系吉安万安县人，吉安师专毕业分配在莲花教书，后考进政府办，从政府办主任提拔到六市、神泉任职。他老婆在安源学院上班，家在萍乡，每周末得回萍乡，但作为书记，他是比较节俭的，住旅店不超过 100 元一间，住的是私人小客栈。

张港继也是教师队伍出身，一米六八的个头，国字脸，满头粗黑的头发，戴着一副近视眼镜，虽跳出教育界多年，但身上老师味很重，闲暇之余也爱写点小文章。我和他相识是在 1996 年 8 月 5 日，我俩同时写了一篇《实施良策诚招商，广栽梧桐引凤来——莲花县招商引资势头强劲》刊登在《萍乡日报》头版头条，结果报社在落款作者写的是"刘晓林、涧溪"。现在看来也是一种缘分。那时他在政府办公室做秘书。

张书记也爱讲一些幽默风趣的小故事。讲起他的"父亲找鞋"的故事，大伙听了笑得前翻后仰地捂着肚子。他的父亲是一个地地道道的山区农民，从未出过远门。听说儿子在莲花县政府办当了主任，正科级干部，高兴得不得了，不远千里风尘仆仆从万安赶来莲花看看当官的儿子。因儿子的媳妇是吉安卫校毕业的，特讲卫生，进屋必须得脱鞋。有一回坐小车，他父亲看见小车也挺干净以为像进屋一样要脱鞋，上车时竟把鞋子脱了。结果下车时竟打着赤脚走路，儿子问他鞋子哪里去了，他说上车时把鞋子给脱了，应该还在上车的地方。这个小故事让我们听的人感动得流泪，农村人真的很朴实、很本分、很憨厚！

张书记充分信任我，乡里大小事基本上由我处理。后来他调整到交通局、民政局等单位任职，现任县政协副主席。

2007 年 1 月至 2011 年 4 月，我调任神泉乡党委书记、乡人大主席。

期间，我与王海祥同志搭班子，一起共事四年零四个月。四年多相处，犹如夫妻，我主外，他主内——管家、管财税。我们也同兄弟一般，对他充分信任，形成互补。王乡长很敬业，能吃苦，有点子。

2008 年 1 月 10 日，一场较大规模的雪灾在南方爆发了，很多地方深受其害。莲花受灾最严重，连接萍乡的 319 国道全部中断，全县停电、停水、企业停产。大家晚上只能点蜡烛办公。王乡长顶着雨雪冰冻天气，带领一班人到锁子冲煤矿弄了台发电机，解决了乡政府临时用电的问题。

那时，为恢复全县用电，各乡镇组织义务抢险队 20 余人，每天前往高步岭帮助外省来我县架电的工程队伍。神泉也不例外，王乡长亲自指挥，由分管武装的党委委员周贤文同志带队，带领李帅、肖林雄、刘晶炜、彭晓伟、谭国华、周雄华等人组成的抗冰冻雪灾青年突击队，自带干粮、麻绳、铁锹、镰刀等工具，穿着迷彩服，同各乡镇的突击队一道经过近一个月的奋战，全县恢复了供电，现在回想起来，那帮青年小伙子的壮举的确让人敬佩！

王乡长有吸烟的习惯。那时，乡镇条件还比较苦，书记、乡长一般同用一辆工作用车。我俩常一起坐车开会或下乡，他坐前排，我坐后排。他吸烟时排出的二手烟基本上让我吸了。我强烈要求他戒烟，他也试着戒了几次，每一次戒烟，他说戒了几天烟，可烟瘾难熬，全身抽筋直打哆嗦，不抽烟的日子，身体很快发胖！实在难受！还是忍不住又抽上了。

后来有一次，他患了重感冒住院了。医生不让他吸烟，加上我的唠叨，他终于把烟给戒了，也真佩服他的顽强毅力。

王乡长是个典型的素食主义者，从不吃带脚的肉食，与林业公安分局洪全生在饮食方面是"孪生兄弟"。青椒糙皮豆子、煮豆腐、煎豆腐是他的最爱。王海祥后到琴亭镇当书记，现为市扶贫办副主任。

（三）

2007 年 1 月，县水务局已争取到中央资金正在对楼梯磴中型水库进行改造。但进楼梯磴水库的公路历经 42 年已适应不了当时的形势，需要改造提升。工程预算修路的资金是 248 万元，不足部分由当地政府配套。

要开发利用好"神泉湖"这天然的水资源优势，修好景区公路是关键。

2007 年 2 月 2 日上午 10:30，县委书记刘家富带领分管水利工作的副县长李仕峰，发改委主任刘新华，县水务局局长朱志军、副局长谭墩，交通局局长张港继以及县委办副主任朱小青一起就景区公路规划，建设工程招标以及配套资金等问题在神泉乡党委四楼的会议室进行专题研究。会议决议：

一、时间：6月底完工，七一竣工通车。二、施工要求：按测量设计方案执行，但最窄处不低于5米。三、资金筹措：交通局40万元（可用水泥抵），县发改委70万元（以工代赈），水务局50万元（2月10日到位），剩余资金由县乡财政解决。四、施工单位：神泉乡政府组织实施。五、几点要求：①库区及库区公路两边要加大封山育林力度；②植树造林；③要符合旅客的要求，统一规划，分步实施。

刘家富书记对我乡一周之内完成征地、迁坟任务予以肯定并支持我乡改道兴建意见：在原有路基改造坪里路段拆迁任务重，经研究决定在五洲重新兴修一条宽12米、长4公里的通往神泉湖景区公路。（在乡党政班子会上，就此议题展开了专题讨论，当时有人提出农村公路没必要修这么宽，并提出异议，我说要做就建50年不落后的事，要有前瞻性。在2007年2月9日的神泉乡十六届人大第二次会议上，组织全体代表到现场参观，会上进行表决：一致认为是一条利长远的富民之路）。事实证明我那时决策之正确，十多年过去了，现在回过头再来看这条路，虽过去了14年，却一点儿也不过时，而今道路两旁新建农贸市场、幼儿园，新神泉医院也在规划之中，这条景区公路已成为拉动神泉集镇建设的引擎。

楼梯磴水库要修景区公路的消息一经传出，很多老板都找上门来，均想争做这一工程。那一年莲花县刚刚成立公共政务局，甘海为首任局长，乡政府将神泉湖景区公路建设作为莲花公共政务局成立后的第一标，由乡长王海祥同志在公共政务局向社会实行挂网公开招标。当时，有许多的市县领导打电话，或托人打招呼，或请熟人带路找到乡里。有的还是领导的亲戚，有的甚至是领导的兄弟姐妹……

乡党委研究决定：既然县里成立了公共政务局，工程招标只能由政务局主持走公开招拍挂程序！

有人找到我头上，我依然坚持乡党委意见，劝他们赶紧到县公共政务局走程序。"去政务局报名，还来找你干什么？一点面子都不给，看你以后怎么在官场上混？"来者不善，甚至有威胁的成分。

"唉，大不了回去搞我的老本行——教书，总不至于把我开除不成？"

这些人见我这倔脾气，只好摇摇头走人。有时朋友在一起闲聊时，有人说我死脑筋，浪费了这么好的资源，一心为公，只能是自个儿受罪。

工程招标后，仅三个月的工夫，神泉湖景区公路就胜利竣工通车，打造了莲花公路建设史上的"神泉速度"，为神泉湖的开发利用、招商引资奠定了良好的基础。

（四）

"神泉湖"是我在神泉任职期间，时任省水利厅厅长孙晓山提议命名的。

神泉乡有座水库，因地势像楼梯磴故称为楼梯磴水库，水库建于1965年，大坝高25.5米，集水面积45.9平方公里，总库容1179.5万立方米，正常蓄水位200.4米，水库有发电、灌溉、游玩休闲功能，是莲花最大的中型水库。

水库中央有座湖心小岛，距大坝约300米，游人可自行选择坐快艇或自个儿划着小木船上岛游玩。岛上种满了桃树、柑橘、梨树等品种，因桃花而闻名，又称"桃花岛"，是青春少男靓女理想的谈情说爱的"莲花版的马尔代夫"。

2007年12月15日，省水利厅厅长孙晓山来莲花楼梯磴水库调研，县委通知我一起陪同调研，孙晓山厅长把我叫上，坐上他的小车。孙厅长在车上问我神泉乡的由来，为什么称为神泉乡。幸好，我一来神泉上班，就到神泉村找张水龙书记了解神泉的来历，并到神泉古井旁探了个究竟，并且当年就将神泉古村这一自然村列入新农村建设规划，把古井保护好。我坐在他的车上，向他讲起了神泉的故事，他听了蛮有兴致地说："何不将楼梯磴水库改为神泉湖！"我觉得厅长这么一改，"神泉湖"这个名字好听多了，富有创意，对开发和利用好这一中型水库有一定的吸引力。下车后，我把厅长的建议向时任县委书记刘家富汇报，刘家富非常高兴，连声称"好！今后就把楼梯磴水库改名为神泉湖"吧。于是"神泉湖"这个名字就这样在莲花叫开了。

如今"神泉湖"已作为一个景区对外开放，每年接待上万名游客前来度假游玩，神泉湖在县城商品大世界设立了"神泉湖鱼产品经营专业店"，神泉湖的山泉鱼进入了平常百姓家庭。

（五）

2009年3—4月，我参加了江西省委党校第24期乡镇党委书记进修班为期两个月的进修学习。

在省委党校学习期间，4月10—16日在湖北省委党校异地办学，在湖北省委党校听完课后，又集体考察参观了武汉市东湖区石榴红村、宜昌市夷陵区雷家畈村、猇亭区黄龙寺居委会、神农架木鱼镇的生态农业示范小区四个典型的新农村规划和建设情况。回来之后有感而发写下了《赴湖北参观新农村建设的考察报告》。

文中对新农村建设提出了四点建设性建议：一是要把新农村建设当作一项产业来做；二是要把新农村建设当作一个项目来抓；三是要拓宽新农村投资渠道，克服资金短缺的困难，加快新农村建设步伐；四是要用好用活党的新农村政策，打造我县颇具地方特色的新农村亮点和精品工程。如：闪石的石城洞、复礼书院；路口的阳春、湖塘明清古建筑群、观文书院、仰山文塔、石门山；坊楼的甘祖昌故居、将军水库；六市的勤王台，"莲花血鸭"诞辰地；神泉的神泉湖、七一二印钞厂；三板桥的"城隍庙"；琴亭的玉壶山、双乳峰；南岭的黄阳山、上品山；荷塘的白竺、西竺寺；高洲的高滩、高天崖等景点，如果坚持5—10年，集中资金打造，完全可以成为具有莲花特色的新农村"红色、古色、绿色"亮点、景点和精品工程，而且可带动产业发展，达到百姓增收、脱贫致富之目的。

2009年5月9—16日我在上海复旦大学新闻学院参加了"新闻发言人培训班"学习，主要学习政府新闻发布会的组织、策略和技巧以及新闻发言人必备素质等相关知识。

复旦大学新闻学院为我们每一位学员都发了校徽，以及印有"复旦大学"字样的书包、笔记本。在开班仪式上，时任新闻学院院长赵启正热情洋溢地致了欢迎词，说进了复旦门就是复旦的弟子，进了新闻学院门就是新闻学院人，希望每位学员珍惜难得的学习机会，传承复旦之精神。开班典礼结束之后，赵院长还和培训班的学员一起合影留念。

2004年5月在上海大宁挂职期间，虽带女儿到复旦大学走马观花似的转了一两圈，让女儿从小感受名牌大学的气息，但没这一次吃住在学院培训的亲身体验之味道。我只是师范生，虽也通过成人高考获得了大学专科、本科学历，但从未感受过在大学学习、生活的滋味，这次培训能踏进复旦大学这样的名牌大学教室上课，虽仅有一个星期的时间，但我倍感珍惜！

每天上下课之余，早晚的休息时间，我和向阳、刘毅、彭新文等几位总爱在校园里转悠，似乎在寻找些什么。静静地感受着复旦这个百年老校的气息，尽情地呼吸着高校内的墨香，一会儿在校园的运动场，一会儿在图书馆，一会儿又站在毛泽东塑像前照相留影……趁这次机会来弥补我学生时代的遗憾，圆一场大学之梦！

（六）

"果业神泉"，名不虚传。

在神泉，原坪里园艺场在二十世纪七八十年代，时任乡党委书记刘天发利用珊田村得天独厚的土壤资源，大力培育、种植柑橘3000余亩，是赣西主要的柑橘生产基地。该园艺场先后与江西农大园艺学院、省农科园、吉安地区果业办建立了合作关系。各地专家、教授曾多次来到园艺场传授技术和指导工作，带来了许多先进技术和经验，培养了一大批果业种植乡土人才。时任省委书记、吉安地委书记均到过园艺场参观指导。

依托当地天然的气候优势，优质的土壤优势，传统的种植优势和技术保障优势，我乡自行出台了一系列政策，加大了资金扶持力度，乡财政每年拿出 5 万元设立专项扶持基金用于奖励果业种植户：以 5 亩为基础，50 亩以下予以 30 元/亩奖励，50 亩以上予以 40 元/亩奖励（以当年建园种植果树且成活率达 80%为准），按照"一村一品"模式，打造竹湖油桃、珊田柑橘、杨梅、三华李、布郎李、棋盘山沙田柚等一系列基地，打造了一个"春有桃，夏有李，秋有橘，冬有柚"的瓜果之乡。

每年的春天，到竹湖桃园看桃花，珊田村赏千亩梨花，夏天到玄塘采摘杨梅，秋天到珊田摘柑橘，冬天上棋盘山采摘柚子的人络绎不绝，人山人海，赞不绝口。通过花海经济、果业经济带动神泉的三产服务，激发农民创业的热情，促进了农民增收致富。"果业神泉"的品牌已远近闻名。

我撰写的《立足优势，注重引导，着力做好神泉果业发展文章——关于神泉乡果业发展的调查思考》调研文章发表在 2009 年第 3 期《工作与研究（乡镇街领导论坛）》。

（七）

在神泉工作了近六个年头，作为乡镇党委书记，我的工作思路是抓班子、带队伍、出点子、破难题、抓落实；作为党委书记、单位的一把手，我狠抓了党建工作，尤其是农村基层组织建设。

抓党建是党委书记的主责主业。我对全乡的农村基层党组织建设作了深入细致的调研，写下了《如何让党旗在农村高高飘扬——神泉乡农村基层党组织建设的困惑与探索》并发表在 2007 年 10 月《工作与研究》杂志中的"乡镇街领导论坛"。

新建了永坊、太湾、坪里、段坊、周屋冲、模背、棋盘山等 7 个村的办公大楼，解决了党员干部长期以来无地方办公的问题，对软弱涣散的村党支部领导进行调整。对段坊村、上坊村、周屋冲这四个村，从村里能人中进行选拔任用；对无人出来做事的桃岭、竹湖、模背三个村，从神泉籍乡干部中挑选了"政治上靠得住，经济上过得硬，工作能打开局面"的谭国华、周雄华、彭晓伟等三名优秀乡干部到村里任党支部书记一职，三名干部也挺乐意，一来提高了他们的经济待遇，二来也减轻了乡里负担，关键是解决了软弱涣散村无人做事的问题，这在当时应该是农村基层组织工作的一大创新。

有意识地把基层作为锻炼培养年轻干部的地方，将神泉乡李敏芳、罗建斌、刘戈云、胡飞虎、刘丽冰、李帅、江光东、肖林雄、刘方方等一批年轻、有朝气的干部培养成科级或后备干部。

在区域治理方面，建立了"湘赣两省三县（永新、茶陵、莲花）六乡镇（高垅、秩堂、文竹、高溪、三板桥、神泉）边际联防联治合作"新模式，在土地、计生、森林防火、社会治安等方面进行全方位合作，每年召开一次联防联治工作年会，交流工作经验，增进彼此友谊，促进区域合作，维护边界稳定。

2009 年 11 月 27 日，在神泉乡召开的那次年会是历届年会规格最高（三县县委常、委政法委书记均参加了本次年会）、规模最大（相邻村两委班子均参加）、准备最充分（第一次设置了年会会徽、会旗）、举办最成功的一次年会（会上重新签订协议，解决了边际间诸多的热点、难点问题）。

回顾 14 年的农村基层工作经验，摸索形成了我的一套乡镇工作理念："百姓至上、纪律严格、以人为本、环境良好、开拓创新、注重结果。"确立了神泉乡"十一五"工作思路：即紧扣"五个一批"做文章：一是培植一批纳税大户，到 2010 年财政收入 1200 万元。二是招商引资，引进一批企业入园入乡入村，五年引进 1000 万元以上企业 5 家。三是建成一批农业产业化龙头企业，做大做强种养基地 10 个。四是整治建设一批文明村和自然村落，不断推进新农村建设。五是打造一批工作亮点，力争每年抓出一个在市县有特色的亮点工作。主攻"四个重点"：一是着力培植税源促增收，二是全力抓好安全保稳定，三是大力推进全民创业发展乡村经济，四是努力建设社会主义新农村。做大做强"三大产业"。一是想方设法做好钢铁产业，力争今明两年启动闽发钢铁厂生产，年产量达 6 万吨，产值 1.5 亿元，利税 600 万元，并带动相关产业发展。二是依法规范做强煤炭产业，力争到 2010 年年产量达 9 万吨，上交利税 1000 万元。三是因地制宜做大果业产业，力争种植面积达 8000 亩，带动 1800 名农民致富。建立"两个经济中心"：一是界化陇经济中心，依托两省三县交界，吉衡高速公路即将建设和 319 国道贯穿交通便利的区位优势，逐步建成界化陇经济发展新区。二是棋盘山经济中心。依托棋盘山的红色革命遗址效应，自然资源和原七一二老厂区的闲置资源，逐步发展高山农业、山区旅游业和工业企业。建设"一条经济长廊"，即五洲至界化陇经济长廊。力争用五年以上时间，逐步建成 20 家企业，产值 3 个亿，利税 1500 万元。

经过五年的不懈努力，也取得了一定的成绩：成功让闽发钢铁点火投产，界化陇煤矿煤炭产量突破 16 万吨；兴修了宽 12 米的神泉湖景区公路，兴修桃岭至五州的公路，解决了老神泉人绕道升坊来坪里的历史；利用土地整理项目，顺势而为加宽了竹湖、模背的村级公路，由原来的不足 2 米的宽度，拓宽至 5 米；顺利完成了吉衡高速、衡吉茶铁路的征地任务，保障了国家重大项目工程的开工；新建了段坊、大湾、永坊、湖田、周屋冲、上江、坪里、模背、五洲等村的村两委办公大楼；在工业园区引进金泰粮油、喜迎门门业、特种材料、仟度陶瓷等 5 家企业；财政收入由 2006 年的 600 万元增长到 2010 年的 1756 万元，比"十一五"计划预计的 1200 万元增加 556 万元；每年的县委、县政府对乡镇的年度综合考评，神泉乡均获得过一、二、三等奖；市委书记刘和平在神泉乡主持召开全县党建工作现场推广会议，一度成为全县，乃至全市乡镇学习的楷模。昔日落后贫穷的特困乡镇一跃进入一类乡镇行列。

（八）

在乡镇工作这么多年，我觉得乡镇是干部成长的摇篮，是一所最好的培养、历练干部的学校。

它直接面对百姓，直接面对突发事件，直接面对矛盾纠纷，直接面对生与死、是与非、对与错的考验，考验的是你的意志、你的能力与水平，没有现成的答案，没有固定的模式。靠的是你平时学习与实践的累积；靠的是你丰富的阅历、经历，以及沉着冷静的判断能力；靠的是你的依法行政的综合分析处置应对能力；靠的是你果断决策的能力。

在神泉工作的那段时间里，我带领同事成功化解了许多重大矛盾纠纷和安全生产事故，确保了全乡社会和谐稳定，促进了全乡经济社会全面发展。虽然过去了 10 多年，但那些事还历历在目。

2006 年 5 月，珊田、段坊 200 多辆无证无牌的车围堵界化陇煤矿。时间僵持一个多月，当时常务副乡长罗建斌问我："刘书记，怎么办？"我说："碰到这样的麻烦事是难事也是好事，锻炼你们的机会来了，别怕！"我安排驻村干部、分管领导、常务副乡长、党委副书记、乡长轮流上阵做工作，在公安、交警出动也没办法，在分管领导、乡长处理无果的情况下，最后分别在两村召集司机座谈会，调动乡里所有资源才得以解决。

2007 年 5 月，闽发钢铁公司 2 名工人操作不当，掉进火炉而死亡，公司被迫停产整改，后因市场因素和企业内部管理出现问题而破产。

2007 年 12 月，桐木坳林场发生火灾，是因烧田埂引起的，过火面积达 100 亩。我发动全乡 15 个行政村近 300 人紧急灭火，当时李仕锋副县长带着林业局专业灭火队员赶到现场，看见我乡组织有力、干部全力以赴的阵势，放心地离开，我乡两个小时就及时控制了火情，火灾得以及时扑灭。

2008 年 5 月，楼梯湾非法煤矿死亡 2 人，责令矿主赔偿 46 万元，并予以关停。

2008 年 12 月，周屋冲森林火灾过火面积达 200 亩，发动群众、乡村干部 300 人，连 70 多岁的老人也踊跃参加，奋战 2 小时 10 分，大火全部扑灭。

2009 年 6 月，在五洲村 319 国道上，发生因违规停车导致一高中女生被撞死的交通事故，竹湖村近 300 人堵了国道时间超过 30 分钟，我第一时间赶到现场化解、疏散。

2009 年 11 月，太湾非法煤矿窒息死亡 1 人，责令矿主赔偿 40 万元，并予以关停。

2009 年 12 月，桃岭五洲森林大火，过火面积 2000 余亩，发动了乡村干部、县直机关单位，消防队员近 1000 人，但因火势过大，过火面积过大，一直持续到第二天，才将火扑灭。

2011 年初七正式上班。每年的正月初六晚 6:00，请党政班子成员在我家吃年饭已成为习惯。那天，我们刚落座，就接到神泉村党支部书记张子龙电话说神泉村发生火灾，过火面积 100 亩以上。

火情就是命令！我们放下手上的碗筷，立即返乡。我一边通知办公室要求干部提前返乡赶到神泉村报到，一边通知全乡 15 个村灭火突击队，20 分钟后赶到火灾点，一边报告林业局专业灭火队，一边要求神泉村鸣锣发动全村在家群众。半小时后，林业局局长邓小明、副局长刘铁如带领 20 余人的灭火队也及时赶到，全乡共发动村干部 300 余人上山参与扑火。

因神泉村山高杂木较高、较多，扑火难度大，须用刀劈开一条路才能进入，一些干部中途想退场，我说："您想打半天的火，还是打一个月的火？！火未熄灭，今天谁也不能下山休息！"经过思想再动员之后，大家奋力扑救。两个小时后，一场大火全部扑灭，挽救了整个寒山森林公园。

经历这几年发生的安全事故和森林火灾事故的成功化解和处置，我总结了以下几条经验和启示：一是发挥了党委统一领导指挥，高度协调调度的作用，每次火灾事故均能积极发动 15 个行政党支部书记，各村应急分队不少于 20 人，在半小时之内赶赴现场。二是主要领导靠前指挥，亲临现场，现场督导。三是发挥了班子成员的核心作用。四是"不等不靠，只有自己救自己，往死里打火，下死决心扑救"。

（九）

2010 年 3 月，在县"两会"上，县委、县政府决定新建"莲花县文化体育中心"，要求全县所有在职干部职工捐款：正科级干部以上每人 2000 元，副科级 1000 元，一般干部 500 元，不足部分由乡镇党政主要领导负责解决，四套班子领导分别带队到本乡本土籍在外成功人士和企业家那开展募捐活动。凡是捐了款的由莲花县文体中心工程建设领导小组领导颁发荣誉证书。

为完成这光荣又艰巨的任务，我带领办公室主任李崇仁背着单反照相机，以出版《神泉乡"十一五"成果纪实》的名义，展示神泉籍在外企业家风采，同时宣讲我县重大的民生工程募捐之事。

神泉像路口、闪石、湖上"黑三角"那样，因为矿产资源相对比较少，老百姓基本上靠种田为生，为了生活，只有外出创业，所以在外工作的人员和老板较多。要拜访全乡在外的知名人士和成功企业家，也确实要沉下心思亲自登门拜访。我把乡里的事安排好后，带着李崇仁和刘根元师傅，逐一联系，设计好线路，尽量不走重复路。

我们前往广州、中山、东莞、惠州、深圳、上海、义乌等地拜访了谭宝春、贺春华、李千万、花凤飞、朱志强、刘小敏、刘小云、唐振彪、粮振东、邝建新、段文生、宁建强、宁元益、彭灿明等老板，抒写他们创业的故事，并给他们一一拍照留念。功夫不负有心人，出去不到半个月时间，共募集资金达 40 多万元。在全县 13 个乡镇集资统计汇总时，神泉乡排名靠前。为县文体中心建设尽了自己的一份力！

2011 年 1 月，我把神泉籍企业家风采编写在《神泉新赋——神泉乡"十一五"成果纪实》一书中，请时任县纪委书记徐建中（挂职神泉的县领导）写了序言，并给每人寄了一本以示纪念！

（十）

在神泉工作的那段时间，虽然我家离县城仅有 10 公里的车程，住夜值班是常态，不住时也是每天早出晚归的。

在乡镇工作的家属跟当兵的没啥两样，要比正常的人付出得更多，奉献得更多。

那时，我的老婆在家独自一人承担着家里所有的家务。女儿读初中、高中，每天都要等到女儿晚自习回家才肯休息。我没日没夜地操劳。2010 年 3 月，县商品大世界拆迁，任务特别繁重，县委要求各乡镇负责辖区内在大商汇做生意的商户搬迁拆迁任务。

4 月 21 日，在县人大常委会谢久庚副主任的指挥下，我乡按照县委、县政府的要求，组织全乡 40 余名干部到县城大商汇拆除神泉籍周四仔妹妹在商品大世界的店铺。由于琴亭镇未及时补偿到位，周四仔妹妹极力反对搬迁，但也无法阻挡拆迁的大势。搬迁完后的一段时间里，她几乎天天到乡政府或在我家门口等我，闹得邻居以为我在外面"偷了人"，后来找分管城建的副县长拨了 1.5 万元解决其搬迁费才算了结。

闽发钢铁因经营不善，亏损倒闭，老板喝了酒有时也串门来我家诉苦……

老婆是看在眼里，痛在心里，急在心中，说什么也不让我再在乡里干了！身体要紧，没有身体，没有健康，一切为零！

在乡镇工作了 14 年之后，我听了老婆的劝告，决定回城里机关上班，换个工作环境，压力相对减少些，自己的健康会慢慢恢复变好！

老婆辛苦了这么多年也该有个帮手，享受一下小家庭的正常生活。

神泉，是个神奇的地方！只要在神泉工作过、生活过的人，总会以各种不同的方式感恩着神泉！念想着神泉！向往着神泉！吕洞宾与铁拐李在神泉下棋，南宋吉州知府宁时发移居神泉，钱锺书《围城》中的神泉记载，共和国的七一二印钞厂选址神泉……就是最好的印证。

我乃一凡夫俗子，在神泉工作的每一个平凡的日子，因为回忆而变得美丽。往事如烟，但不会如云飘散。谨以此文抒写那些神泉往事，记起那段激情燃烧的岁月，品尝乡镇那种工作艰辛的味道，享受人生历程带来的酸甜苦辣、喜怒哀乐！

年　味

　　说起过年，最有年味的还是儿时在路口庙背老家过年的味道，至今还记忆犹新，耐人寻味。屈指算来，离开老家已经三十多年了，但儿时过年的那些事会时时让我魂牵梦萦，情牵故土，仿佛又回到那个充满艰辛、充满快乐、充满梦想的年代。

　　小时候，在外工作的父亲回家过年，也常常给我们兄弟几个讲述关于过"年"的典故，至今还深深留存在脑海里。父亲讲起故事来可谓眉飞色舞、激情满满。我们喜欢缠着父亲讲故事。

　　相传古时候有一种叫"年"的怪兽，头长尖角，凶猛异常，"年"兽长年深居海底，每到除夕，爬上岸来吞食牲畜伤害人命，因此每到除夕，村村寨寨的人们扶老携幼，逃往深山，以躲避"年"的伤害。又到了一年的除夕，乡亲们像往年一样，都忙着收拾东西准备逃往深山，这时候村东头来了一个白发老人，白发老人对一户老婆婆说只要让他在她家住一晚，他定能将"年"兽驱赶走。众人不信，老婆婆劝其还是上山躲避的好，但老人坚持留下，众人见劝他不住，便纷纷上山躲避去了。当"年"兽像往年一样准备闯进村肆虐的时候，突然传来爆竹声，"年"兽浑身战栗，再也不敢向前凑了，原来"年"兽最怕红色、火光和炸响。这时大门大开，只见院内一位身披红袍的老人哈哈大笑，"年"兽大惊失色，仓皇而逃。第二天，当人们从深山回到村里时，发现村里安然无恙，这才恍然大悟，原来白发老人是帮助大家驱逐"年"兽的神仙，人们同时还发现了白发老人驱逐"年"兽的三件法宝。

从此，每年的除夕，家家都贴红对联，燃放爆竹，户户灯火通明，守更待岁。这风俗越传越广，就成了中国最隆重的传统节日"过年"。

在老家村里，一句俗语在大人中口口相传："大人盼莳田，小孩盼过年。"小时候的我，也是天天盼望着过年，在那个物资匮乏的年代，只有过年才有腊肉吃，有新衣服穿，有鞭炮放，有舞龙灯。记得五六岁时，还不到五月份，奶奶在门前的石墩上断豆角，我就问："奶奶，什么时候过年呀？"奶奶又好气又好笑，"你这个要吃鬼，刚过完年又想过年，是想肉吃了吧？"

父亲在南岭公社当书记，母亲在家既当爹又当妈，承担了家庭全部的农活，日子还是比较艰苦的。母亲为了我们兄弟过好年，按照过年的习俗，一个环节都不会落下。立冬之后，母亲就围绕着过年的事情，一样一样张罗着。别人家都是男人在蒸酒，母亲生怕麻烦别人，自己学会蒸酒、做糖谷。在休闲时，还会为兄弟四个打鞋底，做鞋面，打袜底，打袜子，到路口圩场去买布，请裁缝师傅上门给我们做过年的衣服。到腊月初十就开始"煎碗杂"（煎酥豆、兰花根、豆角丝、炒薯片、做炮糖）。腊月二十就出猪牛栏，清理坑坎，打扫门前屋后卫生，见面打招呼时说得最多的一句话是：打理过年。腊月二十三晚上过小年，家家户户放鞭炮，送司命灶君上天汇报一年来人间的快乐和疾苦，俗称"上天奏善事，回宫降吉祥"。

从腊月二十三开始，开始准备过年的大小事，有的人家是请读书先生写春联，村里一般都是请客老师写对联。家里要等到父亲年底二十六回家，由父亲来写春联，父亲写得一手好字，这也是我们兄弟小时候最佩服父亲的地方之一。每每父亲写春联时，总是叫我们兄弟几个在旁接对联，并且嘱咐我们要好好练字，将来自己写。

在腊月二十七，打寒霉灰，俗称"古历二十七，打里灰冇滴"。腊月二十八，作石磨豆腐，踩斗打糯米麻子。腊月二十九，洗好腊菜，蒸好蹄花，一切准备就绪后，到庙里杀鸡，祈祷来年养育旺盛。

大年三十最隆重的就是吃年夜饭。大年三十这一天，这顿午餐是一年中最丰盛的一餐，鸡、鸭、鹅、火腿、腊肉、香肠、扣肉、蹄花、花生、汤圆、大鱼一一上齐，家里酿的水酒、老酒、烧酒一一配齐，不能上蔬菜，煮饭要多，留点剩菜剩饭到下一年，叫年年有余。

鞭炮准备后，由奶奶举行仪式：先接司命回家过年，再从大门开始贴春联，插柏叶腊叶（代表四季常青，一家生机旺盛），敬神位、敬先祖、谢斋饭、点烟花、放鞭炮，等一家人全到齐了，开饭了，大家互相祝福：老人身体健康，长福长寿！大人工作顺利，恭喜发财！小孩茁壮成长，学业有成！团圆饭结束，母亲准备好茶叶、萝卜、姜，各种茶点，大家像做客一样一人一杯热茶。饭后，我们兄弟几个洗完澡，换新衣，穿新鞋、新袜子、新帽子，高高兴兴地等候父亲每人2角的压岁钱，父亲发压岁钱的同时，交代我们在大年初一开始要说吉利话，要好好学习！要尊敬长辈！要孝敬长辈！宵夜之后，放完鞭炮关好大门，无特殊情况不能出去，一家人坐在一起围着炉火听父亲讲故事，俗称"守岁"，守岁也叫除夕之夜。在农村有句俗语："三十夜庚火，十五夜灯火。"大年三十守岁的重要在于它总结一年的收成，诉说先辈的事迹，教育下一代励精图治，期待年胜一年！一般守岁要守到子时。

那些年，我们小孩子很难守到半夜，听着父亲的故事，不到10点钟时，老三和老四就先后在母亲怀里睡了。整个村子也静下来了，爸妈辛苦了一天也累了，大家商量明早争取早睡早起吧。过年（真正过年旧时一般为三天即三十至初二）就这样正式开始了。

大年初一，家家户户有"焚香"习俗。正月初一是新一年的开端。一家之主一般要在鸡鸣前起床（我家都由父亲起床准备），洗涮完毕后，先在祖宗厅堂的神像前烧上纸钱，点好香灯，点一挂长鞭炮朝大门作三个揖，然后开门，这叫"开财门"。一挂鞭炮从得利的方向点响，在大门前打个门卷放到厅堂里，这叫"接财神"（财神赵公元帅或赵公菩萨,善能除瘟剪疾,保康穰灾,主持公道,求神如意,保能发财)。而后,父亲和叔叔一起摆香案献酒、果品,放鞭炮。向各方向作揖,这叫"焚香",是过年最重要的仪式。

初一早晨作兴斋戒用素,如油豆腐、豆芽、木耳、香菇、南粉、胡萝卜、芹菜等。油豆腐谓之"金元宝",胡萝卜则代表红红火火、一年吉利。豆芽长得快,代表生活节节高。

焚香要赶早,整个庙背村从子夜一点起,鞭炮就响个不停,此起彼伏。父亲和叔叔也不甘落后,在三十晚上就一块商量好起床时间,凌晨四点左右,父亲就会把我们叫醒。待洗刷完毕,煮好饭,备好酒菜后就立即打开大门,叫开门大吉,然后敬各路神仙,敬菩萨,敬祖先,再放鞭炮。

那时,放鞭炮只有小鞭炮,大炮竹(顶肉)是一个一个单独放的,他们把鞭炮在厅下排满一地,兄弟二人在鞭炮点着时,两人一个个大炮竹依次放着,把整个厅下、走廊弄得满屋子烟雾,震得我们的耳朵都快聋了。焚香仪式结束后,我和大哥拿着手电在地上找,看是否有未响的鞭炮，弟弟也不甘落后，争相在地上寻找……村庄里的鞭炮也是争先恐后地放个不停，一直断断续续，持续到天亮！当天大家串门拜年时，大伙就会议论谁家是第一个放鞭炮敬神的！那些没争到新年第一香的，会暗暗发誓明年再来！不甘落后！

大门开了就不能关了，要一直等到这一天结束。初一吃斋，这天要吃先一年留下的剩饭、剩菜，炒菜只能是豆芽、豆腐、白菜、萝卜等素食，意味着从新年第一天起，要养成勤俭节约的好习惯。吃完素食斋饭就开始拜年，拜年是有讲究的："初一崽，初二郎，初三初四外甥郎，初五初六狗钻行"。

小时候，是父亲带着我们拜年，先拜自己同家族的长辈，再拜同村的亲戚，字辈大的人家，拜完自己的长者和亲属后就回家，通常还会问问拜年的情况，说哪家来了，哪户还没来。等字辈小的都上门拜完年，然后再动身逐户拜年。在庙背，我家的辈分比较大，要让全村的人都来我家拜完年，我们才可去拜年，为这个我们兄弟和侄儿们总是和父母闹意见！等我们拜完年，一般要拜到傍晚才结束，而且不能落下一户，没上门的还得回头补上，一天拜下来常走得我们腿脚都酸痛酸痛的了，但老祖宗留下的规矩谁也不敢破。

再后来，由大哥带领我们兄弟几个到村里拜年，父亲说这也是一种传统的传承。

大年初二，俗称"洗牙"。"洗牙"也得赶早，尤其是做生意的、求学的。洗牙代表着一年四季的收成，这可马虎不得，要开门先敬五路（东南西北中）财神（文财神比干丞相，武财神关羽），再敬先祖。要用母鸡敬财神，母鸡的两只爪子俗称拿钱手，一般早餐时不能吃掉，要在神前敬一天，待晚饭才能吃完。初二的早餐也跟大年三十那样丰盛，吃完这顿饭，就开始拜年。

"初二郎"，母亲是萍乡长栗县长平人（我们村隶属于吉安地区，相距遥远），那时交通又不便，去外婆、舅舅家拜年只能简单化了。一般几年去一次，或者通过书信拜年，或是到邮局打一个长途电话拜年。

每年初二拜年，我们大家庭做“倒的”，咱大家庭女娌金贵，爷爷的父亲那一代只有嫁到湖上山塔的凤仔姑姑，爷爷这代只有安福洋溪姑姑，我爸一代，有大伯女儿金莲姐姐、叔叔的玉华妹两个女儿，哥哥带着我们兄弟四人，去南村姐夫、下笼陂老姑姑家、五口奶奶家拜年。南村姐夫在派出所当所长，姐姐在南岭田东苗圃上班，经济相对宽裕，我们去了姐姐非常高兴，将我们几个兄弟看得很重，给我们每人发上一块钱的大红包。

初二中午一般在下笼陂老姑姑家吃中饭。凤仔老姑姑无儿子，膝下只有一个女儿，生活很苦，靠娘的三个弟弟接济着。为了招待我们几个侄儿，凤仔姑姑大年三十的鸡肉要留到初二中午，汤好咸，我们是吃不下，但她用匙子盛给我们一人一碗，离开时，还每人发二角钱的红包，剪一两百鞭炮给我们在回家的路上玩。

五口奶奶家兄弟多，姊妹也多。五口小村落有个不成文的习惯：拜一户就要吃一顿饭，不吃老舅公就不高兴，不准回去，有时下午要吃上五六餐，吃得走都走不动。别看五口只是一个小村庄，却还有一个赌博成风的习俗，父亲生怕我们学坏，在路上就千交代万嘱咐不要观看，更不能参与其中。村庄里的人个个好赌钱，“跌三攀”“勾豆子”，门前一群群人，里三层外三层地围在一起赌钱。老舅公们开玩笑叫我们也玩一把，碰碰运气。

每年初二，父母亲在庙背家里等待安福县洋溪镇赵玉章姑夫、湖上南村朱产平姐夫来拜年，他们前后两代刘家的姑爷“划”得来，有着共同的喜好。每年初二中午，一般都在田南吃饭喝酒，他们两个都喜欢“喝两杯，划两拳”，兴奋之时，猜拳的热闹声音整个田南小村子都能听得到。

就是在那时，我们晚辈也在姑夫、姐夫的影响下慢慢地爱上喝酒、猜拳的风俗。别人都说，我们十侄妹聚在一起，没有一两坛水酒是不会尽兴的。洋溪姑夫喝醉了还要拉二胡唱上几句，父亲的二胡也不赖，有时也来助阵，一家人嘻嘻哈哈好不热闹！村子里男女老少也过来看热闹，母亲和姊姊忙个不亦乐乎……

快乐的时光总是过得那样快。过年三天在大家喜气洋洋的欢笑声中结束了，但正月里拜年仍在继续。过年的节目还在进行，舞龙灯、撑花灯、猜灯谜、闹元宵的场景，一幕幕在记忆中时常浮现。

改革开放后，各家族的祠堂大多改造或新建，慢慢流行在祠堂集体拜年，一家一个代表，也可全家出动，带着鞭炮，带着香烟，带着"茶点"，等全族的家庭代表来齐了，万炮齐鸣，好不热闹！大家聚在一起，互相拜年祝福，共商发展大业。我家 1986 年搬入县城，住兴莲路已有三十多年了。刚开始，大伙也沿袭农村的风俗，左邻右舍还会串门拜年。后来，也是大年三十贴出告示，每年初一 9 点在老漆小店门口集中团拜。现在，没年纪的也懒得走了，流行手机微信拜年，这种年味似乎慢慢地淡了。

时光如梭，岁月如水，离开庙背田南老家已经三十多年了，但每年过年或谈到过年的那些事，让我难以忘怀的还是儿时老家过年的味道。

2022.9.14 中国作家网

莺啼燕语话新年

　　拜年，民间有很多种说法，但最有代表性的传说还是始于唐代。唐太宗李世民登基之后，励精图治，国势日盛。可有一件事让唐太宗放心不下，程咬金和尉迟恭两位大臣不和，可他们两人又都是李世民的左膀右臂，怎么办？唐太宗采纳了魏徵提出大年三十以后放假，初一大家必须相互拜年的建议。众臣领旨后纷纷称善。初一这天早晨，程咬金在家正琢磨着如何去尉迟恭家拜年，想不到尉迟恭早早就来程咬金家拜年了，两人也因此解开误会。从此，程、尉迟两家关系和好，满朝文武也亲热友好，互相谅解，唐太宗李世民高兴连称"拜年好"！"拜年"的风俗从此流传下来，成了中国延续了上千年的传统文化："中国符号"，并延续至今。

　　我们莲花人，拜年很讲究，在农村尤有特色。"初一崽，初二郎，初三初四外甥郎，初五初六狗钻行。"长辈对待晚辈拜年，认为有心拜年，二月都不迟，拜年拜到春草花。但初一、初二拜年规矩较多。农村有句俗话："客无乱请，年无乱拜！"直属亲戚拜年必须得上门，拜年论辈分，以前给长辈拜年还要下跪。女婿初二到岳父和丈母娘家拜年，进门后下跪，必须等岳父和丈母娘扶起才能起来。如果哪家"老了人"就会立"新台"，那拜年就更加要注意。儿孙吃完早饭，在神台上老人像前发三根香，烧纸钱，四跪四拜，儿孙在过年头三天不能上其他亲友家拜年，叔侄们也得先向死者祭拜完后才能向该家生者拜年，拜完年后必须吃完盘子酒后才算对该户拜完了年，与逝者夫妻有血缘关系的亲戚必须在初三下午三点之前拜完年,三点钟之后"倒台脚"(意味着逝者在人世间真正意义上的了结),这户人家须守孝三年,三年不得贴红春联,往往用绿纸写上"思亲一日难忘,守孝三年易满"等守孝联贴在大门口,以示对亲人的思念。

正月初一,那是农历新年的头天,在我们老家作兴一个"早",一般都要在鸡鸣前起床。做生意的为争个头香,往往起得更早。洗刷完毕后,先在神前烧上纸钱,点灯香灯,点一挂长鞭炮朝大门作三个揖,然后开门,这叫"开财门"。一挂鞭炮从得利方向点响、在大门前打个圈放到厅堂,这叫"接财神",而后摆香案献酒,贡果品,放鞭炮,跪拜天地,向各方向作揖,这叫"焚香",是过年最重要的仪式。早晨往往是吃斋用素,吃完早饭后拜年正式拉开帷幕,晚辈要向父母、祖辈请安拜年,女眷一般在家招待客人,先拜同家族,再拜左邻右舍,建了家祠的一般到宗祠里祭祖。

家搬到县城后,拜年似乎有些变化,流行"团拜",省去了劳顿,但兄弟亲戚之间的拜年还得继续。在县城里,一般在大年三十看完"春节联欢晚会"之后就"焚香",因文明创建,禁放鞭炮,仪式几乎都简化了,但相互拜年的礼节还是未减。一大早,我们兄弟几人也互相串门拜年,到本家族和左邻右舍拜完年之后,就聚集在我家玩,有打麻将的、打扑克的、下象棋的、打乒乓球的……每年的初一晚上,我们一大家族五六十号人都是约定俗成地在康达路家里吃年饭。吃年饭,也是赣西山城的一大特色,兄弟亲戚之间轮流坐庄,而且年年如此。大年三十,我们小家在兴莲路爸妈那吃,初一轮到我,初二早上的"洗牙"饭在大哥那,晚饭就看谁争先打招呼,谁争着就到谁家"闹",这是自结婚成家起每年的不成文的规矩。说是在我家吃,但兄弟姊妹齐上阵,老三小旭、老五小炎、老八的老婆慧兰、九妹玉华等在厨房帮青莲打打下手帮忙,侄儿们帮着摆碗筷,围坐两个大圆桌,不管坐不坐得下，一家人都不在意，图的是一份喜气，一份吉祥，一份热闹，一份团圆。男的能喝酒的一桌，女的和孩子们坐一桌。人齐了，一放鞭炮，一喊"吃饭喽"，看着亲友们站的站、坐的坐，小孩子们追追打打，老人们说说笑笑的样子，喝酒猜拳的热闹劲，看着亲手炒的一桌好菜被吃了个精光，看着亲手准备的水果糖玩杂被小孩们吃完，青莲和女儿开心地笑了，沉浸在浓浓的年味里，沉浸在美美的幸福之中……

在大家猜拳喝酒兴致正浓时，就有人宣布初二、初三、初四……的年饭，大家都争着安排，展示自己的厨艺，分享一年成功丰收的喜悦，轮不到的只好计划来年提前准备，一年又一年，重复着这相同的习俗，迎来的却是不一样的喜庆。

1991 年，我和青莲结婚以后，按照莲花的习俗："初二郎"，大年初二，女婿必须到岳父家拜年。二十七年来，从未间断，我一次也不少，直到 2017 年 9 月丈母娘离世，岳父搬来和我们一起住为止。

拜年的路，也是见证着时代变迁的路。1993—1995 年，莲花 319 国道全面改造升级，无法通行，连骑车走路都不方便，这可害苦了我这个塘边的"姑爷"。去南岭乡塘边村只能从琴亭的梅州转良坊的千潭再转南岭的千坊、树坑，再到塘边，一家三口，骑着自行车，自行车前面手架上挂满了送给丈母娘的年货，女儿熹熹坐在自行车的横杆架设的座位上，待我把自行车骑稳了，青莲再跳上自行车的后座上，一晃一摇地一路前行，遇到人多路窄陡坡时还不时停下来走路，我双手扶着自行车龙头往前走，青莲在后面推着，一步一步往前走。从县城到塘边，从早上吃完"洗牙饭"出发，到塘边差不多走了两个多小时才到，大姐和大姐夫早早地在那等候，我们一进门就叫拜年，岳父和丈母娘出来迎接。319 国道修好后就方便多了，经常是坐着升坊姐夫拉煤的东风卡车去，有时骑着自行车也不用半个小时就到了。

2001 年，家庭经济条件改善了，我买了一辆女式摩托给青莲，上下班方便，但因兴莲路人多路窄，我担心她骑摩托会摔跤受伤，青莲基本上没独自骑过。因我在乡下工作，一辆新的摩托车成了小旭弟弟的专利，直到后来车坏了。我们只是过年过节去塘边偶尔用用而已，对此，青莲没丁点儿的怨言。

2013 年春节刚过。我买了一辆不到 10 万元的别克凯越，估计是我们朋友圈里最不起眼的一辆。许多亲朋好友说我落伍、思想保守，建议我立马换掉。青莲却不在意，认为车子只是代步工具而已。出县有高铁、飞机，在莲花有辆车串亲访友够了。她还挺好学，考到了 C1 驾驶证，可我总放心不下她独自开车！青莲也因我的担心放弃了开车的念头，去亲戚家里拜年只有我或女儿亲自驾驶，有了我这样的老公，老婆一辈子只有坐车的命。

到丈母娘家拜年后，初三开始，每年都是爸爸带队去五口老舅公家、上栗长平舅舅家、湘东青山的姨夫家拜年。记得小时候，我们兄弟几个最喜欢去洋溪的赵玉章姑夫家拜年，姑夫家过去是当地做中药生意的大地主、大商人，在安福、吉安、南昌、长沙都有商号，听姑夫家讲，他父亲娶了大小老婆四个，过年时发守岁钱用笋箕从楼上倒花边银洋下来，任由四个老婆抢，谁捡到了就归谁，同治皇帝还为他家的药号颁发过牌匾。后因战乱，家道败落。但大财主家养成的儿子说拿弹唱样样在行，尤其在吃喝方面仍保留大户人家的习惯，去姑父家拜年，拜年后第一道程序是吃盘子酒，七八个小菜摆满了八字方桌，第二道程序是每人一份鸡蛋面条，第三道程序是每人一杯清茶。那个缺吃少穿的年代，只要说起去洋溪姑姑家，大家就有争着去的冲动，别说是过年去拜年，就是平时去走亲戚也特别来劲。

青莲跟着我到处走亲戚拜年，我家所有的亲戚都对她非常认可，到了县城都喜欢来我家做客。为招待好来拜年的亲人，我们年前虽不像二十世纪六七十年代那样准备年货，但必备喝酒的腊肉、干牛肉、腰舌、猪耳朵等硬菜以及各种糖果，她总是要列出清单一一配齐，生怕遗漏哪个品种。青莲练得一手好厨艺，来一二十个人，一两桌轻松拿下，尤其是吉安姑父和产平姐夫，他们几个最爱喝我家的家烧酒（莲花茅台），最爱吃青莲炒的莲花血鸭。

拜年，一家人最爱的要算我家的女儿熹熹。每逢春节，女儿总是帮她妈忙这忙那，准备各式水果、奶糖和茶点，说要招待爷爷奶奶和客人，因为每年的年夜饭结束后，我老婆总会用大盘子把家里应有的水果茶点端给父母品尝。每逢春节，熹熹看见有亲戚或邻居来拜年，总是扯着爸妈的衣袖，老问着什么时候动身去拜年！因为有好吃的，有红包……别人家是重男轻女，而我们家偏爱女孩。我们十姊妹大多数都是生男孩，只有姐夫家的珊珊和我家的熹熹是女孩子（熹熹二三岁时，只有珊珊和熹熹两个女孩，后来因为喜欢女孩，二嫂有了小不点，三嫂有了凯欣，五弟嫂生了莉仔，九妹生了莹娟、莹欣），熹熹自然是掌上明珠。每到过年，熹熹收获满满：红包、衣服、爱吃的糖果……还有大妈、二妈、大姑等亲人满满的爱。熹熹最喜欢去塘边吃外公做的醋肉、三奶奶家的水麦梨、壮仔家的蜜柚、水库上大妈张冬梅的兰花根、三妈的麦芽糖、六妈从厦门带回的葱油饼、吉安姨妈家的板鸭、升坊姨妈炒的血鸭，最爱穿二妈贺火媛买的那件又厚又暖的红棉袄，最喜欢和她的凯彬、文俊两个哥哥玩，以至于小时候连头发都理成两个哥哥的样式，分不清谁是女孩，最喜欢我厦门侄儿刘昊然的顽皮，她们姐弟俩似乎有说不完的话……

经历了岁岁年年，我对生命有了更深的感悟。喜欢宋代真山民的《新年》："妆点春光到眼边，冻消残雪暖生烟。杏桃催换新颜色，唯有寒梅花一年。"是啊，春来冬去，岁月无止境，生命无尽头。拜年，是一种习俗，更是生命和文化的传承。尽管随着社会的发展，拜年的形式和内容越来越简单化，甚至功利化，但是它依然成为寻常百姓家日常生活中的一部分，也是亲戚朋友感情联络的一种载体。这种风俗一路上温暖着我的心房，但愿拜年能陪伴着我们慢慢变老，一年又一年……

中秋节来话中秋

"海上升明月，天涯共此时。情人怨遥夜，竟夕起相思。"转眼间，还未来得及准备，中秋节又悄然而至。

中秋节，旧时又称祭月节、仲秋节、拜月节、月娘节、月亮节、团圆节等，与春节、清明节、端午节并称为中国四大传统节日。《旧唐书·太宗本记》中记载：中秋节成为官方认定全国性节日，中秋赏月风俗在长安一带盛行，许多诗人的名篇都有咏月的诗句，并将中秋与嫦娥奔月、吴刚伐桂、玉兔捣药、杨贵妃变月神、唐明皇游月宫等神话融合起来，充满浪漫色彩。北宋时期正式定农历八月十五为中秋节。明清时，中秋已成民间最主要节日之一。2006 年 5 月 20 日，国务院将中秋节列入首批国家级非物质文化遗产名录。2008 年起，中秋节被列为国家法定节假日，让几千年的传统节日，有了节日的仪式感。

我们莲花，这个赣湘边小山城，庐陵文化厚重，尤其是在农村，一年"三节"（端午、中秋、春节）特别隆重，嫁出去的女儿，在这"三节"必须对父母尽孝道，一直到老，俗称"娘送女一年，女送娘亲万万年"！年轻人谈婚论嫁时，倘若在"三节"前女方接受了男方的节日礼物，说明女方家认可这段婚姻，那男方家就可以光明正大地张罗结婚相关事宜了。

过去，国家未设定法定假日之前，莲花还有"上西过十五，垅西过十六"一说，垅西人说，十五的月亮十六圆，包括元宵节也是一样。那时，我们在乡镇工作，在节日值班安排上，也是上西十五过节，垅西人值班，十六垅西人过节，上西干部返乡上班。我时常开玩笑似的说："全国人民都过十五，偏偏你垅西又过十六。"没办法，工作还得入乡随俗，尊重传统习俗吧，不然会弄出矛盾来。现在好了，不管是过十五还是十六，国家设立了法定假日，就没有自选的尴尬。

"独在异乡为异客，每逢佳节倍思亲。"中秋月圆乃团圆之节、丰收之节、喜庆之节，一家人欢聚一堂，团团圆圆，大人对酒当歌或品茶尝饼，仰望星空；小孩门前烧塔或手拿着长长竹竿，摇着小橘灯四处张扬，月夜之美餐，岂不是浪漫满屋，其乐融融！可庚子年疫情未了，难免亲人只能天各一方，通过微信或视频表达思念之情。

随着年龄的增长，节日的仪式感渐行渐远，但儿时中秋那幸福快乐的味道已成深深的烙印在心底扎根，已成难以磨灭的甜蜜记忆……

对于二十世纪六十年代末出生的我，在那个物资稀缺的年代，儿时最盼小货郎"叮当叮多，挣钱讨老婆"，挑着麦芽糖来到村里，我们拿着挤完的牙膏壳、山上采摘的金银花去换糖吃。半年难得碰上一次，即使碰上了，如果没有可兑换的东西，只能干看着别的小孩换糖吃，自己嘴里流着口水……只有到了中秋，爸妈才舍得买几个芝麻月饼分给我们兄弟几个。但一人只有一个，我们舍不得吃，在月饼中央穿个小洞，用麻绳穿起来挂在脖子上。两只小手端着，想吃的时候就用鼻子闻闻或用手捏几粒松动的芝麻解解馋，生怕吃了会遭爸妈"好吃鬼！好吃鬼"的一顿臭骂，更糟糕的是担心不让参加敬拜月神的庄严仪式。

真正吃月饼，是该到晚上八九点钟时，月亮清晰地挂在天空，爸妈、奶奶告诉我们用脸盆装满井水，放在桌子上，月亮照进脸盆，再放上自家的柚子，用盘子装上三五块月饼，倒上几杯热茶，插上香烛，点燃一小挂鞭炮算上中秋敬拜月神最隆重的仪式，大家看看天上，看看水中月，围在桌子旁或围坐在烧红的瓦塔旁，听爸妈、奶奶讲述月亮公主的故事，透过月饼的小孔对着月亮，可看见襟飘带舞的嫦娥姐姐在月亮上飞舞，大家才小心翼翼地一小口一小口品尝着、吃着芝麻月饼，静静地享受着这山村的中秋月圆之夜……

除了吃，中秋最好玩的莫过于烧瓦塔。为了中秋之夜烧塔，得提前半月到处用竹篮去捡瓦片、捡干柴和糯米壳。那时家家户户都要筑塔、烧塔。瓦片自然显得珍贵，有一瓦难求之焦急心情，有时为了一块小瓦片，两个小朋友会争得面红耳赤，甚至大打出手、哭鼻子、闹矛盾。现在想起来，是多么的回味无穷！

瓦片捡好了，我们兄弟几个便选择门前一个比较平整的地方，用五六个砖作地基，留三个孔放柴烧火，然后在砖的四周一块瓦片挨着一块瓦片往上砌，瓦片多时垒成一米多高的瓦塔，瓦片少时，仅三四十厘米。筑好塔，准备好柴火之后，我们会在邻居家转悠，发现哪家比我们的高，我们哥几个会立即回家准备材料，设法再加高些，一定要争个第一。

烧塔可有讲究，一是放柴要格外小心，二是烧塔时间要长，三是边烧可边撒些糯米壳，四是烧红后要祭拜瓦塔。待瓦塔烧红后，时间已至夜晚十点，月亮正悬挂在空中，倒映在池盆中的月亮也清晰可见。拜塔时，一家人围在一起，放着一挂并不很长的鞭炮，大家手持月饼，高举头顶，由长者领拜：一拜禾丰收，二拜猪牛壮，三拜日子好，四拜学业长，五拜生意旺，六拜身体棒，七拜长辈寿，八拜兄弟和，九拜邻居合，十拜家团圆。拜完瓦塔祭月之后，中秋的节庆活动也告一段落，期待来年更好。

而今，水泥替代了黄泥巴，青砖替代了青瓦，中秋节家家户户建瓦塔已成了历史，在离开老家的30多年中，我再也没有参加过儿时那样烧瓦塔祭月神的活动，偶尔在莲花荷博园的"莲花人家"、庙背广场看见过现代的中秋瓦塔，毕竟现在人富裕了，都是请专业泥瓦匠用水泥、青砖、青瓦筑成，有的地方买不到青瓦，干脆全部用青砖筑成，高至二三米，有的甚至有四米之高，由于是用整片的青瓦或整块青砖，青瓦或青砖的缝隙也比较宽大，虽未现场感受烧瓦塔的感觉，但通过朋友圈图片、视频或抖音发的视频：中秋之夜的现代瓦塔火光四溅，火星飘舞，烧塔的小伙在烧红的瓦塔上，时不时浇上一两瓢水，使瓦塔的火焰冒得更亮更大更高，预示着来年的工作、生意、生活红红火火。焰火照亮了围观的村民，村里的男女老少围在高大的中秋瓦塔四周，载歌载舞，锣鼓喧天。一轮明月如一大玉盘悬挂在空中，鞭炮、烟花响彻云霄，把整个山村装点得如痴如醉，宛如彝族、白族等少数民族的火把节那样热闹、壮观，那样的

激情澎湃，洋溢着丰收的灿烂的幸福的笑容。

"床前明月光，疑是地上霜，举头望明月，低头思故乡。"中秋之夜，在离开老家的小县城，我抱着我不到两岁的小孙女，站在楼顶上吃饼赏月，诵读着唐代诗人李白的诗句，也是儿童学习唐诗的推荐诗篇之一。不知她懂不懂，但我还是这样不停地一句一句吟诵给她，她也不停地念叨着……重复着爷爷奶奶、爸爸妈妈昨天教我们时的故事，不过，少了乡下那火热的中秋瓦塔。

2022.9.10 中国作家网

那是与生俱来的缘份吗

　　人的一生，会有许多的偶然，会有许多的不经意间发生的人和事，有些人，有些事，也许真的是你与生俱来的那种缘。在我的工作历程中，的确偶遇过许多那样的人、那样的事……

　　"路遥知马力，日久见人心。"22 年前认识的一位广东潮州老板温至平先生，在莲花办食品厂、煤矿失败后回到深圳再创业，而今已是登喜路集团公司的老总。只要我去深圳，温总像亲人一样招待我和我的朋友，而且一直有一个念想：投资莲花；2015 年在南京人口培训中心认识的曹江（中国光彩养老事业促进中心主任）老师，竟也在 2020 年 9 月 24 日打电话给我，要捐赠价值 100 万的"微波自速封止血分离器"医疗设备给我县，也是我们平时联系不断、问候不断的缘故。虽然他知道我离开卫健委一年多，但只要是扶贫的项目，就会想到我。我第一时间把相关信息转给县卫健委和分管的副县长，由他们去对接好，把对口帮扶的好事做好……

　　在这么多的偶遇促成的事情中，其中最令人难以忘怀的还是深圳宝安对口支援莲花的事。

　　2015 年，第一批 13 名中青年后备干部赴深圳宝安卫计局所辖医院挂职锻炼；2016 年，第二批 13 名乡镇卫生院长到深圳宝安卫计局所辖医院跟班学习；2016 年 8 月，深圳宝安松岗人民医院捐赠 20 万元中医馆设备给坊楼卫生院；2016 年，深圳宝安慢病医院捐赠 32 张价值 10 万余元医疗救护床给 13 所乡镇卫生院和县人民医院作为健康扶贫病床；2017 年，第三批 13 个乡镇卫计办主任 13 人赴宝安街道卫计办学习；2019 年，第四批中医技术专修班 6 人赴宝安中医院学习小针刀技术……

路口卫生院、坊楼卫生院、县人民医院分别与石岩人民医院、宝安区人民医院、松岗人民医院对接多批次、多人次双方交流互动，送教送技上门，互派干部培训学习，助力莲花老区卫生健康事业发展。

深圳宝安福永街道办事处与坊楼镇人民政府，南岭乡人民政府与深圳宝安石岩街道办事处结成友好乡镇。

一批批莲花卫计系统的干部赴深圳特区学习，而且宝安那边包吃包住，有的还会发生活补贴，有的一学就半年以上；一批批医疗设备、器材用大货车从特区运到莲花……许多单位、很多干部很羡慕那些去特区学习的医技人员！对特区对老区的那种无私的支助既很感动，也挺好奇！

宝安是深圳特区，莲花是革命老区，特区、老区心连心，对口扶贫支援。是什么原因能让特区深圳宝安卫健局对莲花卫健委如此重视和关心支持？

这还得从 2014 年 7 月那次普通的不经意间的接待说起。

那年夏天，我接到原永新师范校友贺泉龙的电话（当时贺泉龙在深圳宝安区担任团委书记一职）："师兄！我们宝安区卫计局长刘红瑛一行在井冈山休年薪假，我们关系还可以，到了咱江西，拜托师兄对接一下，接她下山来莲花走一趟看看！谢谢！"贺泉龙师弟是莲花人，虽比我低那么几届，但人家这么信任我，我理应责无旁贷。于是我二话没说，即刻动身前往井冈山接客！

一路上，我像导游般把莲花"红色、古色、绿色"资源向刘红瑛局长作了详细的介绍。在"莲花人家"设宴款待。安排在荷博园景区附近的莲花御景园酒店入住。

第二天清晨，天刚蒙蒙亮，我驾车在酒店门口等候，利用早晨时间绕荷博园游览一圈。上午参观路口古民居、花塘官厅、一支枪纪念馆等红色景点。一直陪到她们一家人离开莲花为止！莲花及莲花人给她留下了深刻的印象，尤其是她在美国留学的女儿，对莲花荷博园赞叹不已，一个劲儿拍照，似乎要把美丽莲花带走不可。

回到深圳后，刘局长对贺泉龙书记说："莲花人真的好客！热情！纯朴！善良！"赞美莲花荷园之大，荷花之美！朱氏三进士之神奇！明清古民居保存之完好！并诚恳邀请我们到深圳做客！我只是受校友之托，周到细致安排了一下，全程作陪而已，想不到会产生如此好的影响，居然让她萌生对口支援老区之愿望！可谓是"无心插柳柳成荫""得来全不费功夫"！好极了！

我把宝安区卫计局长来莲花考察以及宝安对我们的邀请，向分管的副县长袁东鸿汇报。刚好那一年，我县是计划生育警示县，在流动人口管理上也存在问题：莲花籍在外务工人员疏于管理。仅宝安就有近5000人。为促进两地间区域流动人口管理，在袁东鸿副县长的带领下，我和郭小奇等3人到宝安卫计局进行回访。在深圳，刘红瑛局长携副局长杨北兵、陈子斌、田庄等人热情接待了我们。刘红瑛主任从自己家里拿出保存了多年的茅台酒在宝安一家"莲花血鸭馆"招待我们，江西籍在宝安的辛思忠、陈漫江也是全程陪同，并带我们去参观福永街道、宝安计生服务站、图书馆等地，双方召开座谈会，签署了宝安莲花流动人口区域协作协议。

2015年，刘红瑛被提拔为宝安区人大常委会副主任，杨北兵被提拔为宝安区卫计局局长。杨局长接过刘红瑛局长的接力棒，于2015年7月，带领陈子斌、田庄、幸思忠等班子成员和区街道卫计主任一行20余人来莲花进行"重走长征路，再创新业绩"红色主题教育，并走访慰问在宝安工作的莲花籍务工人员，将双方流动人口区域协作进一步升华，此举惊动了江西省卫计委流动人口管理处，流管处派了温铁军副处长专程从南昌赶来莲花参加宝安、莲花两地流动人口区域协作座谈会。座谈会在赣星三楼举行，县政府非常重视，袁东鸿副县长亲自主持，13个乡镇卫计办主任，13个乡镇卫生院长，县直医疗机构负责人，卫计委班子及相关科室参加座谈。

座谈会上，温铁军、袁东鸿同志对宝安卫计局对江西籍在宝安务工人员的关心、帮助，对杨北兵同志亲自率团促进区域协作予以高度肯定。杨北兵同志对莲花的精心安排表示感谢！他对温铁军副处长说："宝安的扶贫任务比较大，全国每个省对接帮扶1个县，我们在广东是对接韶关，这是规定动作。莲花是我们的自选动作，对莲花的帮助，我们是全方位、全过程的。只要宝安能做到，我们将尽自己所能！"座谈会上，13个乡镇卫计办与宝安街道卫计办也有效对接，签署了双方交流的协议书。

这一天，在"莲花人家"用晚餐，莲芯茶、莲花"茅台"（本地糯米烧）、上西的盐鸭、垅西的血鸭齐上阵，荷花粉蒸肉、百合炒肉等莲花地方特色土菜，让特区人尝了个遍。杨局长非常高兴，对莲花血鸭的味道赞不绝口。他说："在深圳也尝过莲花血鸭，但今天在莲花才算是品尝到了真正的原汁原味的地道的莲花血鸭，果然名不虚传！想不到在吃法也挺有讲究，要用勺子舀着吃！要有血鸭拌饭更有味道！"尤其是对莲花的"一朵花、一支枪、一道菜、一位老阿姨"四张名片的故事感兴趣。对我周到细致的安排，十分满意。对我以兄弟相称，相互拥抱，共同见证抒写宝安—莲花对口支援的新篇章，拓展合作新领域。就是在这次考察交谈过程中，我斗胆试探性地问杨局长："能否从单纯的计划生育流动人口管理扩大到卫生专业人才的培训、医疗技术的学习、设备的捐赠等方面。"没想到，杨局长竟然爽快地答应了，真可谓"身无彩凤双飞翼，心有灵犀一点通"，他连声说："好！好！好！特区支援老区就是践行初心使命，彰显特区担当！这叫不忘本！特区的繁荣也离不开老区人民的支持！"在场的我们听后无比振奋，现场响起热烈的掌声。我是兴奋极了！

趁热打铁，为兑现承诺，为提升莲花卫计系统干部综合素质，杨局长离开莲花不到两个月,我就安排分管人事的郭铁翔同志带第一批13名乡镇卫生院中青年后备干部去宝安卫计局所辖医院挂职锻炼;2016年,我亲自带第二批乡镇卫生院长去宝安挂职学习,并以县政府的名义授予深圳宝安卫计委"情系老区,爱心援助"的锦旗,以表莲花老区人民的感恩情怀。杨局长愉快地接受锦旗并与我们合影留念,省卫计委流管处驻广东办事处陈敏站长也见证这一难忘的时刻。

在宝安,我们参观学习并感受了特区社区医院中医馆建设的成就,让我看到中医发展前景!学成归来,我也要求乡镇向宝安学习,借鉴他们的成功经验推广中医,着手建设中医馆。2016年,坊楼、良坊、神泉等三家基层卫生院中医馆开馆运营,填补了我县空白。2017年乡镇中医馆建设全面启动,2018年莲花乡镇中医馆建设全面完成,按江西省卫健系统中医馆2020年达到70%的建设目标,莲花整整提前三年完成。2015年我县被省卫计委评为流动人口管理先进县。

一批批干部去宝安学习、培训、考察,干部的业务技能和综合素质得到全面提升。学成归来的医护干部体会颇深,受益匪浅,都说开阔了视野、提高了技能、提升了境界!坊楼卫计办主任贺小莲说,做梦也没想到这一生还能在特区上班学习两个月!老院长王松丙在深圳学习期间,几乎每天一篇学习笔记。第一期后备干部挂职学习三个月后,大部分被提拔重用为副院长,朱小武、邓华清、陈春艳、刘春、陈鹏被提拔为卫生院院长;李春山的良坊中医馆成为一大特色。

2018年开始,由于脱贫攻坚的原因,暂停了对外学习的安排。但宝安永远是莲花卫健系统干部学习进步成长的摇篮。莲花也是宝安卫健系统干部接受"不忘初心、牢记使命"主题教育的基地,老区特区心连心……

2018年7月18日,深圳宝安福永街道办事吴庆钊一行18人,在甘祖昌干部学院学习参观,在江山村走访在宝安务工的刘云岩、刘金恩、冯惠芬、甘林兰等独女户、纯女户、贫困户等家庭,送来特区对老区人民的关怀。

2019 年 5 月，南方医科大学郭啸华博士又被莲花县人民政府聘请为县人民医院名誉院长！同年 6 月 27—28 日，郭啸华博士率领 28 名赣籍医疗专家组成的团队来莲花人民医院义诊。县委书记张运来、县长曾国祥亲自到医院看望来莲义诊的粤赣专家一行。

《涅槃经》曰："种豆得豆，种瓜得瓜。"宝安对口支援莲花的那些事，我深有感触：工作这么多年，我始终觉得一个人做人做事，要带着感情去做！要真心、真情、真诚待人，要把工作当作事业去做！要真心、真情、真勤做事，而非与生俱来的缘分，而非命中注定的。

其实人和人之间都是相互的。

无论是亲情、友情、爱情，不要试图追求什么收获，关键是你怎么栽，怎么做，这是亘古不变的道理。当你对他人表现出友好的态度时，他们也会以同样的态度回报你，自然会达到"随风潜入夜，润物细无声"之效。

我与宝安的那些事，对我来说，其实就是平常一次最普通的接待，但由于我的热情、真诚竟然会感动特区的朋友，竟然会上升到流动人口区域协作，又从流动人口区域协作拓展到整个卫生领域交流合作，再到点对点、特区对老区的对口支援，说来还真是一段佳话，也算一个奇迹！

也说说我的"小确幸"

作为一名工作多年的基层公职人员，而印象最深的"小确幸"，要数 2015 年开启的解决老百姓看病难的"村级标准化卫生室"这利民惠民的民生工程了。

"老百姓走出家门，走 15 分钟即可到医疗室看病"即"15 分钟医疗圈"，这是国家卫计委提出 2012 年至 2018 年的奋斗目标，也是我作为县卫计委主任的职责与使命！

实现这一目标，在贫困县的确有点困难。莲花卫生系统利用国家发改委的村卫生室建设资金（每所 1 万—5 万元），已运行建设多年，但由于没有统一的规划设计、资金有限，地方配套设施也跟不上，虽然大部分村都建了，但大多是不达标，百村百样，有的图村医出行方便，就干脆建在村医家旁边，有的和村两委混合搭建。

为解决这一难题，我们确实想了不少办法，后来借助赣商爱心基金会，在新一届县委、县政府的大力支持才顺利得以完成。

2015 年 11 月，省卫计委、省政协、省赣商联合会三家联合发文《关于申报村级卫生室的建设的通知》到各县区，文件指出建设标准化卫生室所需资金由江西省赣商联合会每所出资 5 万元，地方政府配套 5 万元，要求地方政府盖章做出书面承诺申报方可有效。

接到通知后，我考虑到全县健康扶贫摘帽的需要，不管文件是否真的会落地，抱着试一试的态度，先申报再说。于是立即向县政府汇报，时任县长张运来非常支持并按要求由县政府做出配套承诺。我拿着政府的承诺书赶到市卫计委彭万秋主任办公室,向领导汇报我县政府对申报该项目的态度,争取该项目落户莲花。我说:"莲花是国定贫困县,三年后面临脱贫摘帽,如果该项目能落户莲花,将解决一村一卫生室的问题,将助力莲花健康扶贫!"彭主任说他的祖籍是莲花湖上乡人,带着对家乡和贫困县的深厚感情,彭主任爽快地答应了,一次性100个行政村、500万元村级卫生室建设项目资金给我们莲花——全市唯一的国家级贫困县。后来,我才知道原来萍乡其他几个县区不愿要,因为之前的中央资金是每个村5万元,要求地方配套,但地方基本上没解决,我们莲花也是一样,做了多年,没有建成一个像样的卫生室,要么与村委会合建一层2—3间房,要么只建50—80平方米的一层砖混房,所以大多数县区卫计部门干脆放弃不要。谁知,市里2017年推行村级卫生室标准化(八室一间),至少要100—150平方米,要求各县区自筹资金解决,市里配套1万元,各县区都后悔未赶上赣商爱心基金会这么好的项目,对咱莲花是羡慕死了。

2016年4月份,我和童道雄副县长参加了在南昌县举办的全省赣商爱心基金会村级卫生室建设项目启动仪式。省卫计委主任李利主持,副省长谢菇、赣商联合总会会长郑跃文先生分别做了重要讲话。郑跃文先生是福建罗源县人,无党派人士,金融学博士,全国工商联副主席,政协第十三届全国委员会经济委员会委员,科瑞集团有限公司董事局主席。郑跃文先生打算用三年时间,每年捐资5000万元,完成江西所有贫困县的村级卫生室建设,体现江西赣商的社会扶贫责任。

在解决县政府配套资金方面,向政府写请示报告。政府常务会在讨论时,因莲花财政困难没有兑现承诺。我在政府常务会上向张运来县长汇报:"张县长,当初为争取项目时,县政府盖了大印承诺了配套的,省里才给我们安排了项目。我知道县里财政的状况,但为了兑现好承诺,实施好项目,请允许卫计委或乡镇卫生院去贷款解决配套问题行吗？"张县长被我有这么大的决心和勇气、强烈的责任心、事业心感动了！他说："既然你有这么大的决心，财政再困难也要克服，按当初的承诺给你！"听了县长的表态，我连声说："谢谢领导！谢谢领导对卫计事业的支持！"

为了建设好赣商爱心基金会这个健康扶贫项目，用好这些外地人的捐款，用好特困县珍贵的配套资金，弘扬郑跃文先生博爱奉献的精神，我们常常鞭策鼓励自己：人家郑跃文先生，一个福建人对老区这么无私帮助，我们作为受捐方没有理由不去重视、不去做好！我选派了责任心、事业心强，又有农村工作经验的副主任朱燕明专抓项目建设，并成立了项目办专门督导项目规划、设计、选址、施工等工作。严格按照省卫计委提供的建设标准要求，坚持产权公有和独立兴建，不搭建、不合建、不改建，注重与精准扶贫相结合，与提升卫生计生服务能力相结合，严把"选址、监督、责任、考核"四个关口，抓牢"四个统一"（即统一建设规模、统一建设风格、统一结构布局、统一外观标识）。项目统一由乡（镇）人民政府、乡镇卫生院、村委会组织招标实施，地址要充分争取村医的意见，产权归乡镇卫生院。为保进度和质量，我差不多每天都和朱燕明同志以及项目办的同志下乡督导检查，楼层的高度多少合适，地面是水磨石还是瓷砖，房屋朝向问题、选址的问题，等等。这一年，几乎走遍了每一个村落，问遍了每一个村医，要求项目办每周一督查，每周一通报，每半月一排名，遇到困难及时化解，有力推进了项目的实施。2016年，全县脱贫攻坚已进入高潮，光伏扶贫作为重要产业项目在各村推进，县里领导都包了村，为了实施光伏发电项目，许多县领导打电话给我，要求在新建的卫生室屋面做光伏发电项目，为确保村卫生室建设达标，我都坚决并婉言谢绝了，有的领导至今还有点生我的气，好像说我不给他们的面子。我说："这是人家郑先生私人捐助的扶贫项目，要立碑的，要接受赣商联合会的验收，不合格就不会拨款。"

2016 年 7 月 12 日，赣商联合总会常务副会长魏福高、秘书长严长生、办公室主任刘强一行 5 人到莲花督导村级卫生室建设情况，他们随机抽查到神泉的竹湖、五洲，琴亭的望山、寨里，良坊的白渡、白沙，路口的下垅、湖汤，坊楼的沿背等村，现场查看地梁、钢筋、水泥、砖块，看到莲花项目推进的力度、项目的质量、项目的选址、项目的进度，非常满意！魏福高先生和刘强主任现场表态：追加了 60 万元资金给莲花县并免费捐赠了 6 台价值 30 万元的健康一体机医疗设备。

2017 年 3 月，赣商联合总会负责人邓必云（原商务厅副厅长）到莲花检查，副市长黄强、县长张运来、副县长童道雄全程陪同视察，邓先生对莲花县抓赣商村级卫生室建设取得的成效予以高度肯定。

赣商爱心基金村级卫生计生服务室建成后，成了莲花乡村一道亮丽的风景线，省扶贫办的同志来莲花检查脱贫攻坚时说："莲花县赣商卫计服务室是一个最好的亮点！"莲花村级卫生室建设的做法陆续被《萍乡日报》《健康江西》以及《中国人口报》等媒体报道。

2017 年，随着健康扶贫工程的推进，全市要全面实施乡村医疗机构标准化达标建设，县财政给每个乡镇卫生院 50 万元，每个村卫计室 9 万元，市财政配套 1 万元，有了 2016 年赣商项目的基础，莲花县乡村医疗机构标准化建设顺利全面完成。全市大变样项目由三板乡、高州乡、良坊镇等乡镇把卫生院标准化达标推出来现场观摩……

经过一年半的努力，莲花实现了村村有卫生室的目标，提前一年实现国家卫计委提出的"十五分钟医疗圈"的建设目标。

"宝剑锋从磨砺出，梅花香自苦寒来。"一分辛劳，一分收获，一分喜悦，看到全县 13 个乡镇卫生院和 144 个村卫生室的标准化的达标，看见 144 个村级"健康小屋"给老百姓带来的便利，每个老百姓能在家门口享受现代医疗所带来的生活品质提升！百姓的获得感、幸福感得以充分实现！我心里那种"小确幸"犹如一股暖流温暖着我……

一次难忘的候机之旅

选择飞机就是为了选择高效便捷的航空服务，可飞机延误又是最揪心难熬的，回想那年在长沙黄花机场延误8个多小时的情景，也让我看到了一个亮丽光鲜行业背后的艰辛和不易。延误8个多小时的漫长的不眠之夜，可谓是"迟迟钟鼓初长夜，耿耿星河欲曙天"。

2019年7月30日，接到省老区促进会组织赴沈阳参加慢性病治疗培训班的通知，要求县分管领导和县卫健委主任参加，因分管副县长另有任务，交代由我带队，和医疗系统春山、春燕、小武三位院长参训。

接到通知后，我们正常履行请假手续，交代办公室杨主任在网上先预订8月1日长沙至沈阳的机票，由于临时订票，价格均没有太多的折扣优惠，都在1300元以上。只有晚上9点的航班，票价为877元，我们心想虽然到沈阳已是子夜1点，但能节约一点是一点，辛苦点也没关系。

一般航空公司要求游客提前2个小时到机场办理行李安检拖运。记得2017年去重庆出差也因故耽误了20分钟，虽离登机时间还有一个半小时，因未及时办结手续被拒绝登机而被迫改签，无故多花费几百元。真可谓"一朝被蛇咬，十年怕井绳"，为了准点，我们约定8月1日下午2点左右出发，赶到萍乡是下午4点，在小餐饮店买了4份快餐就匆匆赶路，赶到萍乡北站，在候车厅的椅子上，4个人把快餐给解决了，免得上车不方便，也算是完成了晚餐，吃完快餐后，便坐晚上5点33分去长沙南站的高铁，到长沙南站是晚上6点10分，出站后登上磁悬浮高铁往黄花机场赶,结果提前半小时赶到。

安检完毕后,朝 39 号登机口走,静静等候登机起飞赴沈阳。谁知,时间到晚上 9 点时,广播传来的消息:因天气原因,飞机延误,预计在夜里 12 点起飞。延误 3 个小时,这是我坐飞机以来延误最长的一次,只好耐心等候。39 号登机口的候机大厅已坐满了旅客。还好,我有每天日行一万步的习惯。我安排好他们三人后,便若无其事地背着双肩旅行包在机场的书店、商场来回走动,一会儿翻一翻,看一看钱锺书的《围城》、余华的《没有一种生活是可惜的》等书籍;一会儿看看机场特色专卖店里的衣服、皮包什么的。机场的东西真贵,贵得有点离谱,都是在广东生产加工的国内外品牌的服装、鞋子等,一件桑蚕丝的短袖 T 恤衫要 3980 元,一件短袖衬衣要 1980 元,一条夏季休闲西裤要 4000 元,一双运动鞋也要 3980 元,而且只有 9.5 折,少一分不卖。我想,这些奢侈品只能是大老板来买,我们平民百姓只有饱饱眼福罢了。逛来逛去,3 个小时就这样熬过去了,旅客们在登机口排起了一条长长的队伍,等待着检票登机。瑞丽航空客机也在午夜过 5 分准时到达。一部分旅客扶着候机厅的玻璃窗看着从飞机上匆匆走下的旅客,心想:"等旅客全部下来,该轮到咱们登机。"可谁又预料到,广播又突然传来消息:由于天气的原因,去沈阳的客机何时起飞待定,快的话预计凌晨 4 点出发,敬请在休息厅等候。

这时,旅客们情绪激动起来,有的情绪失控,用拳头拍打着 39 号窗口的柜台桌子使其咚咚作响,用手指着工作人员臭骂一通;有的要求延误赔偿;有的要求安排住宿;有的要求提供用餐;有的要求退票;一下子把 39 号登机口服务台围得水泄不通,各种声音交织在一起,此起彼伏,一浪高过一浪。面对这种乱象,在服务窗口的机场工作人员邹帆和另外两位女同志耐心跟旅客做解释工作,态度十分诚恳!任凭旅客怎么拍打、吵闹、谩骂……甚至有唾沫飞到脸上,手指头指到鼻梁。邹帆是一个年轻的帅小伙,看起来年龄还不到 30 岁,只见他和声细语地耐心劝说和疏导着旅客说："飞机延误是经常发生的，我们也无可奈何，希望能准时，你们的心情我能理解，但为了大家的安全，因天气原因是不可抗拒的风险因素，敬请大家谅解！赔偿是没有的，但大家要求提供的水、方便面还是能尽量满足！"两个女航空地勤仍然微笑地解释着……头一次遭遇到候机造成的这种乱象，我为机场工作人员的服务态度所感动，也为我们旅客缺乏安全教育所发生的过激情绪而感到遗憾。不大一会儿，工作人员为我们送来了矿泉水、八宝粥、方便面，仅为老人、妇女及小孩提供20多条毛巾被。我们拿了盒方便面一起到地下一层的候机厅找位置休息。

地下一层的候机厅空调开得比较低，虽有很多椅子空着，但整个大厅凉爽得很。还要等四五个小时，怎么办？这次出差，因天气炎热，我忘带外套。在候机厅的长椅子上躺下睡觉，用背包作枕头，背贴着冰凉的铁椅子，双手紧抱着捂在胸前，依然感觉好冷好冷，全身哆嗦着，怎么也睡不着。于是躺一会儿又被冻了起来，又躺一会儿还是被冻起来。没办法，干脆不睡了，又回到39号候机大厅，坐在地上抱着双膝对着停机坪坐着，看着窗外那一架架客机起起落落，看着窗外整个机场的工作跟白天一样的快节奏，各工种的工作人员似乎没有夜晚的感觉，飞机引导、行李拖运、客车有序接送、检修员等工作人员各个精神抖擞，各流程井然有序。39号窗口3个90后的年轻的工作人员也和我们一样从1号晚上的8点多赶到窗口，不管旅客有多大的意见和不满，他们一直站着，一直微笑着，一直耐心细致、和声细语地给旅客服务，窗口没有设置坐椅，可工作起来一点儿也不马虎，而今已是凌晨4点30分，看着机场工作人员的工作劲头，原来只知机场工作人员光鲜亮丽的一面，要不是亲历，还真不知机场的工作人员也跟我们医护人员一样的辛劳！甚至比医护人员还辛苦。其实，各行各业均有其职业独有的辛劳和光彩的一面，只是社会分工不同而已。正如今天的我们，要不是为节约点钱，随便坐白天的航班，正常情况下是不会延误的。

延误了近 7 个小时，仍没有听到飞机起飞的消息，只好听天由命，静静地等候吧！春山、小武、春燕三位院长在长椅子上蜷缩着身子睡了，我坐在椅子上看看窗外飞机起起落落，等候着天亮，盼望着听到飞机起飞的消息……我想：今后出差尽量不坐飞机，即使要坐飞机，也要对自己大方一点、狠一点、潇洒一点，尽量乘坐白天的飞机，避免因飞机延误带来的煎熬。

凌晨 5 点了，窗外远处天空的云彩开始慢慢变黄、变白、变亮了……天亮了，广播里好不容易传来登机的好消息！熬了整整一夜的旅客，在长椅上、在栏杆上、在地面上、在沙发上慢慢地坐了起来，伸伸懒腰，打打哈欠，有的小孩用小手抚摸着双眼，擦着鼻涕，在亲人的督促下醒来，从不同的方向不约而同朝登机口奔去……就这样，我在等候中度过了一个长长的难忘的不眠之夜，终于踏上了瑞丽航空的客机 23D，飞向古都沈阳。

8 月 2 日上午 8 点 39 分到达沈阳桃仙机场，比正常飞行，共延误了 8 小时 14 分。

第
二
辑

古村湖塘散记

在绵延不断的罗霄山脉中段石门山脚下，有一个远近闻名的小山村——湖塘古村，它先后被评定为"江西省历史文化名村""中国传统村落"

古村坐落在莲花县路口镇的东南面，东邻阳春紧依神岭山，西靠下岸山与庙背村接壤，南接石门山南麓土背岭，北倚高木岭同下陇相接，三面环山，村居盆地，距路口村"仰山文塔"景区约 2.5 公里。

从县城向东朝安福县方向出发，驾车行驶 24 公里经过路口"锡器广场"时，透过车窗可看到一只巨型的"锡壶"雕塑悬挂空中，倒出来的是石门山"香香女人茶"，又途经庙背"美丽乡村"，不一会儿就到了湖塘村口。村里的刘江书记是一个热心客气的人，加之我也是庙背家乡人，彼此有一份天然的乡情在里头。刘书记充当"导游"和主人的双重身份，把我带进了这片古色古香的庭院巷子间，仿佛又找到了童年山村里的味道。

"刘导游"饶有兴致地从村口的东江讲起，东江边原有一座古老的榨油坊，湖塘人称"油榨下"，庙背人称"油榨前"，一台大水车借东江之水来回滚动推动着碾磨来榨油。随着年代的变迁，现在我们只能看到遗址。沿东江逆流而上还有万安桥、福善桥、福龙桥、定福桥等 6 座古石拱桥，其中万安桥据传是村南山的南云寺中的和尚化缘积德捐建的，这些石拱桥由青石打磨镶嵌而成，历经数百年沧桑，依然坚固安稳，可见先民造桥技术之精湛。远处一座高 15.9 米的大理石筑成的九层的文峰塔历历在目，文峰塔比仰山文塔矮 6.5 米，湖塘古村乃路口刘氏的后裔，乃先祖募捐兴建，目的激励后人崇尚理学，读书光宗耀祖。文峰塔在曾被摧毁。2017年古村人又募捐重建恢复古塔原貌。

当地拜文峰塔时流传着"文峰塔下问春秋，最忌无诚到上头。祈福题名金榜时，人生搏浪作中流"这样的警世格言，可见古村虽身居山野，但庐陵文风盛行。石塔左前方有座千年"东江古庙"，古庙有副对联，上联是"东江帝德昭日月"，下联是"古庙神威冠华夷"，横批是"一方保障"。由此可见东江古庙在古村人心中的地位。

小时候，夜晚跟着大人去阳春、湖塘看电影，路过古庙我就会拼命往前跑，生怕碰见鬼神。一些崇尚佛教的信徒和香客来古村一般会先去古庙拜一拜菩萨，烧几根香，作几个揖，以保全家平安、孩子学业有成。石塔右边的公路旁还矗立着一块巨型石头，上面雕刻着"湖塘古村——中国传统村落"几个大字。

2011年，当地文物部门对湖塘古村部分建筑进行了修复。为方便游人参观，新建景区广场、生态停车场、公厕等设施。广场中央矗立着一块"秀美湖塘"巨型牌坊，牌坊两旁刻有一副对联，上联：石门脉连神岭地缘湖塘深厚民俗风貌，下联：文塔守望东江天赋古村悠久人文景观。广场前台两端蹲守着两只刻有"大王"的千年怪兽，听村里人说是从山上的破旧古庙中请到这里的，像老虎，像狮子……反正众说纷纭，外地游客来古村，总是争先恐后和"怪兽"合影以避晦气。

走过牌坊，映入眼帘的是江西省人民政府于2009年7月授予的

"江西省历史文化名村"的牌匾。2013 年 10 月，由文化部、住建部、财政部、国家文物局联合授予的"中国传统村落"的两块荣誉牌匾，湖塘是萍乡市唯一入选的村落。全村现存清朝时期刘克典、刘瑞书、刘瑞如等古民居 13 栋，残存的古民居 5 栋，古祠有陶轩公祠（诵芬堂）、章祖祠（佑啟堂）、润水公祠（怀德堂）、怡善堂、渭川公祠（笃亲堂）、浴池公祠（务本堂）、仲泉公祠（敦文堂）、洛水公祠（笃庆堂）、潇水公祠（恒德堂）、绩恩公祠、赞公祠（敦典堂）、皋冈公祠（笃本堂）共计 27 栋，占地共 3.5 万平方米，古拱桥有福善桥、福龙桥、定福桥、万安桥等 6 座，东江古庙 1 栋，文峰石塔 1 座，"砂糖"古井 1 口，若干条古巷、古榨油坊、古拴马房等古迹，共同构成了独具一格的湖塘古村元素。

在湖塘古村众多的古元素中，最有代表性的还是"渭川公祠"，那栋"连体四栋屋"古民居和"怡善堂"的刘氏家风家训馆。

离牌坊不到 60 米，便是"渭川公祠"，伫立仰望叫人惊叹不已。渭川公祠是江西省地域内规模较大的公祠之一。该祠建于清道光十四年（1834），距今 188 年，是渭川公长子刘俊才为纪念其父而建。我来到渭川公祠前，抬头看到其墙面和屋顶都有翘角的挑檐，石雕拱匾上刻着"渭川公祠"四个大字，公祠顶部中间匾额写有"龙章宠锡"此乃皇帝所赐，可见公祠主人地位之显赫。大门两侧挂有一副十分醒目的石联："桂植阶前香馥郁，兰飘座上气芬芳"，寓意是鞭策后人只有读书成才，家庭方可兴旺发达。祠堂正面的墙上镶嵌着数十块石雕艺术品，有"丹凤朝阳""双龙戏珠""平沙落雁""洞庭秋月"，还有麒麟、松、竹、梅和"日月同辉"等图案；祠檐的四角呈弧形翘起，犹如孔雀伸长的脖子和头望向八方。四角上面安装的铜花历经数百年风雨侵蚀，至今光亮依旧，实属奇迹。公祠的门楼为歇山顶，其门楼装饰之精美，在古祠堂中极为少见。若不是刘书记提醒，还真没发现："丹凤朝阳"和"双龙戏珠"图案的排列居然是"凤在上、龙在下"，这与传统龙凤的认知观念确有不同。据考证，这样的排序在全国仅有五处，即清东陵慈禧陵寝、永州的宁远文庙、吉首乾州节孝牌坊、祁东的洪塘贞节牌坊、莲花渭川公祠。

相传刘俊才在湖南长沙等地经商挣了许多钱，对国家做了贡献，在俊才建祠时，是参照其朋友的公祠图纸自己设计修建的，所以渭川公祠与其他祠堂有所不同，它是典型牌楼式重檐建筑，其独特的建筑风格、建筑规模有"江西第一祠"之美誉。村上后来的章祖祠、仲泉公祠、陶轩公祠也参照渭川公祠建牌楼式重檐风格建设，但始终比不上渭川公祠之精细与气派。据研究祠堂文化的曾国生先生介绍，在莲花700余栋祠堂建筑中，牌楼式重檐建筑风格仅有湖塘古村4栋，最极致的唯有"渭川公祠"。话说刘俊才挣了钱，娶的老婆讲究的是门当户对，他的老婆是皇亲国戚，所以在镶嵌石雕时凤在龙上，既是对其夫人的恭维，又是对皇权的尊崇。

在渭川公祠墙上依稀可以看见一条当年红军的宣传标语："优待白军伤兵"。刘书记介绍说：1929年8月8日，彭德怀率红五军四、五纵队1100余人，离开永新赴湘鄂赣地区。8月10日，部队来到莲花县城东北40余里的暖水江、陂头石等地。敌一线三个旅齐头并进，直向我军包抄搜索前进，寻找红军主力。晚上，敌军后卫一个营和辎重部队至路口、街头一带宿营，距红军驻地不到10华里。得知这一消息，彭德怀、滕代远立即召开军事会议部署作战方案，并派人与暖水江党支部取得联系，要求给部队派向导，结果，红五军分三路包抄敌人。闪石、九都、同坑等地赤卫队及礼陵赤卫队共同参加战斗，莲花一、二区群众和路口地区赤卫队先锋也做好了参加战斗的准备，红五军司令部开始设在陂头石，战斗一打响，彭德怀等人身先士卒，冒着枪林弹雨指挥战斗，敌军一营人因有保护辎重任务，不敢恋战，边打边撤，战斗打得十分激烈。永新游击队一赶到庙背，抢先占领有利地势，居高临下，向敌人猛烈射击。敌人前后挨打，顿时军心大乱，丢下辎重向安福洋溪方向逃窜。这次战斗击伤白匪军 500 余人，缴获枪支近 1000 支以及敌人的全部辎重物资。湖塘村西边的下岸山，当时是阻击敌人的战斗地，至今战壕遗址仍在。那时在渭川公祠设立临时红军医院，这些标语就是那时写的，也见证了"路口大捷"那段辉煌的历史事实。在古村民居的墙上还留存了许多这样的标语："红军打仗分得田地，军阀打仗升官发财，白军兄弟打仗白白送死，白军士兵的枪要向压迫你们的长官瞄准"等。

进入祠堂，被祠内阔大的空间所震撼，五开三进，建筑占地约 700 平方米，尤其是三个天井即前堂一个、寝堂二个形成"品"字形，设计独特令人称奇，这是刘俊才自行设计，意在鞭策后人做生意要讲诚信、做人要有品德。"品"字形天井在我见过的古村古祠中是绝无仅有的。整个公祠是砖木结构，全靠 81 根（有"九九归一"之义）屋柱相互支撑着，木柱放在圆柱的石墩上以免木头腐烂，过去建祠都是先打木架，后补墙体，门体、窗子都由整块巨型石头砌成，那时没电，还真不知道石匠是如何凿成的，天井排水设施历经数百年仍然未被堵塞。

如今，祠堂内布置了多块展板，把整个古村及刘氏的发展变化史一一呈现，还有一些在祠堂拍摄的影视图片，如 2006 年拍摄的《共产儿童团的战斗》，2016 年拍摄的电影《龚全珍》，2017 年拍摄的电视连续剧《初心》等，都再现了当年彭德怀指挥的"路口大捷"战斗历史。渭川公祠，成了甘祖昌干部学院的一个教学点。

从渭川公祠侧门出来，便是青石板和鹅卵石铺成的巷道，密密麻麻的，听"刘导"说，整个古村的老巷子都是这样的，既防水又防滑，小孩和老人走在上面不会轻易摔跤，比水泥沥青路面好多了，由此可见我们祖先的智慧。

刘瑞书家的古民居，整栋房屋是青砖黑瓦马头墙，奇怪的是看不到民居的大门，绕屋走一圈，发现一个奇特的现象，一般我们房屋的方向为坐北朝南，而这栋古民居的建筑设计独具特色，都是坐东面西，朝南的横开大门，形似"螃蟹"。

据"刘导游"介绍："不单单是这栋民居，整个村子保留下来的13栋民居都是这样，从我们村的地形来看，犹如一只巨大的螃蟹，因此，村中很多老人也把湖塘称为'螃蟹村'。不过，这种叫法在最初并不是因为其整体形状而产生的，而是因为建村时，刘氏先祖在村中挖有一口大芦苇塘，塘中螃蟹成群，曾与蛇恶斗，最后蟹胜蛇死，故蟹世居湖塘，繁衍生息，代代相传。直到现在，只要天气温和，村中的水沟、巷道和田间旷野里常见螃蟹出没，互相嬉戏。全村从开基以来，住房的建筑别具一格，坐东向西进身，而大门都是横（南）向。整个村子的房屋布局、走向及其形态酷似一只活生生的大螃蟹，所以便有了'螃蟹村'这个名字。我村古民居在房屋的朝向上的确与众不同，但不是旁门左道，虽是坐东朝西，但厅堂向西的一面并没有门，门都开在南面，进门要经过一个天井，向右拐个弯才能看到厅堂。对于这种横开门的独特设计，老人都说是祖先根据风水设计的。"

他还说："坐东朝西便于房屋主要采光面向西，也是传统风水学的一种说法，这与我村的地理位置有关。这里下午阳光易被遮挡，日照时间较短，先民们为了有更充足的采光，便将大门设置为朝南开。另外，大门开向南边，还可以避免冬季时西部寒流和山风顺山势而下侵入宅中。"可以说，这里"螃蟹"式的建筑风格在其他地区还是少见的。

刘克典家"四栋连体屋"，古民居也叫"四栋屋"，可以号称"中国第一奇屋"。"四栋屋"全长58米，宽20米，占地1160平方米，大小房间40余间，4个大厅，5口天井，前后向无门，左右开了四扇大门和四扇侧门，是典型的大"螃蟹"形状，气势磅礴，令人震撼不已。我去过婺源李坑古村、吉安渼陂古村、宝安凤凰古村、苏州陆巷古村，但从未看过规模这么大、形状这么怪、天井这么多的古民居，可以说它是"中国第一奇屋"。走进屋内，有人说有京城故宫的感觉，虽没有故宫那么豪华、那么辉煌、那么流金溢彩，但主房、厢房、库房应有尽有，回廊、屏风、吊楼处处雕龙画凤。老宅中间有一间非常坚固的屋子，据说这是专门存放银圆的"金库"，当时这间屋子差不多堆满了银圆。

当我问起刘克典为什么这么富有时，刘书记给我们讲起刘克典家的传奇故事。据说刘克典被朝廷任命为奉政大夫，清道光二十七年（1847），曾在浙江宁波任职。他的父亲刘仲泉也是朝廷任命的奉政大夫，曾在湖南保庆府任职。其妻刘母彭氏禾娘被封为宜人，刘克典结婚后家业兴旺，在庐陵开办铸造厂，在安福开办"瑞如新"商铺和数间油榨坊，挣了钱回村建了"四栋连体屋"、怡善堂、拴马房等，在村后山的云山建了"云山山庄"。刘克典夫妇也乐善好施，每天装一桶米放在"四栋屋"大门的石凳上，均分给乞丐和贫困断炊之人。曾一度捐重金支持修复"复礼书院"。他十分注重教育，培养和鼓励子孙及远房重孙先后东渡日本留学，远房重孙成为医学博士。

怡善堂是刘克典训诫子孙的专门场所，始建于清咸丰四年（1854），占地约 220 平方米，三开二进，二天井，砖木结构，门楼为硬山顶，回廊两根石屋柱均有 4 米之高，这是怡善堂最显明的特征，意寓做人做生意要诚实。里屋的屏风刻有"忠、孝、廉、节"四个大字。村上古祠里大多刻有这样的字样，意寓教育后代要"忠义诚信，孝敬长辈，讲究廉洁，勤俭节约"，后来逐步形成了刘氏"明忠孝，崇礼教，重诚信，尚廉俭，乐助人"五大族规家训，后代谨遵祖训，昭读家风，形成了绵延久远的家规家风文化。怡善堂如今已是村里的"家风家训馆"和县里的廉政教育基地。拴马房还在怡善堂旁，后山的云上山庄早已倒塌，长满了荒草。

一口"砂糖"古井坐落古村中央，由两块长 2.5 米，厚 20 厘米，宽 25 厘米的青石作井沿拼凑而成，井深 1.3 米。自古村开基以来，湖塘人一直饮用，距今有一千多年历史，因为泉水喝起来有点砂红糖的味道，所以取名叫"砂糖"井。如今，虽家家户户均安装了自来水，可古井旁的百姓还习惯到"砂糖"古井挑水喝，听村里的老人说，喝"砂糖"井水不光能解渴外，还能治病，延年益寿呢。每当初一、十五，当地老百姓像敬菩萨一样来井旁敬供。大伙来到古井边，踏上千年的青石，看着清可见底的清水和飘动的丝草，都不约而同地蹲下身子双手合拢取着"砂糖"水，亲口尝尝那"砂糖"古井泉水的味道，"哇，好喝，是有点甜！"有的索性用矿泉水瓶满满装上一瓶……

行走在村落里，聆听着数百年的传奇故事，触摸着带有古迹的青砖、石门、石窗、古木……不知不觉已是半天的时光，但我的兴致依然很高。在刘瑞如民居，被屋内大厅的屏风上木刻的"朱子治家格言"所吸引，大家用手机、相机争着拍照，走近屏风一字一句琢磨、念叨……天色已晚，要不是司机紧催，大家都舍不得移步。

有人说下次来要在古村住上几夜，真正静下心来感受到古村的前世今生，品味"凤在上，龙在下"的故事，探寻"螃蟹"村来历的秘密；有人说要带上小孩，来看看古村先人"品"字形天井、怡善堂和朱子治家格言，以激励后人讲诚信、守规矩；来看看古村的红色标语，教育孩子不忘初心……

2020.2.21《今日老区》红色圣地栏目
2020.8.16《赣西都市报》文化栏目

莲花第一高峰：石门山

　　石门山坐落在路口镇同坑村，是莲花县自然保护区和县级森林公园，为莲花、安福、永新之界山，早有"鸡鸣三县"之说。石门山海拔1300.5米，为莲花第一高峰，为禾山七十二峰之首，因其长年累月被白云所覆盖，故又称"白云峰"；因双石耸立，犹如石门，又称"双门石"。

　　我老家就住在石门山脚下，小时听我奶奶讲石门山上有一木龙潭，长年碧波荡漾，用十八副箩绳也探不到底，深不可测。有一个传说，有仙人在潭边立百字碑，能识者奖金耙，一书生认到九十九个时，潭底隆隆地升上金耙，书生不明，以为怪物，吓得没命逃去。传说不知真假与否，却令我自幼就对石门山充满着好奇与向往，受《天仙配》《西游记》等神话故事的影响，那时每天在黄沙圳放学回家，仰望着高耸入云的石

门山，总幻想着有朝一日像悟空一样腾云驾雾，从石门山登上蓝天去天宫遨游。因对其钟爱与迷恋，我的微信昵称为"石门山"，我的六弟因长年工作在外，但家乡情结浓厚，也把"石门山"作为他的笔名，在朋友圈也看过友人称"石门山人"的雅号。但凡有人对石门山感兴趣，我便像导游般向他们对石门山进行解读。

石门山因其“奇、险、怪”和“古色、绿色、红色”资源而闻名于世，至今未能开发。自古就有许多文人墨客对石门山吟诗作对，抒发情怀，留下了一首首脍炙人口的诗篇和游记。如今的许多旅行者也记有无数的散文及美篇，迄今弥久留香，令人神往，攀登之欲望与日俱增。

宋朝宰相刘沆曾写下《登白云·凌霄峰》：“一峰复一峰，危磴绕穹窿。步出红尘外，身临霄汉中。碧杉梳晓日，黄叶弄秋风。徒倚闲凝目，高天望不穷。”

元朝高僧、诗人释惟则（谭天如）对白云峰也情有独钟，远在江苏时也写下“白云峰在夕阳边，日送吴云入楚天。汝到燕山却回首，三千里外又三千”的诗句。

明代旅行家徐霞客在他的《江右游日记十四》中记述了万历某年正月赴游石门山的情景。“问石门之奇，尚在山顶五里而遥，时雾霾甚，四顾一无所田，念未即开霁，余欲餐后即行。”因雨足未断，浓雾缭绕，未能登顶，夜宿寺中。寺中偶遇邑人刘仲钰（号二玉）、刘古心（字若孩）师徒二人，是夜，“二玉以榻让余，余乃拉若孩同榻焉”。初七晨，云雾满山，未见雾散日出之象，徐氏放弃登顶，随刘下山，盛情之下，受邀前往路口庙背刘家做客。

清乾隆时期，安福县令孔兴源（浙江钱塘人）在登石门山时也曾写过一首《石门山》诗：“石门高峙绝跻攀，雄镇东南第一关。万井突开青甸迴，两峰深锁白云间。柱擎碧落排金阙，埌接星邻辟剑关。珍重此邦司管钥，独标臣节不踰闲。”莲花厅同知李其昌（四川成都人）对石门山也赋诗赞叹：“娲皇剩炼落云间，灵手何年擘未关？双剑削灭飞栈阁，两峰拔地倚庐山。”

“心动不如行动。” 2017 年 4 月 23 日，在“五一”节前夕的周末，那天，天气晴好，是登山郊游的好日子。带着多年对石门山的仰慕，带着对石门山的石门庵、石门寺、金仙洞、木龙潭传说的好奇，带着对当年石门山红军革命遗迹的向往，带着对石门山上杜鹃红满山野的挚爱，我们出发了。

我们周末登山族 12 人经过多轮的商议，决定登一登莲花第一高峰！那天清晨 7 点 30 分从县城驾车出发，经良坊、湖上南村贞孝坊，8 点就赶到石门山脚下的同坑村。一进同坑，就看到村口道路上矗立着"莲花第一峰"牌坊，因资金投入不足，显得不够大气，但也体现了当地人对石门山的敬慕。再绕村子蜿蜒盘旋行走，最终把三辆小车停靠在石门山水电站边的一块空地上，而后踱步前行。

一路上，大家欢歌笑语，信手采摘路边的杜鹃花，爱美的女孩或大口品尝，或戴在头上，摆出不同的姿势，晒出放飞的喜悦之情。我在沿途找寻着木龙潭的路径，思考着如何在石门与停车之间是否可设置索道，以减轻旅客的辛劳。

在途中的半山腰，突然听到有人在吆喝。哦，是另一支攀登者队伍上山时为走捷径而迷路，只好跟着石门山哗哗的江水攀登，在杂树草丛中艰难爬行。我们在上同样吆喝着，告诉他们沿江而上就行，到达村落就殊途同归啦！

上山走了约莫一个半小时的路程，有的就走得上气不接下气，有的干脆就坐在路边的石头上小憩一会儿，仰望着对面，其画面和唐代诗人杜牧笔下的"白云深处有人家"如出一辙，大伙被这原始的旧村落"石门山"村（也有人称其为"半山村"）的景色所吸引，对着石门山不断地吆喝着"石门山！我来了！……"那高兴劲，是只有身临其境才有的感觉：一条弯弯曲曲的田间石头小道串联在层层的梯田之上，三三两两的石块筑垒的柴火青砖房之中，层层的梯田长满了绿油油的野草，犹如一块块绿色的地毯，小道上偶尔也有几棵长着各种野花的小树，在梯田中摇曳。梯田层次分明，看得出是石门山人移民前深耕细作过的。石门山的梯田绝不亚于婺源皇岭的梯田之美，之壮观。山腰间，山泉瀑布犹如一条白色的飘带倾泻而下，发出哗哗、哗哗哗的声音；远处，整座石门山像一座巨型的屏峰矗立在那，山顶上巍巍耸立的"双石门"犹如一双巨型的臂膀，欢迎着八方的客人。

石门村仅剩的几栋老宅之中，有两栋房屋格外显明，一栋写有"石门山民办小学"，那是以前村村有完小时的时代印迹，作为珍贵的历史文物，应该加以保护。那时，石门山村虽然仅有 33 户人家，十几个小孩读书，都是一个老师采取复式教学法，一天从小学一年级至五年级，语文、数学、绘画等课程像玩魔术般、在孩子们中变来变去。这座小学也培养了刘小青博士（现在上海同济医院工作）和多名大学生。另一栋写有"红色乐园"，那是彭德怀元帅亲自指挥的"路口大捷"之战，经石门山赴永新经过的线路。那时是甘祖昌在安福陈山（石门山背后）建兵工厂，造土枪、土炮、大刀等来回的必经之地。石门山乃永新、安福、莲花三县交汇边缘之地，属"三不管"的地带，自然成了当年红军的革命根据地。我们分别在屋前合影留念，一是展现攀登的喜悦之情，二是印证红色记忆，但愿这栋民宅能作为文物保存下来。但《徐霞客游记》记载的石门寺始终未找到踪影，只见散落残存的大青石、青砖掩映在杂草树丛间，也许就是石门寺的遗迹吧！据说，石门山顶上有石门庵，山下有石门寺，在石门山背后还有一个金仙洞。山上一丘丘原始梯田，虽长了野草，却如一块绿色的地毯披在梯田之上，可以想象当年农耕时代的另一番美景。梯田全是石门寺庙里的和尚开荒而成。后来石门寺被拆除之后，有的僧人远游他乡，有的还俗成石门山人在此繁衍生息，直至 2005 年全村落移民至庙背村莲安公路旁。

沿着弯弯曲曲的原始的梯田田间小路，沿着老村落三三两两房前屋后遗留的偶有光滑的石板小路，沿着当年红军翻越石门山的羊肠小道，我们依次沿着陡峭的山路向上攀登前行！那天因天气晴好，虽不是"五一"假期，但慕名前来游览的游客还真不少，市、县直机关干部带着家属三五成群的，安福、吉安等地的登山爱好者全副武装撑着队旗成群结队的……在半山腰看见从广东回来的良坊一家 6 口人带着未满周岁的婴儿也勇攀石门，的确令人感叹不已。

在石门山村落的后面便有一片人工杉木林，树木直径均有 20 厘米以上，是 10 年封山育林的结果，更是深山移民的结果。

沿途触手可及的全是杜鹃树，到了山顶，到了双石门，被大自然的鬼斧神工所震撼，两块巨型的石头犹如从天而降，矗立在禾山之巅。双石门上挤满了探险的游客，其中有不少的年轻人，他们挥动着双手，挥动着帽子，或挥动着围巾，其兴奋的心情一览无余。我也想攀登上去，感受一下那昂扬的热情，但因游客太多，只能攀附着巨石，站在石门的中央俯瞰着脚底下连绵起伏的群山美景，以及远方的星星点点的村落，此时此刻，的确有那种"会当凌绝顶，一览众山小"的感觉。

站在石门山的双门石上，脚下的杜鹃树长得比人还高，红似火、似海的杜鹃在风中摇曳，空旷处有七八个帐篷，显然是摄影爱好者昨晚夜宿石门山的居所。在石门的正前方有一怪石，独立高耸，数丈有余，名曰"系马桩"。传说，在武功山炼丹的葛仙（葛洪）与石门山金仙洞炼丹的金仙（金宝）同是道友，历来友善，时常往来，葛仙每次来到石门山，均把白马系于此，故叫"系马桩"。石门的右侧有"近星岩"，正如刘季璋记载的那样，"怪石层耸，如龙幡、如虎踞、如狮吼、如天烛燎空、如胡僧礼佛，千形万态，莫可名状"；右侧为"定心岩"，如壁侧立，高耸云天；岩西有五石，俏如人形，似五学童在相互问学，讲习学业，人称"五童讲学"；向远眺望便是漫山遍野、一望无垠的杜鹃花（家乡人也称"酒菊花"）争奇斗艳，竞相开放，散发着诱人的芳香，其壮观场面与井冈山的杜鹃花不相上下，远胜过坊楼的牛鼻山、湘东的广寒寨山上杜鹃花，可谓是"不识庐山真面目，只缘身在此山中"。井冈山、牛鼻山、广寒寨山上的杜鹃花是经过园林工人的松土、修剪、打理，给杜鹃花腾出足够的发展空间，而石门山的杜鹃呈现出的却是杜鹃树顽强拼搏、斗争向上的勇气，它们在原始的杂树丛中独占鳌头、独领风骚，呈现出的是一种纯天然、原生态的美！怪不得当年红军称之为"红色乐园"。这小小的杜鹃花正是红军精神的生动写照。

你看：一群群的小蜜蜂在花丛中跳跃，尽情地吮吸着那纯天然的杜鹃花蜜；一只只不知名儿的小鸟矮着身子唱着歌在杜鹃花中快乐穿行。我们登山一族，也不示弱。我也顺手攀着一簇簇的杜鹃，摘一把"酒菊花"在嘴里咀嚼，那甜甜酸酸的味道着实让人回味无穷，仿佛又回到孩提时在山上放牛，常以"酒菊花"充饥的情境。奶奶常说，映山红盛开之时，就是红军凯旋之时。爱美的姑娘把杜鹃花插在头上或织成红"花环"戴在头上，脸上洋溢着幸福的笑容，犹如一个个美丽的花仙子；有的摄影爱好者，手持着单反照相机、手机轮换上阵咔咔咔地拍个不停……

白云笼罩下的石门山上的杜鹃花，更是增添许多神秘色彩，在或隐或现的云雾之中，犹如浩瀚之海之仙境。爱美的女士牵着饰巾在花海中飞跃欢跳，陶醉其中……

"石门山上杜鹃红，云雾缭绕伴其中。疑是银河荷花虹，却是石门四月天。"有人即兴作诗吟唱。

在双石门东边有一片空地，电信部门建了一个通信基站，地面上依稀可见一两块残存的青砖，也许这就是传说中由亮空和尚所建的石门庵古遗址吧。据清人刘季璋的《游石门山记》一文中云："有僧亮空结茅于此，颜曰'白云庵'，惜以祝融废。藉非亮僧非亮寻幽选胜，力为开创，虽有奇境且掩没于荆棘间矣。今刚灵幸，而亦游人之幸也。"宋时庐陵一贡生张智观登上白云峰后，便迷恋此地清幽旷远之仙境，留下"一朝解去薜萝服，鬓剔顶发披方袍"的诗句，取法号永元，在此潜心修道成仙。由此可见古人对此地的向往，对神灵的崇拜，在天地之间架起的古庵，先人欲踏云上天成仙，也许就是先人建石门庵修炼的初衷。正当我们在山顶游玩之际，层层叠叠的白云不知从何处来把整座山淹没在白云之中，分不清哪里是天上、哪里是人间……看来，这白云峰不是徒有虚名！有旅者振臂呼喊着"我们也上天一回"。

欢乐的时光总是那么短暂，不知不觉已是下午1时，山下的"饭团"催了几次。该下山啦！"莫言下岭便无难，一山放过一山拦"，因山势崎岖陡峭，小路因走的人多而溜光打滑，稍不留神，便有滚落山下的危险。大伙只能撑着拐杖，横着脚步，相互撑扶着一步一步走下山来。到同坑车停放处，来回竟有7个小时。虽说此次仅游览石门山部分美景，因未带帐篷等夜宿物品，金仙洞炼丹、千年求雨台、木龙潭百字碑等景点只能等来日重游，单就大家乐不思蜀的状态，绝对是不虚此行。有人感叹：这个原生态的自然景观倘若有人开发铺设栈道、架设索道上下来回就不会有这么辛苦！

综观莲花福地境内的婆婆岩、高天岩、棋盘山、玉壶山、五里山等几座稍有名气的大山，唯石门山最具开发利用价值，清人刘叔碱在《游石门山记》中说："石门之高虽不逮武功，而崔嵬怪险可与争奇。"石门山海拔1300.5米，是莲花的第一高峰，而且有着深厚的文化底蕴，优质的文化遗产，原生态的绿色资源，加上宝贵的红色资源，自古以来就是莲花人的精神高地，登高望远的好地方！是漂泊在外莲花游子藏在内心深处的那份乡愁。全国以"石门山"命名的还有山东曲阜石门山（海拔406米）、北京怀柔石门山（海拔1705米）、陕西旬邑石门山（海拔1885米）。它们均先后成为国家森林公园或AAAA级景区，唯独莲花石门山还是一个未开垦的处女地。

"恋一座山，爱一座城。"我爱家乡的石门山，亦爱生活了半辈子的莲花山城，期待着莲花石门山早日开发建成国家级森林公园或作为甘祖昌干部学院现场教学点，与安福羊狮慕、钱山金汤温泉、良坊七十二峰一起成为一条旅游黄金线路，成为周边乃至全国旅游度假休闲的又一个好去处，成为周边地区观赏杜鹃花最佳之地，成为新时代莲花乡村振兴的生态富民的示范工程。

2021.5.16《赣西都市报》金鳌洲栏目

路口锡雕焕光彩

　　莲花路口地处安福、永新、莲花三县的交会之处。因有"一山（石门山）、一塔（仰山文塔）、一院（观文书院）、一艺、（路口打锡）、一祠（渭川公祠）"而著称于世。

　　而"一艺"说的是"路口打锡"这一传统纯手工工艺锡雕。锡是人体不可缺少的微量元素之一。"用锡壶喝酒延年益寿"成为当地百姓的口头禅。2014年路口打锡被文化部列为"国家非物质文化遗产代表项目"。

　　行走于福莲公路、319国道，地标性建筑除明万历年间建的仰山文塔外，最引人注目的要数路口锡壶文化广场中央那樽巨型银灰色的"锡茶壶"。其早晚在太阳的照射下，显得格外耀眼，成为游客路口

之行留影的最佳之处。

小时候我对打锡就有初步认识。那时，时常看见锡匠艺人挑着一担工具（竹筐和木箱），扁担的两头一翘一翘的，后面跟着的徒弟背着行李，一前一后的，口里不停叫唤着"打锡吗、打锡吗……"还有就是家里来了客人，或过年时，娘总叫我提着锡壶到酒坛里上酒；姐姐结婚时，在嫁妆中，要有一对有红纸贴住的酒壶、茶壶。

2019 年，女儿出嫁，我也按家乡的习俗在路口订制一对锡酒壶（寓意久久长情、白头偕老）以示纪念。在第二天亲家公做客，当主婚人拿出那对酒壶给上客倒酒时，亲戚都不约而同地说道："贵儿娶的肯定是上西女婳"。

己亥年 10 月，由于我工作岗位调整，帮扶村由六市的西坑转到了路口阳春，每周均要到帮扶村转转，路口锡壶广场是必经之地。巨大的锡壶让人有着"思君忆君，魂牵梦萦，翠销香暖云屏，更哪堪酒醒"之感。闲暇之余，便沉下心思像远游之客一般慕名对家乡的打锡文化作了一次深度探访。

路口锡壶文化广场坐落在乡政府和乡派出所之间。2013 年 11 月兴建，整个广场占地 30 亩左右，是莲花乡镇最大的文化广场。广场的中央一个巨型的银白色锡茶壶斜立在露天的岩石旁，壶嘴对着银色的锡茶杯。茶壶底部由两块大理石碑镶嵌而成，碑文刻"路口打锡"简介："路口打锡工艺是民间手工技艺的瑰宝，2009 年入选江西省非物质文化遗产。"相传在唐太宗年间，有一个宫廷锡匠流落到路口，并将宫廷锡艺传到了路口，此后，代代祖先在长期实践的基础上，将打锡工艺不断改良创新，使得路口锡艺日趋精湛，声誉也日益响亮。路口锡器久负盛名，一直享有"盛水水清甜，盛酒酒香醇，储茶味不变，插花花长久"的美誉，而锡茶壶因使用普遍，成为路口锡器中的代表。

在路口打锡的工匠如今所剩不多，但有路口刘湖清老师的带路，我们走访了元山刘祖禄，街头刘三苟、刘树周、刘旺龙、刘水元等五位老锡匠。他们年纪都较大，大多在家里制作，都是子承父业，代代相传，而且均未培养传承人。究其原因：一是锡制品被现代化的价廉物美的铝制品所替代；二是改革开放后，家里留不住年轻人；三是锡艺是纯手工活，悟性不高、耐不住寂寞的人难以承受。唯有街头刘建强老匠人在当地有点名气。经打听，刘师傅家在路口中小学校门口，看到"路口打锡传承制作工坊"便是。

那天运气真好，工坊的大门开着呢，工坊门口贴了一副对联，上联为"传统锡艺誉中外"，下联为"非遗文化冠古今"，横批的右上方写有"国家非物质文化遗产名录"，下方写有"锡雕（莲花打锡）传承制作工坊"的字样。路口打锡果然名不虚传。

工坊的面积不大，大约 30 平方米，一进门便看见神前供奉着先辈刘柱仁的遗像和流传数百年的《打锡歌》（小调上西腔的路口民歌），墙壁四周贴满刘建强制作锡艺的每道工序展示图以及工坊的简介。

工坊的主人刘建强、刘少忠父子正在工坊中不停地焊接、敲打……听见我俩满口家乡口音，便放下手中活，又是搬凳，又是端茶，挺热情地接待我俩。原来刘建强的父亲也是庙背人，按辈分应该称呼我为爷爷。刘建强是个老实巴交的手艺人，从 11 岁开始跟父亲刘柱仁（第五代传承人）走江湖学艺，仅小学文化，不善言辞。他儿子刘少忠，2007 年高中毕业，在广东打工多年，见过世面，相对其父亲开朗多了，知道我的来意后，他便滔滔不绝地讲述打锡的故事以及工坊的大体情况。

据刘少忠介绍，《莲花县志》中记载："街头村的锡匠居各行业人数之最。"以街头为中心，包括路口、庙背村的锡匠师傅就多达 300余人。其中又以街头锡艺最为突出。街头村地处路口集镇中心，由于人多田少，在农耕时代，为了生存，家家户户被迫学艺外出从事祖传的锡艺和烧酒两种技术闯荡江湖。他家神前悬挂的《打锡歌》就是最真实的写照。

据先祖传言，清康熙年间皇上曾下旨由街头锡匠打造锡钱币。流传至今只有一枚以锡为材料的"康熙通宝"。明清时莲花才女贺桂"三镶玉"锡包壶至今在故宫博物院收藏，更是手工技艺的瑰宝。民国十年（1921）春，庙背为了镇恶压邪、保一方平安，由刘业最、刘盛茂、刘亨最、刘喜元等25位锡匠艺人捐款、助工参与铸造了16套32件锡制刀、剑、斧、锤、矛等古代兵器，并饰有笛、古筝、鼓、笙、唢呐等民间乐器及棋画兵书、牌匾等，寓意文武相配、刚柔相济。每件都绘有精美的图案，造型独特，精美至极，令人叹为观止，堪称"稀世珍宝"，是我省民间手工技艺一绝。这32件锡兵器至今在庙背村路溪博物馆保存着，乃镇村之宝。

工坊旁就是刘建强家，一楼为锡艺传承培训室，承担着带领贫困户脱贫的培训任务；二楼为锡艺展示厅，摆放着各种款式，不同年代的产品、模具，和国家、省市颁发的各种证书，以及参加各种展销会的部分照片。粗略数下就有60多品种，分餐饮器具、祭礼用具、文具装饰、日用器皿、酿造器械等五大类，犹如一个微型锡器的博物馆。主要有上指酒壶、喇叭酒壶、朱雀喇叭酒壶、开射诸侯酒壶、茶壶、保温茶壶（双层）、宝葫芦茶壶、方嘴春壶、茶碟、一根葱灯柱、烛台油灯、茶叶罐、茶盘、灯书烛台、饭壶、开射扁壶、大炉瓶（放坛香用）、冲壶、六角灯书、锡雕花、烧酒锅等日常用品。据刘少中介绍，庙背村的路溪博物馆的锡器展示更全，仅酒壶、茶壶就有二三十个系列。

刘少忠说："自2014年我家锡雕被授予'国家非物质文化遗产项目名录'后，接待的游客和慕名订制的人特别多！这一传统瑰宝除饮酒喝茶、婚丧嫁娶、乔迁升学、祭祀先祖外，已是一种传统艺术装饰品，可作为收藏、惠赠亲朋好友的最佳礼品。"

当我问及他这么年轻，怎么爱上了祖传锡雕时。他说："因为父亲业务繁多，多次催我回家帮忙打理。为子承父业、传承文化，加上这几年在外面工作，收入也不见长，现在政府重视文化遗产传承，加上我的弟弟又没耐心，耐不住寂寞，传承祖上手艺的重担只能落在我的肩上。"

刘少忠说：他从小跟父亲出外打锡，父亲在前挑着担，他在后背着包，往返于安福、永新、攸县等地，碰到哪家父母做寿、女儿出嫁一做便是三四天。从小在旁看着父亲打锡，也慢慢地琢磨了不少，听到人家拿着父亲手工制作的锡雕制品赞不绝口，也盼望着有一天能有父亲那样的技艺。2015年回来跟父亲学艺，刚开始几个月觉得很孤独、寂寞，也想放弃然后回广东打工，但看到一个个客户上门催货焦急的心情，还是耐着性子沉下心来做完。当一个产品出来，内心深处达到欣喜若狂的程度。直到2019年，他才真正学会整套锡雕技艺。父亲说他应是刘氏第七代传承人了。

刘少忠说：要做好一个产品很不容易，根据客户的需求和产品的特点，一般都有三十道工艺以上。如酒壶也不少于三十道工序。选料（97%以纯锡，有花锡、麻料、焊锡等品种，一般在云南、贵州采购）、熔锡、摆模子、画墨、开剪、打圆、焊接、打磨、打下脚、涡肚、打硬、焊接上身、打壶口、上下截对接、上底、打壶嘴、刮光、焊接壶盖、壶盖链、抛光、上嘴、焊点抛光、固定壶盖链、根据客户需求刻字纪念（雕花）。每一道工艺均为手工操作。没有现存的图纸、尺寸，全靠艺人的想象和不断地摸索与创新，有道是"打锡冒样，边打边相"；也没有现代化的操作设备，仅靠剪子、烙铁、锉子、锤子、火钳、焊接盘、抛光架、量尺等简单工具，经熔、画、剪、打、锉、焊（旧时靠木炭火加热）等多道工序，反复敲打，细磨而成。世有"三分打，七分磨"之说。一般制造一只酒壶花费时间为两天左右。

听完刘少忠的介绍，我想路口锡雕不仅仅是日常生活的锡制品，更是一种民间传统艺术、传统文化，堪称民间艺术瑰宝。每一件产品都凝聚着路溪人近千年庐陵文化的积淀，凝聚着路溪工匠艺人精雕细琢的执着，凝聚着路溪工匠艺人的智慧。我问刘少忠一对酒壶要多少钱。他说："按工时算，加上材料 1000 元。"我认为，一对酒壶的价值远超过其本身，它实属一件艺术珍品，作为待客工具，家家必备，值得拥有！值得收藏！今年正值我和老婆结婚三十周年，我也订制了一对酒壶，刻上了我俩的名字，也"久久长情，白头偕老"浪漫一回。

不知不觉已是傍晚，刘少忠强留着我们喝杯酒。我们说已说好了在湖塘古村用餐。来时就告诉松平，松平兄邀上了星海、刘彧等几个朋友，炒上血鸭、土鸡、甲鱼、南瓜等一桌的好菜在他家品尝着用锡壶樽酒喝酒的味道。

"路口锡艺美名传，一壶洒遍大江南，佛门净地香案几，有芯无台灯不燃。"几句流传数百年的诗句足以展示当年路口打锡文化的辉煌。在崇尚"记得住乡愁"的乡村振兴的新时代，愿路口锡雕能在路口的街头把仅存的 10 多家工匠集中在一起，形成产、供、销、文化展示"路口打锡特色一条街"，让莲花唯一的非物质文化遗产得以传承，重放异彩！让久负盛名、闻名于大江南北的锡雕艺术从佛门圣地、祠堂庙宇、传统祭祀文化中走进更多的平常百姓家。

2020.10.18《赣西都市报》文化栏目

神泉乡里神泉湖

　　赣西边陲的莲花县，地处罗霄山脉中段，有"七分半山一分半田，一分水面和庄园"之称，四周山岭环绕，是一个典型的以丘陵、山地、山间盆地为主要特征的小县，县域内山塘水库较多，几乎每一个乡镇、大多数村庄都有大小不等的山塘水库。但人工湖却只有一个，那就是神泉乡的神泉湖。

　　神泉湖位于神泉乡瑶口，从县城南出发，经升坊，穿五洲，至大坝约莫有 12 公里的车程。进入坪墩路段即景区公路，两旁的樟树经过 10 多年的抚育，茂密的枝叶已将公路全部覆盖，一路进去，犹如穿越在一个长长的绿荫隧道。倘若你从未去过那里，带给你的绝对是耳目一新、心旷神怡之感，想不到莲花竟还有那么一块未开垦的处女地。

　　那就让我来揭开她那神秘的面纱吧，神泉湖原名其实叫楼梯磴水库。有人说因筑成的水库大坝有 133 个阶梯，形似楼梯，也有人

说上闸门的地方形似楼梯，故被称为"楼梯磴水库"。水库建于1965年，1977年、1996年、2007年多次加固维修。大坝高25.5米，人在大坝上向前方眺望，水库形如人张开的双臂，水库右面至谭坊泥背和大湾坳里；左面至上江锁子冲，乘快艇穿过中间狭窄湖面，进入锁子冲湖区，别有洞天，豁然开朗，与晋人陶潜笔下《桃花源记》所描写的"初极狭，才通人。复行数十步，豁然开朗"竟有惊人相似之处。全湖集水面积45.9平方公里，总库容1179.5万立方米，正常蓄水位200.4米，水库有发电、灌溉、游玩休闲之功能，是莲花县境内最大的中型水库。

在水库大坝的左侧尽头的小山头上有一座六角望湖亭，可供游人登高望远、旅游小憩。游人登亭望湖光山色，尽收眼底，可谓是"望湖亭上好风光,尽许游人醉夕阳。亦欲扁舟垂钓去,神泉留我且徜徉"。倘若在春天的晨曦赶去，也有"雾满东江"之美，与苏轼笔下"水光潋滟晴方好，山色空蒙雨亦奇"的西湖有得一比。

湖面碧波荡漾，静时可见蓝天白云，热时可见鱼儿跳跃，近岸清可见底，是神泉人重要的天然饮用水源。湖的中央有座湖心小岛，距大坝直线距离约200米,面积大约20亩,建有两层的砖木结构的土屋。游人可自行选择坐快艇或自个儿划着小木船上岛游玩，游泳技术好的小伙子常常结伴游至对面，在那里憩息、游玩，尽情呼吸着清新的空气，沐浴着湖上之阳光，尽情享受着大自然赋予的原生态美景。岛上种满了桃树、柑橘、梨树等不同品种的树种，因桃花多而闻名遐迩，又称"桃花岛"，是少男靓女理想的谈情说爱的"莲花版的马尔代夫"。

说起神泉湖名字的由来，还真有一段不平凡的经历。

那是2007年7月,时任省水利厅厅长孙晓山来莲花楼梯磴水库调研。县委办通知我一起陪同调研。我和乡长在乡供电所进楼梯磴水库的拐弯处等候。不知怎的，孙晓山厅长竟点名要我坐上他的车。孙厅长有一米八的个儿，身材魁梧，但和蔼可亲的样子一下子把我的紧张、顾虑全打消了。在车上，孙厅长跟我拉家常似的问："小刘哇！你来这任职多久啦？你谈谈神泉乡的由来吧！你知道你这个乡为什么被称为神泉乡吗？"

幸好 2006 年 2 月，我来神泉乡上班不到一个星期就走遍了全乡，但对神泉乡神泉村也颇感好奇。找到张水龙书记和宁氏宗祠长宁顺益详细询问宁氏家族与神泉的来历，踱步到神泉古井、宁氏家庙探了个究竟。并且当年就把神泉古村这一自然村列入新农村点建设，要求把"神泉古井"参照长沙"白沙古井"模式那样打造好、保护好。只可惜当年新农村建设资金不够。我坐在前排，向他讲起了关于神泉与宁氏家族的故事。

据宁氏族谱记载：南宋绍熙四年（1193），宁氏尊时发，又讳含章，祖籍河南，宋光宗时登进士，授大理评事，后为吉州知府。辞官后居住在永新洋江，为避乱世，四处寻归隐之处，经人引见，发现棋盘山下有一瑶坊（民国时又称瑶溪乡）为世外桃源，此地四面环山，垅中近千亩开阔地带，山下有口山泉冬暖夏凉，听曾路过此地的猎人讲，此山泉即使是大旱之年也从未干涸过，宁大人来到井边，只见丝草悠悠，小鱼无忧无虑地来回游憩，躬身双手合拢装水，畅饮数口，泉水清凉可口！连声叫道，此乃"神泉！神泉也"，下人也齐声附和，都叫"神泉"；宁大人谓此井叫"神泉"，此宝地也叫"神泉"吧，大家都叫好。宁大人起身回望四周的高山都是崇山峻岭，仅有一条猎人留下的小路穿垄而过，他右手摸着长长的胡须，点头赞许，此乃宜居避世之天堂。便挑良辰美景之日，带领全家大小从永新洋江隐居此地。宁时发为宁氏一世祖，二世祖季祥官临江通判，三世祖仲贵公，生子相、子荣；四世祖子相公，讳一夔，号虞臣，南宋淳祐年间举人，因廷试对策忤权相而落第，遂不仕。子相公生明甫、衡甫；明甫公生四子，三子开三，生道可，迁湖南邵阳；四子以开，徙居五洲瑶口（古称龙阳），衡甫生诚叟，世居神泉；四世子荣生忠甫，忠甫生本三郎，徙居荷塘井下宁家里，后有裔孙又返回神泉。从此在神泉之地繁衍生息，人丁兴旺，这个因"泉"而得名的神泉村落在周边的影响也越来越大。

清康熙十年（1671），宁氏后人为纪念先祖，在基祖墓斗岭的灵龟背上建祠宁氏家庙，家庙门楼为硬山顶，红色琉璃瓦（后翻修，原为白色瓷土瓦），白色马头墙，徽派风格，虽经150年风雨飘摇，略显沧桑，但神韵犹在。廊檐下书"名卿弟"，足见其家族渊源显赫。进入祠内，堂内108根柱子，其中6根石柱。石柱上雕刻着宁氏家族不同发展时期的对联，或追宗溯源，或颂扬祖德。两边门联曰："基开南宋迹发洋江数百年俎豆馨香永存故寝，毓秀神泉灵钟斗岭廿余代云仍似续复建新祠"；中堂门联曰："达不离道歌沧浪白石以为卿先人道范同欣赏，孝可作忠辩湛露彤弓而循分前代忠言永播扬"；下堂上联"达士贤科鹰大理政简刑清百代流风末坠"，颂扬的是大理评事宁含章为吉州知府时"政简刑法"之功德，下联"孝廉对策动权奸词严义正千秋浩气犹存"，褒扬的是举人一夒，延试时"词严义正"忤权奸的浩然正气。祠堂至今供奉着始祖含章公和他妻子黄恭人的遗像供后人祭拜。先祖宁含章的墓地依然保存完好。2004年9月，莲花县人民政府将"宁氏家庙"及古墓列为县重点文物保护单位。

后来神泉村宁氏繁衍生息发展较快，张氏、贺氏、李氏也逐一迁入，且又在全乡之中央，在取乡名时，因宁氏先祖之功德，一致认为以"神泉"命名乡名更为恰当。中华人民共和国成立后，因谭余保在棋盘山一带坚持三年游击战争的缘故，也曾被改为"棋盘山公社"，1978年改为"神泉公社"，1984年又恢复为"神泉乡"，为国家级老区特困乡。

2003年乡镇机构改革，坪里镇与神泉合并，为保留"老区特困乡"这块牌子，合并后的乡镇仍称为"神泉乡"……

一路上，孙厅长听了我的讲解，很有兴致地对我说："莲花，这个文化古县的确不是浪得虚名！一个神泉乡的来历竟还有这么神奇的故事。可见文化底蕴之厚重！小刘，何不将楼梯磴水库改为神泉湖！把神泉湖作为一个景点来打造！可以助推乡镇经济发展。"我觉得厅长这么一点拨，正合我意。"神泉湖"这个名字好听多了，富有创意！对开发和利用好这一中型水库具有一定的帮助。

下车后，我把孙厅长的建议向时任县委书记刘家富汇报。刘家富书记非常高兴、非常支持，连声称道："好！好！好！今后就把楼梯磴水库改名为神泉湖吧。"于是"神泉湖"这个名称在莲花及其周边地区就这样叫开了。只可惜当时没有准备笔墨，如果日后神泉湖风景区要立碑题字非孙晓山老厅长莫属！

为了打造好、建设好"神泉湖风景区"，水库改造工程项目中预算了148万元库区公路建设资金。时任县委书记刘家富非常重视，带领县班子分管领导李仕锋，县发改委主任刘新华、交通局长张港继、水务局长朱志军，县委办副主任朱小青在神泉乡政府就神泉风景区公路建设进行专题调研。经设计单位测算，公路全长5公里，宽6—12米（根据路段而定），总投资248万元（地方配套100万元）。整个景区公路从征地、拆迁、建设，仅三个月时间就竣工通车，实现了莲花公路建设史上的"神泉速度"。在拆迁过程中，坪里段路窄，乡党委决定改道建设，要建起码50年不落后，打通邓家里到319国道建成宽12米的公路，一来有利于景区开发，二来有利于集镇建设，当初在讨论时还有人反对，说乡下公路没必要那么宽，现在看来那时的决策到现在仍不过时。在上岭陡坡处有棵樟树挡住，负责工程拆迁的问我怎么办。我说："保护樟树，可以绕个弯！"就这样保护了这棵樟树。每每经过上岭看见那棵曾经保护的樟树，我也为当初的决定而感到欣慰！

在离大坝不到500米的地方，有一扇过水天桥形成的天然大门，再往里走，路虽窄，进到里面却是另一番景象：有二三栋民宅坐落其间，有休息的亭台楼阁，有近百亩的小山塘，水源寺（2015 年 5 月 8 日被市宗教协会评为先进宗教活动场所）坐落在亭台楼阁的对面。绕着山塘踱步 300 米即可到达。寺外旗杆上悬挂着五星红旗，香炉里烟雾缭绕，足见香客不断，来往信徒不少。廊檐下写有"莲花水源寺"几个大字和"大肚能容天下难容之事，开口便笑天下可笑之人"的门联。寺内建设以莲花为基调，大肚弥勒大佛手拿佛珠大笑着坐在莲花宝座中央，庭内安放着许多打座、跪拜的禅垫，橱柜里装满了许多《佛教与人生》等相关书籍，吸引着全国四面八方的信徒在这修炼。听主人宁福恩先生介绍，新冠疫情期间，水源寺信徒还自愿捐款 6 万元现金到县人民医院帮助抗击疫情。寺内以河南、河北、东北等地信徒较多，真是"未入其门，不知其信"之执着。

"莫道桑榆晚，为霞尚满天"，神泉湖风景区这个沉睡多年的原生态自然风光，虽未被深度开发利用，但早已作为一个景区对外开放，每年接待上万名游客前来游泳、度假、游玩、垂钓、摄影、养老、求佛……

神泉湖在县城大商汇设立了"神泉湖鱼产品经营专卖店"，神泉湖的山泉鱼也已进入平常百姓家。若有贵人慧眼识宝地，加大投资开发力度，随着莲萍高速、长赣高铁的开通，神泉湖风景区必将成为越来越多游客休闲、娱乐、度假的又一个网红打卡之地。

（文中湖区照片由李崇仁拍摄）
2020.8.24 江西散文网
2022.9.8 中国作家网

探访古盘庵

在神泉工作的那段日子，常听永坊村原党支部书记吴三茂讲：他们村棋竹岭上有座 1900 多年历史的古盘庵，山上住着十六七户人家，三三两两散落在群山叠嶂之间。那里不通公路，只有一条蜿蜒小道攀山而上。那里崇山峻岭、风光旖旎，宛如陶渊明笔下的世外桃源。

那时每每下乡到永坊，心里总是痒痒的，总有那种想去看看古盘庵的冲动，但最终因为不能通车，山路崎岖陡峭，徒步需很长一段时间，更多是因为工作忙，怕耽搁过多时间的缘故，始终未能成行。

而今离开神泉已十年有余，我的师范学弟刘建华博士在 2020 年的 2 月 5 日，看了我在"浏下足迹"公众平台推送的那篇《神泉棋盘山有座国有"七一二"印钞厂》散文，诚邀我也抽空去他的家乡棋竹岭下的古盘庵看看，请我宣传一下他家乡的"绿色、古色、红色"旅游资源。当时，我答应了师弟，由于平时工作忙，周末又要带小孙女，总是未能赴约。

时隔一年后，2021 年的清明节假期，建华师弟从京城回老家祭祖，问我是否有空同往古盘庵。我欣然接受，决心去古盘庵探个究竟，将遗憾变为现实。谁知，天不作美，清明时节还真是春雨纷纷下个不停，只好又延期。

也好，那我在上山之前备好充分的功课，对古盘庵作个初步了解吧。

神泉自古有"瑶溪十八坊"的说法，但"瑶溪十八坊"有两说：一说是瑶溪原有十八个地名带"坊"字，如陈坊、江坊、谭坊、永坊、华坊、瑶坊、贞孝坊等十八坊；一说源自一个美好的传说，过去有个读书人考中了进士，皇帝批了少量钱给他建一座进士坊，但钱不够，他就到十八个地方募捐，凑齐这笔款，坊建成后叫"十八坊"。

古盘庵位于赣西莲花县神泉乡永坊村与湖南茶陵湘东钨矿、秩堂乡水头村、白龙村交界的棋竹岭半山腰，蛇形山脚下。相传在北魏时，真禅师从长安唐圣寺出发，其佛门弟子途经棋竹岭时，发现其山高林密、绵延起伏，棋竹岭山下有块开阔地，前有潺潺山泉水穿过，在低洼处形成带状瀑布，且是吴楚交界，乃人间仙境，便建寺庙以传播发展佛教文化，并培养僧徒 100 余人，成为当地有名的佛教圣地。

那时的古盘庵在建筑工艺上十分锦绣华丽，占地面积宽阔，有天王殿，殿内安放释迦牟尼佛像；有观音殿，安座观音菩萨。前有香亭三座，两厢有佛经堂、斋堂、讲经堂等。有近 100 个和尚在此修炼（仙游之后安放在庵的后山，而今存有上百座和尚古墓），和尚在山上开荒种地 100 多亩，香客极多，香火旺盛。

2021 年"五一"小长假的最后一天，我决心履行一年前的约定，打电话给永坊村尹书记，请他带路完成古盘庵之约。我和好友祖滨相约从县城出发，经升坊，绕浯塘、桃岭、谭坊、神泉、太湾，因全程均为沥青路面，双向车道，不到半小时车程，便到了永坊棋竹岭湾里屋。

尹书记早早地就在湾里屋等我们。我俩坐上尹书记的越野车，一路听尹书记热情洋溢地介绍古盘庵的故事，他说过去走山路估计 40 分钟路程，现在通车了，我们开车上去仅需 20 分钟就可到达古盘庵。

快到古盘庵时，展现在我们眼前的是一条宽约 4 米的原生态黄泥马路，低洼处有浑浊的污水，却给人一种亲切的感觉，多少年未看见过那样的黄泥巴马路。记得小时候去路口读书时，常常是走这样的路，晴天还好，可一遇到下雨天，路面湿滑，我们脱下凉鞋，打着赤脚往往是走三步，退两步，荡秋千似的，一不小心就会摔成一身的黄泥巴。尹书记介绍说电视连续剧《老阿姨》好几个场景都是在这里拍摄的，村里打算把这条公路修成水泥路！我听后，建议村里不要去修，现在的莲花再也找不到这样原始的古道和村落啦！

黄泥巴公路两旁一直到古盘庵都是枫叶树，虽仅有 15 年的时间，却长成一条绿色的长廊，把 4 米多宽的黄泥路全遮盖住了，像一条长长的天然隧道。每一棵枫树均有大菜碗般粗壮的树干，一排排，纵横交错，长势十分茂盛，人站在树底下看不到蓝天白云，宛如一个偌大的绿色天篷，集中连片，有三四百亩，比莲花高州枫叶林大多啦，这是我见过的最大的枫叶林，如果在枫叶红了的时候来，定会发现这里是一片红色的海洋，就算与长沙岳麓山、南京栖霞山、苏州天平山、北京香山四大赏枫叶的美也有得一比，令人心旷神怡。我们有一种哥伦布发现新大陆的快感，恨不得停下车来，在林中奔跑，尽情拥抱这大自然的恩赐，尽情地呼吸这天然的氧吧所独有的清新的空气。

古盘庵管理员陈生山，听见车喇叭的声音，早已在庵门前等候，见我们上来便像导游般讲起了寺庵的前世今生：古盘庵虽历经千年沧桑，几经修复，但古迹、古址未变，信徒始终如一。1929 年曾改造为二厅四间，取名为"观音殿"。在古盘庵背坡上有一棵树龄百年的老松树，依然在守护着这个神圣的古庵。

永坊吴氏两户人家在山守护，后湖南茶陵又迁入赵、曾、段、何等姓氏人家十四户，在棋竹岭耕种古盘庵僧人留下的耕地，休养生息。

2001 年，当地人自筹资金，在原址上用泥土筑墙建两间简易土房，以恢复这千年的古盘庵，延续香火，接待各地善男信女，传承佛教文化。

2006 年，国家推行退耕还林，移民政策，棋竹岭生产队十五六户陆续迁入县城，移民新村七户，迁入永坊村华坊九户。

2013 年和 2019 年重建了古盘庵和大雄宝殿。如今古盘庵有观音殿，内设地藏王、药师、十八罗汉等；大雄宝殿内设弥勒佛、四大天王、释迦牟尼佛、文殊菩萨等，并建有围墙，在古盘庵恢复原有的一副对联，上联"古寺菩萨大慈大悲大显灵"，下联"盘庵娘娘救苦救难救万民"。如今的古盘庵是一派佛光闪闪，香火缭绕，格外引人注目，钟声悠扬回荡……恢复了盛唐时期繁荣景象。

古盘庵前有一口古井，井旁有一座大水塘，水塘下面有一座旧水电站，1958 年建站，可供永坊村照明两小时，不发电时，山沟的溪水在这里汇聚，由于天然落差形成一条长长的瀑布，虽没有庐山瀑布那么壮观，却也为棋竹岭增添了不少的色彩。

离古盘庵一公里的狮形坳，当地人又称"山义坳"，1928 年 1 月 22 日，陈竞进、朱亦岳、陈永鹏从井冈山过来，途经界化陇，从永坊上山，在此召开了大革命失败后莲花县第一次党员大会。朱亦岳传达了宁冈象山庵会议精神，刘仁堪和朱义祖也相继在会上介绍了在宁冈军官教导队学习的情况。会议做出了扩大党的组织，建立革命根据地，恢复和发展地方武装，扩大游击区城，建立红色政权等决议。指出莲花的党组织目前必须首先在偏僻山区大力进行宣传，选择贫苦农民作为培养和考察对象，以壮大党的队伍，发展革命势力。当时有朱亦岳、陈竞进、陈飞雄、谢远鹏、林秀南、吴亮、贺火芳、张西、周道立、李伟、陈美、陈大仁等二十多名党员参加，会议还决定立即重建莲花地方武装，取出大革命时期保存的一支枪，成立赤色队，以陈竞进为队长，贺国庆为副队长，以马家坳蕉叶冲为中心创建莲花地方武装的军事根据地，逐渐向白区和县城一带扩展。

会议结束时已是除夕之夜，正值万家灯火之时，与会人员精神振奋，心潮澎湃，朱亦岳当众挥毫，写下一副激动人心的春联。上联是"一根枪支开辟红色地区在今岁"，下联为"万民团结推翻黑暗统治数当年"，横批"革命成功万岁"。后来，莲花县第一任县委书记刘仁堪在莲花县城南门大洲上英勇就义，临刑前用脚蘸血书写"革命成功万岁"六个大字，也许与这副对联在他心底留下的深深烙印有关，当然更是坚定的理想信念在他的心里扎了根。

古盘庵地理位置特殊，又是千年的佛教圣地，离马家坳蕉叶冲又不远，翻过棋竹岭就是，地处崇山峻岭之中，毗连棋盘山，门上往南走，即可直达井冈山，便于得到上级指导和红军帮助，同时进可攻、退可守，自然条件十分优越。山区地广人稀，村庄分散，反动势力比较薄弱，宜于进行地下活动和游击斗争。在土地革命时期，古盘庵成了红军对外联系的交通站、情报站，为谭余保在棋盘山坚持三年游击战争做出不可磨灭的贡献。

听着尹书记满怀深情的介绍，听到古盘庵不时传来的悠长钟声，看到山上仅存的两栋土屋，电视连续剧《初心》的拍摄场景，当年红军的驿站，红色乐园，莲花第一支红色赤卫队的根据地等印迹……不知不觉已到午饭时刻，寺庙的管理员张生山和他儿子张德生热情好客，硬是要留下我们吃午饭。张德生听说我们会来，特意准备了山上的蕨菜、毛葱，说我们是"嘴上带了钩——有吃运"。我们不好推却，坐下来品尝着这山里的饭菜味道。

"香，真香！"也许是因为走山间小道疲劳的缘故，品尝着那古盘庵的饭菜格外的香甜可口，比平日里多吃了许多。

离开古盘庵，我的心情久久不能平静，心绪像微波一样在飞扬。这的确是莲花难得的一块净土，一个原生态的小村落，在这里可以聆听到森林里美妙动听的原生态音乐！

若不是亲身体验，谁会想到莲花这偏僻的瑶坊山坳里竟然还有这么一座名不见经传的神奇古庵，年代久远，却香火不断。谁会想到它为谭余保棋盘山三年游击战做出过如此之大贡献？它在土地革命时期发挥如此之大作用？谁又会想到在倡导绿色共享的新时代，古盘庵人能响应政府的深山移民政策，远离世代居住的美丽家园而远走他乡？这是怎样的一种情怀！

2021.12.14 江西散文网

我的第一次年薪假

己亥年 8 月 11 日，我终于下定决心休一回年薪假。好不容易盼到了"九日驰驱一日闲"，回家第一时间就告诉老婆："我可以休年薪假啦。"

第一次休年薪假，我的脑海里一下子突然喷出好多好多的想法：带爸妈、岳父去一趟北京或井冈山；带青莲去内蒙古大草原，去西藏拉萨或林芝，去新疆喀什，去四川成都这个慢节奏生活的城市……但最后决定，哪也不去，最要紧的还是去湘雅医院健康管理中心体检，给身体来一次"保养"吧。一部车子跑 5000 公里，4S 店总催着要做保养。可我们人呢，对自己的身体一点儿也不怜惜，只有到了哪里出了毛病，才肯去看医生。

8 月 11 日下午，我开着我的别克凯越和老婆一起出发。因高铁票紧张，我只好开车直往长沙。已有三年未歇过周末，更别说年薪假，所以老婆也近三年未体检。这次难得的机会，无论如何我得陪她去一趟，算是对她在家默默付出的补偿吧。到长沙已是下午 4 点多钟，我们在潇湘华天酒店订了间打折房，384 元一晚含早餐。

8 月 12 日早 7 点，我们按体检要求，空腹赶到湘雅医院一附院五楼健康管理中心找到中心负责人开单体检。我是做 B 套餐，青莲是做 C 套餐。因为我们俩是男 1 号、女 1 号，所以不到两个小时的时间就全部做完了，下午 5 点钟取体检报告。难得出来一次放松一下心情，晚饭过后，我们订了 2 张 100 元琴岛演艺中心的门票，观看文艺演出。来长沙，去田汉大剧院或去琴岛演艺中心观看演出是必备项目。琴岛演艺中心源自 20 世纪 90 年代初的琴岛歌厅。自诞生之日起就盛名远播，一直引领长沙本土演艺文化的潮流，缔造了影响全国的琴岛模式。琴岛模式是指歌厅经营与剧场表演相结合的方式，观众购票入场，类似于到剧场看演出，但其气氛比剧场更加活泼。由于这一做法率先在长沙琴岛歌厅推出，故业内人士通常称之为"琴岛模式"。琴岛人有着优良的经营和创新理念，从十多年前歌厅文化雏形的茶座休闲文化开始，以"琴岛"为代表的本土娱乐企业越过了一个又一个发展瓶颈，促成了长沙歌厅界百花齐放、百家争鸣的深远影响。

8 月 13 日早餐后，我陪青莲到岳麓山游玩。来长沙多次，但从未去过岳麓山玩过。我们从酒店出来，打的不到 15 元的距离就到了岳麓山景区门口。岳麓山风景区位于湖南省长沙市岳麓区，海拔 300.8 米，占地面积 35.20 平方公里，是南岳衡山七十二峰的最后一峰，位于橘子洲旅游景区内，为城市山岳型风景名胜区，是中国四大赏枫胜地之一。岳麓山位于首批国家历史文化名城长沙市湘江西岸，依江面市，现有岳麓山、橘子洲、岳麓书院、新民学会四个核心景区，为世界罕见的集"山、水、洲、城"于一体的国家 AAAAA 级旅游景区、国家重点风景名胜区、湖湘文化传播基地和爱国主义教育示范基地。岳麓山因南朝宋时《南岳记》中"南岳周围八百里，回燕为首，岳麓为足"而得名，融中国古文化精华的儒、佛、道为一体，包容了历史上思想巨子、高僧名道、骚人墨客共同开拓的岳麓山文化内涵。景区内有岳麓书院、爱晚亭、麓山寺、云麓宫、新民学会旧址、黄兴墓、蔡锷墓、第九战区司令部战时指挥部旧址等景点。2012 年 1 月岳麓山风景区被国家旅游局公布为国家 AAAAA 级旅游景区。

上山可以坐巴士，或乘坐缆车，也可以徒步。我和青莲选择徒步。山不高，路不陡，蜿蜒盘旋而上，全是沥青路面，路两边全是茂密、参天的大树。夏天的骄阳虽炙烤着大地，但我们走在山路上，一点儿也不感到热，青莲因穿高跟鞋不好走，我的拖鞋让她穿上，我打着赤脚在前面走，一直走到山顶上，沿途的旅客看我光着脚板，手拿着双女人的高跟鞋，青莲穿着大男人的凉鞋，好奇地盯着我俩。一路上走走停停，到山顶已是上午 10 点半了，我们在"风景""爱情锁"几个景点拍了照，像爱晚亭等其他景点留个念想给下一次吧，而后选择坐缆车下山。

下午 4 点，我和青莲乘坐地铁从芙蓉中路到橘子洲，从"青莲站"出，我叫青莲看看这站名，我开玩笑说这是专为你设的站名，青莲看后开心地笑了。我俩沿着湘江绕橘子洲头散步。橘子洲风景区位于湖南省长沙市市区对面的湘江江心，是湘江中最大的名洲，面积有 91.4 公顷。由南至北，横贯江心，西望岳麓山，东临长沙城，四面环水，绵延十多里，狭处宽约 40 米，阔处宽约 140 米，形状是一个长岛，为国家重点风景名胜区。橘子洲，橘子之洲。形成于晋惠帝永兴二年 (305)，距今已有 1600 多年的历史了。青年毛泽东艺术雕塑即坐落在橘子洲头。选址于橘子洲头，以毛泽东宏伟词作《沁园春·长沙》为基调，以橘园用地为主址，布局了一个占地超百亩的"万橘竞秀园"，通过伟人文化为名洲增色。雕塑高 32 米、长 83 米、宽 41 米，基座占地 3500 平方米，由 8000 多块采自福建高山的永定红花岗岩石拼接而成，总重量约 2000 吨，以 1925 年青年时期毛泽东形象为艺术原型，突出表现了伟人青年时代胸怀大志、风华正茂的气概。一首《沁园春·长沙》，让橘子洲头家喻户晓。"谁主沉浮雕像群"位于巨型毛泽东雕像的背后不远处，矗立在绿茵之中，鲜花依偎，绿林相伴。栩栩如生的五位雕像人物，分别为向警予、毛泽东、蔡和森、何叔衡、萧三。据说当年，毛泽东经常和同学在橘子洲头，中流击水，看浪遏飞舟。一群同学少年，指点江山，发出"问苍茫大地，谁主沉浮"的慨叹，这样的激扬文字，给橘子洲头增添了一种伟岸的魂魄。谁能想到，一群文弱书生能够有一天带领天下百姓，开创一个崭新的世界，创造一个全新的中国啊！如今的橘子洲，已化身为一座承接历史的桥，镶嵌在湘江中流的绿色明珠，成为长沙人的骄傲。

8月14日，游天心阁景区。天心阁之称，是据传说而来，当时的星象学者认为这里地势高峻，地脉隆起，为文运昌隆之祥兆，于是在城楼建"天心"与"文昌"二阁以应之。昔日有对联"四面云山皆入眼，万家灯火总关心"，即是建阁的初衷。岁月流逝，天心、文昌两阁均毁，只有一块"天心"的匾额留下来，后在文昌阁遗址旁兴建一阁便称为天心阁。

天心阁由于地势高，为攻守险要，这里便成了兵家必争之地。太平天国时，西王萧朝贵率军攻打长沙就是从这里进攻的。至今城墙上还留下了一些炮眼。1905年，孙中山、黄兴在日本派遣同盟会会员陈家鼎回湖南组织同盟会机关，其秘密机关一度设在天心阁内。1930年7月27日，彭德怀率领工农红军攻入长沙，也在天心阁向部队作过报告。1938年长沙"文夕"大火时，天心阁化为一片瓦砾。

天心阁景区不大，不到半天的时间就能游览完毕，但古城楼几度变迁，尤其是天心阁的对联耐人寻味。

下午收拾行装，结束了长沙度假模式。回家同爸、妈、岳父商量，带着三位分别为78岁、79岁、80岁的老人上井冈山看看。了却妈妈多年的心愿（妈妈3年前就跟我说想去井冈山看看。由于工作忙给耽误了）。这次难得休年薪假，休了3天，还有两天应该不能错过。我得克服从长沙开车回家的疲劳，回家休息一下，明早继续驾车陪三位老人上山。

8月15日早晨，说好了9点钟到兴莲路去接他们，爸妈却早早地收拾行李，吃了早饭从兴莲路走路赶到康达东路，老两口依然像小孩似的，有那么一股兴奋劲。

出发了，三位老人坐后排，青莲坐副驾，我开着那辆已有7年之久的别克凯越，沿着毛泽东上井冈山的线路（莲花—永新三湾—宁冈会师纪念馆—井冈山茨坪）前进。

在三湾，参观了三湾纪念馆，随团旁听讲解员的解读，领悟三湾改编的伟大意义。在纪念馆门口众人一起合影，然后直奔宁冈。

在宁冈，我的师范同桌同学张波热情接待了我们，他是宁冈会师纪念馆的馆长，儿子也在南昌工作，我俩平时联系多些。一走进纪念馆内，一批批来学习的人穿着当年红军的衣服，聆听当年井冈山会师的故事，爸、妈、岳父三位老人特别认真，我由于来过多次，走马观花转了一圈就出来，等回过头看他们时却不见踪影，我又索性往回找，只见他们静静抬头看着每一张血雨腥风的照片，不时还讨论当年主席的故事……

在茨坪，在红军北路 3 号江轩宾馆办理入住手续后，我和青莲做导游，先后参观了井冈山革命博物馆、井冈山革命烈士陵园、挹翠湖公园、井冈山干部学院、井冈山游客中心等景点，并拍照留念。行程中妈妈显得特别高兴，在井冈山很多标志性景区，除合影外，老妈高举着双手，非得来一张单独照片，并摆下一个姿势，好像要表达一种"井冈山，我来了"的喜悦之情。奔波劳累了一天，我爸和岳父、老妈和青莲一间，我单独一间，大家洗漱下早点休息，明天赴龙潭及贺子珍故居游玩。

8 月 16 日，在江轩宾馆吃过早餐后，带着三位老人继续出发前往龙潭景区。在进入景区入口时，被工作人员拦住，不准私车进入，不准自驾游，要进入景区，车子只能停在外边，走路进去。还好三位老人身体好、精神好，走路就走路，既来之则安之，待我把车子停稳后，5 个人沿着景区公路往龙潭方向步行前进。在路过红军小井医院景点时，在"小井红军伤病员殉难处"建的烈士墓和烈士纪念碑前，刚好一位女讲解员向参观的约 50 人团队讲述小井医院故事，讲伍若兰、陈树湘、刘仁堪等烈士英勇牺牲的故事，我们坐在石磴上旁听。她普通话极为标准，满怀深情地解读、叙说着战火燃烧的岁月共产党人的优秀品质，让每一位聆听、参观者在精神上得到一次洗礼，受到一次很好的爱国主义教育。听后，我不由自主竖起大拇指对她说："你是我听过的所有讲解员中最棒的一个。"她不是为了一项工作任务，她是在传播，在传承一种精神，她是告诫所有的参观者要不忘初心、牢记使命！在听完讲解后，我们继续赶路，在到达龙潭景区购票窗口时，工作人员要我出示五个人的身份证。当我准备付款交费时，工作人员对我说："三位老人年龄较大，不适合进入景区游玩。"我说："他们年龄大，可身体棒，能进去的。"工作人员说这是景区规定。我们没有办法，只好原路返回，前往贺子珍故居。

贺子珍故居位于江西永新县烟阁乡黄竹岭村，始建于清晚期，系一幢米黄色的干打垒结构建筑。贺子珍于 1909 年在此出生。20 世纪20 年代初，贺子珍父母携全家迁居永新县城，开设"海天春"茶馆维持生计。后贺子珍一家相继参加革命。井冈山斗争时期，贺子珍及其兄妹曾回到这里，带领群众开展革命活动。

黄竹岭村风光旖旎，村前屋后，山青水绿。黄竹岭村并不大，几十户人家，错落有致地分布在山谷中。井冈山失守后，国民党反动派曾先后七次对黄竹岭村烧杀，贺子珍故居被烧毁。2005 年由香港企业家林永财先生捐资恢复重建，2012 年 7 月该故居被公布为永新县文物保护单位。永新县委、县政府在县城三湾公园投资 800 万元，兴建了11617 平方米的"贺子珍纪念馆"，是永新继"三湾改编"之后，又一处爱国主义教育红色基地。

参观完贺子珍故居已是中午，我们下山在永新县城吃中饭。吃完后，打道回府，结束井冈山之行。

就这样，5 天的年薪假结束了，既给自己的身体做了一次保养，去了向往多次却未曾到访的橘子洲头、岳麓山、天心阁；又带爸、妈、岳父三个"老顽童"上了回永新—宁冈—井冈山，过了一回重走红军路瘾。三位老人高兴极了，在回莲的路上，又不约而同期待着下一程去毛泽东的故乡韶山看看，我爽快地答应了："只要你们身体棒棒的，下一次向韶山进发。"

永远的乡愁

当代著名诗人余光中在《乡愁》中写道："小时候，乡愁是一枚小小的邮票，我在这头，母亲在那头。长大后，乡愁是一张窄窄的船票，我在这头，新娘在那头……"可我的乡愁，却是莲花路口老家那座距今已有436年历史的仰山文塔。

（一）

我的老家在路口镇（旧时称"路溪"）庙背村田南，自我懂事起，每当我站在家门口，向远方眺望，在不远处的田垄中，矗立着的那座仰山文塔，总是让我全神贯注看上它那么一阵子，多少次燃起想探个究竟的冲动，她像是我心中的灯塔，照亮着我的人生之路；她是咱路溪人的守护神，守护着一方平安；她是咱路溪游子心中永远的乡愁。

小时候，坐在门前的樟树下的石板磴上，奶奶在断着豆角，我总是摇着奶奶的大腿，指着远方的古塔，总想要奶奶告诉我：那远方的古塔是什么，什么时候建的，为什么建在田垄中间而不建在村之中央，为什么要建个古塔等诸如此类的问题。

奶奶是村里刘氏的长辈，大伙都尊称她"思厚奶"，奶奶又是当地老中医，治好许多肝炎病人，知道的东西自然多些，每当问起那古塔时，奶奶总会慢条斯理、津津有味地讲起仰山文塔那些传奇故事。

奶奶说，那可是咱们路溪刘氏大家族的神塔，全乡所有村的老百姓不论从哪个角落都可看到神塔，都受到了神塔的保护。我们的先祖是从安福笪桥迁过来的，也有中途从永新仰山三门前村迁移过来的。据族谱记载：永新仰山刘氏起初也是从安福笪桥迁过去的，因仰山三门前刘氏繁衍较快，人多，田地有限，一部分先人便辗转迁徙安福蒙陂，后听族人介绍说路溪地广人稀，土地肥沃，刘氏繁衍壮大，家家生活富裕，比其他姓氏人多，便又迁至路口。永新仰山三门前村曾出过宋朝宰相刘沆、明朝阁老（首辅大臣）刘三吾，二位名相出于刘氏子派，所以仰山三门前村被称为"两朝宰辅故里"；刘沆之子刘瑾和他的两个儿子刘俌、刘侚同为进士登科，世人称他们父子三人为"一门三进士"，对刘氏后裔影响颇深。

刘氏先祖自仕淑公迁居路溪后，就很重视培养后代读书，在庙背建了登龙阁，在园下建了文昌阁，专门聘请返乡的秀才做导师，专门研读科举考试所学之书《中庸》《论语》等，尽管众弟子饱读诗书，满腹经纶，学富五车，却屡试不中，榜上无名。族人为此疑惑不解，只有摇头叹息。

一日，一个衣衫褴褛的跛足和尚（济公一样）手握着一把破棕叶扇一摇一摆一跛地来到路溪化缘，看见村中的山形水势，拊掌一笑、一哭，也不化缘，竟跫足而走，口中还念念有词："蓬转萍飘，仰山文风，余绪断矣！"族中诸老见话出有因，大骇，赶忙拦住"济公"和尚去路，叩问解救之法。那和尚说："此事极易，巽位文泛，建塔七级，永镇祖风。"族中诸老匍匐在地，连连叩谢。待抬头看时，不见和尚踪影，大家认为这是神仙点化。于是召集嗣孙商议集资建塔，寓意迁移过来的刘氏后人要不忘先祖，要传承先祖仰山之文脉，便建砖塔以示纪念，取名叫"仰山文塔"，因塔高耸入云，又叫"凌云塔"；仰山刘沆的后裔在明洪武年间也在三门前兴建"后隆堂"，希望刘氏后代子孙兴旺发达，人才辈出。

（二）

民间还有一种说法：据说建塔之前，此地叫"车前陇"，原来求学和做生意，把马放在陇中吃饱后，从这里牵马出发。仰山文塔建好之后，此地改称为"塔前陇"。文塔犹如拴马桩，不会让牛马到处跑，也有为了不让刘氏的文风飘到安福去，建个高塔挡住之意。

仰山古塔建好几百年以来，咱刘氏平安无事，繁衍生息，出现了全乡"刘氏一姓"的神奇，像我们庙背刘、王、陈、肖四姓，其余三姓仅一两户，经过几百年，始终是这个样子；像湖塘村，刘姓是后迁移进去的，后来还是刘氏居多，湖塘人为传承仰山文塔之文风，在村头也建了"文峰塔"，但高度低于文塔。仰山文塔建成后，路溪刘氏人丁兴旺，为解决就地求学，培养赴京赶考学子，路溪刘氏举全族之力，于清光绪二年（1876）在文昌阁与登龙阁之间的葫芦洲（今园下）集资建书院，整个路溪刘氏子孙均在观文书院读书，还广泛接纳来自洋溪、钱山等地的他姓士子前来求学。在观文书院和仰山文塔之间有一座"割股亭"（为建农科所而拆除，后建敬老院）。传说，路溪刘氏有个德高望重的商人，得了个奇怪的病，郎中出了方子要用人肉做药引，结果有好心人让郎中在自己屁股上割了一块肉做药引，为回报这位好心人，也方便观文书院祭拜仰山文塔、仰山祠，商人建亭纪念名曰"割股亭"。书院正门对着仰山文塔，故取名为"观文书院"，书院右侧大门门额写有"爽气西来"四个字，取自黄鹤楼上的对联"爽气西来云雾扫开天地撼，大江东去波涛洗尽古今愁"。每天课间休息时，先生教弟子对着仰山文塔方向"三拜九叩"，崇尚刘氏之文风。观文书院为方便考生，嘉庆二十四年（1819），族人又集资在庐陵购买一栋房屋作为"试馆"，大部分资金由各大祠堂募集，其中庙背捐款最多。由于族人重视，此后路溪出了很多文武英才：大元山刘善生（明代）岁贡，在乐平县任训导，刘琰（清代）举人，任知县；庙背刘文琪（明代）岁贡，在饶州任教谕；刘启鸣（明代）恩贡，在徐州任通判，刘作义、刘理拔贡、岁贡，任官学教习，训导；刘冲翎（清代）举人，知县；同坑刘中柱（清光绪丙子 1876）举人，刘振珂（清嘉庆丙子 1816）举人，任知县等，数不胜数。庙背村清代的刘清扬武状元，威震四方。刘清扬两根 76 厘米、82 厘米长的指甲更是名扬天下；二十二世孙刘振元为上海市原副市长,二十三世孙刘建喜为吉安军分区原副司令员,二十五世孙刘盛中为塑包装工业总公司原董事长、总经理;刘长寿、刘茂和、刘可兴三个副县长;等等。听了奶奶讲的古塔神秘故事,觉得要秉承先人之文风,发愤图强才是。

(三)

小时候,出于对仰山文塔的向往,总有前去探望的强烈愿望,虽然离家也就 3 公里的路途,但由于年少时学业忙,看牛、扯猪草等家务事多的缘故,始终未能实现。真正对古塔开始了解,还是我女儿长大后,回路口老家拜年时,一家人在门口照全家福,女儿手指头指着门前远方的古塔,像我小时候问奶奶一样,问着同样的问题,才鼓起我前去探个究竟的决心。

从老家驱车经庙背、绕集镇不到 10 分钟的车程,就到了古塔脚下。古塔离吉莲公路不足 200 米。原来坐班车从吉安进入莲花,只要看到文塔就知道到家了,仰山文塔是他乡游子进入莲花的重要地标之一。

那天正值正月十五,在古塔下碰到了许多来古塔游玩参观的客人。在我停车的坪地上,一位老人正对着古塔烧香祭拜,觉得好奇,便上去询问其缘由。老人说,在古塔下,原来还有座仰山祠与仰山文塔同年兴建,祠里供奉着路溪刘氏始祖和刘沆宰相以及指点路溪先辈修塔的和尚的塑像,香火旺盛,

游览者甚多，初一、十五更是人流如织，大家都来此朝拜，祝福家人
四季平安，孩子学业有成，生意人财源广进，庄稼人五谷丰登。因过
去被破坏了，旧时土地肥沃，便成了菜地。生产队改为良田。可惜了。
但对古塔的朝拜，他几十年下来几乎没断过。仰山文塔传承的文风一
点儿不逊色于长沙的天心阁；在护佑一方平安方面一点儿不逊色于杭
州的雷峰塔，在时间的久远可与开封铁塔不相上下，历时 436 年而未
倒塌，在没有钢筋、水泥的年代，竟能打造出这坚固的丰碑，真佩服
先祖的建筑智慧之高超。

带着对仰山文塔的敬仰，我带着青莲和女儿来到古塔脚下，在古
塔旁竖立着两块石碑：一块是江西省人民政府、省文化厅 2006 年立的
"江西省文物保护单位"，一块是仰山文塔的简介。古塔始建于明万
历十三年（1585），清乾隆四十四年（1779）曾修葺过。2014 年省文
化厅拨专款维修，距今有 436 年历史。仰山在宋朝和明朝都出过宰相，
是文化发达、人才辈出之地。刘氏后裔为不忘祖辈，为激励后人，集
资兴建。

古塔为砖木结构，七层八面，密檐式，塔高 22.4 米，底层围 16.8
米，塔身厚 1.4 米。塔顶为一合金圆锥形盖。底层有门西南向，上嵌
石碑，镌刻"仰山文塔"四字，二层同向嵌有文塔赞词之碑刻，文字
大多被风化，字迹变得模糊起来，但碑文中体现的"解元会元状元而
斑斑炳炳，乡魁会魁文魁而磊磊连连"等字样仍依稀可见。每层开八
小窗，内有木梯可达顶层。凭窗纵目，可远眺山川胜景，农家炊烟，
屋舍俨然。

（四）

仰山文塔占地面积不大，约莫有 2 分地那么大，四周全是粮田，
听娘说过，古塔坐落的地方也叫"龙盘坑里"，原先是一片很大的沼
泽地，跟红军过草地没啥两样，是先人用松树木一排排放进去，才敢
在长满草的地方行走。承包责任制后，为开荒种粮，农民争着开发才

在这沼泽地里插秧种稻的。我娘也吃得苦，在这沼泽地里开挖了2分多地种糯米稻。小时候，我在这里扯过猪草，跟娘在这莳过田，一下田，就会淹到大腿上，人要是站在草堆上，四周都会一晃一晃的，一不小心就陷进去。可先人却偏偏在这样的沼泽地上建古塔，整个古迹全是用青砖砌成（碑文除外），在基脚也未看到过巨型石砖，所有的窗子也是由青砖打磨而成，不像一般的古居由石磴、石砖、石窗建成，也许是年代久远被淹没掉，竟如此牢固、结实。四百多年，历经风雨飘摇却依然岿然不动，这真是建筑史上的奇迹！

仰山文塔的大门西南方向，正对着路口村刘氏大宗祠，我们进入塔内，八面塔墙采用水磨青砖，用桐油、石灰、糯米砌制而成，砖与砖的缝隙中依然可看见坚固的材料。每层的顶部向内缩，铺设上等的老木料后再建，共七层，寓意七级浮屠，是最高等级的佛塔。长长的楼梯斜直放在塔体上，我沿梯攀登而上，只能到二楼，每层八面八窗，共有四十八个窗子，其中只有东南西北二十四个窗子通透，其他二十四个窗子虚掩，不论风从哪面吹进来，瞬间在对面的窗中出去，每一层都是一样，到顶部用一个巨型铜鼎盖住。可见先祖的建筑智慧之高明。真想攀登至第七层，无奈没有楼梯，只好沿梯小心而下。虽说2014年已拨款修复，可能是为安全起见，未恢复原貌拾梯而上直至顶层。但可想象当年登楼远眺之胜景。

回望气势雄伟、高耸入云之仰山文塔，塔顶上倒放着一铜鼎，铜鼎本身分三段五层犹如宝塔，铜鼎四侧均有一根铁绳斜拉着，在阳光的照射下偶尔会发出银光，那塔顶如针，直刺天穹，任凭数百年风吹雨打、雷电轰鸣，古塔岿然不动。听说铜鼎重约一吨多，但铜鼎在436多年前是如何登上20多米高的塔顶的？县志上无从查找，如今成了一个谜。

听刘湖清老师问当地老圣获知，传说当年先祖在把铜鼎放在塔顶上遇到很多麻烦，怎么弄也上不去，听说还压死过好几个人，正在束手无策之际，又见那个衣衫褴褛的跛足和尚来了。于是大家叩跪在地，求赐良方。和尚见人们叩跪一地，说了句："跪察地脉，惑难自没。"和尚围着宝塔和顶盖转了一圈，口中念念有词，猛然大喝一声"起"，叩跪在地的人们心中为之一震，待平身看时，和尚也不见了，顶盖也不见了，大家猜疑是和尚偷走了顶盖，于是仰天长叹。这一仰不打紧，只见那葫芦宝盖已平平稳稳地安放在塔顶上。大家这才醒悟，是和尚的神力，使葫芦宝盖飞升塔顶，随即四面叩拜，恩谢和尚。这自不可当真，真实情况已无从考究，但传说一代一代传承了下来。

（五）

穿越历史时空，仰望着神秘的仰山文塔，古塔依然完好无损，时有鸟雀出没，它们栖息此地时，也衔来了泥土和树种。10多株直径不足一米的胡椒树歪歪斜斜散落于塔身上，仅立于塔顶的一棵树长势最为突出，与铜鼎为邻，相映成趣。美中不足的是仰山祠庙、割股亭、

登龙阁、文昌阁已不复存在，期待着有朝一日能恢复旧貌，让尘封数百年的仰山祠、观文书院、登龙阁、文昌阁等古文化遗产重放异彩。

仰山文塔，这古老的文化瑰宝，历经436年的人文景观，吸引着一代代的文人墨客前来登高游览，写下了许多吟咏文塔的诗词歌赋，或铭勒石匾悬挂塔门，或收入刘氏族谱和《莲花县志》中。其中清朝安福县令梁学源写的《路溪文塔记》最为出名，正如其所述："惟山与水，既秀且清。有塔耸然，高插苍冥。风团脉聚，人杰地灵。隐居行义，道本吾撑。拭目贤达，高出凌云。"所以此塔也叫"凌云塔"，清代莲花厅知事李其昌登塔时也写下《凌云塔》："谁是凌云山斗齐，浮屠遥望说攀跻。丹梯千仞无虚蹑，欲上须知着眼底。"原县委宣传部副部长刘成祖游览古塔时也感叹写下《仰山文塔》："仰山文塔树铭旌，大材巨橡主儒林。龙凤呈瑞彰先智，碧云古风庇后荫。"咏赞文塔的诗句举不胜举。

庚子年，油菜花盛开之时，因新冠疫情宅家两个多月，我一家人带上小孙女又上仰山文塔，也想让小孙女自幼沾沾我刘氏先祖之文风……

"万物有所生，而独知守其根。"仰山文塔就是咱路溪人的根，更是路溪人的魂。仰山文塔已是咱路溪莘莘学子心中的灯塔！是咱路溪人的守护神！更是路溪游子心中永远的乡愁！

2020.6.4《今日老区》

2021.2.28《赣西都市报》金鳌洲栏目

2021.7《散文选刊》下半月原创版

话说庙背

在莲花路口镇的石门山脚下有一个叫"庙背"的小村庄——那是我的家乡。

纵观全国，各地以"庙"字命名的村不计其数，以"庙背"命名的村庄竟然也有九个之多：萍乡上栗鸡冠山乡、莲花路口镇，吉安市吉州区，赣州的于都县、会昌县，湖南凤凰县，甘肃省灵台县、临洮县，广东省阳江市。想必是村里原先都有庙的缘故。

虽说是小山村，可在路口镇来说是最大的村庄。庙背村位于路口镇中部，南至湖上五口，北至下垅东湖与安福交界，东至湖塘、汤家坊，西与街头、路口接壤，面积为 6.23 平方公里，其中山林面积 6000 亩，耕地 1960 亩，605 户，全村有 13 个村民小组、2237 人，人均寿命 79 岁。

若是早些年你来我们家乡，远远地就能看到一棵高耸入云的迎客松，高达 28.8 米，像一条苍龙直飞天空，远近的人们都称它为"龙树"。背井离乡的游子从远方回来，远远地看到龙树苍翠的身影，就自然有了到家的温暖！那时，龙树不仅是我的家乡天然的地标，更是游子心中充满温情的乡愁！

我爱我的家乡，出门在外，常以自己是庙背人而感到自豪：路溪博物馆、庙背锡雕，特别是清代武状元刘清扬两根长达 80 厘米左右的指甲是世界上最长的指甲，被列入了吉尼斯世界纪录……可当别人问及庙背的庙在哪里？有几座庙？庙有多大？香火是否旺盛？庙里菩萨灵不灵？我却哑口无言，感到十分茫然。

　　说真的，在庙背生活长达十多年，还真的没见过什么庙。对庙背这个名字的由来也是久思不得其解，带着这个疑问，我曾多次回家问一些村里的长者，才对庙背的历史略知一二。

　　关于"庙背"这个村名的由来，有不同的传说，但大体上也跟庙相关。有"先有田南，后有庙背"一说。听我奶奶讲，田南原住民姓柳，有六七户人家，柳氏专门为朝廷养马，为路口驿站提供优质骏马。自刘氏从安福笪桥、永新仰山迁入后，原驻民柳氏在若干年后，人丁稀少，便逐渐自然消失了，民间的"来刘去柳"传闻在庙背成了活生生的例子。

　　也有以"庙之多、庙之大、庙之灵"一说。听村里 101 岁的曾喜姑"喜子奶奶"和老大队书记刘槐先讲：旧时，村村都有大小不一的庙宇，因庙背风水好，有一口好泉水"龙源口"，一年四季，奔涌而出，而且冬暖夏凉；有一片三面环山的盆地，土地肥沃，人丁兴旺，路溪刘氏开基先祖仕淑公生下仁可、祥可、清可、良可等儿子分布在不同村落，唯次子祥可长子简温、次子资武徙居庙背田南后发展最快、最好。湖塘、下垅、同坑、汤坊均在庙背刘公不同房下衍生出去，且文风盛行，为祭先祖恩德，崇尚佛教文化、崇尚"忠、孝、礼、义"复礼文化。庙背刘氏族人选择在风水较好的龙源口支流，建了三座家庙，在当时周边地区建的庙最多，而且规模较大，庙背的庙里菩萨有灵，连一些外村民也初一、十五到庙背的庙里来敬菩萨，保佑、祈祷家人平安、生意兴隆、金榜题名、六畜兴旺等。传说到此祈求什么都灵验，故香火特别旺盛，每年的庙会也特别隆重，连武功山、石门山寺的高僧也下山凑热闹。三座庙均坐落在村落前，村居建房居住在三座庙的背后，都说"村庄在庙的背后"，庙背就这样叫开了。

　　还有一种传说：村之中央有一块空阔地，是村民天然的晒谷坪，因地势较高，老百姓称之为"龙背"或称"龙背上"。而且在村头有一片原始松树林，其中一棵古老的迎客松，高 28.8 米，旧时是村民赶集、上学、经商的休息之地，方圆十几里都能远远地看到，可惜在不断扩大的新村，不断掘深水井，让她枯死，让她凋落！只保留干枯的身躯，但只要你来到她的身旁，她依然可以告诉你，她曾有的辉煌。在她脚下曾有庙背子孙为保护她建的铁艺围栏，而今只能成为一种记忆。这棵号称莲花第一高的"迎客松"，又被称为"龙树"。龙背上、龙树均在庙的背面，先人取村名为"庙背"。

总之，不论哪种说法，均与庙宇有关，而且"庙背"这个吉祥如意的名字一直沿袭了下来。

一些上了年纪的长者，常常感叹："庙背无庙，终究是个遗憾！"但对旧时庙背三座神庙仍然记忆犹新，说起登龙阁、上屋庙、太庙里，更是滔滔不绝，有说不完的话题。这三座庙像带状分布三条龙源口支流小溪西侧。过去流传着"庙背村有三条江（新江里、穷舍下、油榨前三条江在宝圣桥汇合后叫太坡），死人就要三户伤"的说法，说的是这三条江对庙背人繁衍生息的重要性。

登龙阁其实起初是庙背先祖建的书院，也像复礼书院、观文书院一样依江而建，坐落在村的边端，新江里旁边，前后百米之内无人家，是个修身养性、读圣贤之书的清静之地。登龙阁大门有副对联，上联"一江活作东波带"，下联"双石生成西笃门"，横批"登龙阁"。书院前方正对着高耸入云的石门山，四周是一望无际的农田，视野开阔，垄中便是刘氏宗亲建造的"仰山文塔"，寓意刘氏学子要继承先祖之文风。占地约有 500 平方米、三进两天井，与下垅的文昌阁、观文书院一起是路溪先祖在书院、私塾规划布局上与路口垄中仰山文塔、湖塘文峰塔相对应的建筑之一，距今有 436 年之久。有句俗语说"庙背有个登龙阁，有起头没刹角"，寓意学无止境、学海无涯，但后人更多的是因书院停办的惋惜。

后来，因刘氏子弟集中在观文书院就读，登龙阁书院停办闲置。南岳一高僧云游此地，在登龙阁借宿一晚。第二天晨起，见登龙阁前有小桥流水，旁有一排排青松翠柏，举头正对双门石，感觉是为他量身定做的天造地设的佛门修炼之地，就在阁中歇脚不走请观音菩萨等三尊菩萨入阁，成为当时庙背规模较大、香客最多、香火旺盛之庙。高僧练有一身好武艺且有一颗菩萨心肠，夜晚专门负责全村打更、火烛、查夜之事；白天忙着耕种庙里的十几亩耕地，平时救济一些困难村民。现仅存树龄 400 多年的五棵柏树依然郁郁葱葱，挺立在残存的遗址东岸，遗址散落的青砖已成村民菜园的围墙砖。

小时候，我跟着娘去十二队辛勤坡干农活。曾在登龙阁小憩过，那时的登龙阁是生产队储备农家肥料的场所，各种粪便堆在一起，散发着刺鼻的臭味，但那时一点儿也不觉得，坐在那阁楼下的石板地缝上休息或避雨，是农家小孩的一种甜蜜的享受。

上屋庙在素轩公祠（始建于清朝，重建于 1944 年。笃亲堂有 220 平方米，三开二进，一天井，砖木结构，门楼为硬山顶，是三房的家祠）后面，在三座庙的中间，且又在村之中央，占地 300 平方米，前有一个可容纳全村人看戏、舞龙灯，每年的农历新年、元宵节，直至二月初二举办盛大庙会的大广场，广场前有戏台，可容纳全村几千人。小时候，我曾在此看过《万紫千红》《地道战》等电影，看过庙背大队剧团自导自演的《沙家浜》《梁山伯与祝英台》等戏曲。

听奶奶讲，在清朝嘉庆至光绪年间，庙背的庙会达到顶峰，各地刘氏宗亲都会来村里敬香拜神，看望武状元刘清扬大师，刘清扬武馆弟子的武术表演、参观庙背锡器表演（完整 32 套锡雕艺术）、舞龙灯表演等，可真是车水马龙、人山人海，热闹非凡。尤其是一代武师刘清扬，远近闻名。听族人讲：有一年琴水杨枫刘氏和花塘朱氏打大阵，杨枫刘氏宗亲用"轿子"请从庙背宗亲武师刘清扬出山，消息刚一传到花塘，朱氏族人便偃旗息鼓，宣布和好如初。

三房子孙刘弼才等刘氏子孙在湖南常德津市做生意遭湖南地痞流氓欺负，损失惨重，后请刘清扬出山才摆平。听说刘清扬赶到弼才锡器店时，一伙流氓正在找老板纠缠，弼才见老家"打师"到来，甚是高兴，拜请他们走开，他们不依，只见清扬纵身一跃早已飞到店门口，再用脚一个马步，店前踩得溜光的 50 厘米的大石板一分为二，还没等清扬拱手，当地的流氓一溜烟全不见身影。从此当地人对刘氏老板敬佩三分，不敢越雷池一步。刘弼才发财后回庙背建汝为公祠（爱庆堂，三开二进，一天井，砖木结构，门楼为硬山顶）教育后人，致富不忘宗亲，以感恩先祖之恩德。

在上屋庙旁边是村中"慈那面"大地主，有 100 余亩耕地，全靠收租过日子，虽说是地主，但看他雅号"慈那面"就知道不那么凶恶。他的儿子刘兴羽，现年 80 多岁，他是庙背版的赵本山，人称他叫"岸巴猴子"。兴羽是村里的好篾匠，衔着个烟斗，常年在外吃手艺饭，常讲些笑断你肠子的笑话。他家住在上屋庙旁，上屋庙前一条小江沿庙顺流而下。庙前是一条石板路，有一座石板桥。庙内也有三尊菩萨。小时候，我去庙背礼堂读书，每天要经过上屋庙，路过时总感觉后背凉凉的有点害怕。

太庙里坐落在四房祠前头李树才家旁边，据说，占地有近 200 平方米。庙前有烧香、舞狮子、演戏的广场。太庙里也有四个神灵：一个土地公公，一个神龙皇帝，一个梅山骑虎老爷一手拿着马鞭，一个太子老爷穿龙袍，大凡初一、十五，过年过节，周边的村民都会去烧香拜佛，故香火也挺旺盛。

旧时的每年正月初十，"菩萨出行日"。老者在前引路，青壮年排队有序抬着，敲锣打鼓，妇女们双手拿着彩带，扭着各色各样秧歌舞，爱看热闹的小孩跟在游行队伍后面，家家户户放鞭炮、端茶水、上等糯米酒、各色糕点，张灯结彩，开始等客。目前，在街头、丰施、汤家坊（庙祝下）、路口等村庄还作兴菩萨出行这一流传千年的习俗。

历史渐渐远去……如今的庙背虽无一庙，但古祠堂还是保留不少。新农村的规划、建设有序，尤其是对老礼堂、古祠堂的修复，山湾湿地公园、路溪博物馆的建设，全村的绿化、亮化、美化在县内外稍有名气！还是全市唯一一个不占耕地建房的村庄。2018 年被时任市委书记李小豹称之为"全市乡村治理模范村"，2019 年 12 月被国家森林和草原局评为"国家森林乡村"，被省水利厅评为"省水生态文明村"。

庙背是我的家乡，也期待着庙背的未来更美好！

庙背"路溪"博物馆

前不久，在我的那篇《话说庙背》一文中谈到的庙背"路溪"博物馆，有人特意打电话问起，"路溪"博物馆是个啥样？是否吹牛？

"牛皮不是吹的，火车不是推的！"在我的家乡庙背村"山湾湿地公园"和庙背广场之间的确有一座"路溪"博物馆。而且是咱莲花乃至萍乡市唯一一家村级博物馆。现在，每天来参观的游客络绎不绝，成为望得见山水，留得住乡愁，进行历史传统文化教育的网红打卡地。

在没有实地参观之前，我也不敢相信，博物馆一般只有市一级有，县级一般没有，怎么村里也弄出个博物馆？

有一些事，不身临其境参观和感受是难以信服的。

辛丑年正月初一，我叔叔今年是"新年"（离世头年），虽未立祭台，我们兄弟几个相约一起回老家庙背祭拜。

到了老家，按规矩祭拜仪式之后，我独自去"路溪"博物馆再探个究竟，在朋友圈宣传推介一下咱庙背。

博物馆坐落在石门山脚下风光旖旎、古木参天，流水潺潺、荷花满池的庙背"山湾园"旁。公园前矗立着两块巨石，上面分别写有"江西省水生态文明村"和"国家森林乡村"。在公园的古樟树下，老井旁有原村党支部书记刘彬彬捐赠的"饮水思源"石碑。在公园休息亭前有原村主任刘世雄捐赠的"厚德载物"石碑，公园停车坪前建了巨型石牌坊，牌坊上雕刻着一副对联，上联是"山非高矣面禾山背武功五百里景观啸灵瑞"，下联为"湾固小焉源丰里衍彭城三千年楚汉歌大风",横批"山湾园"。这副对联描绘了庙背的地理位置,刘氏的历史渊源。从山湾园踱步下台阶,走过山湾荷园拱桥的左侧中央便是"路溪"博物馆。馆的门前停满了小车,大门正打开着,虽说是过年,但来参观的游客还真不少,多半是在外工作或务工的家乡人。馆主刘为吉笑容满面,忙个不停地招呼着……

说起馆长刘为吉也的确令人折服!一个地地道道的农民兄弟,且行动不便,却对古文物情有独钟,刘为吉收藏文物和创办的"博物馆"故事早已在路口民间传开,几乎无人不知。

67岁的刘为吉,一米六七的个头,身穿黄色的中山装,理着球头,圆圆的布满皱纹脸蛋上总是洋溢着笑容。他自幼家境贫寒,小学五年级就被迫辍学,四处打零工谋生。年轻时到湖上、闪石、坊楼等地挖煤,右手受过重伤,难做苦力活。

1980年,改革开放初期,刘为吉敏锐地嗅到了商机,加上自己之前挖过煤矿,对煤矿的经营有所了解,于是抓住时机,跟人合作一起承包了煤矿。由于他既有经验,又勤恳,终于赚到了人生中的"第一桶金"。

1998年,刘为吉又做起了日用品买卖生意,收入不少。刘为吉尽管读书不多,但自幼受到家庭以及庙背、阳春、湖塘等村落浓厚的文化氛围熏陶,从小对古物、古迹便萌生了浓厚的兴趣。有了钱之后,他不是把所赚来的钱去置家业,而是除去维持吃喝生活需要外,其余的全拿去收藏老物件。几十年下来,每逢挣到一点钱,他就拿去买这些旧物,老物件越来越多,家里放不下了,刘为吉就把这些老物件存放在自家老祠堂里。然而,祠堂先后发生了几次盗窃事故,把许多值钱的文物盗走,弄得他茶饭不思,心里不是滋味。尽管他向路口派出所报案,派出所干警破获了被盗案件,追回了一部分失窃的老物件,但有些老物件已经破损,这让刘为吉心痛不已。

原村党支部书记刘彬彬知道后,建议刘为吉将一生的收藏放在四房祠。四房祠比较大，有专人看管。2015 年 7 月 4 日，竟也有人在四房祠后面挖地洞，进来盗走了战国时代的铜帽、花瓶、玉手镯和一对石头狮子等文物。后来，刘为吉把文物搬到二房祠，结果还是被一些贼偷走，尽管被公安派出所破案并抓了五个盗贼判了刑，但一部分文物被偷走已无法追回。

2017 年，原村党支部书记刘彬彬看到刘为吉对文物收藏这么执着，也为了保护这些宝贵的历史文化遗产，弘扬传统文化，借村里建设"山湾湿地公园"之际，庙背村党支部、村委会通过多种途径筹款 100 多万元，选择公园与村广场之间超过 1000 平方米的空地上，请萍乡建设设计院专家设计，建了一栋青砖黑瓦、马头墙徽派建筑风格的上下二层近 700 平方米的村级博物馆。为确保文物安全，村里为博物馆安装了多个摄像头。馆名由刘彬彬书记亲自命名为"路溪"博物馆，并聘请路口阳春籍中国著名书法家蔡正雅先生书写馆名。两边还贴有刘为吉自己制作的一副对联："收天下物美秀台列，集民间珍宝众人赏"。

博物馆门前有个小广场，可停放旅游大巴或小车，沿着山湾湿地公园设有文化走廊，展示整个公园建设前后对比图片。博物馆大门前留有一条长 18 米、宽 2.4 米的大回廊，堆放着古石磴、古石碑、古石柱、古石磨等各式古石文物。回廊中间矗立两根高达 10 米的水泥圆柱，气势雄伟。

走进博物馆，馆内布展橱柜规范有序，各种各样的文物映入眼帘，一种穿越"时空隧道"的感觉便油然而生，仿佛走进了古文物所展现的年代……

刘馆长见我进来，笑嘻嘻地迎了过来。我告知来意后，他便热情洋溢地介绍起馆内文物。只见他如数家珍，款款深情，充满着自信和幸福的味道。

一层分古币区，古兵器区，毛主席像章区，红军号、红军送信用品等苏区、革命文物区；有古烤火炉、古水烟筒、古墨台、古锡器（酒壶、茶壶)、古陶瓷品、古瓷器等展品。其中最吸引人眼球的是古兵器区展出的那 32 件锡制兵器,是镇馆之宝,也是庙背的镇村之宝。民国辛酉十年春,庙背为了镇恶压邪、保一方平安,由刘业最、刘盛茂、刘亨最、刘喜元等 25 位锡匠艺人捐款、助工参与铸造了 16 套 32 件锡制刀、剑、斧、锤、矛等古代兵器,并饰有笛、古筝、鼓、笙、唢呐等民间乐器及棋画兵书、牌匾等,寓意文武相配、刚柔相济。每件都绘有精美的图案,造型独特、精美至极,令人叹为观止,堪称我省民间手工技艺一绝!据刘馆长介绍,今天我们很幸运,因为春节而展出,平时因怕被偷盗,这 32 件宝贝由村党支部派专人负责保管,非必要不展出。

在一层大厅的左边墙面上还展示不同历史时期的年画,大厅正对面张挂神龛,各种神仙菩萨、古插屏、古圣旨、古捷报、古对联、古神龛雕刻等;大厅中央摆满各色各样的古茶几、古餐桌、太师椅、古木箱、古棕箱等;大厅天井四周悬挂着五盏古灯笼,那可是旧时大富大贵人家才有的,一般农家只有煤油灯或蜡烛;天井上面悬挂刘为吉老祖父刘克后(武秀才)留下的堂牌"恩爱堂",左边悬挂"进士"牌,右边是光绪皇帝赐给朱益藩的"盛朝宝臣"牌匾;在大厅背面张贴着清朝疆域地图;大厅左边的墙面张贴着"路溪"的发展沿革。

楼梯间依次布满了古时一些猎枪、旧蓑衣等。让人不由想起旧时猎人捕猎和"孤舟蓑笠翁,独钓寒江雪"的场景。

二层展厅展出的是民间民俗用品区:古对联、古牌匾、太师椅、古神台、古婚床、旧摇篮等;农业生产用品区:旧水车、风车、土推车、绞车等;民间古建筑雕塑区:牌匾、花雕、树雕、石雕……价值连城。这些文物是刘为吉一生云游四方,个人出资购买收藏的珍品。一件文物、一张字画……均代表不同的历史朝代的文化,再现了那个年代的人民劳动、生活的画面,展现了不同年代人民的智慧,是一部活生生的历史教科书。

在参观时，刘为吉非常惋惜说："庙背还有件稀世珍宝：庙背清嘉庆年间刘清扬那对长达 82 厘米的指甲（已列入吉尼斯世界纪录），只可惜早在 1980 年已捐献给吉安市博物馆。如果能将这个宝贝从吉安市博物馆借回来，那该有多好呀！"

是呀！刘清扬那对"世界上最长的指甲"，如果能回到路溪博物馆，哪怕每年在村里展览一个月，也能为村级经济带来可观的收益。我曾慕名到吉安市博物馆参观过，那的确是一种人间奇迹，更是清代武状元刘清扬对爱情忠贞不渝的真实写照（详见我曾写的《世界上最长的指甲——清刘清扬的传奇人生》一文）。

正当我意犹未尽时，八弟打来电话，该回家吃饭啦，我只好移步离开，一同从博物馆参观出来的游客，几乎是异口同声地发出一声声赞叹！正所谓"高手在民间，绝活出草莽"，有人说："不简单，不简单！一个普通农民兄弟竟然收藏这么多值钱的文物宝贝！让我们仿佛回到某一件文物所代表的年代，找回了我们失去的童年记忆，找到了过去感觉！"也有人说："庙背原书记刘彬彬真是了不起！有这样的胸怀和气魄建这么大的博物馆！目前，各种各样的陈列馆、民俗馆、博物馆很多，但这是萍乡具有真正意义上唯一的一家村级博物馆，也许是江西乡村第一家！"

庙背的"路溪"博物馆，一个村级博物馆，正以新时代乡村振兴的样板工程吸引着八方游客一批批前来参观学习！

2021.9.12《赣西都市报》文化栏目

探寻"莲花白鹅"的逸闻趣事

初唐诗人骆宾王七岁时作的那首《咏鹅》，想必大家并不陌生。但在江西莲花关于白鹅的故事，也许并非人人皆知。

江西省莲花县地处亚热带湿润性气候地带，乃赣江、禾水支流发源之地，位于罗霄山脉环绕延绵的莲花县山清水秀、气候宜人、水草丰茂，有着得天独厚的饲养白鹅的自然条件，莲花人素有养鹅的传统习惯，其养鹅历史悠远，源远流长，经久不衰，形成了肉用型地方特色良种——莲花白鹅。

那个年代，江西营养专家鉴定的莲花白鹅以其"肉质细嫩，美味可口，富含对人体有益的不饱和脂肪酸及多种维生素，营养丰富，经济价值高"而享誉全国，莲花白鹅宴产品在香港等地被誉为"食品皇后"。

在 20 世纪七八十年代，莲花县委、县政府顺势而为，投资千万元在城北办起莲花鹅肉加工厂和莲花鹅绒厂，养殖、加工、生产、销售一条龙，把白鹅产业可以说是做得有声有色，一时成为国内外知名企业。鹅绒衣、鹅绒被等系列产品远销俄罗斯、乌克兰、法国等国家。后因市场的原因，加之经营不善，工厂双双被迫停产破产。曾经的辉煌，随着时间的推移，也慢慢地消失在人们的记忆之中。政府主推的白鹅产业虽没有办厂期间那样火热，但民间养鹅的传统却传承至今，莲花白鹅这道久负盛名的江西传统农家名菜与莲花血鸭一样，成为食客们的最爱，2016 年被江西省农业厅评为"江西十大传统农家菜之一"。

2020年12月20日，在乡镇项目现场观摩会上，走进三板桥株岭坳铁矿旧址，李桂翔在这里创办莲花白鹅原种场，该基地坐落在镇背村，占地350亩，以莲花白鹅孵化养殖为中心，走"村集体+合作社+农户+市场"的产业化发展路子，与省农业科学研究院建立了技术合作关系。2020年，成功登上全国乡村特色产品和国家家禽遗传资源品种名录两个国字号榜单，国家地理标志认定工作已通过省级现场验收。场主李桂翔饶有兴致地讲述着"石鹅仙"、"石鹅仙庵"和莲花白鹅一个个美丽的传说，虽版本不一，也不知真伪，但均为莲花白鹅增添了不少的神奇的色彩。

2021年1月31日，我应莲花白鹅原种场场主李桂翔邀约，心存一份"讲好莲花好故事"的初衷，由村民李道亮引路，和李桂翔与分管文旅的副乡长一起，带着对"莲花白鹅"逸闻趣事的好奇，来个实地探寻。

李道亮为镇背村人，从小跟其长辈到过"鹅仙山庵"和"石鹅抱子"祭拜过，对上山的路况比较熟悉，对先祖流传下来的故事也是讲得头头是道、津津有味。李道亮一边拿着镰刀在通往鹅仙山庵的古道上披荆斩棘，一边讲述着莲花白鹅的传奇故事。

古时候，有一个道士携一对白鹅过玄湖（现玄塘湖），因天色已晚便借宿于一户小客栈。该客栈住有另外两位青年壮士，因鹅鸣久久不能入眠，商议着烧水杀鹅喝酒。鹅闻听便飞向后山化为巨石。之后，该巨石每日深夜都会发出鹅叫声。一天傍晚电闪雷鸣，只见巨石中飞出两只白鹅，绕石三圈，冲天而去。

次日，村民前去察看，发现巨石上留下几处鹅爪痕，石旁遗留几对鹅苗，村民纷纷捡去饲养，从此仙鹅种苗在莲花乡村繁衍开来，绵延不绝。一代又一代莲花农人靠养鹅收益颇丰，人们为感激鹅仙的功德，便建庙永祀，并称该山为石鹅仙，又称"石鹅抱子"。

在村民中还流传着另一个传说：说是天上王母娘娘的瑶池中原有

一对白鹅，因为厌恶天上的清规戒律，便起了下凡的念头。有一天，无意中抖开天幕，偷窥凡间，竟迷上了莲花这个长满荷花的风水宝地。于是，趁王母娘娘不备，双双逃出天庭，来到了这美丽富饶的莲花之乡，定居安业，繁衍生息。

后来，王母娘娘察觉到了，顿时气得银牙咬碎，即刻派出天兵神将下凡，一举擒获了这对仙鹅，并当场劈为两半，这对仙鹅当即化成两块巨型石头。石缝里竟孵出了一对对的小白鹅，小白鹅层出不穷，步入民间寻常百姓家，开始繁衍，绵绵不绝。先人感其恩赐，称这两块石头为"石鹅仙"，并在旁建起寺庙供奉……

传说归传说，但释惟则与倪瓒胜赞莲花的故事，却是真实历史的事实。释惟则（1263—1355），著名的元代高僧，俗名谭天如，莲花神泉桃岭村人，莲花新城区中的"天如公园"就是为纪念天如高僧而建的。

元至正年间（1341—1368），惟则14岁入佛门，云游各处拜师参道。后潜心研究佛典，编著《楞严会解》《净土或问》《精要语录》《十戒图说》等书行世。他晚年的住所"狮子林"，至今为苏州游览胜地。后人将其诗文作品编成《狮子林别录》《天如集》。在苏州城北菩提寺住持时，惟则结交了当时的大画家倪瓒（1306—1374，字元镇，号云林，江苏无锡人。元末著名画家，与黄公望、王蒙、吴镇齐名，并称"元代四大家"）。两人的友谊十分深厚，经常在一起说诗论文，饮茶喝酒，共叙世间冷暖。

有一天，倪瓒前来菩提寺拜会释惟则，突然耳畔传来一阵"哦、哦、哦"的叫声。他循声望去，只见走廊侧边的池塘中正浮着两只大白鹅。倪瓒一见这些羽毛雪白、硕大肥腴、气势不凡的白鹅，不由赞不绝口："美哉，白鹅，天上下凡之天鹅也。"惟则见朋友如此喜欢，问倪瓒杀只白鹅品尝如何。倪瓒连声说："不！不！不！如此圣洁之物岂能杀之？欣赏就是一种享受！"惟则说："自己亲戚从莲花携来，家乡的白鹅多，下次再捎信带来就是。"如此说来，倪瓒便点头同意。于是，惟则便交代厨房用事杀鹅樽酒招待。食之，倪瓒更为惊叹："想不到这白鹅不但外形漂亮，其肉质更是鲜美无比！吃仙鹅，延年益寿矣！"为感激友人，遂画了一幅栩栩如生的白鹅图赠予惟则，并将烹调技术写进了食谱。莲花白鹅便因此出名。

从此以后，每逢苏州官宦人家设宴，定要做一道莲花白鹅名菜。后因交通不便，千山万水阻隔，渐以当地白鹅代之。但仍不乏好奇者，仿效倪瓒，不远千里，买得原产，以解其馋。

一路上，尽管杂草丛生，但也开阔，透过杂草看见古道上的阶梯青苔，足见当年香火旺盛。古道蜿蜒起伏、崎岖不平，有的地方甚至是悬崖峭壁，稍不留神便有滑下去的危险。听着李道亮讲述的传奇故事，不知不觉就到了"鹅仙山庵"。古庵遗址坐落在半山腰，三面环山，古树环绕，地势平坦，约莫有一亩地那么大，古庵已荡然无存，但见古庵遗址上残存青砖、青石、菩萨塑像，四周耸立千年古树，石头垒起的敬香台上，可看见一把把烧剩的木香，足见当年的香客不断。李道亮说这里曾是僧人讲学之地、当年红军的临时指挥所、井冈山斗争时期的一个联络点。

在古庵的后山上，有多座道士的古墓。不远处，是当年红军阻击敌人的战壕。离古庵右边相距不到500米的玄塘湖的山下便是传说中"鹅仙抱子"的巨型石头。我们顺着来时的路往回走，来到了"鹅仙"脚下。

造物主也的确神奇！整个鹅仙山仅有两块巨石，四周均为绿色植被所覆盖，两石之间的石缝跟传说中一致，山风吹来，透过石缝发出鹅鸣之声，怪不得先人说是鹅叫之声。

在鹅仙山脚下，有口山泉，清甜可口，含硒等多种微量元素，喝了有强身健体之功效，村民拜称为"鹅仙山泉"，山泉四季流水不断，滋润着四方乡邻。我们下得山来，来到山泉边，虽是正午时分，但山泉边停满了前来装水的小车，正排着队装水，好不容易插个队，尝口鲜，解解渴，的确味道不错！

下山之后，原种场李老板热情地招待了我们。也让我第一次品尝了莲花白鹅盛宴：鹅脯、鹅掌、鹅腿、鹅肠、鹅翅、鹅肝、鹅肫齐上阵，烤鹅、酱鹅、蒸鹅各种风味齐全，那扑鼻的香，那蒸熟松软的鹅皮，鹅肉丝像家里腊肉猪脚的肉丝，一丝丝的，色香味俱全、咬劲十足、回味无穷……大伙用一次性手套，一手拿着鹅掌、鹅翅、鹅腿，一手扶着，津津有味地品尝着……李老板神采飞扬地边吃边介绍。他说："莲花白鹅全身是宝，鹅肉富含硒、锌等微量元素，具有丰富的营养价值，加工后鹅肉食品有补阴益气之功，暖胃开津之效，缓解铅毒之能。在中医食疗上有抗癌作用。鹅骨能制作丰富的可吸收的'鹅肉酱'，是幼儿和老年人的保健食品。"

李道亮见我对莲花白鹅有如此兴趣，林绿对发展白鹅产业情有独钟，便问大家是否还有气力再行。除了鹅仙山和鹅仙古庵外，在山口垅与永新交界处的古官道上还有一道关于白鹅的奇观——"凤"字石。

耳听为虚，眼见为实，看来莲花白鹅传奇的故事在三板桥还真不少。一顿丰盛的"全鹅宴"之后，我们又从珠岭坳白鹅原种场驱车前往。

从镇背至山口垅仅 10 分钟的车程就到了。远远就望见一座白色的古塔"山口垅塔"（明朝天启年间建的，2001 年捐资重建）。古塔建于江边，沿江踱步 600 米路程就到县界隘口，"凤"字石侧卧在路旁。

走近一看，还有莲花县人民政府、莲花文物办 2015 年 10 月 10 日立的"莲花县重点文物保护单位"石碑，碑文有详细记载。此石长 6.8 米，面高 3 米，占地 20 平方米，"凤"字形清晰可见，遒劲有力，虽历经千年却完好无缺，旁边是吴楚时期三板桥进入永新文竹的官道。

"凤"字石，更是莲花白鹅作为地方特色品种的有力佐证：据说是岳飞抗金时即宋绍兴二年（1132）二月二十七日，奉命镇压曹成，率部从南昌出发，沿赣江逆流而上，再从永新经过莲花，三十日赶到茶陵，路过三板桥山口垅炎坡，在此命部队稍作休息。岳飞坐在路边的石头上，看见山口垅的农田里相互追逐的一群群白鹅，犹如天上的凤凰。于是在歇脚的石头上用佩刀刻上"凤"字。寓意莲花白鹅的圣洁，更是表达岳飞本人的鸿鹄之志："三十功名尘与土，八千里路云和月，莫等闲，白了少年头，空悲切！"

大伙在"凤"字石旁拍照留念，凝望着这千年的"凤"字奇石，无不感慨万千，生于斯、长于斯的我，有"不识庐山真面目，只缘身在此山中"之感，如不是亲眼看见，绝不知"莲花白鹅"有如此厚重的历史渊源！

这次探寻莲花白鹅传奇印迹之旅，真的不虚此行！期待莲花白鹅产业越做越大！越做越强！越做越优！期待莲花白鹅这道江西"十大传统农家菜"像莲花血鸭一样走向全国，走向世界；期待着莲花白鹅产业在不久的明天做成融"原种培育、规模养殖、观赏品尝、文化旅游"于一体的乡村振兴莲花样板。

2021.2.9《今日老区》

第
三
辑

我的祖母

有那么一个日子，我永远不能忘记，虽已过去那么多年。

那是 1988 年 3 月 9 日（农历正月二十二日），晴天多云，这天下午，我们到老家看望祖母。80 岁的老祖母虽患有严重的高血压，却高兴得像个小孩似的，也忙着收拾衣物要跟我们去县城玩。可真是"天有不测风云"，不承想祖母一高兴，在过门槛时一不小心连人带物摔了一跤，当时并不那么严重，只是身子晃动了一下，但祖母却静静地走了……祖母还未来得及跟我们说声"再见"，就这样永远离开了我们。

"树欲静而风不止，子欲养而亲不待。"祖母走了，却好像无时无刻在我们身边；祖母走了，却好像无时无刻在照顾着我们；祖母走了，可我一直想念着她，怀念她。不论去庙背老家，还是县城的老家，或是伯父家，一进门，我就会不由自主地站在奶奶的遗像前，默默地瞻仰着我那慈祥的祖母，和蔼可亲的祖母，满面笑容的祖母……

我的祖母叫王英姑，1909 年出生在湖上乡五口寮前一个姓王的大家庭里。一米六的个头，年轻时十分俊俏漂亮。听我娘讲，祖母也是曾祖父用其一个儿子"换亲"，嫁给我祖父的。五口的亲戚常说咱们刘氏换王氏英姑换强了，换来我家几代人的人丁兴旺、枝繁叶茂。的确，祖母生下三儿一女，儿女又发展出十一儿三女……现在全家四代同堂已是百余人。

我的祖母是庙背村里人备受尊敬的长辈，都称她为"思厚奶"。记得小时候，祖母牵着我去赶集，在路上，只要碰见熟悉的人，都跟我祖母打招呼，都思厚奶长、思厚奶短的。尤其是过年正月初一拜年的时候，差不多要全村人到我家拜完年之后，我们才去拜年！弄得我们兄弟几个在家玩得很不自在。长大才知道，这是我祖母是当地有名的老中医，救了不少的肝炎病人，且在村中刘氏辈分大的缘故。

我祖母常讲，我们这一大家庭现在子孙四代同堂，人丁兴旺，全靠中国共产党，没有共产党就没有我们一家人翻身之日。1949 年 9 月，庙背成立红色小组，对过去祠会和土豪劣绅家放出的生谷全部减租减息，所欠的债务全部废除，一切借条、契约全部由红色小组收集统一在群众大会上当众烧毁。当时祖父算了一笔账，我家欠祠会生租谷 27桶，地主租谷 18 桶，加上 30% 的利息谷 20 桶，总共减租谷 65 桶，欠祠会和私人家的钱 10 元加上利息共计 21 元。祖父说："我们一辈子，都不能忘记共产党的恩情，要教育子孙后代要好好报答共产党。"所以当年我的祖父思厚对他的三个儿子分别取名叫念怀、恩怀、信怀，就是告诫子孙后代要怀念先祖先辈，要相信共产党、跟着共产党，懂得感恩。据我的伯父《忆我历程》的回忆录记载：祖父、祖母年轻时也是苏区干部、赤卫队队员，在生我时取名怀念，后来考虑"怀念"这两个字太明显了，怕引起还乡团注意，为避免不应有的风险，后改为念怀，弟弟便取名恩怀，三弟为信怀。

我的曾祖父叫刘成茂，生于清道光己酉年八月二十九，80 多岁亡故，配湖上彭氏园娘，殁于民国丁丑年九月十一日，葬于老狮岭上。1958 年，修莲花至吉安的公路，大开荒，大开发，曾祖父、曾祖母的坟墓均被破坏。那时祖父祖母无条件支持国家建设，没有一丁点儿的私心杂念，无论是房屋，还是坟墓、田地，任由大队说了算，最后连碑文都找不到。

曾祖父为人忠厚，一家人全靠家传秘方，主治黄疸性肝炎，维持生计。膝下生了三个儿子，分别叫忠厚、思厚、裕厚。忠厚是老大，生于光绪丁亥年十二月初四，配湖上阁下彭氏，生于光绪癸未年十月十八日，生有一女刘凤英（生于民国丙辰一九一六年），嫁于湖上下笼陂李承启；恕厚是老二，生于光绪丙申年二月初七，无后，殁于民国癸酉年十二月，葬于老狮岭。

思厚是我的祖父，排行老二，生于光绪庚子年（1900），从小跟着师傅学做泥水匠，是路口、洋溪、钱山一带最有名的"神墨师"。除在路口建房外，还经常被外乡人请去，可谓是"上请下延"。

据我84岁的洋溪姑姑回忆：大革命时期，祖父祖母都参加了赤卫队，参与过彭德怀亲自指挥的"路口大捷"等战斗。大革命失败后，一部分赤卫队队员把大刀、长矛等武器丢掉，我祖父把赤卫队的作战武器全部收起来，生怕还乡团发现，埋在了牛栏底下。后来，上级派人寻查这批武器，起初祖父不敢相信，后经组织核实，才把收藏的武器全部上交，党组织还对祖父祖母保存革命武器的行为高度肯定。

民国时期，祖父常被国民政府抓去修桥、修路、建房等，冬天仍要下水，冻得双脚都溃烂了。祖父因长期积劳成疾，双目失明，殁于1958年10月，享年仅58岁。祖父离世时，大儿子念怀被县委安排吉安党校学习，我爸在严田"共大"读书。姑姑到乡政府打电话给大伯。大伯对姑姑说没办法回家，你们丧事从简。没办法，一生坚强的奶奶强忍失夫的痛苦，带着姑姑、伯母，还有不懂事的娘、叔几个同自己的亲戚处理了祖父的后事。那时，祖父从未去县城照过相，后来伯父凭记忆画了祖父的遗像放在神前，以供后人悼念。

祖母是个吃苦耐劳的女强人，由于祖父身体的原因，一家人的重担全落在祖母肩上，但祖母从未言一声苦、叫一声累。祖母靠庙会、逢圩做点小生意，卖煎饼、卖薯片挣钱；靠家传的秘方治疗黄疸性肝炎赚家用，靠租村地主家的耕地种水稻为生。粮食不够，祖母就带领孩儿们在五口开荒种蕃薯，一年下来要挖七八十担红薯，还养了五六头黄牛，日常吃红薯、吃南瓜、吃野菜维持着三儿一女、两个童养媳一家九口人的生活，服侍生病的爷爷，供养着三个小孩读书习字，一个女人家，这是多么的不容易！

　　祖母是个聪明智慧的女强人，为了大伯，用九块铜板买下比伯父大9岁的彭同姑做童养媳；为了生病的祖父有人照顾，用一头牛和一头猪卖了32块现大洋买下我9岁的娘，负责看牛，在家搀扶瞎眼的爷爷；祖父祖母在大革命时期跟红军干部有所接触，意识到学文化的重要性，为了让三个儿子将来有出息，自己节衣缩食的，伯父、父亲、叔叔三个都先后进了私塾、国民小学读书识字。

　　大伯刘念怀小时候，左邻右舍看见奶奶天天吃麦粉团子充饥过日子，人家都说你这个小孩就叫"麦烙"吧。在庙背刘正如老先生、富寿先生那读了三年私塾，每年要交几桶谷给老师，后在国民小学读书。伯父七岁时，祖父祖母怕孩子娶不到老婆，在湖上找了比大伯大9岁的彭同姑（1929年9月26日出生）做童养媳。在伯父12岁时就和21岁的彭同姑结婚。中华人民共和国成立后，因大伯读了几年私塾和国民小学，有点文化很快被县政府选中，当了庙背公社的书记，坊楼公社、吉安粮种场、琴水公社党委书记等职。

　　我的父亲读了初中，考取了江西共产主义大学武功山分校（安福严田分院），祖父祖母知道后不让父亲去，要留他在生产队做事。父亲死活不依，背起书包，卷起铺盖直接走人，徒步去学校。毕业后也先后在六市、南岭、三板桥、琴水公社当过党委书记。

　　叔叔读书最多，在路口初中毕业后，又读了高中，也要出去参加工作，后因大队不同意，说你们家三个儿子都去工作，家里也得留一个，非得让叔叔在大队担任大队书记。以前出去参加工作，必须要大队开具证明，不然也是寸步难行！没办法，只有服从村里的安排，叔叔先是当了村大队长，后来当了村书记。我在庙背礼堂读书时，曾听过叔叔在礼堂里召开社员大会，叔叔即兴讲话，下面鸦雀无声，那场面令人对叔叔有点儿肃然起敬。"一家三弟兄当书记"在村里便传为佳话，这当然是祖母教育的功劳。

　　听我娘讲，由于家境困难，祖父祖母也有点重男轻女，他的三个儿子都进了学堂，唯独不让自己的女儿、伯母和我娘读书，甚至连夜校都不准。

那时，我娘白天看牛，晚上煮猪食，照顾双目失明的祖父。和大嫂也偶尔偷偷去过夜校读书，结果被祖母发现后阻拦，后来却看见祖母偷偷地哭了，对我娘讲："为娘也是没办法，都去读书，家里可没有人做事。不让你们去念书也是没办法呀！"我娘很聪明，打那以后就一心一意帮着做家务。如今我娘也是 81 岁的耄耋老人，我有时问娘："祖母不让你读书，你不恨祖母吗？"娘说："我对我娘一点也不恨，很感激我娘收养了我，让我有饭吃，成为刘家的媳妇！我 16 岁回到长平，我娘舍不得我，走了两天两夜把我从长平接回来！也让我很感动！人是要懂得感恩的！"

祖母是包容大气的女强人。曾当过妇女干部的祖母，加之老大、老二在外乡当书记，小儿子又是大队书记，常常有县乡领导、乡驻队干部来我们家。祖母热情好客，上西的生姜萝卜茶或豆子泡茶一样不少，总像客人一样招呼着，留住吃饭。记得 70 年代建庙背龙源口水库时，全公社的劳力都上，其他村庄的人就借宿在庙背。整个湖塘村青壮年劳力被安排住在我家，楼下楼上住满了，二楼是用竹席和稻草当床铺在木板上，几十号人睡觉，密密麻麻的，也真佩服那个年代的人。就这样，我家犹如人民公社大食堂，一两年时间，直到水库建好完工，我祖母在后勤保障上没拖公社一点后腿。

祖母是个心地善良的女强人。祖传治疗黄疸性肝炎秘方传到祖母手上之后，祖母一有空闲便带着我娘和婶婶去山上挖药，把家传秘方传承到两个媳妇手上。那时，前来我家看病的人络绎不绝，但在药价问题上，祖母就随病人的意，随病人怎么给，给多少祖母都不介意。有的甚至分文不收。祖母说："这是修善积德，救人一命胜造七级浮屠！多做善事必有福！"祖母还说："我们家儿孙满堂，三个儿子都有出息！都是前世修来的福！"我娘和婶婶也继承了祖母修善积德的家风。

祖母对我们非常疼爱、关心。小时候，爸在外工作，很少回家；妈妈忙于农活，大部分时间是和祖母在一起，遇到不懂的，我总爱问祖母。祖母总是坐在家门口的石板上不大厌其烦地帮我解答，在我眼里，祖母就是个"百事通"！她也时常教导我们不能翻身忘本，要感党恩，要好好读书。记得我和哥哥在莲中读书时，跟着父亲住在琴水公社。祖母在伯父家老南门住，她不时过来看我们哥儿俩。有一年冬天，伯父伯母不知在哪弄来新鲜煎饼，还有点热。祖母为了让我们尝尝，从南门走到了北门，用卫生纸包着，放在自己的内衣里焐着，送到琴水公社时，煎饼还是热的，可祖母的内衣上全是油。祖母摸着我的头说："快吃！煎饼还有热！趁热吃吧！想吃，祖母下次还带过来！"就这么简短温馨的话语，就这样几块焐热的煎饼，看着祖母沾满油的内衣，我们兄弟俩感动得泪流满面。

1987年8月，我和哥哥从学校毕业啦。领了第一份工资，回家第一件事就告诉祖母："我们发工资啦！"祖母开心极了，笑着说："以后我也可以领工资啦！"说完，我们兄弟俩分别给了祖母十块钱。祖母却拉下脸，显得不高兴的样子："以为我真要你们的钱吗？你们俩要好好挣钱娶老婆！"

那年冬天，大哥真的找了小聂大嫂，嫂子是个心灵手巧的有心人，第一次拜见祖母之后就买了毛线为祖母编织了毛衣、毛帽子和毛鞋。年底时到庙背老家为祖母亲自戴上、穿上。祖母穿戴上孙媳妇做的帽子、鞋子，笑在脸上……

"人有悲欢离合，月有阴晴圆缺，此事古难全。"1988年3月9日，农历正月廿二日，我们想让祖母开心、快乐、长寿！谁知祖母却在兴奋之中，不小心摔了一跤！原以为没那么严重，只是身子前后晃动了一下，可祖母却静静地走了……祖母就这样在开心快乐之中永远地离开了我们！

祖母走了，带着她的梦想走了！在渐行渐远的岁月里，祖母那慈祥的面容，勤劳的身影，谆谆的教诲却永远镌刻在我们心里！

　　"清明时节雨纷纷，路上行人欲断魂。"又是一年清明季，祖母话语在心头，祖母仙游三十余载，又仿佛时时在身旁。此刻的我，深深地怀念着已去遥远天国的祖母。

　　　　2021.8.8《赣西都市报》闲聊栏目
　　　　2021.10.9江西散文网

世界上最长的指甲

——武林高手刘清扬的传奇人生

　　在中华民族五千年历史灿烂文化的长河中，许多奇珍异宝不胜枚举，奇闻逸事也是层出不穷。在赣西山城里一个传统小村庄里，流传着长达两尺多的手指甲的故事，可说是古今中外闻所未闻，这样长的手指甲就长在我的家乡先人刘清扬的身上，堪称天下一奇！目前它正收藏在江西省吉安市博物馆。

（一）

　　我的家乡路口镇庙背村流传着这样的传奇故事：该村清嘉庆光绪年间有个叫刘清扬的武秀才，用38年的时间，蓄长一对长达82厘米和80厘长的指甲，已列入《世界之最》一书，后又载入吉尼斯世界纪录。你信吗？

　　小时听大人们讲，左右比画着自己两只手，我也是像头倔驴一样硬是不信。但后来看到《莲花县志》记载，还有中央电视台、江西电视台、《萍乡日报》等媒体报道之后才深信不疑，并以此作为庙背人之傲。

　　这也是我出门在外常向外人介绍炫耀，引以为自豪的资本所在。"我来自世界上指甲最长之村，并载入吉尼斯世界纪录。"听者自然以"不可能！未听说过！一个穷乡僻壤的山村不可能有这么惊天动地的事"为由急不可待地要我讲个明白。我自然不敢怠慢，一一讲解便是。但我也只略知皮毛而已，从未亲眼看到过这稀世珍宝。真想抽空造访刘清扬后人及吉安市博物馆探个究竟！

（二）

2020 年 7 月 11 日，我回了老家一趟，探寻刘清扬的传奇人生。同时，我也打电话给吉安的表妹姜丽萍，请她帮忙到吉安市博物馆看看我们刘氏家族的稀世珍宝并发些图片过来，以让我来真实记录一下这段被人遗忘的宝贵历史档案。

在庙背礼堂旁的路上，碰巧遇上十二队幽默大师刘新羽"岸子"的老婆"桃子"，便向她打听刘清扬的第七代长孙刘跃建住处。因跃建在广东打工，跟他电话联系后，跃建交代他的老婆刘海兰热情接待了我。刘海兰说，如果不是跃建交代，她是不会拿出老祖宗的东西随便给人看的。

刘跃建家，虽说是第七代孙儿，但住处仍保留大家宅院风格，跃建家大院也有近 600 平方米，两栋新旧房子，十分气派。我自我介绍后，刘海兰便从楼上搬出纱布包裹。打开一看，全是宝贝。我小心翼翼地一张一张翻看着那些尘封记忆：有民国十七年时修的家谱，在其家谱上看到了详细的记载；有 100 多年前刘清扬生前绘画作品，有刘在星、刘清扬父子夫妻身穿清代官服的黑白相片；有中共吉安地委宣传部、教育局颁发给刘孟达、刘天济的奖状以及捐献时的老照片等。看着这珍藏一百多年的相片、古画、手抄的中药偏方等宝贝，大部分被蛀虫损坏了，相片也褪色了不少。真想不到一代武师，竟然还是医师、书画大师。我用手机"咔嚓咔嚓"拍了许多……交代她对老相片可以塑封，其他物品用樟脑丸好好保存。刘海兰虽是第七代儿媳，但有关刘清扬的流传下来的故事，她却如数家珍，娓娓道来……

刘清扬，字标题，号激川行天。生于清嘉庆癸亥年（1803）八月初八。刘清扬家也是世代官宦之家：他的爷爷刘宽绳（字振烈，号宜尔行易）是清乾隆朝进士；父亲刘在星（字极辉，号南坦行见）是清乾隆时授诰封登仕郎，也是少年习武，琴棋书画样样精通，他广拜名师，练就了一身超群的武艺，在当地久负盛名。

刘在星有两个儿子：长子刘清扬，聪明伶俐；次子刘清超，忠厚老实。刘在星对刘清扬有点偏爱，把他作为刘氏十九世家族武术掌门传人来培养。虽说刘清扬、刘清超都是三岁起开始跟随父亲习武、写字、绘画。但刘清扬幼时聪明过人，活泼豪气像匹脱缰的野马，常带着一伙同伴在庙背的龙源口、村中央的龙背坳、村头原始森林古松群的"龙树"（庙背的一棵千年古树，据说有 52 米之高）下习武、操练，这些地方都留下他和同伴习武的足迹。

在刘清扬八岁那年，刘在星由于官场上工作的忙碌，无法再照顾训练他。刘在星先是请他的好友来教刘清扬武艺。他的好友也是当年"永新四虎"之一，武艺十分了得。可在庙背教了三年后，已没办法再教 11 岁的徒弟，刘清扬的功夫已高于师傅。听说当年刘清扬送师傅从石门山转禾山回永新时，被当地永新人拦住不准其师傅回家。说他师傅不教永新人学艺却跑这么远去教莲花人学艺。师傅说："没碰见过像刘清扬这样聪慧之人，要不信，你们跟这个徒弟过过招！如果打赢了，我再教你们！打输了，你们另请高人！"结果，没过几招，一伙人皆败于清扬脚下，大伙自讨没趣即刻散去。

送走"永新四虎"之一的师傅后，刘清扬又拜"莲花三个半武师"（南陂九都刘凡是、荷塘刘鉴千、湖上刘振泉、路口群山下刘老四等）学艺。刘老四早闻庙背刘在星长子悟性极高，教了不到半年，刘清扬十八般武艺已是样样精通，刘老四甚至已不是徒儿的对手，只好辞别，要刘在星另请高明。无奈之下，刘在星只好又亲自与儿子对决，切磋技艺。听下人讲，刘清扬父子每天早晚在二楼习武，却听不见一丁点儿木板的声音；在操场上习武，更是轻盈如飞，如蜻蜓点水。轻功、气功达到了极高之境界。

有一年冬天下雪，冰天雪地的。有几位茶陵的武艺高强的"打师"，听说庙背村刘在星父子武功高明，慕名前来找刘在星讨教切磋一番武艺，实则是挑战其盛名。谁知刚进大院，厚厚雪地上，看见在星父子走过的地方只留下木屐的钉子印，未看到其鞋印，便直接告退转身离开。下人究其理由，几人均拱手谢过，不敢再次造访。

刘清扬自幼师从父亲习武、行医、绘画（旧时习武之人往往先要学会行医，治疗跌打伤痛之类），16 岁随父"舞狮灯"行走江湖，云游四方。刘清扬擅长绘画，喜欢玩土枪、射箭。他出去常带一两个随从侍候。在河北沧州市（全国有名武术之乡）遇见一位隐居奇人王成，家财万贯，武艺高超。此人家房屋很特殊，四向无门。买东西只有主人或仆人越墙而入，没有武功者无法进入。王奇人要求清扬父子与他的十八九岁的两个儿子过招。过招后，王奇人即跪拜清扬父子，称自己"有武未药缺武德"，称清扬父子"有武有药乃真正高手"！跪求清扬父子俩留下来教他的两个儿子。刘清扬教会王奇人的两个儿子中草药及疗伤秘方，王奇人拿出金银财宝以作酬谢！清扬坚持不收。奇人便写出路条，承诺在河北、河南一带只要遇到麻烦，只要出示路条，即可躲过劫难。"舞狮灯"云游江湖之后，年轻的刘清扬成了威震一方的武师，是远近闻名的武状元，也是当地有名的江湖行医高人。

刘清扬 30 岁时，在庙背开设武学堂，招徒传授武艺外，还教学生写字、绘画等，刘氏武学堂的对联"散打太极气功练十八般长短兵器，少儿青壮老者扬五千年中华功夫"依然让其后代记忆犹新。当年村里有许多人想习武，刘清扬叫他们从学走新堆的田埂开始，说只要能走过新田梗而不踩烂或不留下痕迹方可收为徒弟。各地慕名前来拜师习武的弟子络绎不绝，最多时达数百人。刘家已经成了当地数一数二的富豪，其鼎盛时期，家里拥有规模宏大的豪宅 9 栋、占地近 2000 平方米，良田数百亩。当时的清政府鉴于刘清扬在当地除暴安良、行侠仗义、威震八方之影响，便册封他为登仕郎。刘清扬徒子徒孙中有多位在省内外为朝廷效力的武状元或行走江湖的侠义之士，为保一方太平做贡献，传承庙背刘氏清扬之故事。

刘清扬 30 岁以后，其武功越发厉害，尤其是他的轻功，竟有飞檐走壁之功，修炼到了高深莫测的境地。尽管他家财万贯，房屋百余间，但为了不伤及他人，刘清扬只好长期睡侧室。

刘清扬的妻子李氏嫦娘出生于安福县一个大户人家，一米六二个头，天生丽质、肌肤似雪，楚楚动人，聪明伶俐，优雅纯朴，实乃人间之尤物。刘清扬自幼闯荡江湖，云游四方，可谓阅人无数，对李氏嫦娘可是一见钟情，如获至宝，视其为掌上明珠，其他大富人家早已是三妻四妾，可刘清扬唯李氏嫦娘一人，在他眼中再无其他女子之念想。李氏嫦娘也十分争气，嫁给刘清扬后先后为他生育了仁山、春山两个可爱的宝贝聪明的公子。她为人端庄贤淑，治理大家庭落落大方，深受家人恩戴，与刘清扬更是恩爱有加，使刘氏家业更是兴旺发达，成为名门望族。刘清扬在不慎致妻子身亡后，内心悲痛异常，时时懊悔不已。为了纪念不幸亡故的爱妻，刘清扬痛定思痛，毅然关闭了自家开办的十分红火的武学堂，遣散了堂内所有弟子，发誓从此"封手"弃武并终身不娶，也不让他两个儿子习武，走从文当官之道。后来他的两个儿子均被清授太学生（国子监生）。为时刻提醒自己不忘这一誓言，惩罚伤妻的左手，他便用小竹筒套在左手五个手指上，以惩戒自己，避免再发生误伤人的不幸事件。

就这样，从1841年开始，刘清扬开始了弃武蓄甲，每当指甲长长一些，就用小竹筒套在手指上，以免其折断。从此日复一日，年复一年，指甲不断增长，竹筒不断加长。左手手指上日夜套着五根竹筒，这给他的生活起居带来了极大的不便，好在他家境富足，为此专门请了两个用人服侍自己的生活起居。平时，刘清扬外出时，为防出现意外，总是左手手掌朝上，将套着指甲的五根竹筒轻轻搁在左肩上。在封建社会有钱人家三妻四妾的时代，刘清扬为爱妻蓄留指甲、解散武馆、终身不娶，实在令人敬佩！刘清扬用竹筒套住左手五指，三十八年如一日，思念爱妻，以示惩戒，中华文明前后五千年仅此一人，此份情怀乃天下之奇迹。

清光绪戊寅年（1879）八月初三刘清扬去世时，享年七十六岁的他共计弃武蓄甲达 38 年之久。其左手最长的中指指甲长 0.82 米，另外两枚一为无名指指甲，一为食指指甲，长度为 0.80 米和 0.76 米。

（三）

刘清扬去世后，其子孙遵照他的遗嘱将他蓄留了 38 年的这五枚长指甲剪下留作纪念。

此后，刘家历代子孙均将这一先祖遗物代代相传，当作珍宝一样予以保藏。可惜的是剪下来的五根指甲随着岁月的流逝，先后损坏了二根，在 20 世纪 40 年代初期，剩下的三根长甲中的食指指甲，又被吉安来的一个戏班子"搞"走一根，给后人留下了一个极大的遗憾。剩下的两根，则留传到了刘清扬的第六代孙子刘孟达和刘天济兄弟两人手里。

刘清扬的第七代长孙媳妇刘海兰告诉我，从她嫁到跃建家起，她就听跃建讲起他祖先是如何保存五根指甲并一直珍藏在自家的阁楼上，指甲平时用晒干的生烟叶包裹着，塞在两根不大的竹筒里，他爷爷除了每年八月初八（刘清扬生日）那天要将指甲拿出来在太阳下晾晒一番外，每年正月、七月十五，还要拿出指甲摆在厅堂的神桌上祭祀，供刘氏后人上香供奉和纪念，一直要持续到过完元宵节和中元节才会重新放回干燥的神龛收藏保护起来。

1979 年，当时莲花县属吉安地区管辖，刘清扬后人刘孟达和刘天济兄弟两人考虑自己年事已高，收藏难度较大，于是兄弟俩决定将这两根指甲和祖先留下的古画等遗物捐献给吉安地区文物部门，两根指甲共计经历了六代人之手，在庙背收藏时间也刚好满一百年。

1980 年 2 月，中国新闻社播发了这则消息以后，引起了国内外有关部门和人士的极大兴趣。中央电视台和江西省电视台均将刘清扬的二枚长指甲，刘氏家族祖宗画像，描金镂空雕八仙八宝纹挂屏和古画拍成了电视专题片播映，上海科技出版社将其作为世界上最长的指甲收入《世界之最》一书中，一些省报和出版社也刊登和收录了这方面的文章和照片。

1980年6月12日，中共吉安地委宣传部、吉安地区教育局向刘孟达、刘天济颁发了奖状。

1981年3月，香港企业家以两万美元租出一根，到泰国、新加坡、马来西亚等东南亚国家巡回展出半年，受到海内外华人华侨的一致好评，都说："这就是中华文化之精华、中国文明之典范！中国精神之楷模！值得弘扬与传承！"

在听刘海兰讲述刘清扬传奇人生故事时，我表妹姜丽萍也在吉安市博物馆庐陵世家拍摄，通过微信传来一张张真实的照片，与刘海兰提供的一致，只是在颜色上有点差异。只可惜莲花的宝贝流落他乡，期待着去吉安市博物馆近距离目睹一下莲花先人留下的宝贵文化遗产！也期待着莲花博物馆也会早日立项建设。让莲花的宝贝重回故土，为莲花文化旅游增添活力！

2021.7.31《赣西都市报》金鳌洲栏目

我的"长子"老师

我在小碧岭读初中时，那位戴着近视眼镜的"长子"老师——郭新民让我难以忘怀。

说他是"长子"，不仅仅是因为他有一米七六的高度，那时教我们的数学老师叫郭兴民，跟他是同姓同音，几乎是同名，而且是同村，只不过个子比他稍矮些，为了好区分，小碧岭的老师都习惯称高个子的他为"长子"老师。

"长子"老师教我们语文，又是我们初中2班的班主任。那时的他，年龄在四十岁上下，平时穿着最多的是一身灰色的中山装，在衣服的左上口袋习惯插着一支金色的钢笔。满头的头发显得有点微黄，清瘦的脸上能清晰看见丝丝皱纹，戴着一副深度近视眼镜，有点像电影《洪湖赤卫队》中的张副官，虽然身子骨显得有点清瘦，却有着十分饱满的精气神，讲起课来，声音是那么清脆悦耳，那么富有磁性和感染力。"长子"老师心情愉悦时，脸上洋溢着灿烂的笑容，显得那么慈祥温柔，那么和蔼可亲。别看"长子"老师戴着一副深度近视眼镜，即使他背着同学在黑板上写字，可一旦底下有点"风吹草动"，某个吊儿郎当的学生在捣乱时，便是"狂风暴雨"一顿猛批！他双眼的睫毛和头发顿时都竖了起来，两个手指指向某"调皮鬼"，毫不留情，句句在理，句句铿锵有力，显得格外严肃！此时的教室里静寂得连一根针掉在地上都听得见。但课后，他却又找这些学生和风细雨地单独谈心，让他们感受到老师的温暖。因此，只要是"长子"老师的课，同学们个个都聚精会神，专心致志，不敢有丝毫的懈怠！

　　"长子"老师家住在小碧岭山上靠近原打靶场的围墙边一排教师家属楼最后一栋，从家里到教室要经过一段很长的山坡荒草地。那个荒山坡，是同学们下课后嬉闹、追打的地方，也是爱在草地上看书的同学的打卡地。同学们只要看到郭老师从那边走来，都会不约而同地快步跑进教室里。尤其是那几个调皮的男生，看见"长子"老师，就像老鼠见了猫一样，一溜烟就跑回了教室！

　　"长子"老师爱生如子。他每天除语文教学外，还辅导我们每天写日记。他说："吾日三省吾身！要通过记日记的形式，把每天所见所闻、所思所想，有选择有重点地记录下来，一则可陶冶情操，二则可提高写作水平，三则可提高思考判断能力。"每天早读课时，"长子"老师逐个检查、批阅前一天的作业和日记，发现好的日记，他当作范文在课堂上点评和阅读。说句实话，是"长子"老师激发了大家写作的兴趣。我就是从那时起才开始有了写日记的习惯，这让我受益一生。后来，师范毕业的我，也像"长子"老师那样教学生；走上行政领导岗位后，也自觉践行着"好记性不如烂笔头"，以至于别人说我的一些工作笔记，犹如活的历史教材。

　　让我印象特别深刻的事是我们在读初二时，每天下午的课外活动，"长子"老师拿着一张《解放军报》、一杯茶水，报纸上有著名军旅作家李存葆写的中篇小说《高山下的花环》连载。他硬是每天按章节一段一段，坚持两个月亲自朗诵给我们听！我们也从连长梁三喜临战写给妻子的"遗书"，交代妻子要设法归还欠款；"牢骚大王"副连长靳开来为了全连生死身先士卒，"奶奶的，二百斤还换不回一捆甘蔗"，结果在回来时踩雷被炸死的动人的故事情节所感动，听得流下热泪！同时也被"长子"老师真心真情的敬业精神所打动，同学们纷纷表示一定要"好好学习，勇创第一"！大家打心底里觉得不努力学习似乎对不住"长子"老师似的。

　　"长子"老师作为班主任，在教育管理学生方面还是有一套的在编排学生座位时"长子"老师爱将男女生同桌，而且过一段时间又会换一次同桌。那时，我就曾跟三位女生同过桌。我的第一位女生同桌是杨燕红，从南岭中学来的；第二位是林丽华；第三位是刘九阳。其中和刘九阳同桌时间最久。但那时，男女虽是同桌，桌子中间却早早被以前坐的男女生划了一条深深的"鸿沟"作为"三八"分界线。小学时谁不小心越过"三八线"往往大打出手；可到了初中，男女生同桌好像从未发生过"战争"，大家和平共处、相安无事。我和她们三位同桌，除非临时借橡皮、铅笔什么的，平时也不敢有过多的交往和交谈。

记得有一天早晨，我早早地赶到教室里，把书包往书桌里一塞，从抽屉里掉下一张字条，我拆开一看，是一位女生写给我的"情书"，脸顿时一下子就变红了，不敢多看，也不敢多留，看完明白了信的内容后就把它给撕了！既没跟任何人讲，也没跟那位女生说，就这样当作什么也未发生。现在回想起来，我们那年代是多么纯真。然而，班上也有杨某、朱某等几位男生为争女朋友在小碧岭山上的草地上、板栗林中发生过多次"决斗"，后来要不是闹到"长子"老师那，我一点儿也不知情。但"长子"老师在课堂上没有指名道姓地批评，只是根据这一苗头，耐心地跟大家讲生理卫生知识。他说："大家正当青春期，喜欢异性是挺正常，但也是最佳学习期，学校不准谈恋爱，这是纪律！应该把对异性的喜爱化作学习的动力！这才是我们应该鼓励的！"听说，事后郭老师单独找他们谈心，才让这事平息。

1984年7月，我以优异的成绩考取了江西永新师范学校。"长子"老师还特意跑到琴水公社征求了我爸的意见，基于我的状况，建议去读高中，以后可以考重点大学，或许更有前途。爸不同意，主要考虑到下面还有两个老弟，能够考上就是解决家庭大问题，执意让我和哥一起去读中师和师专，算是完成他四个儿子一半的大事业。本来，考取了师范，就是"长子"老师的骄傲，想不到，"长子"老师竟然还会考虑学生的将来，真不愧"人类灵魂工程师"称号。也许这就是我这个农村孩子的命运吧，但我在心底里十分感激"长子"老师。

那一年，我们班同一批录取"中师"的还有杨建湖、郭小玲、贺灿明、谢铁华、李四树、陈海红等七位同学，颜建涛以 684 的高分（全县中考成绩第一名）录取在南昌八一电子工业学校。在师范录取面试的时候，"长子"老师嘱咐班长贺清炎、副班长李万春始终带领同学们到东方红小学陪伴着我，鼓励着我通过一道道面试的关口！那一年李万春、贺清炎、贺明、刘新平四位同学暑假时还到我的庙背老家玩；在师范读书时，猫猫、老九、兰子、柯建锋、彭文华等同学还常写信来嘘寒问暖。

2009 年春节，李万春做东，在莲花饭店举办莲中 84 级初中 2 班毕业 25 周年纪念活动。当年教我们的数学老师郭兴民、物理老师刘柏文、化学老师彭升坊、英语老师孙军、生物老师李清华等科任老师及同学们从全国各地赶回来了，像当年那样，又在莲中的 72 级台阶的中央照了一张合影，只可惜我的那位戴眼镜"长子"班主任、语文老师郭新民缺席。1988 年农历腊月廿四日，"长子"老师利用假期在家装修新房时，自己上二楼搬木料，一不小心踩空了，从楼上掉了下来而离开了我们，离开了他一生最爱的三尺讲台。但"长子"老师永远活在我们学生的心中。大伙在拍照时，都自觉地为"长子"老师留了个位子……

在莲中，在小碧岭，高三同学毕业聚会是常有的事，但初三毕业还能举办 25 周年纪念的，似乎唯我 84 级初中 2 班。这当然是我们的"长子"老师三年辛勤耕耘教育的结果。

时光荏苒，岁月如梭，"长子"老师离开我们已有 33 年。但凡我们那届的同学，只要聚在一起，就会念叨起"长子"老师，怀念"长子"老师。假如"长子"老师还在那该有多好！而今同学们也进入知天命之年，在各自的岗位上已是略有成就：颜建涛是昆山某企业的老总；李利民是常州某企业的董事长；李四树和杨艳红也结为夫妻，李四树在县某中心任主任；付珺在某市公安局任政委；金卓行在某大学担任教授；陈海红在县某局任局长；谢铁华在县某局任副局长；贺灿明在某中等专业学校任副校长；李万春、胡叶梅结为伉俪，因企业发展需要已移居加拿大；胡兰在新西兰发展……可谓是"严师出高徒"，一个个毫不逊色，无一"次品"。"春蚕到死丝方尽，蜡炬成灰泪始干""辛勤的园丁"……这些赞美老师的诗句，不正是我的那个戴眼镜的"长子"老师品质的真实写照吗？

"每逢佳节倍思亲"，一年一度的教师节将如期而至，祝我的"长子"老师在遥远的天国教师节快乐！

2022.9.8 中国作家网

"女汉子"致富记

在江西省萍乡市莲花县六市乡西坑村有一位叫曾柱娇的脱贫户，人们称她为"女汉子"。曾柱娇个头不高，皮肤黝黑，手臂粗壮，独自一人带着儿女，创办了生态家庭农场，年收入超 7 万元，成为远近闻名的贫困户致富带头人。

曾柱娇原本拥有一个幸福的家庭，2014 年丈夫患胆囊癌不幸去世，留下 20 余万元的债务和两个未成年的孩子。20 余万元的债务，对于一个生活在偏远穷山沟的普通农村妇女来说，无疑是个天文数字。但曾柱娇没有被困难吓倒，她觉得只有还清家庭债务、把儿女抚养成人，才可以告慰丈夫的在天之灵。她一遍遍地告诉自己："千万不能趴下！一定要坚强振作起来，把孩子培养成人！"刚开始，曾柱娇靠着丈夫留下的一辆面包车赚钱养家还债：逢圩时接送赶集的客人；节假日把车子的座椅拆卸下来，装上木料贩卖到湖南醴陵一带……

2016 年，驻村帮扶工作队听说了她家的情况后，将她家列为重点帮扶对象，想方设法帮助她脱贫致富。

曾柱娇说："我想在自家的荒山王家岭种油茶树和果树，发展养鸡产业，办一家生态农场。西坑生态环境好，我自幼掌握了一些养鸡技术，可是我连建鸡棚和买鸡苗的钱都没有……"

"好，只要你有这个想法，并有决心通过自己的努力摆脱贫困，资金和技术包括销售，我们来帮你。"看到曾柱娇有这个脱贫决心，帮扶干部爽快应道，当即联系县就业局，优先安排曾柱娇参加养鸡产业培训班，全面掌握养鸡技术。在资金问题上，从县卫计委帮扶的 5

万元资金中拨出 1 万元修通了一条进生态农场的公路；联系六市乡农村信用社，为她申请了 5 万元金融扶贫小额贴息贷款；联系爱心人士、爱心企业捐赠 2 万元用于购买鸡苗……在各方的支持下，一个占地面积达 80 余亩的生态农场初见雏形。

从此，曾柱娇吃住在农场里，开荒搭建鸡舍鸡棚、水塔，新建厨房、办公室、仓库、猪舍近 500 平方米……每一个设施的完工都浸满了她的汗水。设施建好后，曾柱娇分区散养了大量土鸡。由于她养的鸡品质好、口感好，经帮扶干部和村里人的宣传，销路很好。随着六市乡乡村振兴项目的建设，来六市休闲游玩的游客日益增多，游客们及邻近的特色山庄、饭店都慕名前来曾柱娇的农场购买或订购土鸡。后来，曾柱娇不仅养鸡，还开始孵化小鸡卖鸡苗，饲养土鸭、土鹅、土猪，销路也是一片红火。到年底一算，年收入竟然达到了 7 万余元，当年就实现了脱贫的目标。"女汉子"曾柱娇脱贫致富的故事很快在十里八乡传开了。

"一家富不算富，大家富了才算真正富。"曾柱娇是这样说的，也是这样做的。农场种养规模不断扩大，她优先聘请村里的困难户帮忙做事，给有养鸡意愿的困难户免费发放鸡苗，并提供技术指导。她还加入了莲花县阳光志愿者协会，积极参与公益事业……正是因为有着不服输、敢闯敢拼的韧劲，诚实守信的品质，和一颗乐于助人、热心公益的爱心，近几年来，她先后获得莲花县"莲花君子·身边好人"、"最美萍乡人"、萍乡市"道德模范"等荣誉称号。

"飞来山上千寻塔，闻说鸡鸣见日升。"如今，"女汉子"曾柱娇又筹划着在农场边新建一个生态餐馆，吸引更多的游客来参观农场，将当地更多的土特产卖出去，促进村民增收致富。

2021.9.3《萍乡日报》4 版头条

2021.9.8 "学习强国"江西学习平台

"菜"书记的抗疫小故事

——良坊镇新田村驻村第一书记陆建林

陆建林，今年 46 岁，一米七六的个儿，常常穿着一身夹克上衣，黑色裤子，国字脸上总是洋溢着灿烂的笑容。他是海军退役军人，萍乡市农业农村局蔬菜科学研究所副所长、高级农艺师，还是萍乡扶贫线上的"牛人"。说他是"牛人"，一点也不假，只要农业线上有扶贫任务，就能看到陆建林的身影：1998—2000 年代表市委驻荷塘乡"包乡扶村"工作组扶贫三年；2015—2016 年作为省"富民强县"特派团成员在莲花村开展科技扶贫两年；2017 年，他又被派驻良坊镇新田村担任第一书记，一干又是三年，现在仍奋战在第一书记的岗位上。因他在扶贫点以他一技之长教当地老百姓种蔬菜致富奔了小康，人们习惯称他为"菜"书记。"菜"书记在"新冠"疫情期间又多了几个称号，而今这几个雅号在新田村叫开了。

（一）"喇叭"书记

2020 年 1 月 22 日，他在村忙完 2019 年扫尾工作返回萍乡家中，正准备开开心心回家过年。但他在新闻中得知武汉暴发新型冠状病毒肺炎疫情，迅速蔓延到全国各地，一千、两千、一万……感染人数节节攀升，武汉封城、全国禁止各种活动——陆书记顿感忧心忡忡，时间临近春节，是农民工返乡回家的高峰，新田村又是国家重点贫困村，大部分劳动力在外打工，人员流动性大。

疫情就是命令，防控就是责任！陆书记毅然放弃回家过年的假日。

当天晚上又返回到新田村组织村党员干部开会，对疫情防控工作做了详细的安排部署，成立了疫情防控工作领导小组并亲自挂帅，要求大家在做好自我防护的前提下对返乡人员做到早发现、早报告、早隔离、早治疗，特别是武汉及湖北返乡人员进行全面排查和隔离观察，实行网格化管理。

庚子年的春节，注定是一个不平常的节日，所有的干部都放弃了回家过节，家在萍乡的陆书记和大家一样坚守在莲花良坊镇新田村。他每天与村干部一道走村串户，在排查出 5 名武汉返乡人员之后，对其进行了居家隔离和医学观察，每天安排卫生员两次进行体温测量和观察。刚开始武汉返乡人员有反感情绪，觉得做得有点过了，搞形式主义，对隔离做法有抱怨，甚至有抵触情绪！他们说："我好好的，回家就想开开心心过个年，什么隔离隔离，这跟软禁有什么区别！我又没犯法。"对于他们的不理解，陆书记总是不厌其烦地跟他们讲道理，讲疫情知识，讲解新冠病毒的严重性，告诉他们如何做好自身防控，直到他们想通了为止。

后来，随着疫情的发展，萍乡发现了确诊病例，莲花出现了确诊病例，被要求居家隔离的人员也意识到问题的严重性，主动配合陆书记的工作，认为陆书记的确是为咱老百姓着想的好干部。

为控制好疫情，陆书记组织党员干部加大了村防控工作的力度。在心田、柏芳、言坑等自然村的出入口都设立了临时检查站，24 小时驻守检查，对每一个入村的人员都进行体温测量并做好登记。陆书记和村干部们拿着小喇叭逐组、逐户地进行宣讲：用"戴口罩总比上呼吸机好，躺家里总比躺 ICU 强""串门就是互相残杀，聚会就是自寻短见""不聚餐是为了以后还能吃饭，不串门是为了以后还有亲人"等通俗易懂的语言来说服百姓。要求村民"不聚餐、不串门、不聚会、少出门"，在村公共场所定点消毒，把防控工作做细做实做到位。经过陆书记近半月的挨家挨户地吆喝，老百姓称"菜"书记现在成了"喇叭"书记。

（二）"巡逻"书记

在农村，春节本是"走亲访友、聚集喝酒、打牌娱乐"最为快乐的节日，但在这个特殊的年份，县指挥部发布"不走动、不聚餐、少出门"的指令，陆书记立即响应，带领村党员干部关停了村里麻将馆，反复告诫村民"不聚集、不走动、少出门"。但有些村民总是心存侥幸，偷偷躲在家里聚众打麻将。

对此，陆书记决定主动出击，采取白天和夜间不间断地巡查的"笨"办法。白天忙累了、喊累了，吃了晚饭在村宿舍稍作休息后，晚上8点到10点之间再次和村干部轮流在村里查岗、巡逻。一天夜里执勤时听到一农户家里传出"噼里啪啦"的麻将声，陆书记敲门进去抓了他们一个现行。通过一番劝导，他们口头上保证了下不为例。第二天，又发现他们照打不误，而且还未戴口罩。陆书记严肃的说明了这次疫情的严重性，并告诉他们冠状病毒传染性很强，潜伏期长，现在防控压力大、任务重，医疗设施设备紧缺，要求他们不要为国家添乱，要为自己、也为他人负责。如果不听劝阻，派出所介入那是要追究法律责任的。通过陆书记一而再、再而三耐心细致地劝导教育，村民们也意识到事情的严重性，表示积极配合村委会的工作。

就这样，每天晚上9点半是陆书记雷打不动的查岗时间，了解值守情况和慰问轮流值守的党员志愿服务队。

2月8日元宵节，陆书记像往常一样来到了新田主干道口，为正在值守的村妇联主席贺梅香（老党员、政协委员）送上了饼干、矿泉水等慰问品，并仔细查看值守日志、人员进出登记本，了解值守情况。正在此时，贫困户王文新要出村接儿子回家，而且没戴口罩。王文新一看到陆书记就想溜。陆书记一把拦住了他，对他说："文新！

这次新冠疫情是人传人，如果不戴口罩容易被传染。没有口罩，我送几只口罩给你，请你不要跑！"说完，就从自己的口袋里拿了几只口罩给文新。王文新连声说："谢谢你！陆书记！你真的是一个'巡逻'书记！我们看到你就怕，想不到你竟然对我这么好！谢谢你！"听了王文新的点赞，陆书记只是"嘿嘿"笑笑而已。

（三）"快递"书记

疫情期间，由于村民都在家隔离，为了确保村民，特别是贫困户的日常生活，陆书记又主动承担了义务采购员工作、扮演"快递"小哥的角色。

"一方有难，八方支援。"为筹集抗疫资金，作为第一书记，陆建林积极向帮扶单位——市农业农村局、市农行、萍乡卫校汇报新田村抗疫的情况，三个单位领导非常重视，向村里共捐助 14 万元帮扶资金。同时还积极组织村里党员干部自愿捐款开展自救，他带头捐赠 200 元。在他的感召下，新田村 63 名党员都参与了这次爱心捐款，总共捐款 4506 元，虽数额不大，但体现了党员干部慷慨解囊的情怀，有效缓解了物资短缺的矛盾。

资金筹集后，陆书记便组织干部或上门或打电话咨询贫困户和村民的需求并逐一登记汇总，然后自个开车到县城指定超市购买。为村民代购的、为贫困户采购的分好后再逐户上门送去，一袋一袋大米扛在肩上，一袋一袋新鲜蔬菜提在手里，来回奔波在小巷里、村道上……每天工作十四五个小时，累得他满头大汗、气喘吁吁。连续几天的忙碌，平时看起来文质彬彬的他，已和普通的村民没啥区别。

在村民的心中，陆书记犹如一个送"快递"的书记。

（四）"外卖"书记

"外卖"书记是陆建林的又一雅号。

村合作社种植的几十亩有机松花菜、芥头、大蒜等蔬菜正好在疫情最严重的时期迎来采摘高峰期，村里贫困户辛苦一年养的土鸡正是出栏的旺季。然而由于武汉及各地疫情日趋严重，各村都实行了封路封村，给农产品流通和销售带来了很大的影响。

村民正愁眉苦脸的时候，陆书记利用此前已经多次对接多家小区业主销售农产品的经历，自告奋勇承担起了蔬菜销售的任务。

"贺科长，为了解决贫困村的蔬菜运不出去、小区业主采购也不方便的问题，疫情防控期间，我们计划一周安排配送一次蔬菜，请你在小区消费群里发个帖，把订单发给我，我来安排配送！" 陆书记像往常一样拨通了客户的电话，按照客户的需求，装好袋，和村合作社贺义伟等人一份一份地送到客户居住的小区。

就这样，"外卖"书记陆建林每天在巡查空闲之际，又不停地打电话，发朋友圈，利用微信群对接萍乡、莲花国联等多家超市，萍乡玉湖、金典城等5个社区，市农业农村局机关食堂、萍乡卫校等单位帮贫困户和村合作社销售农产品2000多斤，土鸡500多只，土鸡蛋几千个，及时解决了在疫情期间村合作社蔬菜、土鸡销售的难题。

"不仅免费给我们送鸡，鸡下了蛋，陆书记还会帮我们卖出去，这种好事以前真是不敢想！'外卖'书记的雅号又在群众中传开了。"贫困户贺水玉说道。

陆建林这个"菜"书记变成"喇叭"书记、"快递"书记、"巡逻"书记、"外卖"书记的抗疫小故事在村里、乡里、县里传诵。市、县扶贫部门把他的事迹在"学习强国"（《江西莲花：爱心企业送鸡下乡 助民脱贫添动力》）等媒体宣传。由于工作出色，陆建林连续两年在年度工作绩效考核中被评为优秀；连续两年被评为莲花县优秀驻村第一书记；2020年在全市脱贫表彰大会上，再次被评为全市驻村第一书记先进个人。

面对荣誉，作为驻村扶贫战线上的一名老兵，陆书记谦虚地说：

"党员就是一块砖，哪里需要哪里搬，尽力做好自己的本分就是对党最大的忠诚。"

2020.11.19《今日老区》先进典型栏目

"秋仔"养牛脱贫记

　　自 2016 年脱贫攻坚战以来，我结对帮扶了 8 户贫困户，如今均已如期脱贫。其中六市乡西坑村"女汉子"曾柱娇养鸡，路口镇阳春村"秋仔"蔡福恩养牛不但自己致富，还成了村里致富的先锋、全县创业致富的带头人。在路口镇阳春村，蔡福恩自强不息、乐于助人的致富故事最为感人，在十里八乡传为佳话。

　　蔡福恩在村里被称为"秋仔"，阳春村人，1959 年 8 月 2 日出生，今年 61 岁，初中文化水平。他一米六五的个头，常常骑着一辆豪爵铃木摩托和大河牌三轮摩托在家与太树下以及周边的湖汤、汤坊、小岭贝、东湖一带来回奔波着，身穿一件棕色的休闲服，脚穿着一双黑色雨鞋，背挎着一个小药箱，球头上长满着粗壮乌黑的头发，乌黑的浓眉下两只眼睛显得格外炯炯有神。他待人非常热情，略带皱纹的脸上洋溢着灿烂的笑容，看上起来约莫 50 岁样子，要不是看他出生年月，还真感觉不到他竟然有 61 岁。

　　蔡福恩从小就是个放牛娃，对牛有着特殊的情怀，对牛的生活习性非常熟悉。在生产队时就跟着他舅舅刘炎林学做养牛卖牛的生意，但牛也会患病，一旦得病死了，便血本无归。于是，他自己购买相关书籍潜心自学兽医，掌握了牛的各种疾病的预防治疗基本知识。跟了不到 3 个月，他师傅刘炎林对他的聪慧、悟性高比较满意，觉得秋仔是块做牛生意的料子，可以单独行走江湖做买卖了。

　　1981 年责任田分户后，蔡福恩便开始行走江湖，独自承担起养牛卖牛生意，养家糊口，小日子也过得挺惬意。后来，由于机械化耕地逐步代替牛耕地，市场需求比较小，只好放弃养牛卖牛这一嗜好。再后来他被广东改革开放的春风所吸引，最终去广东东莞、安徽打工闯荡。1997—2000年在安徽滁州打工，2000—2015年又到广东东莞打工，一打就是18年，也挣得了人生的第一桶金，结了婚，养了两个漂亮女儿。2008年7月又建了一栋三层砖混贴满淡黄色瓷砖的小洋房，屋前还有80平方米的小院。他家又是计生纯女户，两个女儿均已长大出嫁啦，在当地可以称得上是提前过上小康生活。

俗话说："天有不测风云，人有旦夕祸福。"2014年，蔡福恩老婆的一场大病让他遭受从未有过的精神打击。为治疗老婆的病，他先后在莲花、萍乡、南昌医院请人托关系找医生，花费了十几万元依然无效后，听说上海、南京有好医生，他又辗转到南京、上海看病住院。两年下来总计花费近20万元，而且后续每年要花费3万元医药费。蔡福恩不光18年打工积攒下来的钱被老婆的一场大病全部用尽，还欠下一屁股债，一夜之间成了贫困户。巨额的医疗费用，对农村一个普通的农家是难以承受的。

怎么办？为了老婆后续巨额的医疗费用，在照顾老婆一段时间以后，蔡福恩只好又卷起铺盖继续南下打工。一边打工，一边给老婆治病。但一心牵两头，弄得他身心疲惫。长期下去也不是个办法，蔡福恩不愿就此倒下，想要坚强地挺过这道坎。

就在他家庭经济困顿拮据之时，2016年7月，原阳春村主任蔡七生打电话要蔡福恩回家搞养殖项目，并且许诺村里负责提供建好场所，修好路，接好电。当时，蔡福恩听到这一振奋人心消息，有点喜出望外，和老婆商量后，立即辞掉每月5000元收入的制椅工作（东莞某家具加工厂）。

回到家后，村里对养牛项目公开招标，结果被蔡小松中标。蔡福恩回家养牛理想即刻间成为泡影。当时，他像泄了气的皮球一样，他老婆劝他回东莞继续打工。

"人活一张脸，树活一张皮。"一向倔强的"秋仔"决不服输，他说："既然回来了，开弓没有回头箭，没中到标，我可以自己搞！"更何况蔡福恩在广东打工休息时间也时常到菜市场转转，了解到牛肉价格逐年上升，而且随着人们生活品质的提升，对牛肉的需求量将越来越大。现在因为老婆的疾病，不得已又重操旧业，应该回家养牛，再当一回"放牛郎"。这样既可挣钱养家，又可照顾患病的老婆，可谓是一举两得。

虽然天公不作美，老村长的邀请成为了泡影，但蔡福恩回家养牛致富的决心从未动摇！

"心动不如行动"，说干就干。2016 年 10 月，蔡福恩一边思念患病的老婆，一边筹划着如何养牛创业。为筹集资金，他想来想去，还是找两个女儿想办法。他找大女儿蔡桃艳借 10 万，小女儿蔡梅艳借 10 万，加上他自己打工积攒的几万元共计 20 余万元。

蔡福恩在村帮扶干部的帮助下，选择了在离村公路 500 米左右的水库边太树下的自家责任山上建养牛场。修水泥路，建化粪池，还有 460 平方米牛栏，100 米饲料仓库就花费近 14 万元。剩余的 14 万元到安福、泰和、吉安、永新、茶陵、攸县等地农村农贸市场买土杂牛，土牛利润低，但市场价格相对要好些，按 8000 元至 1 万元 1 头，共买了 17 头黄牛。

借钱养牛，虽说借的是两个女儿的钱，但也是一份沉甸甸的责任。因此，蔡福恩每天吃住在牛场，白天割青草，晚上清洗栏舍，观察粪便，喂养饲料，对每头牛的生活习性做到了如指掌，一旦发现牛吃睡有异样，他即刻予以治疗，让牛吃得饱、睡得香、养得壮。一年下来，扣除成本就净挣 3.4 万元。

2018 年，村帮扶干部鼓励他去贷款，扩大规模。他说不要急，慢慢来。他在前一年的基础上又增加了 4 头黄牛，结果净挣 5 万元。

2019 年，他又增加了 3 头，养了 24 头土杂黄牛，那年市场行情好，价格高。他一年下来净挣了 10 万元。

2020 年，尝到了甜头的蔡福恩在村第一书记钟鸣和帮扶干部周军的帮助下，在中国银行莲花支行贷了 5 万元免息款，决定扩大养殖规模，当年一次性养了 31 头牛，且长势良好，全部出栏预计净收入在 12 万元以上。

"一个人富了不算富，乡亲们都富了才算富！"蔡福恩是这样说的，也是这样做的。他养牛脱贫致富的事迹也激发并带动本村的贫困户和其他农户的养牛兴趣。本村的贫困户蔡胖生（养了 1 头牛）、刘冬强（养了 6 头）、蔡正中（养了 1 头）、蔡可生（养了 2 头）等；非贫困户何继生（养了 1 头牛）、何金生（养了 2 头牛）、蔡树苟（养了 2 头牛）、蔡木牛（养了 2 头牛）、蔡香林（养了 2 头牛）等，全村有 20 多户携手走上了养牛脱贫致富之路。

养牛是门技术活，跟风养牛的农户虽然也养了一两头或五六头，但一遇到牛患病，就急得像热锅上的蚂蚁，只有求助蔡福恩。自古以来"同行是冤家"，可蔡福恩却不这样认为，他是有求必应，不论白天黑夜，还是过年过节，只要养牛的人找上门或打电话求助，蔡福恩总是第一时间提着兽医箱，骑着摩托立马赶到，并热心向他们传授饲养的技术、预防疾病等知识。同业人对他的倾力帮助，十分感激！有了蔡福恩的技术支撑，养牛的贫困户和其他农户心里踏实多了。大凡养了牛的人家每年每头纯收入均达到 3000 元以上。

蔡福恩不但帮助本村村民养牛，还热心帮助其他村的贫困户养牛。如：湖汤村的刘曼苟（养了 9 头牛）、刘历林（养了 7 头牛），下垅村刘冬生（养了 3 头牛），汤坊村的"三溜"（养了 20 头）、刘天生（养了 16 头牛），东湖村的杨苟（养了 3 头牛）等。蔡福恩协助他们预防和治疗牛的各种疾病，一起走上了致富的道路。

"蔡福恩养牛技术好，性格好，很帮忙！是我们这一带养牛人的保护神！有了他，我们养牛才放心！"当我问及湖汤村养牛专业户刘曼苟时，他这样评价蔡福恩。真的，蔡福恩养牛脱贫致富，乐于助人的故事在阳春、湖塘、汤坊、东湖等村广为相传，越来越多的贫困户和其他农户跟随蔡福恩共走养牛致富之路。2018 年，蔡福恩被路口镇党委、政府评为"脱贫模范户"，2019 年又被评为"最美脱贫家庭"，2020 年再次被评为"优秀致富带头人"。

2020.12.15《今日老区》先进典型栏目
2020.12.24《萍乡日报》

母亲节，我为母亲做了一顿饭

今天是母亲节，又恰逢周末。我清早起床，第一件事就是在微信里给爱妻，还有即将成为母亲的女儿发个微信小红包，以示母亲节的祝福与问候（妻子在南昌侍候有孕在身的女儿），并一本正经地告诉妻子：今天自己哪儿也不去，决定动手展示一把厨艺，宰一只鸡，弄上几个菜，上兴莲路家里把年迈的妈妈接来吃顿饭，以表做儿子的一点孝心，表达对妈妈母亲节的一份问候！

说句实在话，长这么大，专门为妈妈做一顿饭，还是头一次。于是，我早早地起来忙开了，围上围裙，从鸡圈里抓了一只鸡爪皮很厚的老公鸡杀了，用滚烫的开水浸泡后，把鸡毛扯干净剁碎，配上一些炖料放入紫砂锅慢慢煲汤。青莲上周去南昌陪女儿了，家里只有岳父和我两个人，我把一些菜料准备好了，就开车上兴莲路老家，把爸妈接回来。到了兴莲路老家，才得知老妈已请了凫村的周师傅正在家里蒸高粱烧酒（莲花土茅台），妈妈帮着师傅忙前忙后，大嫂也在旁边忙乎着（大哥近来因身体原因也戒酒了，但还得把先前准备的糯米糟蒸完，以备来年春节时招待来客用）。一进老家的大院门，只见蒸酒全套设备已早早地架设好在房前的空地上，两个高高的白储糟缸，一排大小装水的铁桶，火炉旁堆满干柴，一切准备就绪开始烧酒了。我走过去问周师傅，蒸好的水酒可否蒸烧酒？师傅说也可行。我琢磨着平时水酒作用小，趁这个机会转制成烧酒，岂不是一件好事。于是，我又把家里往年留下的两大缸水酒扛上来了。长年没干体力活，两缸酒累得我满头大汗，就像刚刚汗蒸一样，豆大的汗珠从脸上、头顶上冒了出来。正好母亲得空，我便把中午吃饭的事告诉了爸妈，起初妈妈说蒸酒要紧，但最终拗不过我："蒸一缸酒要一个半小时，由大嫂在家里先招呼一下师傅。"我又帮着妈妈把蒸酒所需材料都一一准备好后，就把爸妈接到康达路。

一到康达路家里，岳父见爸妈进来，高兴地招呼着（80 岁的岳父自从丈母娘离世后，就长期跟我们住一起，相互有个照应。我们平时要上班，他老人家已是 80 岁高龄，常常一个人守家），爸一进屋与岳父拉家常，还讨论民政福利彩票和电视节目里的新闻。我在厨房洗白菜，炒蒜条炒肉，蒸肉饺，妈妈也帮着我切苦瓜。鸡在紫砂锅煲出诱人的芳香。近一个小时的工夫，我就做了六七道菜，满满的一小桌，我给三位老人盛一碗土鸡汤，岳父和妈妈还喝了一杯小酒，我和老爸不能喝酒，只能以汤代酒先敬妈妈，岳父和爸爸也端起各自的酒和汤，共祝妈妈母亲节快乐！看得出，这三位年龄加起来差不多 240 岁的老人都很高兴，尤其是妈妈，没什么文化，也不知道什么母亲节，听我一番解释之后，脸上顿时露出花一样的笑容。普通人的日子就是这样，在平平淡淡中守着柴米油盐过日子。

吃完中饭，我又把爸妈送回兴莲路老家，蒸酒的师傅一看见我们回来，就说先把我的水酒先蒸了（因为我的比较少，不要很长时间，大嫂一上午蒸了 105 斤烧酒，爸妈储了一大罐，应该也有很多），我在旁帮忙洗装酒的壶，拿点柴，打打下手。一个小时过去了，大功告成，一称也有 37 斤，尝一口："哎呀，够刺激，估计有 50 多度，好酒！真真切切的莲花茅台！"师傅说："这些好酒得好好密封，在暗室阴凉处储存半年以上喝起来才爽口！"我说："明年如有剩下的水酒，还叫你来蒸！"爸妈的高粱酒蒸了近两个小时，师傅尝了赞不绝口，说味道更纯，大约蒸了 70 斤。家住附近的姐姐和姐夫也把酒糟抬来，满满一笸，最后各家都抬着一大缸烧酒离开，好像农民田里的稻子得到好收成一样喜悦。

这个母亲节，对 79 岁的老妈来说，也是一个普通的日子，在忙忙碌碌中平平凡凡的一天过去了。本想专心替妈妈做一顿饭，但事不凑巧又碰上老妈每年的蒸酒大事，我也凑了个热闹。办顿饭也显得不那么认真而正式。生活还是要有点仪式感，不能太马虎，下次吧，不要等什么节，随便哪天有空得提前向妈妈报告。妈妈患有高血压，但爱喝酒的她（年轻时，每天劳动之后得喝上一大碗水酒，她说如果不想喝，可能就是身体哪出了什么毛病，就这样喝了几十年。如果不是检查得了高血压，她是不会戒的），谁也拦不住，她得寸进尺，每次都偷偷喝一点！只要老人家高兴，由着她的喜好吧。

这个母亲节，我只是为妈做了一顿饭，还因为蒸年酒给冲淡了氛围，期待着哪天能休年薪假（我工作 32 年未休过一次完整的年假，2018 年领导允许休 5 天假，结果因脱贫攻坚也给取消了），带上爸妈来一次长途旅行，去北京逛长城，去上海游黄浦江，以了却自己多年的一桩心愿，算是给妈妈一份最好的礼物！

这次，炒几个小菜，就喝点莲花茅台，陪妈妈开开心心度过这一天！同时也谨祝天下的妈妈节日快乐！健康长寿！

我们陪着娘一起斗病魔

娘今年 6 月满 79 岁，却再一次患病了，这次病得不轻，经医生诊断为蛛网膜下腔出血，如果不及时送往医院救治，说不定已离我们而去，当时情形十分危急。

2019 年 10 月 28 日早晨 7 点钟，娘头痛得厉害，打电话给三弟。三弟立即从金花山庄骑着摩托车赶到兴莲路老家把娘送往县医院看病。娘坐在摩托后面，整个头和身子趴在弟弟身上，弟弟感觉到娘这次病得不轻，因为三弟用摩托带娘多次，母亲从来没有过把头靠在弟弟背上。

上午 10 点钟，在办公室接到县医院内科陈主任的电话。看一下来电又感觉有些好奇，我已调出卫健委差不多两个月了，难道他不知道？或找我有什么事？接电话才知道娘脑出血，是他接诊的，老三正在帮娘做 CT……

放下电话，也来不及请假，就立即驾车往县医院赶。等我到医院时，娘已躺在内科三楼 19 床上输液治疗，负责输液的罗红艳护士在安慰着我娘。母亲的右手按着头依然很痛，脸色变得不那么好看，嘴巴感觉明显变形凹进去了（娘的牙齿全掉了，配的假牙未戴），稀疏凌乱的白发一绺一绺的，可能是娘头痛时用手抓成的样子。我上去握着娘的左手，叫着娘，她用力抓住我，我安慰着娘："姆妈！不要怕，叫医生给你看，一下子就会好的！"

看着娘痛苦的样子，我知道病情的严重性，我小跑着跑到医生办公室，向李医生咨询娘的病情。内三科主任李石平医生对我说："刘主任，从你娘所照 CT 片子来看，可以确认为蛛网膜下腔出血，因县医院条件有限，没办法实施造影和介入手术，建议你娘到市人民医院找神经外科赖丹主任做手术。如果保守治疗，再次出血的话，随时都有生命危险，要做的话，要在这三天之内完成，超过三天，做的意义也不大了，但是你娘的病需要静养，不能动，要去萍乡治疗在路上随时有生命危险，你也要做好心理准备。"据我在卫健委六年的工作经验，应该相信医生。我想与其在这里坐以待毙，不如放手一搏，哪怕是百分之一的希望，我也不能放弃。我把大哥、三弟、父亲叫在一起，征得父亲和兄弟的同意后，我叫李医生对接市医院 120 派救护车。

12 点半，市医院 120 救护车赶到县医院三楼，出发前，出诊医生要我签字，因为在莲花至萍乡的途中随时都有生命危险。出发了，爸爸坐在前头，我和医生护士一起守护母亲，老三开小车，顺便带些行李。我是第一次坐救护车，母亲是第二次坐救护车（第一次是 2011 年 5 月腰痛，由神泉卫生院的救护车送到南昌省一附院），可这一次不同，娘患的是蛛网膜下腔出血，病人就是要卧床休息，不能动，从莲花到萍乡距离这么远，319 国道又在修路，躺在担架上，难免有所震动，随时有窒息的危险。一上救护车，护士就为娘戴上氧气罩，看到娘痛得难受的样子，我的内心极其痛苦，鼻子里酸酸的，不由自主地掉了眼泪，当工信局大清同志打电话慰问母亲的病情时，我的喉咙哽咽得说不出话来……到了六市，娘的头痛得更加厉害，用手按住头，嘴里传来"哎约，哎约……"的呻吟声。我右手扶着担架，左手帮着娘按住额头，告诉娘："姆妈，到了六市；姆妈，过了隧道，到了白竺；姆妈，到了源并……姆妈，到了安源……姆妈，到了市医院啦，好啦！"一路上，我担心娘因路上颠簸受不了，怕病情严重熬不住，不停地告诉娘要坚持，一路上总叫着娘，生怕娘有什么不测，生怕娘睡过去，不再醒来，突然离我们而去。

15 点到了市人民医院急诊室，医护人员接诊，CT 室重新拍照，谭新平主任会诊后，将母亲直接从急诊室送往五楼重症医学科（ICU），进入 ICU 以后，家属就不能进入，每日只允许 14—17 点探视。手术室胡斌医生在病情咨询室接待我们，告诉我们关于母亲的病情，并充分征求家属意见，这么大的手术和医疗费用，是要征求一下兄弟的意见，老三打电话征求大哥的意见，大哥支持。我打电话征求远在厦门老四的意见，整个介入手术费用 16 万元左右，造影 6000 元。说着说着，我的喉咙都哽咽了，眼泪不由自主地流下来，四弟在电话那头也坚定支持娘做手术。最后，我代表家属签字。

16 点做造影。我和爸推着娘陪护着进入导管室，做造影一般大约一个小时。

17 点半造影结束，医生叫家属看片子，三弟和老爸去扶母亲进病房，我留下来听医生讲解片子的详细情况，我虽然在卫健系统工作了六年，对于介入手术只是略知一二，但医生的讲解对我们这些缺乏医学解剖知识的人来说是云里雾里，我对医生说："大夫，你讲的这些，犹如天书，我是一点都不懂，我知道你们这么做是在规避风险，我相信医生，只要做手术对我娘好，哪怕延长一两年寿命，也值！只求你们尽快安排手术。"医生听我这么说，也不再给我解释，他说："有家属的支持，我们会努力的，请你们放心！"

20 点左右，胡斌医生再次约我们兄弟俩，就母亲手术费用及风险问题进行分析并表明院方的态度，同时要求家属有个明确态度。待我们兄弟俩同意后，再次签字按手印（想不到为了一台手术，医生是这么细致周到，为了规避医院的风险，竟然要多次与家属沟通，在征得家属同意后，才可放心做手术。要不是亲身经历，还真想不到医生会这么认真、这么细致，医生不但要医技高超，又要善于做家属的工作）。预约明天上午 11 点左右做手术，手术费用 12 万元以上，要求我们今晚预交手术费 8 万元。我和小旭到急诊缴费处用我的工行信用卡刷了 8 万元现金。

21 点，我们父子 3 人在医院附近维尔森酒店订了一间房，为节约费用，3 人挤在一起勉强住一晚算了。订房因父亲和小旭均未带身份证，78 岁的父亲还打官腔跟服务员说："本市范围内不需要身份证。"不知者无罪，爹真的老了，不知现在住店规定，让我哭笑不得。上床睡觉时，把两张并在一起，弟弟睡中间，老爸和我睡边上，想想，好像又回到小时候一家人挤在一起睡的样子。那一夜很长，我辗转反侧总睡不着，快深夜 11 点，我试着向南方医科大学郭啸华博士咨询我娘做手术的必要性和风险预测。想不到郭博士刚好当夜班，我把母亲的检查结果发给他，他立马与神经外科专家会诊，认为手术可行也有风险，毕竟是 79 岁的老人，但作为儿女们应该冒这个风险，值。听了郭博士的讲解，我的心里也踏实多了，认为今天对娘实施的医疗方案是对的。爸和三弟其实也没睡，听了郭博士的反馈，他们才放心地睡了。

10 月 29 日，早餐后，我们父子 3 人早早地就到五楼重症医学科（ICU）门口等候手术。11 时，胡斌医生带我们父子去见赖丹主任，赖丹主任详细介绍了娘的病情。赖主任说："从一系列的术前检查来看，你娘也很配合医生的治疗，看得出你娘是一位很坚强的老人！相信有她的努力配合，以及家属的支持和信任，手术一定会成功的！但没有100% 成功率，也请你们家属有心理准备。"我说："你是神经外科主任，苏院长推荐的，我们相信你！谢谢你！"

12 点半，母亲在医护人员和我们父子、侄儿刘凯彬（侄儿刘凯彬对奶奶也很担心，他 28 日返南昌，我叫他不要回来，家里有我和三弟、爷爷在就行，29 日他硬是从南昌赶回萍乡来照护奶奶）的陪护下进入介入手术室。我们在外祈祷着，希望手术顺利！

15 点，谢天谢地，手术十分顺利成功！周志萍主任、赖丹主任、小旭弟弟均打来电话，告诉我这振奋人心的好消息！赖丹从手术室出来，看见只有我弟弟在，问我哪里去了。感谢我对他们的信任！（因书记点名要我去广东招商引资，新书记第一次要我陪同，我不好推却，所以母亲的事全权委托三弟，要弟弟相信医生，治疗的费用不用操心，父亲钱不够就兄弟四人分摊）我在莲花听到母亲手术成功的消息，感动得流泪，好人真是一生平安！但愿娘在接下来的康复中一切顺利！平安出院！

11月1日上午，娘从重症医学科出来，到普通病房十六楼 10 病室 33 床。18 点，四弟从厦门转山西（真是祸不单行，在娘得病的那天早上，四弟的远在山西的岳母过世，四弟在处理完岳母的后事之后又回家看望娘），从山西长治乘汽车转高铁到萍乡北，直接赶到市医院来看望，守护着娘。因同病房的两个病号病得很重，难以忍受，吵得娘无法入睡，小旭弟弟建议换房，我打电话给周智萍主任，经协调换到十六楼 5 病室 19 床。

11月2日 19 点 30 分，我从深圳出差结束直接往市人民医院赶，来看望娘，看到娘头脑清醒，口齿清晰，心里踏实多了。因连续几天出差在外，换洗的衣服都没有，娘由四弟小亮照护，我连夜回莲花。

11月3日，月嫂 26 天服务期结束，孙女满月回家，但四弟下午 14 点返回厦门，我和玉华妹妹驾车赶往萍乡与四弟换班，侄儿文梁、外孙女甜甜也跟着要看看奶奶、祖外婆。到了十六楼 5 病室，病室还住了 3 位病人，4 个患者挤在 5 病室，加上来往看望患者的亲属，病室里差不多有十几人，说话声音很大，俨然是个菜市场。母亲刚做完手术出来不到 5 天，年岁又高，头痛得厉害，要我用热毛巾敷在额头上，心里烦躁得很，需要安静，我实在看不下去，于是我叫其他 3 位患者及亲属声音能否小点声，几乎是哀求……但效果不明显，这些人稍停顿了一下又开始叽叽喳喳地唠叨不停，说笑不停。我睡在妈妈的床边也无可奈何。没办法，我只好向市医院医务科杨洲科长求助，能否安排到其他病房。杨科长答应尽量安排。

11月5日，市医院医务科杨洲科长打电话告诉我已调换病房，把娘安排在二十一楼 10 病室 29 床，单人套房，双床（护理床）。终于可以让娘有一个好的环境静养康复治疗，让三弟服侍娘也有个休息的场所（三弟为服侍娘，在病房的楼道上架起了帐篷，后来四弟买了张折叠床）。经过医护人员的康复治疗，家人几天精心调理和静养，还有亲戚们鼓劲加油，在医院，娘的妹妹、弟弟、侄儿、侄女、孙女、孙子……都来了，都要娘坚持住，挺过这道鬼门关，活他个九十九。娘终于战胜了病魔。胡斌医生说我娘恢复得很好，比预想得更好，一位 80 岁的老人还有这么大的毅力，让他们好感动。

11 月 8 日晚，我从南昌前湖酒店参加全省烟花爆竹退出整顿工作推进会回到萍乡，到市医院和三弟一起住在二十一楼 10 号病室陪伴着娘，看见娘能坐在沙发看电视，能搀扶着迈开脚步走路，能坐凳子上让三弟洗脚，心里踏实多了。这十多天的努力没有白费，面对疾病，当初我们的决定是及时的、是正确的，整个流程下来没有耽误，娘终于又一次战胜了病魔重获新生。这一夜，我们兄弟俩和娘睡在同一房间，犹如回到了 40 多年前在田南的甜蜜岁月，娘带着 4 个小孩挤在一屋睡幸福快乐的样子。这一夜，很长、很长、很长……我在床上翻来覆去睡不着，听着娘有节奏的呼吸的声音，看着旁边连续几天操劳的三弟，为不打扰娘和弟弟休息，我索性起来，倚在窗边，抬头仰望着天上满天的星星，远望着萍城星星点点的夜景；躺卧在沙发上，听着窗外远处火车站不时传来的"呜、呜、呜……"的鸣笛声，等着天亮……

11 月 9 日早 7 点起来，娘可以一个人一步步试着走了，可以独自洗脸、刷牙了。病情一天天好转。我和三弟打心底里高兴。我便打电话给老爸，叫爸收拾娘的房间，叫青莲蒸鸡迎接娘康复出院回家！

娘在医院住院的 12 天时间里，老三是吃了苦，虽说是男儿身，却有女人般的细心，给娘洗脸、洗手、洗澡、擦身，帮娘穿衣、做汤、端饭，帮娘清理大小便。虽说四弟也从厦门回来照看 3 天，玉华妹妹、侄儿凯彬照顾了一晚，但大部分时间都是老三在撑着。老娘对我说："老三耐得烦，胜过女儿。"

在住院期间，父亲为了照顾好娘，也辞去了琴亭镇关工委主任、社区党支部书记等职务，忙了一辈子也该休息照顾一下娘。

真幸运！不到一个月的时间，娘就恢复如初，真是老天的呵护出现的一大奇迹！一家人为大家一起斗赢病魔换来娘的健康而作揖菩萨！如今，娘又可以在菜地里干活啦，又像往常提菜下来给我们，我又可以带着她和爸、岳父三位老人出去玩啦！娘又可作 OK 手势照相啦！

踏上高速回娘家

2021 年 9 月 25 日在六市服务区，随着江西省常务副省长殷美根一句铿锵有力的通车令："我宣布，萍乡至莲花高速公路建成通车！"标志着莲花人盼了近半个世纪的高速梦终于实现了。

莲萍高速通车后，莲花至萍乡全程将由原来的 319 国道一个半小时缩短至四十分钟车程。这代表着莲花跨入"十四五"乡村振兴之路，共同富裕之路，产业腾飞之路，经济高质量发展的快速之路。

这是进入新世纪以来牵动莲花人振奋人心的大好事、大喜事！我虽未参加通车仪式，却能感受到通车仪式之壮观。我索性把记者贺治斌现场发来的视频编成抖音推送，虽粉丝不多，不到半小时的工夫点击量竟破万，莲花人对莲萍高速这一民生工程无不拍手叫好！

（一）

我下班回家第一件事，就是把这振奋人心的喜事告诉我娘。

娘是萍乡市上栗县长平乡人，现已到耄耋之年，满头银发，却像一个倔强顽皮的小孩一般，常常想找些理由回娘家。我们说年老了不方便就不要去，她却说人老了能去一回算一回。

娘幼时因家兄弟姐妹多，人均耕地不足三分地。我娘在家排行老五，下面还有一个弟弟、两个妹妹，家里常常是吃了上顿，没了下顿，穷得揭不开锅。

生为女人，总要嫁人，回娘家自然成了女人一生的期盼！回娘家的路永远是女人最美的风景。娘 9 岁来到莲花，回娘家是她当时最奢侈的愿望。想娘家的时候，娘只能把安福横江山上的姨妈家作为临时的娘家，其实她也不是娘的亲姐姐，只不过都是萍乡长平人，结拜的姐妹而已。儿时，我们走亲戚、拜年，在寒暑假，也只能走走姨妈家，与长平的外婆家是山高路远很少联系。

1965 年，吉安和萍乡新建 319 国道，但 319 国道高埠岭路段也是弯弯曲曲，盘旋上下，人坐在客车里犹如荡秋千，走一趟也要费三四个小时，中途转车到长平就是一整天。加上我娘晕车，一上客车，就急忙找位置坐在窗户边，把头靠近车窗，即便如此，娘还是呕吐不断，回一趟娘家像是大病了一场，每次回来，娘说再也不去了，但一旦外婆家有什么红白喜事，娘还是义无反顾地拎包奔向娘家。

1992 年莲花划归萍乡后，1994 年 9 月莲花县筹资拓宽改造 319 并改道，打了两个隧道绕开了高埠岭路段，改造后新 319 国道不仅缩短了路程，也相对平坦宽阔，我娘打心底里高兴。从此以后，娘差不多每年要回萍乡长平娘家一趟，包括其他兄弟姐妹家，来往也多了，遇上红白喜事，回家就更频繁起来。

娘对回娘家的路特别牵挂！三年前听说要修莲萍高速啦，80 多岁的老娘常常唠嗑，半开玩笑半当真道："我能不能等到通车的那一天？"我说："一定能！"

这不，今天终于通车啦！我急匆匆赶回家告诉时常牵挂莲萍高速公路建设的 80 多岁的老娘。

"妈，莲萍高速通了！今天通的！我还发了抖音呢，现在只要 40 分钟就可到萍乡啦！"

"不可能？哪有这么快？原来修 319 国道修了好几年！修好的新 319 国道比老 319 国道快了差不多两个小时，一个半小时就到了萍乡车站！"

"是呀！这是莲花自 1992 年划归萍乡之后第二次大改道，而且是高速！是条民生之路，是共同富裕之路！也被省交通厅誉为'江西最美高速公路'，全长 75.294 公里，总投资 93.3 亿元，北到萍乡至洪口界（赣湘界），南到莲花泉南高速公路（吉安至莲花）莲花互通，途经萍乡经济开发区、安源、湘东、莲花等四个县区，六市、坊楼、荷塘、琴亭、升坊等九个乡镇，是江西西部地区的一条快速通道，也是江西高速公路网规划的重要组成部分。"

"儿呀，你不要讲了！你什么时候抽空带我踏上高速回娘家！"

"好，只要周末休假，我就开车来接你！你尽管跟二舅妈、我三舅说好就行！"

"我等你电话！我可等不急！"娘也是急性子，想做的事，恨不得立马实现。

"好吧！下周就是国庆节，国庆带你回娘家！"

（二）

国庆节假期的第一天早上 6 点，娘来电话催了，可我要加班；10 月 2 日早 8 点，我吃完早餐就往家里赶。我决定带娘踏上高速回娘家，让她老人家圆娘家近在咫尺之梦。

从兴莲路出发，经二环路、319 绕城公路至寨里高速入口，经过四个红绿灯，约莫九分钟车程。

"呀！好美！好壮观呀！"莲花西高速收费站设计别致，两旁的路灯均如盛开莲花之造型，体现了莲花县"中国莲花之乡"的文化精神与气质，收费站借用上海世博会"东方之冠"中国馆设计为标志，以红色莲花为主色调。欣赏着这映入眼帘的高速出入口之美景，我们不由自主地发出感叹！

那天，从萍乡来莲花的车辆也特别多，也许是县广新旅局推出的"您走高速来莲花度假，我炒血鸭香辣候着您"宣传广告的缘故，来莲花享受高速的人络绎不绝，大家赶集似的朝这臻美天路出发。

进入高速后，我娘坐前排，窗户还须留有空隙，她总是向前方东张西望的，似乎有看不完的风景。爹虽坐在后排，却挤在前排位置中央不停地唠叨，到了荷塘、坊楼……不停地用本子记录着有多少桥梁、多少隧道……

的确，莲萍高速全程位于罗霄山脉中段，沿途均为原始的自然生态风光，平均海拔在 530 米之间；在崇山峻岭间， 双向四车道，犹如两条巨龙盘旋，如云中"天路"；全程贯穿安源、碧湖潭两个国家森林公园，穿行于碧绿如海、错落有致的海潭茶场、洌源茶场……驾车仿佛是穿过一个绿色的海洋，被誉为"江西最美高速公路"，的确实至名归。

莲萍高速公路地形地貌复杂，区域高差悬殊，桥梁隧道比率高达 43.2%。我驾车在高架、天桥和隧道中穿行，公路横贯在右边半山腰，左边的山顶上，感觉人在空中飞行，我双手紧抓住方向盘，生怕两个老人有什么闪失，还未等我回过神来，不到一顿饭的工夫就到了萍乡南收费站，时间仅 41 分钟。

10 点 30 分就到了长平二舅妈家。舅妈在门前晒衣服，看见我们叫她，拍干手上水，使劲揉揉自己的眼睛，真的不敢相信。

"这么快呢？刚刚打电话说还在莲花，怎么一下子就到了？有了莲萍高速真好！以后我们去莲花也方便多啦！"

"是呀！走了一辈子的山路，想不到我这个 80 多岁老婆子还能坐上高速回娘家！这不是在做梦吧！真是要感谢共产党，感谢市县的好领导哇！感恩这个好时代！听说莲花至萍乡的高铁也准备建哪！要是等到那天该有多好！"

"等得到！等得到！姐姐，你身体比我还硬朗，一定等得到！"二舅妈笑着连忙把话接上。

"等到了，我就要坐上高铁去厦门老四那里玩，看看我的昊然孙儿！"

"姐，你呀想孙儿是真！我们一起等吧！"二舅妈说完就请我们进屋上她们家。三舅知道我们要来，也赶来帮忙在厨房里切菜，见我们进屋，脱下围布也和我爹一股劲儿地聊起了高速上的桥梁、高架和隧道来。

莲萍高速公路一半以上都是天桥、高架、隧道。我记录一下，全长有特大桥 8 座、桥长 91069 米，大桥 19 座、全长 198892 米。中桥 1 座、98 米。其中荷塘二桥 1029 米，荷塘三桥 849 米，浏源大桥 1119 米，涩田大桥 1289 米，钟家里大桥 999 来，萍水河大桥 1194 米……这些大桥、高架如果没有标识，人坐在车里面，根本就难以区分哪里是桥，哪里是高架，哪里是公路，犹如在空中飞行一般。除了大桥、高架就是隧道，隧道有 5 座，全长 89775 米，其中最长的隧道还是莲花隧道、3210 米，其次是白竺 4 号隧道、2568 米，3 号隧道、1070 米，2 号隧道、1620 米，最短的白竺 1 号隧道也有 321.5 米，在白竺 3 号和 2 号隧道之间有太阳升大桥、576 米，隧道里有应急停车位、通风口、镁光灯等各种设施，灯光明亮。不同的隧道灯光也不同，让驾车之人不会产生视觉疲劳，以达到安全行驶之目的。中国"基建狂魔"的荣耀名副其实，连隧道都是双向双车道。

看着我爹像个学生一般拿着本子如数家珍、神采飞扬地讲解，我和三舅对爹的记忆力不由得啧啧称赞！三舅说："改日也要走高速去莲花吃血鸭！"

"现在高速通了，随时来！我亲自炒血鸭让你们尝尝我的手艺！"爹爹愉快地发出邀请。爹因长期在外工作，炒菜还是比不上娘，但难得爹 80 多岁还这么热情好客，我打心底里高兴！

（三）

小孙女在家，我得赶回家带孙女。吃完中饭后，我到各亲戚家打了个转，寒暄了一番。临近下午 4 点时，我对爹娘说："娘，你和爹在舅妈家多玩几天，然后到青山小姨妈家玩！想回家就打电话来，我来接你们！"

"不行！今天我就要跟你回去！这高速有两边，我只看到一边！另一边没看着，回去正好全看完！"上了年纪的爹娘像个小孩。没办法，我只有依着他俩，正如小时候父母依我一样。

只要老人家高兴，我只好依着，又驾车带着这两个老顽童从长平出发回莲花。到萍乡南上高速时已是下午 5 时，此时已是夕阳西下，金色的晚霞照射在莲萍高速上，向远眺望，莲萍高速仿佛一条金色的长龙，我们随龙穿行，不到 20 分钟就到了六市服务区。

我问两个老顽童是否去服务区休息片刻？爹说下去方便一下，娘说看看服务区是啥样。既然今天是专程为爹娘服务，那鞍前马后侍候，让二老满意才是。

进了服务区，我的车子刚停稳，爹娘就急匆匆下车往服务区大厅走。可门卫不让进，疫情防控期间，必须扫码、测温、戴口罩。我赶紧把口罩给他们戴上。扫码、测温后进去。大厅屏风中央写有"畅行天下，驿站如家"八个大字，右侧有儿童游乐区、母婴室、红十字救护站、司机之家、24 小时免费开水；大厅左侧是餐厅，大厅左侧两个柱子上还贴有"萍乡相逢他乡总有故乡人，关山得越一路通来惠南北"的对联，以"寻味萍乡""莲花味道"为主题的各种风味小吃应有尽有，温馨的钢琴轻音乐在大厅里回荡，宛如星级酒店一般，让旅客有家的味道。待二老方便后，带他们参观驿购便利店、小尾羊自助餐厅。此时，正是吃晚饭的时间，餐厅里坐满了旅客，菜的品种繁多，以莲花本地特色菜为主，莲花血鸭、土猪腊肉、萍乡小炒肉、莲花炒粉为主打菜，35 元一位，随你挑，随你吃。

我们找了个地方坐下来，三人挑了自己喜欢的菜、水果、茶水。娘吃着饭突然掉眼泪。我问娘怎么了，娘说："我是高兴得落泪！儿呀！现在多好呀！有这么好的高速公路，中间还有服务区可以吃住，想当年，我回娘家走路中途要在钱山、南坑人家借宿，自带点心、干粮，想讨口饭吃还要看主人的脸色。回想起过去，百感交集，禁不住流下了眼泪……"

"感谢党和国家对咱老区人民的关心！莲花人盼了几十年终于有

了高速，赶上了好时代，真想多活几十年！"爹毕竟是退休老干部，讲起话来还紧跟时代，文绉绉的。看着两个老顽童开心快乐的样子，我由衷地感到欣慰。

晚饭过后，我们便打道回府，20分钟后就进入莲花西出入口，莲花西收费站灯火辉煌，浓缩版的"东方之冠"中国红标识格外耀眼夺目，两旁"莲花"标识路灯也亮了，寓意莲花的经济像盛开的莲花一样步步生莲，从此迈入了高速发展的快车道。

（本文在"臻美天路·速变莲花"文艺作品大奖赛中荣获报告文学、散文类一等奖）

后　记

　　新冠肺炎疫情，改变了许多人的生活：全民成厨子，医护成战士，老师成主播，机关干部成门卫……同时也圆了我的一个作家梦。

　　美国有位大器晚成的著名的原始派画家安娜·玛丽·摩西奶奶说过："人生永远没有太晚的开始，有人总说已经晚了，但实际上现在是最好的时光。"趁着这疫情居家隔离的空闲，忙碌了大半辈子，也难得有此机会静下心来，看看书，写写字，梳理一下人生过半的心路历程，不忘来时的路，不忘初心，继续前行。于是便提起荒废多年的拙笔，以一发不可收拾的状态，几乎是每周末都有新作出炉。写下了童年、小学、中学、师范，走上讲台，走进机关，下到农村基层……一系列流逝的过往，艰苦但美好的岁月，家乡的山山水水，身边的亲友师长；累了，困了，便独自开着女儿的"小毛驴"，深入曾经的学校、乡镇、机关，一些自以为有开发价值的名胜古迹，一些莲花本土的景点实地走走看看，以充实文中所书写的内容。像《永远的乡愁》一文，我就前后三次开车到永新仰山三门前村中村始祖思望翁祠探寻；《湖塘古村散记》一文，到湖塘重游了两次，问询了当地村支书兼导游刘江；《荷塘旧事》一文，虽然本人在荷塘工作六年，但过去了那么多年，我还是到荷塘的白竺、严塘等地找当时熟人再一次深入了解情况。石门山、神泉湖等景区，我是去过，凭记忆和感觉，放电影般如实地记录了下来。

　　"不知则问，不能则学。"每记录完好一篇小文，我就发给建中、新海、长青、红紫等几位老师提出批评意见，我在师范的文选与写作老师肖灿先也提出不少的意见和建议，刘建华博士、李水兰文艺评论家、杨玲博士、陈红喜教授也经常对我写作小文予以支持鼓励，对我的写作帮助很大。在确认可以对外发表时就发给我家老七，在微信公众号"浏下足迹"或"玉壶山文艺""永新师范""萍乡日报""萍乡作协""都市头条""大江网""凤凰网"等平台公开推送或发表。想不到竟然有这么多亲朋好友浏览阅读、点评点赞并转发分享。尤其是《那一年，我在上海挂职》文章，点击阅读量突破十几万，网友的点赞点评、转发分享给了我无尽的力量和信心！想不到，我的拙文的推送得到这么多亲朋好友以及读者的认可，我甚是欣慰，倍感荣幸！

"物以类聚，人以群分。"时任县文联主席刘新龙先生发现我在疫情期间写了那么多的散文作品，并陆续发表了不少，多篇被《今日老区》、江西散文网、《湖南散文》等省级媒体平台、刊物录用，推荐我加入市县作协。按县市作协的要求，我上交了在报刊杂志发表的一些作品，2020 年 6 月经县、市作家协会研究批准我正式加入了县、市作协，并获得了证书。2022 年 1 月 4 日，经县作协讨论成为县作协理事。

在市县作协写作团队的影响下，我又被吸收为青年作家网、《赣韵文学》的签约作家，我的一些作品也陆续被录用或获奖。2021 年 9 月 8 日，我的那篇《"女汉子"致富记》被"学习强国"学习平台选用；9 月 17 日，我的那篇《东华岭，那珍贵的青春岁月》在全国首届中等师范主题征文大赛中荣获散文类二等奖；12 月 16 日，我的那篇《踏上高速回娘家》在莲花"臻美天路·速变莲花"文艺作品大奖赛中荣获报告文学、散文类一等奖；2022 年 6 月，我的那篇《我的祖母》被《散文选刊》选用。

"星光不问赶路人，岁月不负有心人。"我把疫情以来发表在市级以上报刊、杂志、媒体平台的散文作品筛选出 35 篇分三辑汇编成书，这是我的第一本散文集，记录的既有过往乡愁，莲花的风土人情，古村、古塔，也有讴歌新时代新人新事新变化的内容，故取名为"新月旧影"。这也是继《林下晓拾》出版之后我的第二本个人文集，算是对这场疫情闲暇时间的一个交代吧，也是献给喜欢我作品的读者亲友的一份礼物。2022 年 1 月 21 日经省作协专家组初审，2 月 21 日经省作家协会第八届四次常务理事会审议通过，我成为江西省作协会员，先后被青年作家网、赣韵文学聘为签约作家，6 月 6 日注册为中国作家网会员，部分作品经编辑老师审核入选中国作家网，圆了我年少时的一个作家梦。不过，对我来说，犹如少先队员刚入队，只是一个新的起点，一个新的动力源而已，在拼凑文字弘扬"真、善、美"弘扬主旋律的道路上仍须继续努力。

《新月旧影》这本散文集的正式出版，首先要感谢的是我的老伴，是她承担了全部的家务，为我创造了宽松舒适温馨的创作环境，让我衣食无忧地静下心来用文字来记录生活；感谢中国新闻出版研究院传媒研究所执行所长刘建华先生的精心策划，给了我出版散文集的勇气；感谢北京人天书店施春生先生的大力支持；感谢江西省作协主席李晓君先生和著名青年词作家陈维先生分别以"回到故乡旁""惟愿新月年年照旧影"为题为拙作写序；感谢著名文艺评论家李水兰以"新月旧影·创作论"为题对该书作的精彩点评；感谢文友陈柳香高级语文教师以"年年有新月，处处有旧影"为题写的书评以及北京师范大学谭五昌教授、福建师范大学文学院杨玲硕士生导师在封底的点评；感谢方祖岐先生为书名题字；感谢我的师范校友、当代青年书画家陈铜强先生为本书封面设计作了深度思考，刘熹、贺旺松先生的版式设计以及不分昼夜的"敲击"，万卷出版有限责任公司编辑徐茂彧、胡利、张莹三位老师的辛勤付出！

　　"虚心竹有低头叶，傲骨梅无仰面花。"因我水平有限，书中难免有这样那样的不妥之处，敬请读者批评指正！

　　　　　　　　　　　　　　作于莲江寓所

　　　　　　　　　　　　　　2022 年 9 月 23 日